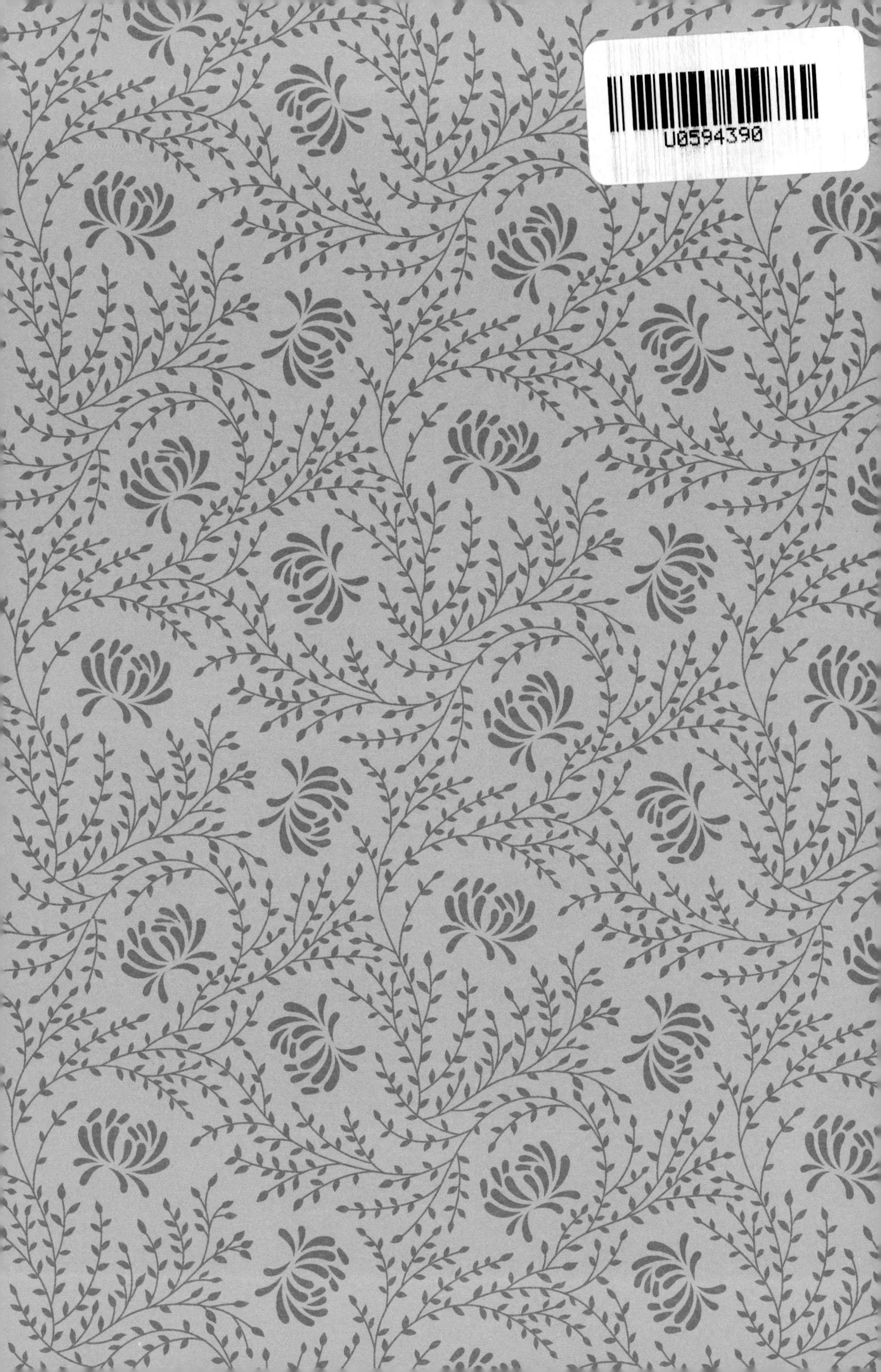
U0594390

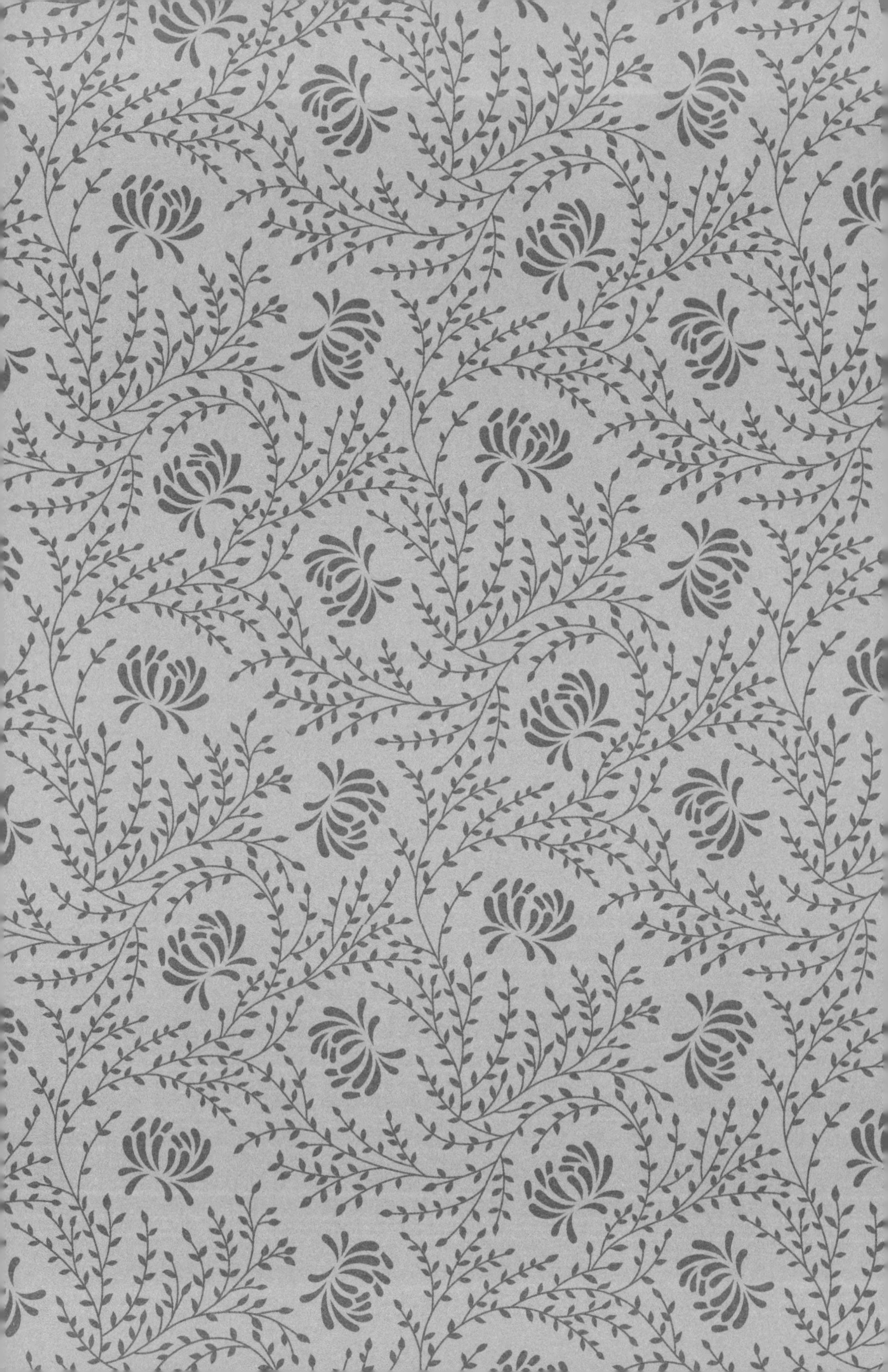

唐诗宋词大讲堂

中侨大讲堂

刘凤珍 主编

唐诗宋词大讲堂

张艳◎编著

中国华侨出版社

唐诗宋词大讲堂

图书在版编目（CIP）数据

唐诗宋词大讲堂 / 张艳编著. — 北京：中国华侨出版社，2016.12
（中侨大讲堂 / 刘凤珍主编）
ISBN 978-7-5113-6521-7

I. ①唐… II. ①张… III. ①唐诗—诗集②宋词—选集 IV. ①I222

中国版本图书馆 CIP 数据核字（2016）第 281049 号

唐诗宋词大讲堂

编　　著 / 张　艳
丛书主编 / 刘凤珍
总 审 定 / 江　冰
出 版 人 / 方　鸣
责任编辑 / 若　耶
封面设计 / 杨　琪
经　　销 / 新华书店
开　　本 / 720mm×1010mm　1/16　印张：24　字数：622 千字
印　　刷 / 北京鑫国彩印刷制版有限公司
版　　次 / 2017 年 6 月第 1 版　2017 年 6 月第 1 次印刷
书　　号 / ISBN 978-7-5113-6521-7
定　　价 / 48.00 元

中国华侨出版社　北京市朝阳区静安里 26 号通成达大厦 3 层　邮编：100028
法律顾问：陈鹰律师事务所
发行部：（010）64443051　传　真：（010）64439708
网　址：www.oveaschin.com　E-mail：oveaschin@sina.com

如发现图书质量有问题，可联系调换。

前 言

Preface

近代国学大师王国维说："唐之诗，宋之词，元之曲，皆所谓一代文学也，而后世莫能及焉者也。"唐诗、宋词是中国文学史上的两座高峰，是中华文明灿烂的长卷中最为绚丽的华章，被奉为中华文化的传世经典而备受推崇，伟人英雄，歌以咏志；达官巨贾，诵以怡情；志者学人，习之修身。

唐代是我国古典诗歌发展的全盛时期，"唐诗"是唐代文学的最高标志，开创了中国诗歌发展的新纪元。唐诗作者众多，最负盛名的有李白、杜甫、白居易等。唐诗的题材非常广泛，有的是从侧面反映当时社会的阶级状况和阶级矛盾，揭露当时社会的黑暗；有的是歌颂边关将士，抒发爱国思想；有的是描绘祖国河山的秀丽多娇，表达对生活的热爱。其形式也多样，古体诗有五言和七言两种；近体诗有绝句和律诗两种，又各分五言和七言。古体诗对音韵格律的要求比较宽，近体诗则要求比较严。今人读唐诗，可以感受到其音节的和谐、文字的精练、意境的优美，并为之陶醉不已。

词，是中国古代诗歌的一种，始于梁代，形成于唐代而极盛于宋代，故名"宋词"。宋词是中国古代文学皇冠上光辉夺目的巨钻，历来与唐诗并称"双绝"。宋代最著名的词人有苏东坡、柳永、辛弃疾、李清照等，其中苏、辛为"豪放派"的代表，其风格雄浑恢宏，视野广阔；柳和李则为"婉约派"的代表，其风格典雅清婉、曲尽情态。词分为小令、中调和长调。一首词，有的只有一段，称为单调；有的分为两段，称双调；有的分成三段或四段，称三迭或四迭。词又有词牌，如《六州歌头》《西江月》《念奴娇》等，有的是沿用古代乐府诗题，有的是取诗词中的几个字，有的是根据某一历史典故，还有的则是名家自制。

总之，唐诗、宋词是我国文学史上的丰碑，是热爱中国文学之人的必

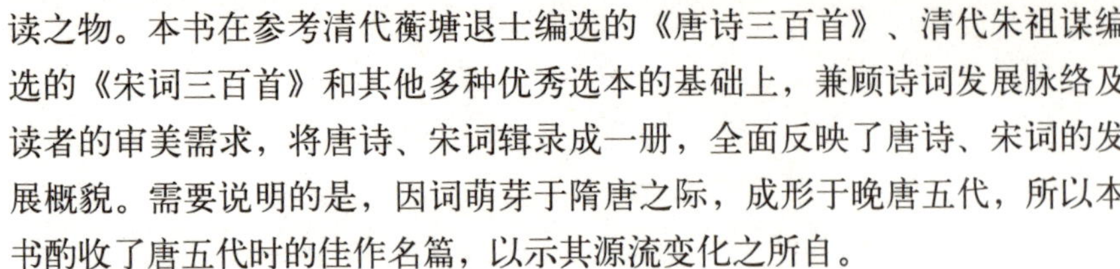

读之物。本书在参考清代蘅塘退士编选的《唐诗三百首》、清代朱祖谋编选的《宋词三百首》和其他多种优秀选本的基础上，兼顾诗词发展脉络及读者的审美需求，将唐诗、宋词辑录成一册，全面反映了唐诗、宋词的发展概貌。需要说明的是，因词萌芽于隋唐之际，成形于晚唐五代，所以本书酌收了唐五代时的佳作名篇，以示其源流变化之所自。

为了帮助读者更好地理解原作，达到对诗词发展脉络的整体认识，本书在编排上，吸收了当代和前代的研究成果，基本按体裁分类，以时间为序，另增设了相关辅助性栏目：注释，对难解的字句进行解释，扫除阅读障碍，方便阅读；赏析，在尊重原文的原则上，将作品的主题思想、创作的时代背景、社会环境及作家的心境和作品的神韵予以解析，使读者会意怡情，深入体味作品的内涵。所有这些内容，由点及面，或纵向深入，或横向延展，都以方便读者理解作品为出发点。尽管本书是一部具有指导意义的图书，我们仍没有忽视它的审美要求，精心选配了二百余幅与文字内容相契合的图片，包括人物画像、山水景物、情境示意图等，与文字相辅相成，让读者在轻松获取知识的同时，获得更多的文化熏陶、丰富的想象空间和审美情趣。

科学的体例、简明的文字、精美的图片、新颖开放的版式设计等多种要素的有机结合，为读者打造一个多彩的阅读空间，引领读者跨越时空的距离，进入辉煌的文学殿堂，领略唐诗宋词的艺术魅力，进而启迪心智、陶冶情操，提高个人的文学素养和人生品位。

目录

Contents

上篇　唐诗三百首

下篇　宋词三百首

上篇

唐诗三百首

感 遇（其一） 张九龄

兰叶春葳蕤[①]，桂华秋皎洁。
欣欣此生意，自尔为佳节[②]。
谁知林栖者[③]，闻风坐相悦。
草木有本心[④]，何求美人折？

【注释】

①葳（wēi）蕤（ruí）：枝叶茂盛的样子。②自尔：自然而然的。③林栖者：林中隐者。④本心：天性。

【赏析】

此诗是张九龄受谗遭贬后所作《感遇》组诗十二首的第一首，诗人自比兰、桂，抒发了孤芳自赏、不求人知的情怀。

春天是兰草繁茂的季节，秋天是桂花芬芳的时候，兰、桂都是这样欣欣向荣，因为各自的生机勃勃和清新雅洁分别成为春秋佳节的象征。何料林中隐者，闻到了兰、桂的芬芳而生爱慕之情。殊不知，兰、桂的美好完全是源自它们的本心本性，哪里是在为求人折赏呢？

感 遇（其七） 张九龄

江南有丹橘，经冬犹绿林。
岂伊地气暖[①]，自有岁寒心。
可以荐嘉客，奈何阻重深。
运命惟所遇，循环不可寻[②]。
徒言树桃李，此木岂无阴[③]？

【注释】

①岂伊：难道是。②“运命”两句：意为运命的好坏只在于遭遇的不同，周而复始、

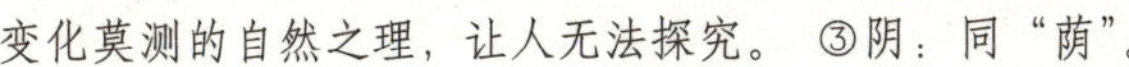

变化莫测的自然之理，让人无法探究。③阴：同“荫”。

【赏析】

江南生长着丹橘，它经历严冬却能葱翠依然，这并非是因为那里的气候温暖，而是橘树本身具有耐寒的禀性。丹橘味美，可以用来招待嘉宾，无奈有重重阻隔，山高水深。在这个命运只在机遇、事理难以穷究的纷乱尘世里，世人只知道倾心于桃李的浮华艳媚，难道丹橘不是更有葱郁不凋的树荫吗？

诗人以丹橘自比，委婉含蓄地表达了对自己因为正直而遭贬逐的悲愤之情，期待朝廷重新起用的心意也是灼然可见。末尾“徒言树桃李，此木岂无阴”的反诘，深沉凝重，矛头直指玄宗后期宠幸奸人、排斥贤良。

下终南山过斛斯山人宿置酒[①] 　李白

暮从碧山下，山月随人归。
却顾所来径[②]，苍苍横翠微[③]。
相携及田家，童稚开荆扉。
绿竹入幽径，青萝拂行衣。
欢言得所憩[④]，美酒聊共挥[⑤]。
长歌吟松风[⑥]，曲尽河星稀。
我醉君复乐，陶然共忘机[⑦]。

【注释】

①斛（hú）斯山人：一位姓斛斯的隐士朋友。②却顾：回头望。③翠微：青翠幽深的山林。④所憩（qì）：留宿休息。⑤聊：姑且。⑥松风：指古乐府《风入松》。⑦忘机：忘记世间的庸俗机心。

【赏析】

这首诗据说是李白在长安供奉翰林时所作。诗人游终南山罢，在初升新月的陪伴下缓步下山，他时而回望走过的道路，但见路径被青翠的山林掩映得一片苍茫。行路中遇到了故交斛斯山人，山人相邀还家，置酒留宿，诗人有感于其居处环境的清幽、山人一家待客的热情，于是和他开怀畅饮，挥酒长歌，直至银河星稀。

诗以平白语写寻常事，却能将宾主间的深情厚谊、诗人忘怀机心的率性真情展现得潇洒自然、风流有致，堪称出神入化之笔。

月下独酌　　李白

花间一壶酒，独酌无相亲。
举杯邀明月，对影成三人。
月既不解饮，影徒随我身。
暂伴月将影[①]，行乐须及春[②]。
我歌月徘徊，我舞影零乱。
醒时同交欢，醉后各分散。
永结无情游[③]，相期邈云汉[④]。

【注释】

①将：和。②及：趁着。③无情：忘情。④云汉：天河、银河。

【赏析】

天宝三载（744 年）春，玄宗已荒废政事，诗人供奉翰林，不能有所作为，终日沉湎于花间樽前。

花间置酒，春意甚浓；月下独自饮酒，寂寞可知。诗人邀天上明月与地上身影一同行乐歌舞，虽月不能解醉中之乐，身影也只能随身而动，然而当此良辰美景，有月与影相陪伴，也可以一抒心中幽情，不辜负这大好的春光。待到诗人酩酊大醉，将与月、影相别之际，他与它们深情相约：但愿永做此忘情交游，约定相会于邈远的天河。全诗笔致豪放、情思潇洒，但终是掩不住诗人内心的孤独与苦闷。

春　思　　李白

燕草如碧丝[①]，秦桑低绿枝[②]。
当君怀归日[③]，是妾断肠时[④]。
春风不相识，何事入罗帏？

【注释】

①燕：指今冀北、辽西一带，唐时是边防重地。②秦：今陕西一带。燕地寒冷，秦地

较暖，故燕地的草木要迟生于秦地草木。③怀归日：生归家之念的时候。④断肠：肝肠寸断。形容思念之久之苦。

【赏析】

李白描摹思妇心绪的诗多有佳作，而以此诗为最。燕、秦两地相隔遥远，北国的燕草返青的时候，南方的秦桑已然繁茂得压低了树枝。燕草返青，丈夫怀归心切；秦桑垂绿，妻子相思正浓。情之深、思之苦跃然纸上。尾句叱问春风：春风既不相识，何事吹我罗帐？这一反问将少妇对感情的忠贞不渝写得光彩照人。爱到深处情自贞，三十字写尽爱情之美。

赠卫八处士　杜甫

人生不相见，动如参与商[①]。
今夕复何夕[②]，共此灯烛光。
少壮能几时，鬓发各已苍。
访旧半为鬼，惊呼热中肠[③]。
焉知二十载，重上君子堂。
昔别君未婚，儿女忽成行。
怡然敬父执[④]，问我来何方。
问答未及已，驱儿罗酒浆。
夜雨剪春韭，新炊间黄粱[⑤]。
主称会面难，一举累十觞[⑥]。
十觞亦不醉，感子故意长[⑦]。
明日隔山岳，世事两茫茫。

【注释】

①参（shēn）与商：参星与商星。参星于西，商星于东，此起彼隐，永不相见。②“今夕”句：意为今天是什么日子。③热中肠：形容情绪激动异常。④怡然：和悦的样子。父执：父亲的挚友。⑤间（jiàn）：掺杂。⑥累：接连。⑦子：指卫八处士。故意：对故交的情谊。

【赏析】

唐肃宗乾元二年（759年）春，杜甫从洛阳返回华州司功任所，途遇隐居不

仕的挚友卫八而作此诗。天上参、商两星不相遇，人间别离容易相见难，更何况战乱年代，世事茫茫。自洛阳返华州途中，遇到二十年不见的老友，沧桑变迁之感，悲喜交集之情，发于心中。夜雨烛光，黄粱熟，春韭香，一夕重逢话旧畅饮，明日重隔山岳，相聚知何年！全诗自然浑朴，深情起伏，极见波澜。

望岳　杜甫

岱宗夫如何①，齐鲁青未了。造化钟神秀②，阴阳割昏晓。

荡胸生层云，决眦入归鸟③。会当凌绝顶④，一览众山小。

【注释】

①岱宗：对泰山的尊称。②钟：赋予，集中。③“决眦”句：意指山高鸟小，远望飞鸟，几乎要睁裂眼角。决：裂开。眦(zì)：眼角。④会当：终当。

【赏析】

此诗大约作于开元二十三年（735年）。当时杜甫初次应进士落第，于是漫游齐赵（今山东、河南、河北一带）。诗人没有登泰山，只是对山而望，所以名《望岳》。

全诗写“望”。远望齐鲁一带，绵延苍翠数千里，大自然（造化）把一切神奇秀丽都集中到这里，巍峨的泰山南北明暗判若晨昏。云雾翻腾涤荡心胸，远望飞鸟归林，诗人眼随神远。结句尤其精彩，志在登临，雄视一切，真是咏泰山诗的绝唱！

佳人　杜甫

绝代有佳人，幽居在空谷。自云良家子，零落依草木。

关中昔丧乱[①]，兄弟遭杀戮。官高何足论[②]，不得收骨肉。
世情恶衰歇[③]，万事随转烛[④]。夫婿轻薄儿，新人美如玉。
合昏尚知时[⑤]，鸳鸯不独宿。但见新人笑，那闻旧人哭。
在山泉水清，出山泉水浊[⑥]。侍婢卖珠回，牵萝补茅屋。
摘花不插发[⑦]，采柏动盈掬[⑧]。天寒翠袖薄，日暮倚修竹。

【注释】

①丧乱：指安禄山攻陷长安之事。②"官高"句：意为官高显赫又有什么用呢。③"世情"句：意为世人总是厌恶衰落破败。歇：衰退。④"万事"句：意为世上的事情好像随风而动的烛火，变化无常。⑤合昏：夜合花，叶子朝舒夜合。人们常以此比喻夫妻恩爱。⑥"在山"两句：喻自己隐于山中贞节自守，不愿因进入世俗而污浊了自己。⑦"摘花"句：意为无心修饰打扮。⑧盈掬：一满把。

【赏析】

一代佳人遭逢战乱，兄弟惨死，家境骤衰，被夫遗弃。人情凉薄，世态无常，令人慨叹。尤其是"但见新人笑，那闻旧人哭"伤情名句，悲彻千载犹闻其声。但佳人坚贞如竹柏，洁丽似清泉，风神绝美，永为人们咏叹。

梦李白（其一）　杜甫

死别已吞声[①]，生别常恻恻[②]。江南瘴疠地[③]，逐客无消息[④]。
故人入我梦，明我长相忆[⑤]。恐非平生魂，路远不可测[⑥]。
魂来枫林青，魂返关塞黑。君今在罗网，何以有羽翼。
落月满屋梁，犹疑照颜色[⑦]。水深波浪阔，无使蛟龙得。

【注释】

①吞声：泣不成声。②恻（cè）恻：悲伤。③瘴（zhàng）疠（lì）：瘴气瘟疫。④逐客：被流放之人。⑤明：表明。⑥"恐非"两句：其时多有关于李白的不祥传闻，杜甫因而怀疑李白已死。平生：生前。⑦颜色：梦中李白的容貌。

【赏析】

杜甫比李白小十一岁，与李白是挚友，《梦李白》二首便是他因惦念李白，久思成梦，写下的记梦名篇。

本诗以写生离死别的苦痛起首，继而对梦到李白这件事提出了种种猜想和疑问。作者设身处地地为友人着想，就连李白梦魂来去路上的艰辛也让他揪心不已。诗的末尾记述梦醒后因看到惨淡月色而回忆起梦中李白憔悴的面容，道出了他对李白的殷殷叮咛：梦魂归去的路上要经过条条江河，你可要当心凶浪蛟龙（喻指阴险小人），切勿被它们捕获了去！

梦李白　（其二）　　杜甫

浮云终日行，游子久不至[①]。三夜频梦君，情亲见君意。
告归常局促，苦道来不易。江湖多风波，舟楫恐失坠[②]。
出门搔白首，若负平生志。冠盖满京华[③]，斯人独憔悴[④]。
孰云网恢恢[⑤]，将老身反累[⑥]。千秋万岁名，寂寞身后事。

【注释】

①“浮云”两句：意为浮云终日飘于空中，而游子却久久不曾到来。游子：指李白。②恐失坠：恐怕船只翻覆。③冠盖：冠冕和车盖，此指达官贵人。④斯人：这个人，指李白。⑤“孰云”句：这里是说谁说天道公正。⑥反累：反而无辜受到牵累。

【赏析】

继写完前首记梦诗之后，诗人又一连三夜梦到李白，梦中的李白越过千山万水前来与他相见，见面后诉说着此行不易。在每次短暂相聚后，李白便仓促告辞。望着他出门时苦闷地搔弄白首、郁郁不得志的样子，诗人的内心受到了极大的触动，他不禁愤愤不平道：为什么许多碌碌无能之辈都是高冠华盖，显赫一时，而像李白这样一位才华横溢的人却坎坷憔悴？谁说天道公正，像李白这样临到老年而被囚禁放逐的遭遇又该怎么解释呢？愤到极时，诗人只能慨然作叹：李白的诗定然会光照千古，只是这身后的名声对那时已离开人世的他来讲又有何用处呢！这深沉一叹，不但蕴含着杜甫对李白的高度评价和深切同情，也联想到他自己的无限心事。

送綦毋潜落第还乡　　王维

圣代无隐者，英灵尽来归。遂令东山客[①]，不得顾采薇[②]。

既至金门远[③]，孰云吾道非。江淮度寒食，京洛缝春衣[④]。
置酒长安道，同心与我违[⑤]。行当浮桂棹[⑥]，未几拂荆扉[⑦]。
远树带行客，孤城当落晖。吾谋适不用[⑧]，勿谓知音稀。

【注释】

①东山客：东晋谢安曾隐居于会稽东山，此指隐居者。②采薇：商末伯夷、叔齐不食周粟，在首阳山采薇代食。这里指隐居。③金门：金马门，汉代对优异贤良之士皆令至金马门待诏。④“江淮”两句：意为赴京赶考，渡江淮时正值寒食节，后落第滞留京洛，又自缝春衣。⑤同心：知心朋友。违：分离。⑥行当：将要。桂棹：船的美称。⑦未几：不久。荆扉：指故园的柴门。⑧“吾谋”句：意指文章未为考官所赏识。

【赏析】

圣明的朝代没有隐居的人，英才都到朝廷应试，东山的隐士也不再去采薇了。綦毋潜是王维的朋友，到长安参加科举考试落榜了，安慰起来不容易。作者写此诗，说綦毋潜此次应试往还的春秋朝夕并没有虚度，一次考试失利也不能说明才能高下，知音并不稀少。“远树带行客，孤城当落晖”，自然而然地写出送别情景，读之历历如在眼前。

送　别　王维

下马饮君酒[①]，问君何所之[②]。
君言不得意，归卧南山陲[③]。
但去莫复问，白云无尽时。

【注释】

①饮君酒：请君饮酒。②何所之：去向何方。③南山：终南山，今陕西西安市南。陲（chuí）：边。

【赏析】

下马为朋友备酒送行，殷切一问，已含知己一片深情。朋友自言“不得意”而归隐南山，诗句中蕴含了作者对尘世不公、功名利禄无常的无穷感慨。末句说：你只管去吧，我不再问，只有山中白云自在悠悠，与你常伴。全诗语淡味浓，情深意远，余韵不尽。

青溪　王维

言入黄花川[①]，每逐青溪水[②]。随山将万转，趣途无百里[③]。
声喧乱石中，色静深松里[④]。漾漾泛菱荇[⑤]，澄澄映葭苇。
我心素已闲，清川澹如此[⑥]。请留盘石上，垂钓将已矣。

【注释】

①言：发语词，无意义。黄花川：今陕西凤县东北黄花镇附近。②逐：沿着。青溪：今陕西勉县东。③“随山”两句：意思是青溪与黄花川相隔不过百里，溪水却依山势千回百转。趣：同“趋”。④色：山色。⑤泛：浮漂。菱荇：菱叶、荇菜等水生植物。⑥澹（dàn）：安静。

【赏析】

青溪婉转，山静水清，溪水流经乱石而喧闹，山色笼罩松林而宁静，青荇葱翠浮于水上，芦苇娴静映于水中，动静之间一片盎然生意。青溪的清澈淡泊正如诗人的心境，诗人继而情不自禁地萌生出隐居垂钓、终老斯地的潇洒出尘之想。

渭川田家　王维

斜阳照墟落[①]，穷巷牛羊归[②]。
野老念牧童，倚杖候荆扉。
雉雊麦苗秀[③]，蚕眠桑叶稀。
田夫荷锄至[④]，相见语依依。
即此羡闲逸[⑤]，怅然吟式微[⑥]。

【注释】

①墟落：村落。②穷巷：深巷。③雊（gòu）：野鸡叫。④荷（hè）：扛着。⑤“即此”句：意为就是这样的情景也让人羡慕其安然闲逸了。⑥式微：《诗经·邶风·式微》中有“式微，式微，胡不归”（胡不归：为何还不归去）。

【赏析】

当夕阳静照着村庄，幽深的小巷里便出现了成群归来的牛羊，一位老者拄

着拐杖站立在柴门旁边，耐心地等待着牧童。田埂上，三三两两的农夫正扛着锄头向家中走去，他们相见后亲切絮语；田野间，麦苗正在开花吐穗，麦地深处传来野鸡咕咕的鸣叫。桑林眼下变得稀稀疏疏，饱餐过后的蚕儿已经进入三眠。黄昏时节，万物思归，而独诗人宦海彷徨，不知何往。他只能徒然羡慕农家生活的自在单纯，怅然吟起《诗经》中的《式微》之诗。

西施咏　王维

艳色天下重[①]，西施宁久微[②]？
朝为越溪女，暮作吴宫妃。
贱日岂殊众，贵来方悟稀[③]。
邀人傅脂粉[④]，不自著罗衣。
君宠益娇态，君怜无是非[⑤]。
当时浣纱伴，莫得同车归。
持谢邻家子[⑥]，效颦安可希[⑦]？

【注释】

①“艳色”句：意为艳丽的姿色为天下所看重。②“西施”句：意为西施又怎能久居微贱之地。宁：岂。③贵来：显贵的时候。方悟稀：方才感到稀罕。④傅：涂抹。⑤“君怜”句：意为君王怜爱而从不计较她的过往。⑥持谢：奉告。⑦“效颦”句：意为光学西施皱眉又怎能得到别人的赏识。颦：皱眉。

【赏析】

西施，中国古代四大美女之首。她本是苎萝山越溪的浣纱女，因为美貌而被越王选中送与吴王，一夜之间便成了备受恩宠的妃子。

本诗咏西施之绝世容貌、楚楚风神，感叹其判若霄壤的身世变化，不加褒贬而写尽世态炎凉，娓娓叙述中表现枯荣转换。诗末以反诘奉劝世人莫学东施效颦，此率意一问，寓意深刻，使人联想古今，颇具点化人生之功效。

秋登兰山寄张五　孟浩然

北山白云里[①]，隐者自怡悦[②]。相望试登高，心随雁飞灭。
愁因薄暮起，兴是清秋发。时见归村人，沙行渡头歇。
天边树若荠[③]，江畔洲如月。何当载酒来，共醉重阳节。

【注释】

①北山：指襄阳西北的万山，又称方山、蔓山等。②隐者：作者自指。③荠（jì）：荠菜。

【赏析】

在白云飘浮的北山中，孟浩然自得其乐地过着清淡的隐居生活。一个秋天的傍晚，他因为思念居住在白鹤山中的朋友张五而登上兰山相望，思念的心随着大雁一起飞向了朋友。薄暮里相望不见让他感到惆怅，但又因为秋色的清爽优美而意兴盎然。远树像排列在天边的细小荠菜，江畔的沙洲被潮水冲刷得如洒满月光一样洁白，劳累了一天的村民三三两两地坐在沙滩上，尽情地享受着暮色带来的恬适和安闲。诗人在此寄语朋友：什么时候你携酒前来吧，我们一同酣醉在即将到来的重阳佳节。

夏日南亭怀辛大[①]　孟浩然

山光忽西落，池月渐东上。
散发乘夕凉，开轩卧闲敞[②]。
荷风送香气，竹露滴清响。
欲取鸣琴弹，恨无知音赏。
感此怀故人[③]，终宵劳梦想[④]。

【注释】

①辛大：名大详。大：排行第一。②闲敞：幽静宽敞的地方。③感此：有感于此。④终宵：整夜。劳：苦于。

【赏析】

度过了闷热的夏日午后，作者在夕阳西下的时候，松散开久为簪带束缚的头发，悠闲地来到水亭乘凉。他推开亭窗，斜倚在凉床上，看着月儿慢慢地从池边升起。微风送来荷花的阵阵清香，竹叶上滴落的露珠发出清冷的声响。身处如此优雅的环境当中，作者不由得想要取瑶琴来弹奏，与这清风竹露相应和，但终因为没有知音欣赏而作罢。他因此怀念起老友辛大，整夜在梦中也苦苦地想念。

宿业师山房待丁大不至　　孟浩然

夕阳度西岭，群壑倏已暝①。松月生夜凉，风泉满清听。

樵人归欲尽，烟鸟栖初定②。之子期宿来③，孤琴候萝径。

【注释】

①壑：山谷。②烟鸟：暮霭中的归鸟。③之子：这个人。期宿来：相约来住宿。

【赏析】

夕阳西下，群山忽然暗了下来。“松月生夜凉，风泉满清听”，写出山水韵传千古的清音，寂夜抱琴等候朋友于松萝掩映的山路，足见心静情深及等待嘉宾之风度。

同从弟南斋玩月忆山阴崔少府①　　王昌龄

高卧南斋时②，开帷月初吐。

清辉澹水木，演漾在窗户。

苒苒几盈虚③，澄澄变今古。

美人清江畔④，是夜越吟苦⑤。

千里共如何，微风吹兰杜⑥。

【注释】

①从弟：堂弟。②南斋：面南的书房。③苒（rǎn）苒：指时光于不知不觉中渐渐逝去。

④美人：指崔少府。⑤越吟苦：以越切山阴，意为想必在越中苦吟诗篇。⑥兰杜：兰花与杜若，均为香草。

【赏析】

高枕闲卧于南面的书房，又拉开窗帘，看到新月初上，清辉遍洒，水光树影荡漾窗前。月圆月缺经历了多少岁月，古今变迁它还这样光明！诗人想象异地江畔，友人于同一轮月下苦吟的情形，发出“虽千里共此月夜，但你的美名亦如兰杜之香随风而来”的思慕之语。

寻西山隐者不遇　丘为

绝顶一茅茨[①]，直上三十里。扣关无僮仆[②]，窥室惟案几。
若非巾柴车[③]，应是钓秋水。差池不相见[④]，黾勉空仰止[⑤]。
草色新雨中，松声晚窗里。及兹契幽绝[⑥]，自足荡心耳。
虽无宾主意，颇得清净理。兴尽方下山，何必待之子[⑦]。

【注释】

①茅茨（cí）：茅屋。②扣关：叩门。③巾柴车：意为乘车出游。柴车：简陋的车子。④差池：交错。⑤“黾勉”句：意为殷勤而来却不能相见，所以空怀景仰之思。黾勉：殷勤之意。⑥及兹：到此。⑦之子：这个人，指隐者。

【赏析】

诗人兴致勃勃地到山中去探访隐者，然而到了隐者的居处，却是敲门无人应，往里看，只有桌子和椅子。这时又下起了小雨，心胸宽广而又富于情趣的诗人转而欣赏此地清幽静穆的景致，体会隐者雅致的生活。在雨中，喜看清新草色，晚窗里，静听松声阵阵。大自然的声色让诗人体悟到清静之趣，在这里，他的心灵也得到了洗涤。朋友没有会到，但他却是兴足意满地下山的。

宿王昌龄隐居　常建

清溪深不测[①]，隐处惟孤云。
松际露微月，清光犹为君[②]。

茅亭宿花影[3]，药院滋苔纹[4]。

余亦谢时去[5]，西山鸾鹤群。

【注释】

①深不测：指清溪之水流入山林深处，不见尽头。②“清光”句：意为月光犹自为君而来。③宿花影：意为夜已深沉，花影如眠。④药院：长着芍药的庭院。滋：滋生。⑤谢时：辞别俗世。

【赏析】

本诗是常建于归途中借宿在王昌龄旧日隐居之处时写下的。常建似在对早已离去的王昌龄低声絮语道：您原来隐居的地方，下有深深的清溪，上有孤邈的白云。松间的明月还在为您洒着清辉。面对着茅亭、花影、药园青苔，诗人表明了自己的心意，他说：我就要像您从前一样归隐山林，终日与野鹤为伴。虽是在说自己将要归隐，言外却蕴含着对王昌龄弃隐求仕的惋惜之情。

春泛若耶溪[1]　　綦毋潜

幽意无断绝[2]，此去随所偶[3]。

晚风吹行舟，花路入溪口。

际夜转西壑，隔山望南斗[4]。

潭烟飞溶溶，林月低向后。

生事且弥漫，愿为持竿叟[5]。

【注释】

①若耶溪：在今浙江绍兴东南。②“幽意”句：意为归隐山林的念头一直未曾断绝。③随所偶：随遇而安，听凭自然。④南斗：即斗宿，位于北斗之南，故称南斗。⑤“生事”两句：意为世事渺茫，前途不见，“我”宁愿做一个溪边垂钓的隐者。

【赏析】

诗写若耶溪景而寄寓远离世事、放任自适的心情。晚风吹行舟，夜深望星斗；潭烟升起，林月向后。世事渺茫，诗人愿做一个悠闲垂钓的老人。全诗绮情丽句，一片神行。

与高适、薛据登慈恩寺浮图[①] 岑参

塔势如涌出，孤高耸天宫。
登临出世界[②]，蹬道盘虚空[③]。
突兀压神州，峥嵘如鬼工[④]。
四角碍白日，七层摩苍穹。
下窥指高鸟，俯听闻惊风。
连山若波涛，奔凑似朝东。
青槐夹驰道，宫馆何玲珑。
秋色从西来，苍然满关中。
五陵北原上[⑤]，万古青蒙蒙。
净理了可悟，胜因夙所宗[⑥]。
誓将挂冠去[⑦]，觉道资无穷[⑧]。

【注释】

①慈恩寺：唐高宗为太子时为纪念其母文德皇后而建。②出世界：高出于人世之外。③蹬道：塔的石阶。④“峥嵘”句：意为塔之高峻突兀有如鬼斧神工。⑤五陵：指汉高祖长陵、惠帝安陵、景帝阳陵、武帝茂陵、昭帝平陵。⑥胜因：善缘。夙：素来。⑦挂冠：辞官。⑧觉道：即佛道。资无穷：受用不尽。

【赏析】

慈恩寺浮图即大雁塔，是当时京中的游览胜地。天宝十一载（752 年）秋，作者同高适、薛据、杜甫、储光羲结伴登塔，五人各有诗作。五篇作品中若论气势当属杜诗为最佳，若论对塔之巍峨高拔的形容，对登塔后所见平阔景观的描述，当以此诗胜出。

平地望塔，塔势喷涌而出，直耸云霄；拾级而上，好似盘旋在空中。登塔俯瞰，飞鸟在下，风声在耳，群

山如涛，宫观玲珑，汉代五陵只有青一片。感古伤今，作者在诗文末尾讲到自己向来追求佛理善因，希望有一天能辞官而去，专心参禅悟道。此中有其个人政治上失意的情绪。

贼退示官吏 并序　　元结

癸卯岁，西原贼入道州，焚烧杀掠，几尽而去。明年，贼又攻永破邵，不犯此州边鄙而退。岂力能制敌欤？盖蒙其伤怜而已。诸使何为忍苦征敛？故作诗一篇以示官吏。

昔年逢太平，山林二十年。泉源在庭户，洞壑当门前。
井税有常期[①]，日晏犹得眠[②]。忽然遭世变，数岁亲戎旃[③]。
今来典斯郡[④]，山夷又纷然。城小贼不屠，人贫伤可怜。
是以陷邻境，此州独见全。使臣将王命，岂不如贼焉？
令彼征敛者，迫之如火煎。谁能绝人命，以作时世贤。
思欲委符节[⑤]，引竿自刺船[⑥]。将家就鱼麦，归老江湖边。

【注释】

①井税：指赋税。常期：固定的日期。②晏：晚。③戎旃（zhān）：军帐。④典：掌管。⑤委符节：辞官。委：弃。符节：古代朝廷传达命令或征调兵将用的凭证。⑥刺船：撑船。

【赏析】

作者在太平年代度过了二十年山林隐居的生活，直到安史之乱起，他随军平乱，担起匡世济民的职责。

作者如今出任道州刺史，正值西原边境山民纷纷起兵造反，造反者因为道州人民困苦而不再发难，转去攻打其他州县，但奉朝廷命令前来道州征收赋税的官员却催租逼债如同火燎油煎。如此对比让作者不胜愤怒，他告诫横征暴敛的官吏，不要为了做一个朝廷的能臣而不顾人民的死活。他也不愿再与这些人同流合污，想要辞去官职，将家迁到鱼麦之乡，在那里了此余生。全诗语言质朴无华，透露出作者正直爱民的襟怀。

郡斋雨中与诸文士燕集　　韦应物

兵卫森画戟，燕寝凝清香[①]。海上风雨至，逍遥池阁凉。

烦疴近消散[②]，嘉宾复满堂。自惭居处崇，未睹斯民康。
理会是非遣，性达形迹忘[③]。鲜肥属时禁，蔬果幸见尝。
俯饮一杯酒，仰聆金玉章。神欢体自轻，意欲凌风翔。
吴中盛文史，群彦今汪洋[④]。方知大藩地[⑤]，岂曰财赋强。

【注释】

①燕寝：休息的地方。②烦疴（kē）：指暑天的烦郁。③“理会”两句：意为明了事理，是非就消释了；性情旷达，自然就不会拘泥于世俗的礼节。④彦：贤士。⑤大藩：这里指大郡。

【赏析】

本诗是韦应物在苏州刺史任上所作。其时蒸郁闷热的夏日刚刚过去，一夕海上风雨，更让官署内的池阁倍显清凉。诗人设宴召集宾客，虽时禁荤腥，然而新鲜果蔬，清酒几盏，又有宾客们作优美诗文助兴，也足以怡情悦性，畅舒胸怀。更为难能可贵的是，诗人在此欢娱之时还能想到自己虽然身居高位，却还未能让本地人民都过上康乐的生活，一片忧民爱民之心，让人感动。

诗末赞扬苏州不仅是财赋丰饶之区，而且人才荟萃，人才胜于资财，可见刺史对于辖地的热爱与自豪，结尾丰满有度。

初发扬子寄元大校书　　韦应物

凄凄去亲爱[①]，泛泛入烟雾。归棹洛阳人[②]，残钟广陵树。
今朝此为别，何处还相遇？世事波上舟，沿洄安得住[③]。

【注释】

①亲爱：好朋友。②归棹：指驾舟从扬子津出发北归洛阳。③沿：顺流而下。洄：逆

流而上。

【赏析】

悲凄凄地告别了友人元大，船儿渐行渐远进入到江烟水雾当中，回首眺望江岸，只见远树茫茫；耳边，这时依稀回荡着零落的暮钟。作者是洛阳人，如今他告别客地返归故乡却不能引以为喜，因为他觉得世事有如波上之舟，浮沉摇摆不受控制。他感到前路茫茫，并且不知道什么时候才能再次见到朋友，心中因而不胜悲凉。“归棹”两句是传诵名句。全篇体现出韦诗气象清华、淡而有味的风格，读罢让人怀情不尽。

寄全椒山中道士　　韦应物

今朝郡斋冷[①]，忽念山中客。
涧底束荆薪[②]，归来煮白石。
欲持一瓢酒，远慰风雨夕。
落叶满空山，何处寻行迹[③]。

【注释】

①郡斋：指作者任滁州刺史时官署中的斋舍。②荆薪：柴草。③行迹：指道士的踪迹。

【赏析】

作者因为官署斋舍内的寒冷而念及自己的好友——一位在山中修行的道士。在这个风雨欲来的黄昏，他遥想起道士涧底束薪、山中煮石那超脱却不免清苦的生活，心中生出了携酒前去以慰其寂寞的想法。然而远望着空山落叶，终觉仙踪缥缈，难以寻觅，故而唯有惆怅而已。全诗一片空明，中涵万象，无一字不佳，贵在自然超妙。

长安遇冯著　　韦应物

客从东方来，衣上灞陵雨[①]。问客何为来，采山因买斧[②]。
冥冥花正开[③]，飏飏燕新乳[④]。昨别今已春，鬓丝生几缕？

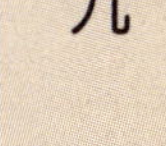

【注释】

①灞陵：在今陕西西安南，因汉文帝刘恒葬于此而得名。②“采山”句：指冯著此次京城之旅非但没有谋到职位，反而发现前途荆棘满路，尚需买斧辟路。③冥冥：悄然。④飏(yáng)飏：鸟儿轻快飞翔的样子。

【赏析】

冯著是韦应物的朋友，他这次来到长安本是想要谋个一官半职，到此地才发现自己人际生疏，求仕多有困难，只落得一身烟雨。作者写此诗宽慰失意的友人，以描述眼下生机盎然的春景重新唤起他对生活的热情，并在结尾处委婉发问：去年一别，如今又是春天了，可你看看你的鬓丝，又有几根变白了呢。殷殷劝勉之意，透出字里行间。

夕次盱眙县[①] 韦应物

落帆逗淮镇[②]，停舫临孤驿。浩浩风起波，冥冥日沉夕。

人归山郭暗，雁下芦洲白[③]。独夜忆秦关[④]，听钟未眠客。

【注释】

①次：停泊。盱（xū）眙（yí）：在今江苏，临淮水。②逗淮镇：指在淮水边的盱眙镇。③芦洲白：长满芦苇的沙洲上，白色的芦花正在盛开。④忆秦关：思念故乡。

【赏析】

此诗是韦应物于德宗建中四年（783 年）夏离开长安舟行到滁州夜泊淮镇时所作，抒写了思乡之情。

全诗以景写情，借咏淮上萧疏暮色和人归雁落的情景，烘染行人于旅途之中的凄凉心境和对故乡的思念之情。落帆、孤驿、日沉、风起、人归、雁下，用白描手法，写出浓情秋色。

东　郊 韦应物

吏舍跼终年[①]，出郊旷清曙[②]。杨柳散和风，青山澹吾虑[③]。

依丛适自憩，缘涧还复去[④]。微雨霭芳原，春鸠鸣何处[⑤]。

乐幽心屡止，遵事迹犹遽[6]。
终罢斯结庐，慕陶直可庶[7]。

【注释】

①踽(jú)：拘束。终年：一年到头。②“出郊”句：意为清晨起来到郊外游赏，清爽的曙色使人心中舒畅。③澹：澄清。虑：思绪。④缘：沿着。⑤鸠(jiū)：斑鸠。⑥迹：行迹。⑦“慕陶”句：意为平生因为仰慕陶渊明而想学他归隐田园的愿望也就差不多可以实现了。直：就。庶：差不多。

诗人厌倦了衙门里为公事所缠绊的拘束、呆板的生活，在一个早晨独自来到郊外漫步，心底那份对于田园生活的向往又被唤醒。郊外的风光真是令人心旷神怡，柔嫩的柳枝披散于风中，隐隐的青山守候在远处，作者时而倚坐在丛林里，时而徜徉在山涧间，看着雨雾笼罩了芬芳的原野，逐音而寻春天的斑鸠是在哪里歌唱。他感叹自己这些年的奔波忙碌，也为往归田园的屡屡不能成行而感到惋惜，他对这清幽秀美的郊外风光迷恋不已，于是暗下决心，终当有天要在此结下草庐，专心致志地来效仿陶渊明，去过自己一直向往的生活。

送杨氏女　　韦应物

永日方戚戚[1]，出行复悠悠[2]。女子今有行，大江溯轻舟。
尔辈苦无恃，抚念益慈柔[3]。幼为长所育，两别泣不休。
对此结中肠[4]，义往难复留[5]。自小阙内训[6]，事姑贻我忧[7]。
赖兹托令门[8]，任恤庶无尤[9]。贫俭诚所尚[10]，资从岂待周[11]。
孝恭遵妇道，容止顺其猷[12]。别离在今晨，见尔当何秋[13]？
居闲始自遣，临感忽难收[14]。归来视幼女，零泪缘缨流[15]。

【注释】

①永日：漫长的一天。②出行：指远嫁。③“尔辈”两句：是说你们从小丧母，孤苦无依，

所以"我"对你们的抚育就更加的慈爱温柔。④结中肠：哀伤之情郁结于心。⑤义往：指女儿已到出嫁年龄，理当嫁人。⑥阙（quē）：同"缺"。内训：闺门之教。⑦事姑：侍奉婆婆。⑧托令门：托付于好人家。⑨庶无尤：指不苛求，差不多没有过失就可以了。⑩诚所尚：诚然是所崇尚的。⑪资从：嫁妆。岂待周：何必完备齐全。⑫容止：仪容举止。猷(yóu)：规矩。⑬当何秋：要到何年。⑭"居闲"两句：意为平日里就开始自我排遣，谁知临别又伤感得难以控制。⑮零泪：流泪。

【赏析】

韦应物的妻子早亡，给他留下了两个女儿。父女三人相依为命，先是自己既当爹又当娘，后是长女抚育幼女，直到长女如今即将远嫁。作者虽然知道"女大当嫁"，然而骨肉分离的痛苦实在让他难于承受，他望着妹妹抱着姐姐哭得如同泪人儿一般的样子，心情悲切到了极点。女儿临行之际，他一再地叮嘱她，到了婆家要恪守妇道，遵守家规，要精心侍奉婆婆；同时寄语女儿的婆家，自己一贯崇尚简朴，所以女儿的嫁妆不算十分的丰厚，此次把女儿托付给他们，希望他们能够多多怜惜。诗人送长女归来后看幼女孤零零的一个人，自己更是泪流不止。全诗用朴实无华的语言塑造了一个真实感人的慈父形象。

晨诣超师院读禅经　　柳宗元

汲井漱寒齿[①]，清心拂尘服[②]。
闲持贝叶书[③]，步出东斋读。
真源了无取，妄迹世所逐。
遗言冀可冥[④]，缮性何由熟[⑤]。
道人庭宇静[⑥]，苔色连深竹。
日出雾露余，青松如膏沐。
澹然离言说[⑦]，悟悦心自足。

【注释】

①汲（jī）井：从井中打水。②清心：清理心境。③贝叶书：佛经。古印度人用贝多罗树之叶写佛经，所以佛经亦称"贝叶经"。④遗言：佛家的遗言。冀：希望。冥：暗合。⑤"缮性"句：意为但"我"本性如此，又怎能修炼到精通呢。⑥道人：指超师。⑦离言说：难以言明。

【赏析】

诗人被贬永州后，希望能从参禅悟道中得到安慰和解脱，这天早晨，他又像往常一样以冰冷的井水漱了口，掸了衣上的灰尘，然后拿了本佛经，缓步走出东斋来读。诗人时而在读经之余暗自疑惑，他不明白为什么世人不去追求佛理的真谛，却总是热衷于追逐世上愚妄的形迹，他想自己合于佛理，但自己的本性如此，又怎么能够精通出世的佛经呢？看看清晨的禅院是那样的静谧，丛丛的翠竹接连着苔色，初日照在朝露晨雾上，青松好像润泽了油脂一样光亮。诗人心中生发出一种难以用语言形容的恬淡与安然，别有一种悟道的喜悦和满足。

溪　居　　柳宗元

久为簪组累①，幸此南夷谪②。闲依农圃邻，偶似山林客③。

晓耕翻露草，夜榜响溪石④。来往不逢人，长歌楚天碧⑤。

【注释】

①簪组：古时官吏的冠饰，此指做官。束：束缚。②谪：贬官。③“偶似”句：意思是有时自己就仿佛是个山林隐逸之士。④榜：划船。⑤楚天：永州古属楚地。

【赏析】

写此诗时作者谪居永州已五载有余，是年迁居愚溪，闲依农圃，浪迹山林。早晨，他在原野里耕作，翻起连缀着露水的小草；晚上，他在溪石间泛舟，倾听那泠泠的水声。被贬到这偏远的永州，他可以庆幸就此摆脱了官场的束缚，然而被贬到这偏远的永州，也让他远离了家乡，远离了亲朋，每每一个人独自漫步，凄凉长歌。全诗看似写闲适之兴，实则隐含幽怨，将迁愁谪恨表现得深沉而不露痕迹。

塞上曲　王昌龄

蝉鸣空桑林[①]，八月萧关道[②]。
出塞入塞寒，处处黄芦草。
从来幽并客[③]，皆共尘沙老。
莫学游侠儿，矜夸紫骝好[④]。

【注释】

①空桑林：叶子已然枯落的桑树林。②萧关：古时关中与塞北的交通要冲，在今宁夏固原东南。③幽并：幽州和并州，唐时皆属于边防之地。④矜夸：骄傲自夸。紫骝（liú）：泛指骏马。

【赏析】

阴历八月的边塞风物，桑叶凋落，秋风鸣蝉；萧关道上征人远戍，大漠荒寒，处处枯草。来自幽州和并州的边关将士都在边塞沙场上度过一生，诗人劝告青年，莫学那些整日矜夸紫骝宝马如何名贵的游侠儿，空自夸耀却不能为国出力御敌。全诗现出了一种积极的人生观和价值观。

塞下曲　王昌龄

饮马渡秋水[①]，水寒风似刀。
平沙日未没，黯黯见临洮[②]。
昔日长城战，咸言意气高[③]。
黄尘足今古，白骨乱蓬蒿[④]。

【注释】

①饮（yìn）马：给马喝水。②临洮（táo）：今甘肃临洮，是长城的起点。③咸：都。④蓬蒿：泛指野草。

【赏析】

饮过了马，然后横渡秋水，但觉河水冰冷，秋风如刀。放眼远望，无垠瀚漠中隐约能看到落日余光下昏暗的边城临洮。临洮自古便是胡汉交战之地，距

此不远的开元二年（714 年），唐军还在这里打败了吐蕃军队。提起那一仗，人们总是说唐军的士气是如何之高，但从古至今，这里都是黄沙弥漫，白骨散乱在野草丛中。

关山月　李白

明月出天山，苍茫云海间。长风几万里，吹度玉门关[①]。

汉下白登道[②]，胡窥青海湾[③]。由来征战地[④]，不见有人还。

戍客望边邑，思归多苦颜[⑤]。高楼当此夜，叹息未应闲。

【注释】

①玉门关：在今甘肃敦煌西，相传和田美玉经此传入中原，因此得名，古时为中原通西域的门户。②“汉下”句：指汉高祖刘邦亲率军与匈奴交战，被困白登山七日一事。③胡：指吐蕃。窥：窥伺。青海湾：即青海湖。唐军多与吐蕃交战于此。④由来：从来。⑤苦颜：愁容。

【赏析】

一轮明月升起在峻伟的天山，出没于苍茫云海之间。浩荡长风掠过几万里，吹度千古玉门雄关。历史上汉高祖用兵白登山征战匈奴，吐蕃觊觎青海河山，这里自古是征战厮杀的地方，几乎看不到有人活着归还。戍边将士眼望着边地的城塞，思念起故乡，愁眉不展。他们家中的妻子在这个夜晚，也一定在闺楼上凭栏远眺，哀叹连连。

子夜吴歌　秋歌　李白

长安一片月，万户捣衣声。

秋风吹不尽，总是玉关情。

何日平胡虏[①]，良人罢远征[②]。

【注释】

①胡虏：指屡犯西北边境的游牧民族。②良人：指丈夫。

【赏析】

每当秋风吹起、秋月朗照的时候，长安城里就会响起此起彼伏的砧杵之声，那是女子在为她们远在边关的丈夫准备征衣。那飒飒的秋风，能将树叶吹落，能将云儿吹散，然而它却不能吹断妻子对玉关征人的万里情牵。想必在这样的秋夜里，在妻子们一下一下地捶捣着冬衣的时候，她们都在默思着同一个问题，那就是何日才能荡平胡虏，让丈夫不必再离家远征。

长干行　　李白

妾发初覆额[①]，折花门前剧[②]。
郎骑竹马来，绕床弄青梅[③]。
同居长干里，两小无嫌猜。
十四为君妇，羞颜未尝开。
低头向暗壁，千唤不一回。
十五始展眉，愿同尘与灰。
常存抱柱信[④]，岂上望夫台[⑤]。
十六君远行，瞿塘滟滪堆[⑥]。
五月不可触，猿声天上哀。
门前旧行迹，一一生绿苔。
苔深不能扫，落叶秋风早。
八月蝴蝶黄，双飞西园草。
感此伤妾心，坐愁红颜老。
早晚下三巴[⑦]，预将书报家。
相迎不道远[⑧]，直至长风沙[⑨]。

【注释】

①初覆额：头发刚刚盖住额头。②剧：游戏。③弄青梅：指绕床追逐，投掷青梅嬉戏。④抱柱：《庄子·盗跖》载，尾生曾与一女子约会于桥下，女子不来，潮水至而尾生却不

离开，抱梁柱溺死。此处喻坚贞。⑤“岂上”句：意为何曾想到要到望夫台去期盼丈夫的归来。⑥瞿塘：即瞿塘峡，长江三峡之一，位于重庆奉节县东。滟滪堆：瞿塘峡入口处的大礁石。⑦早晚：何时。三巴：指巴郡、巴东、巴西。⑧不道远：不说远，不辞劳苦。⑨长风沙：地名，距金陵七百里。

【赏析】

从青梅竹马到如愿以偿地嫁给他，从初为君妇的羞涩到愿与他风雨相伴的执着，然后是因他外出经商而两地分离，之后是无限惦念，翘首苦盼，还有深情寄语：你什么时候回来，即使到七百里以外的长风沙迎接，我也不嫌远！

列女操　　孟郊

梧桐相待老[①]，鸳鸯会双死。
贞妇贵殉夫，舍生亦如此。
波澜誓不起[②]，妾心古井水。

【注释】

①梧桐：梧为雄树，桐为雌树。②“波澜”句：意为心中不会再起波澜。

【赏析】

梧桐相伴到老，鸳鸯不肯独活，夫君一亡，贞烈女子便会以身殉夫，即使存活于世，也是心如古井之水，不会再起波澜。礼法令人殉而可怜，深情使人贞而可敬。本诗比喻贴切，清明如话，颇有民歌风味，让人过目不忘。

游子吟　　孟郊

慈母手中线，游子身上衣。
临行密密缝，意恐迟迟归。
谁言寸草心[①]，报得三春晖[②]！

【注释】

①寸草心：小草的嫩心，比喻天下儿女之心。②三春晖：春日温暖的阳光，比喻母爱的

温暖。

【赏析】

此诗为作者任溧阳县尉时，因迎母至任所而作。母亲的细针密线织就了游子身上的寒衣，游子将要离家的时候，母亲会将衣服缝补得更加结实，以确保它们能帮游子抵挡风寒；她其实更希望游子能早早归来，那样她才能真正地放下心来。游子就像春天里的小草，母亲就像那无微不至的春晖，作者说，短短的小草，如何能报答得了春晖带给它的温暖和恩情。全诗短短数语，但从古至今感动了千万读者，是描写亲情难得的佳作。

登幽州台歌　陈子昂

前不见古人，后不见来者。

念天地之悠悠，独怆然而涕下。

【赏析】

武则天万岁通天二年（697 年），武攸宜北征契丹，陈子昂任右拾遗参谋军事。武攸宜不晓军事 ，先头部队为契丹所败，陈子昂上策谏言，不但未被采纳，还触怒了武攸宜，被贬为军曹。在极度的苦闷忧愤下，陈子昂登上了幽州台，感慨万端，写下了这首《登幽州台歌》。

礼贤下士的古人已经远去，从善如流、能够继承前人美德的贤者却还茫然不见。诗人仰观无垠宇宙，俯思悠悠人生，备感孤独落寞，不由得怆然涕下。

古　意　李颀

男儿事长征[①]，少小幽燕客[②]。

赌胜马蹄下，由来轻七尺[③]。

杀人莫敢前[④]，须如猬毛磔[⑤]。

黄云陇底白云飞[⑥]，未得报恩不得归。

辽东小妇年十五，惯弹琵琶解歌舞。

今为羌笛出塞声，使我三军泪如雨。

【注释】

①事长征：从军远行。②幽燕：幽州和燕地，指代边塞。③轻七尺：轻性命。④“杀人”句：意为厮杀时勇猛无敌，无人敢上前。⑤猬：刺猬。磔（zhé）：张立。⑥陇：山地。

【赏析】

题为《古意》，表明是一首拟古诗。诗写戍边将士儿郎的铁骨柔肠。这些健儿都是少小离家从军，守卫在不是黄沙散漫即是白雪纷飞的边地，拼杀在刀光剑影、血雨腥风的战场，都立下誓言要报效君恩，轻乎生死，重于大义。然而一精于歌舞的辽东少妇用羌笛演奏了《出塞》一曲，就让三军将士泪如雨下，原来铮铮硬汉心中也深藏乡愁，只是平日里未被触动罢了。全诗语言顿挫有致，抒情跌宕起伏，可谓情韵并茂。

送陈章甫　　李颀

四月南风大麦黄，枣花未落桐叶长。
青山朝别暮还见，嘶马出门思旧乡。
陈侯立身何坦荡，虬须虎眉仍大颡[①]。
腹中贮书一万卷，不肯低头在草莽。
东门酤酒饮我曹[②]，心轻万事如鸿毛。
醉卧不知白日暮，有时空望孤云高。
长河浪头连天黑，津吏停舟渡不得。
郑国游人未及家[③]，洛阳行子空叹息[④]。
闻道故林相识多，罢官昨日今如何？

【注释】

①大颡（sǎng）：宽大的额头。②我曹：我辈。③郑国游人：指陈章甫，陈章甫曾隐于

嵩山，古为郑地。④洛阳行子：作者自指。

【赏析】

江陵人陈章甫罢官还乡，诗人作诗送别。时值孟夏四月，枣花尚未凋落，梧桐叶正在生长，和煦的南风吹起阵阵金黄的麦浪。陈章甫引马出门，准备归隐故园。诗人感念陈章甫的坦荡为人、堂堂仪表，叹其空有才学，不甘于沦落草野却仕途坎坷、无所遇合，字里行间透出惋惜同情之意。结尾处以试探口吻发问：听说你在家乡故旧相识很多，只是不知道昨天罢了官，如今回去又是怎样的情形？关切之情颇为诚挚。本诗虽是送别诗，却不作愁词苦语，读来轻松活泼，别具一格。

琴　歌　　李颀

主人有酒欢今夕，请奏鸣琴广陵客[①]。
月照城头乌半飞[②]，霜凄万木风入衣。
铜炉华烛烛增辉，初弹渌水后楚妃[③]。
一声已动物皆静，四座无言星欲稀。
清淮奉使千余里，敢告云山从此始[④]。

【注释】

①广陵客：魏之嵇康曾作《广陵散》，此代琴艺高超的人。②乌半飞：乌鸦四散飞走。半：散。③渌(lù)水、楚妃：皆为琴曲名。④敢告：斗胆敬告。云山：这里是归隐的意思。

【赏析】

室外是月朗乌飞、霜侵万木的清冷秋夜，室内是铜炉燃香、华烛高照的文士雅集，主人不但准备了美酒，而且邀来了善奏之士抚琴助兴。琴弦一拨，万籁皆静，四座无言，大家沉浸在优美的琴声当中，天上的星光也变得渐微渐隐，仿佛一同陶醉。清音入耳，作者因琴移情，他不愿再继续千里奔波的宦游生活，心中萌生出辞官而去，从此归隐云山的想法……

听董大弹胡笳声兼寄语弄房给事　李颀

蔡女昔造胡笳声[①]，一弹一十有八拍。
胡人落泪沾边草，汉使断肠对归客[②]。
古戍苍苍烽火寒，大荒沈沈飞雪白。
先拂商弦后角羽[③]，四郊秋叶惊摵摵[④]。
董夫子，通神明，深山窃听来妖精[⑤]。
言迟更速皆应手，将往复旋如有情[⑥]。
空山百鸟散还合，万里浮云阴且晴[⑦]。
嘶酸雏雁失群夜，断绝胡儿恋母声[⑧]。
川为净其波，鸟亦罢其鸣。
乌孙部落家乡远[⑨]，逻娑沙尘哀怨生[⑩]。
幽音变调忽飘洒，长风吹林雨堕瓦。
迸泉飒飒飞木末，野鹿呦呦走堂下。
长安城连东掖垣[⑪]，凤凰池对青琐门[⑫]。
高才脱略名与利，日夕望君抱琴至[⑬]。

【注释】

①蔡女：蔡琰（文姬）。传文姬于匈奴时曾作琴曲《胡笳十八拍》，也就是诗中的《胡笳弄》。②归客：指蔡文姬。汉末，曹操曾遣使将文姬赎归。③商弦、角羽：古以宫、商、角、徵、羽为五音。④摵摵：叶落声。⑤“通神明”两句：是说董大琴艺高妙，能感召神鬼。⑥“言迟”两句：意为缓奏急弹皆得心应手，手指往复旋按之间已奏出心中款款真情。⑦“空山”两句：形容琴声收纵如山中百鸟聚而又散，琴音清浊如浮云万里，且阴且晴。⑧“嘶酸”两句：形容琴声幽怨处如失群小雁的酸涩，又恰如文姬归汉时与幼儿诀别的凄伤。⑨乌孙：指汉江都王刘建女嫁乌孙国王昆莫事。⑩逻娑：唐时吐蕃首府（今西藏拉萨）。⑪东掖垣（yuán）：指门下省。房琯当时任给事中，属门下省。⑫凤凰池：亦称凤池。青琐门：指宫门。⑬“高才”两句：是说房琯不重名利，只是希望每天能听到董大的琴声。

【赏析】

诗首先不说董大而说蔡女，对《胡笳弄》的来由和艺术效果作了十分生动

的叙述，而后顺势转入对董大用琴演奏《胡笳弄》的描写。从蔡女到董大，相隔数百年，一曲琴音，把二者巧妙地联系起来。感叹了董大高超精妙的演奏技艺，诗人又以秋叶、百鸟、浮云、雏雁、胡儿、河水、沙尘、长风、堕雨、山泉、野鹿所发之声，全方位地摹写董大所奏琴声的美妙动人，表达了对他的赞慕之情。收束几句寄意房给事，含蓄地称赞他志趣高雅、品行高洁，同时也暗示董大遇到知音。

听安万善吹觱篥歌　　李颀

南山截竹为觱篥①，此乐本自龟兹出。
流传汉地曲转奇，凉州胡人为我吹。
傍邻闻者多叹息，远客思乡皆泪垂。
世人解听不解赏，长飙风中自来往。
枯桑老柏寒飕飗，九雏鸣凤乱啾啾。
龙吟虎啸一时发，万籁百泉相与秋②。
忽然更作渔阳掺③，黄云萧条白日暗。
变调如闻杨柳春④，上林繁花照眼新⑤。
岁夜高堂列明烛，美酒一杯声一曲。

【注释】

①觱（bì）篥（lì）：即筚篥，竹制乐器。②万籁：大自然的各种声音。③渔阳掺（càn）：鼓曲名，声节悲壮。④杨柳：指古曲《杨柳枝》，乐曲欢快活泼。⑤上林：指皇家花苑。

【赏析】

觱篥本是胡地乐器，凉州胡人安万善在南山截竹做觱篥，于除夕之夜为作者等人奏曲辞岁，曲声起处伤感凄凉，令在座之人乡情无限。觱篥并非只能为凄凉之声，在技艺精妙的安万善的吹奏下，它发出抑扬顿挫、起伏变化的音调，忽而如寒风吹树飕飕作响，忽而如雏凤争鸣啾啾喧闹，如龙吟虎啸，似万籁泉

鸣，沉郁悲壮时有如渔阳鼓曲，轻灵欢快时恰似杨柳春风。除夕之夜，高堂华烛，诗人与在座的二三知己深深地陶醉在安万善的觱篥声中，曲罢，他们饮上一杯酒；饮罢，他们邀安万善更奏一曲。

夜归鹿门山歌　　孟浩然

山寺钟鸣昼已昏，渔梁渡头争渡喧[1]。
人随沙岸向江村，余亦乘舟归鹿门。
鹿门月照开烟树，忽到庞公栖隐处。
岩扉松径长寂寥，惟有幽人自来去[2]。

【注释】

①渔梁：《水经注·沔水注》载，“沔水中有渔梁洲，庞德公所居”。在襄阳东，离鹿门很近。②幽人：隐居之人，此指作者自己。

【赏析】

山寺传来黄昏报时的钟响，渔梁渡头上，一派人们争渡回家的喧闹景象。船儿向前行走，看着村民们顺着沙岸回归江村，诗人却是离家去鹿门，两样心情，两种归途。走在鹿门山路上，笼着烟雾的山树在月光的映照下朦胧而美妙，诗人在陶醉中漫步，忽而发觉不经意间已然来到了庞德公的旧居，但见山门寂寥，松径犹存。他不禁怀古思今，在清静中走来走去，体味到真实的自我。

金陵酒肆留别[1]　　李白

风吹柳花满店香，吴姬压酒劝客尝[2]。
金陵子弟来相送[3]，欲行不行各尽觞[4]。
请君试问东流水，别意与之谁短长。

【注释】

①金陵：今江苏南京。②吴姬：指吴地酒店侍女。③子弟：年轻人。④欲行不行：

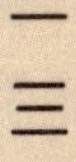

将走的人和不走的人。觞：酒杯。

【赏析】

和风送暖，柳花轻扬，金陵酒肆，满店清香。卖酒的姑娘捧上新酿出的美酒劝诗人品尝，一群与诗人交好的年轻人前来为他饯行。诗人有感于金陵子弟对待自己的一片热诚，因而恋恋不舍，欲走不能。将行者和送行者一次次饮尽杯中之酒，深情厚谊，让诗人感到门外的长江也难以与之比较短长。全诗语简而味浓，依依别情，含蓄其中。

庐山谣寄卢侍御虚舟　李白

我本楚狂人①，凤歌笑孔丘②。
手持绿玉杖，朝别黄鹤楼。
五岳寻仙不辞远，一生好入名山游。
庐山秀出南斗傍，屏风九叠云锦张，影落明湖青黛光。
金阙前开二峰长③，银河倒挂三石梁。
香炉瀑布遥相望，回崖沓嶂凌苍苍④。
翠影红霞映朝日，鸟飞不到吴天长⑤。
登高壮观天地间，大江茫茫去不还。
黄云万里动风色，白波九道流雪山⑥。
好为庐山谣，兴因庐山发。
闲窥石镜清我心⑦，谢公行处苍苔没。
早服还丹无世情⑧，琴心三叠道初成⑨。
遥见仙人彩云里，手把芙蓉朝玉京⑩。
先期汗漫九垓上⑪，愿接卢敖游太清⑫。

【注释】

①楚狂人：陆通，字接舆，因楚昭王时政治混乱，故佯狂不仕。②凤歌：相传接舆经过孔子旁，歌曰："凤兮凤兮，何德之衰。"劝孔子，世道衰败，不要做官。③金阙：即金阙岩，在香炉峰西南。二峰：指香炉峰、双剑峰。④苍苍：天空。⑤吴天：庐山三国时为吴地。⑥九道：古说长江流到浔阳境而分九派。雪山：形容长江卷起的白浪。⑦石镜：庐山东有圆

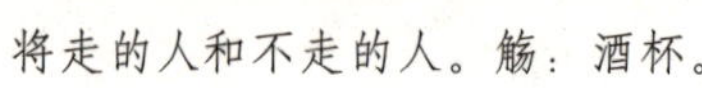

石，明净如镜。⑧还丹：道家仙丹。⑨琴心三叠：道家炼丹术语。⑩玉京：道家谓元始天尊之居处。⑪先期：预先约定。汗漫：广远、漫无边际。九垓：九天。⑫卢敖：秦始皇时的博士，秦始皇曾派他寻仙。太清：天空最高处。

【赏析】

李白流放夜郎遇赦后，于上元元年（760 年）从江夏（今湖北武昌）往浔阳（今江西九江）游庐山时作了这首诗。

诗人以兀傲癫狂、不齿入仕的楚人接舆自比，嘲笑孔子那样志在事君的人。他手持绿玉杖，早晨离开黄鹤楼，不辞遥远地走遍五岳访求神仙，顺由自己的爱好前去名山遨游。庐山突出在南斗星旁，像屏风一样重叠的山峦隐映在彩云之间，山映水影呈现着青黑色的光。金阙岩前二峰雄立，三石梁瀑布有如银河倒挂，香炉峰瀑布遥遥相对，那里的重崖叠嶂上凌苍天。待到旭日初生，满天红霞与苍翠山色相辉映，山势高峻，鸟飞不到，更显得吴天宽广。长江浩荡东流，一去不返；万里黄云飘浮，天色瞬息变幻；茫茫九派，白浪滔滔如同层层雪山。诗人爱作庐山歌谣，诗兴因庐山而激发，他从容自得地照照石镜，在长满青苔的山路上怀想谢公。他希望能够早些服食仙丹忘掉世情，并自认为学道已经初步成功。他仿佛看见手持芙蓉的仙人驾彩云飞向玉京，他愿意带着志同道合的朋友去畅游太空。

梦游天姥吟留别①　　李白

海客谈瀛洲②，烟涛微茫信难求。
越人语天姥③，云霞明灭或可睹。
天姥连天向天横，势拔五岳掩赤城④。
天台四万八千丈，对此欲倒东南倾⑤。
我欲因之梦吴越⑥，一夜飞度镜湖月⑦。
湖月照我影，送我至剡溪⑧。
谢公宿处今尚在⑨，渌水荡漾清猿啼。
脚著谢公屐，身登青云梯。
半壁见海日⑩，空中闻天鸡⑪。
千岩万转路不定，迷花倚石忽已暝。

熊咆龙吟殷岩泉[12]，栗深林兮惊层巅。

云青青兮欲雨，水澹澹兮生烟。

列缺霹雳，丘峦崩摧。洞天石扉，訇然中开[13]。

青冥浩荡不见底，日月照耀金银台。

霓为衣兮风为马，云之君兮纷纷而来下[14]。

虎鼓瑟兮鸾回车[15]，仙之人兮列如麻[16]。

忽魂悸以魄动，恍惊起而长嗟。

惟觉时之枕席，失向来之烟霞。

世间行乐亦如此，古来万事东流水。

别君去兮何时还[17]，且放白鹿青崖间[18]，须行即骑访名山。

安能摧眉折腰事权贵，使我不得开心颜！

【注释】

①天姥(mǔ)：山名，在今浙江新昌县东。②海客：来往海上的人。瀛洲：古以蓬莱、方丈、瀛洲为三座仙山。③越：指今浙江一带。天姥山唐时属越州。④拔：超越。掩：盖过。赤城：山名，在今浙江天台北。⑤“天台”两句：意为天台虽高，但比起天姥，却像是低倾向东南。⑥“我欲”句：意为日思游天姥，入夜则开始了梦游吴越。⑦镜湖：在今浙江绍兴。⑧剡(shàn)溪：在浙江曹娥江上游。⑨谢公宿处：南朝谢灵运游天姥，曾在剡溪投宿。⑩半壁：半山腰。⑪天鸡：传说桃都山中有大树名桃都，上有天鸡，日出照此木，天鸡则鸣，天下之鸡皆随之鸣。⑫殷：形容水盛貌。⑬“列缺”四句：意为忽然间电闪雷鸣，山峰为之坍塌。仙洞石门，轰然大开。⑭云之君：指神仙。⑮虎鼓瑟：老虎鼓瑟。鸾回车：鸾鸟拉车。⑯列如麻：言其众多。⑰“别君”句：李白作此诗时准备由东鲁下吴越，君指东鲁的友人。⑱白鹿：传说仙人常乘白鹿。

【赏析】

这是一首记梦诗，是李白的代表作之一。诗以写作者寻求仙境而不能得起兴，继而写因听说吴越之地有天姥山，山高势险，云霞明灭，或可与仙境媲美，因而于梦中寻去，并由此揭开了梦游天姥的序幕。诗人将神话传说与对山水的真实体验融为一体，尽脱现实时间、空间的拘羁，任由想象驰骋，为我们展开了一幅幅瑰丽奇幻、异彩纷呈的画面。虽是描写梦境，却真切自然、毫不做作，在渲染离奇诡谲的气氛上尤其出色。诗的末尾部分抒发了作者梦醒后的感想，既有对“世间行乐亦如此，古来万事东流水”的慨叹，又有对“且放白鹿青崖间，须行即骑访名山”的向往。然而情感最强烈的当属那“安能摧眉折腰事权贵”的反诘，其中寄托了他对现实的强烈的不满和反抗，抒发了他对自由生活的热爱之情。

宣州谢朓楼饯别校书叔云[①]　　李白

弃我去者，昨日之日不可留。
乱我心者，今日之日多烦忧。
长风万里送秋雁，对此可以酣高楼。
蓬莱文章建安骨[②]，中间小谢又清发[③]。
俱怀逸兴壮思飞，欲上青天览明月[④]。
抽刀断水水更流，举杯消愁愁更愁。
人生在世不称意，明朝散发弄扁舟。

【注释】

①宣州：今安徽宣城。谢朓（tiǎo）楼：是南齐谢朓任宣城太守时所建。叔云：李白的叔叔李云。②蓬莱文章：此指李云供职的秘书省，李云在秘书省任校书郎一职。建安骨：曹操父子和建安七子作品风格苍健遒劲，被后人称为“建安风骨”。③小谢：这里指谢朓。他以山水风景诗见长，后人常将他和谢灵运并举，因他的时代在后，故称为“小谢”。清发：清新秀发。④览：通“揽”。

【赏析】

李白的族叔李云将要离开宣州，李白在谢公楼为他置酒饯行。酒酣之际，诗人思潮如涌，不禁引吭高歌。他慨叹逝者如斯，无法挽留，慨叹眼下心情多烦多忧，他仰望万里长风吹送秋雁，胸怀因而舒展，认为此时此刻正合沉醉高楼。他因为豪俊之士能以诗文留名千古而意兴遄飞、壮思不已，忽又联系眼下境遇，不由得黯然神伤。他欲斩断愁丝却发现愁丝如流水，他想要借酒浇愁却发现醉后愁更浓。浪漫而又理想的诗人生活在这现实而又污浊的世界里无法快乐，他于是打算有朝一日摆脱束缚、泛舟江河。

走马川行奉送封大夫出师西征[①]　　岑参

君不见走马川行雪海边，平沙莽莽黄入天。
轮台九月风夜吼[②]，一川碎石大如斗，随风满地石乱走。

匈奴草黄马正肥，金山西见烟尘飞[③]，汉家大将西出师。
将军金甲夜不脱，半夜军行戈相拨[④]，风头如刀面如割。
马毛带雪汗气蒸，五花连钱旋作冰[⑤]，幕中草檄砚水凝[⑥]。
虏骑闻之应胆慑，料知短兵不敢接，军师西门伫献捷[⑦]。

【注释】

①封大夫：即唐朝名将封常清。②轮台：在今新疆。③金山：即新疆境内的阿尔泰山。烟尘飞：指敌人进犯。④拨：碰撞。⑤五花连钱：毛色斑驳的良马。⑥草檄：起草讨敌文书。⑦军师：应为车师，唐北庭都护府所在。

【赏析】

走马川在遥远的西域，那里的黄沙浩浩茫茫，川中碎石其大如斗；那里阴历九月就会狂风怒吼，吹得黄沙侵天、碎石乱走。阴历九月是草枯的季节，匈奴的兵马在这个时候最为强壮，他们前来劫掠骚扰，汉家大将于是挥师西进，迎击敌虏。将军夜不解甲，大军日夜兼程，马身上蒸腾的汗气结成了冰碴儿附挂在皮毛之上，军幕中起草檄文时发现砚和水冻在了一起，但将士们不畏寒冷艰险，他们傲风斗雪，继续前行。如此坚毅之师，敌虏焉能不闻风丧胆，那么大军的凯旋归来也自在意料之中。

轮台歌奉送封大夫出师西征　　岑参

轮台城头夜吹角，轮台城北旄头落[①]。
羽书昨夜过渠黎[②]，单于已在金山西。
戍楼西望烟尘黑[③]，汉军屯在轮台北。
上将拥旄西出征[④]，平明吹笛大军行。
四边伐鼓雪海涌，三军大呼阴山动。

虏塞兵气连云屯[⑤]，战场白骨缠草根。
剑河风急云片阔，沙口石冻马蹄脱[⑥]。
亚相勤王甘苦辛[⑦]，誓将报主静边尘。
古来青史谁不见，今见功名胜古人[⑧]。

【注释】

①旄头落：指胡人败亡之兆。旄头：星宿名，旧时以为胡星。②羽书：紧急文书。渠黎：西域国名。③烟尘黑：指敌军逼近。④旄：指军旗。⑤屯：聚集。⑥剑河、沙口：均在今新疆境内。⑦亚相：位次于宰相。勤王：操劳王事。⑧“今见”句：意在赞美封常清功业胜过古人。

【赏析】

此诗与前篇《走马川行奉送封大夫出师西征》同为一事、一人而作，但叙事的侧重有所不同。前篇着力于描写边塞环境的恶劣和大军夜间艰苦行进的情景，本诗则侧重于描写唐军军威的雄壮和大将出征的气势，从而表达出作者对于封大夫誓定边尘报国功业的敬慕之情。全诗充满了浪漫主义的激情和边塞生活的气息，这是盛唐边塞诗独具的积极向上的风格。

白雪歌送武判官归京　岑参

北风卷地白草折，胡天八月即飞雪。
忽如一夜春风来，千树万树梨花开。
散入珠帘湿罗幕，狐裘不暖锦衾薄。
将军角弓不得控，都护铁衣冷难着。
瀚海阑干百丈冰[①]，愁云惨淡万里凝。
中军置酒饮归客[②]，胡琴琵琶与羌笛。
纷纷暮雪下辕门，风掣红旗冻不翻[③]。
轮台东门送君去，去时雪满天山路[④]。
山回路转不见君，雪上空留马行处。

【注释】

①瀚海：大沙漠。阑干：纵横貌。②中军：此指中军帐内。③“风掣”句：意为红

旗已然冰冻，风吹时也不再飘动。④天山：在今新疆境内。

【赏析】

西北边地，八月飞雪，雪降有如一夜春风忽起，吹得万树枝头梨花绽放。边地的雪纷纷扬扬，雪花飘入珠帘，浸湿了罗幕，那份冰冻寒冷，让狐裘不暖，锦被嫌薄，将军拉不开擅长的强弓，都护难以穿上护身的铠甲。无垠瀚漠，纵横的是百丈坚冰。天色惨淡，凝结着万里愁云。

就是在这样的一天，作者的朋友武判官将要返京，大家为他在中军帐置酒饯行。在胡琴、琵琶与羌笛的合奏声中，他们依依惜别，难分难舍，直至傍晚雪势又盛。作者于轮台东门送别武判官，他看到皑皑白雪早把山路覆盖，心中不禁为友人的前程担忧。当友人的身影终于消失在这雪暮的山回路转之中，他空望着雪地上友人远走的行迹，久久不肯离去……

韦讽录事宅观曹将军画马图[①] 杜甫

国初已来画鞍马[②]，神妙独数江都王[③]。
将军得名三十载，人间又见真乘黄[④]。
曾貌先帝照夜白[⑤]，龙池十日飞霹雳。
内府殷红马脑盘[⑥]，婕妤传诏才人索。
盘赐将军拜舞归[⑦]，轻纨细绮相追飞。
贵戚权门得笔迹，始觉屏障生光辉。
昔日太宗拳毛䯄[⑧]，近时郭家狮子花[⑨]。
今之新图有二马，复令识者久叹嗟。
此皆骑战一敌万，缟素漠漠开风沙[⑩]。
其余七匹亦殊绝[⑪]，迥若寒空动烟雪[⑫]。
霜蹄蹴踏长楸间[⑬]，马官厮养森成列[⑭]。
可怜九马争神骏，顾视清高气深稳[⑮]。
借问苦心爱者谁，后有韦讽前支遁[⑯]。
忆昔巡幸新丰宫[⑰]，翠华拂天来向东[⑱]。
腾骧磊落三万匹[⑲]，皆与此图筋骨同。

自从献宝朝河宗[20]，无复射蛟江水中[21]。

君不见金粟堆前松柏里[22]，龙媒去尽鸟呼风[23]。

【注释】

①曹将军：曹霸，以善画马著名，玄宗时官左武卫将军。②国初已来：指唐开国以来。③江都王：唐太宗之侄李绪，以画马著名。④乘黄：传说中的神马。⑤貌：描绘。照夜白：玄宗所乘宝马。⑥马脑：玛瑙。⑦拜舞：古代臣下朝见皇帝的礼节。⑧拳毛騧：唐太宗六骏之一。⑨郭家：名将郭子仪家。狮子花：唐代宗赐郭子仪的御马。⑩缟素句：谓展开画绢只见风沙漠漠中有骏马在奔腾。⑪殊绝：与众不同。⑫“迥若”句：谓画中之马如寒空下烟和雪在飘舞。⑬霜蹄：马蹄。⑭厮养：养马的役卒。⑮清高：指马昂首时的神情。⑯支遁：东晋名僧，以爱马著称。⑰新丰宫：指华清宫。⑱翠华：皇帝仪仗中用翠鸟毛做装饰的旗帜，此指皇帝车驾。⑲腾骧（xiāng）：腾跃。磊落：纷多。⑳“自从”句：用河宗献宝之后周穆王归天典喻玄宗死。㉑“无复”句：此句是说玄宗已死，不能再巡游了。㉒金粟堆：指玄宗陵寝，位于今陕西蒲城县金粟山。㉓龙媒：指良马。鸟呼风：意为良马去尽徒见林鸟于风中啼鸣。

【赏析】

诗从江都王引出曹霸，叙述曹霸画马而成名。曹霸应诏在御前画照夜白而声名鹊起，权贵都以得其画为荣。韦讽这《九马图》有两匹战马是以唐太宗的“拳毛騧”、郭子仪的“狮子花”为模特，是以一敌万的神骏，其余七匹也是殊绝良马。诗文饱含真情实感，写人写马，国事自身事面面俱到，沉浸着苍凉的沧桑之感，不失为题马诗中的上乘之作。

丹青引 赠曹将军霸　　杜甫

将军魏武之子孙[1]，于今为庶为清门[2]。

英雄割据虽已矣[3]，文采风流今尚存。

学书初学卫夫人[4]，但恨无过王右军[5]。

丹青不知老将至[6]，富贵于我如浮云。

开元之中常引见[7]，承恩数上南薰殿。

凌烟功臣少颜色[8]，将军下笔开生面。

良相头上进贤冠[9]，猛将腰间大羽箭。

褒公鄂公毛发动[10]，英姿飒爽来酣战。

先帝御马玉花骢，画工如山貌不同[11]。

是日牵来赤墀下[12]，迥立阊阖生长风[13]。
诏谓将军拂绢素，意匠惨澹经营中[14]。
斯须九重真龙出[15]，一洗万古凡马空。
玉花却在御榻上[16]，榻上庭前屹相向[17]。
至尊含笑催赐金，圉人太仆皆惆怅[18]。
弟子韩幹早入室[19]，亦能画马穷殊相。
幹惟画肉不画骨，忍使骅骝气凋丧[20]。
将军善画盖有神，必逢佳士亦写真。
即今漂泊干戈际，屡貌寻常行路人[21]。
途穷反遭俗眼白，世上未有如公贫。
但看古来盛名下，终日坎壈缠其身[22]。

【注释】

①魏武：指魏武帝曹操。②清门：寒门。③英雄割据：指魏、蜀、吴三足鼎立。④卫夫人：东晋著名书法家。⑤王右军：指曾任右军将军的王羲之。⑥“丹青”句：意为曹霸一生沉浸于笔墨丹青中而不知老之将至。⑦引见：由内臣引领应诏朝帝。⑧凌烟功臣：贞观十七年二月，唐太宗命画功臣像于凌烟阁。开元时，玄宗曾命曹霸重画。⑨进贤冠：唐代百官上朝时所戴的黑色礼冠。⑩褒公鄂公：指褒国公段志玄和鄂国公尉迟敬德。⑪“画工”句：意为画工虽多，均不能得原马风神。⑫赤墀(chí)：皇宫内用红漆涂的台阶。⑬迥立：昂头屹立。阊(chāng)阖：本指天门，此代宫门。⑭“意匠”句：指曹霸苦心构思。⑮真龙：神马。⑯玉花：指画中的玉花骢。⑰“榻上”句：意为榻上马图和阶前真马两两相对，昂首屹立。⑱圉人：养马的马倌儿。⑲韩幹：玄宗时官太府寺丞，初以曹霸为师，后自成一派。入室：得师傅传授。⑳骅（huá）骝（liú）：骏马。㉑“屡貌”句：意为曹霸罢官后，漂泊零落，甚至以给路人画像为生。㉒坎壈（lǎn）：困顿。

【赏析】

曹霸是盛唐著名的画马大师，安史之乱后，潦倒漂泊。杜甫因为同情他的遭遇，为他写下了这首《丹青引》。

诗从曹霸的家世写起，称赞他风流文采一脉相承，潜心研习书画而不慕富贵；继而回顾他奉旨再绘凌烟功臣和摹写玄宗爱骑玉花骢诸事，酣畅淋漓地展现出画家的高超技艺和辉煌过去。然而时过境迁，一代大师晚年非常落拓，作者以悲凉的笔调，满含同情地描述了曹霸因战乱流落民间后的艰苦生活、窘困境遇，抒发了对其遭遇的愤愤不平之情。结尾两句作为慰藉语，说古来负盛名者多穷困失意，既是慰人，也是慰己。

寄韩谏议注　杜甫

今我不乐思岳阳，身欲奋飞病在床。
美人娟娟隔秋水[①]，濯足洞庭望八荒[②]。
鸿飞冥冥日月白[③]，青枫叶赤天雨霜。
玉京群帝集北斗[④]，或骑麒麟翳凤凰[⑤]。
芙蓉旌旗烟雾落，影动倒景摇潇湘。
星宫之君醉琼浆[⑥]，羽人稀少不在旁[⑦]。
似闻昨者赤松子[⑧]，恐是汉代韩张良[⑨]。
昔随刘氏定长安，帷幄未改神惨伤[⑩]。
国家成败吾岂敢，色难腥腐餐枫香[⑪]。
周南留滞古所惜[⑫]，南极老人应寿昌。
美人胡为隔秋水[⑬]，焉得置之贡玉堂[⑭]。

【注释】

①美人：指友人韩注。②八荒：最远之处。③鸿飞冥冥：鸿雁高飞于天际。④玉京：道家元始天尊的居处。群帝：众神仙。⑤翳：骑跨。⑥星宫之君：天神。⑦羽人：身穿羽衣的仙人。⑧赤松子：传说中的仙人。⑨张良：曾帮高祖刘邦兴汉，后弃功名，传其随赤松子游。⑩帷幄：刘邦曾赞张良“运筹帷幄之中，决胜千里之外”。⑪“国家”两句：意为国家之兴衰成败“我”岂敢作壁上观，只是厌恶腥腐世道宁可洁身退居山林。⑫“周南”句：汉武帝前往泰山封禅，太史公司马谈随行，至周南而病危，滞留不得归。⑬胡为：为何。⑭玉堂：朝廷。

【赏析】

朋友韩注本是唐朝功臣，后因目睹朝政腐败，于是辞官隐居山林。杜甫此诗不但表达了对友人的思念，还多用暗喻。或以“玉京群帝”骑麟跨凤比喻当朝权贵威仪赫赫、恃宠骄纵，或以“星宫之君”沉溺于美酒，羽人稀少不在其侧比喻君王贪图享乐以致贤良远离，或以汉代谋臣张良的功成身退比喻韩注虽

然不忘忧国，但终因不愿身陷污浊而洁身远隐，曲折含蓄地讲述了朝廷现状，赞扬了韩注的风度品格。但作者不愿韩注从此不问世事，希望他能重为国家贡献力量。殷殷劝意，在结尾处甚是分明。

古柏行　杜甫

孔明庙前有老柏，柯如青铜根如石[①]。
霜皮溜雨四十围[②]，黛色参天二千尺[③]。
君臣已与时际会，树木犹为人爱惜。
云来气接巫峡长，月出寒通雪山白。
忆昨路绕锦亭东[④]，先主武侯同閟宫[⑤]。
崔嵬枝干郊原古[⑥]，窈窕丹青户牖空。
落落盘踞虽得地，冥冥孤高多烈风。
扶持自是神明力，正直原因造化功。
大厦如倾要梁栋，万牛回首丘山重。
不露文章世已惊[⑦]，未辞翦伐谁能送。
苦心岂免容蝼蚁[⑧]，香叶曾经宿鸾凤[⑨]。
志士幽人莫怨嗟，古来材大难为用。

【注释】

①柯（kē）：树枝。②霜皮溜雨：指树皮白而润滑。③黛色：青黑色。④锦亭：杜甫在成都所建草堂的中庭名。⑤“先主”句：先主指刘备，成都的武侯庙附于先主庙，故云“同閟宫”。閟：幽深。⑥崔嵬：高大貌。⑦文章：指美丽的色彩。⑧苦心：柏心味苦。岂免：难免。⑨宿：栖宿。

【赏析】

杜甫晚年在夔州时作此诗，歌颂夔州武侯庙内的古柏。这些古柏枝似青铜，根似磐石，树干高大，因为诸葛亮与刘备的君臣情义千百

年来为人称颂，所以它们也受到当地人的爱护。诗人联想到多年以前居住过的成都，那里武侯祠中的古柏，一样的高大挺拔，有如神明扶持。它们不辞剪伐，愿意充当支撑大厦的栋梁，但因为过于巨大而不能被拖出山；看来它们虽然苦心独具，但终不免为蝼蚁所伤了。古柏的身世正如许多志士幽人的身世，作者吟咏古柏，意在抒发“古来材大难为用”的愤慨之情。

观公孙大娘弟子舞剑器行[①] 并序　　杜甫

大历二年十月十九日，夔府别驾元持宅，见临颍李十二娘舞剑器，壮其蔚跂，问其所师，曰："余公孙大娘弟子也。"开元三载，余尚童稚，记于郾城观公孙氏，舞剑器浑脱，浏漓顿挫，独出冠时，自高头宜春、梨园二伎坊内人洎外供奉，晓是舞者，圣文神武皇帝初，公孙一人而已。玉貌锦衣，况余白首，今兹弟子，亦匪盛颜。既辨其由来，知波澜莫二。抚事慷慨，聊为《剑器行》。昔者吴人张旭，善草书帖，数常于邺县见公孙大娘舞西河剑器，自从草书长进，豪荡感激，即公孙可知矣。

昔有佳人公孙氏，一舞剑器动四方。
观者如山色沮丧，天地为之久低昂。
㸌如羿射九日落[②]，矫如群帝骖龙翔[③]。
来如雷霆收震怒，罢如江海凝清光。
绛唇珠袖两寂寞[④]，晚有弟子传芬芳[⑤]。
临颍美人在白帝[⑥]，妙舞此曲神扬扬。
与余问答既有以，感时抚事增惋伤。
先帝侍女八千人[⑦]，公孙剑器初第一。
五十年间似反掌，风尘澒洞昏王室[⑧]。
梨园子弟散如烟，女乐余姿映寒日[⑨]。
金粟堆前木已拱[⑩]，瞿唐石城草萧瑟[⑪]。
玳筵急管曲复终[⑫]，乐极哀来月东出。
老夫不知其所往，足茧荒山转愁疾。

【注释】

①公孙大娘：唐玄宗开元间著名的女舞蹈家。②㸌：闪光貌。羿：后羿。③矫：矫捷。骖（cān）：驾驭。④绛唇：指歌。珠袖：指舞。⑤芬芳：公孙大娘舞蹈的精华。⑥临颍美人：指李十二娘。⑦先帝：指唐玄宗。⑧澒（hòng）洞：弥漫无际的样子。⑨女乐余姿：指李十二娘的舞蹈犹存着开

元盛世的风貌。⑩金粟堆：位于金粟山的玄宗陵。木已拱：意为墓前的树木已长得双手可以合抱了。⑪瞿唐石城：指白帝城。⑫玳筵：玳瑁饰制的弦乐器。急管：节奏急促的管乐。

【赏析】

开元三年（715 年），年纪尚幼的作者曾经观看过公孙大娘舞剑，公孙大娘精湛的技艺和在当时享有的盛誉给作者留下了很深的印象。五十多年后，作者在夔州看到了流落至此的公孙大娘弟子李十二娘的表演，不禁抚今追昔，感慨满怀地写下了此诗。

杜甫在夔州看到李十二娘舞剑，问其师从何人，得知她是公孙大娘的弟子。公孙大娘是开元年间著名的舞蹈家，尤善舞剑，每当剑舞一起，观者如山，天地嗟叹。那闪烁的剑光，好似后羿射下的太阳划过天际，她矫捷的身姿，有如仙子乘龙凌空飞翔，至于气势，发如雷霆震怒，收若江海凝光。在玄宗能歌善舞的八千侍女当中，公孙大娘的剑舞首屈一指。与已不年轻的李十二娘谈及往事，作者与她都不胜伤感，倏忽而过的五十年间，盛衰巨变，玄宗墓前的树木已然可以合抱，公孙大娘也已寂寞无闻，而她的高徒则流落至此偏远山城。最后一支乐舞结束的时候，月亮升起于东天，作者沉浸在更为深切的悲慨之中，心绪烦乱。他不顾脚茧碍步，却漫无目的地疾走在荒山野地之间。

石鱼湖上醉歌 并序　　元结

漫叟以公田米酿酒，因休暇，则载酒于湖上，时取一醉。欢醉中，据湖岸，引臂向鱼取酒，使舫载之，遍饮坐者。意疑倚巴丘酌于君山之上，诸子环洞庭而坐，酒舫泛泛然触波涛而往来者，乃作歌以长之。

石鱼湖，似洞庭，夏水欲满君山青[①]。

山为樽，水为沼[②]，酒徒历历坐洲岛[③]。

长风连日作大浪，不能废人运酒舫[④]。

我持长瓢坐巴丘，酌饮四座以散愁。

【注释】

①君山：又名洞庭山，在洞庭湖中。②沼：池。③历历：一个个的。④废：阻止。

【赏析】

“石鱼湖”实是一方小水潭，中间有鱼形凹石一块，其中贮藏有酒。作者常与友人围坐潭边，从石鱼上取了酒放于小木船上，让其随水洄游，漂到谁那里谁便取而饮之。

作者在本诗中将水潭比作洞庭湖，将石鱼比作君山，将坐在潭边的众人说成是坐在洞庭湖岸洲岛之上的一群酒徒，奇情逸趣，巧思妙想，让人叹喟。如今连日起风，却阻挡不了他与友朋来此欢饮的兴致，当那些小木船又开始在波浪起伏的湖上漂走，作者手持长瓢坐在石鱼旁边，不断取酒斟满小木船，遍饮宾朋，以此散愁。

山石　韩愈

山石荦确行径微①，黄昏到寺蝙蝠飞。
升堂坐阶新雨足，芭蕉叶大支子肥②。
僧言古壁佛画好，以火来照所见稀。
铺床拂席置羹饭，疏粝亦足饱我饥③。
夜深静卧百虫绝，清月出岭光入扉。
天明独去无道路④，出入高下穷烟霏⑤。
山红涧碧纷烂漫，时见松枥皆十围⑥。
当流赤足踏涧石，水声激激风生衣。
人生如此自可乐，岂必局束为人鞿⑦。
嗟哉吾党二三子⑧，安得至老不更归。

【注释】

①荦（luò）确：形容山路的险峻不平。②支子：即栀子，常绿灌木，夏季开白花，有浓香。③疏粝（lì）：粗糙的饭食。粝：粗米。④无道路：指信步走在清晨的山谷中。⑤穷烟霏：走到烟雾深处。⑥枥：同“栎”。⑦局束：局促、拘束。鞿（wù）：马缰绳，这里指受牵制、束缚。⑧吾党二三子：与作者志趣相投的几个人。

【赏析】

作者沿着崎岖不平的山间小路行走，黄昏时到达了惠林寺。新雨过后，他坐在寺堂前台阶上闲看风景，看到大叶的芭蕉，肥硕的栀子。热情的寺僧向作者推荐寺中的壁画，让他大饱眼福，又为他整理床铺，端来斋饭，虽然简陋，但作者非常满意。山中的夜安静极了，甚至没有虫鸣，作者静卧在床上，看明月转出山岭，看门前一地的月光。第二天清晨，他又独自前往山间，饱览了

火红山花、碧绿涧水的烂漫相映，领略了松树、栎树的高大挺拔，还光着脚过溪踏石，任清风穿过衣裳。

人生如此便可以快乐，作者于是不愿再去过仰人鼻息的幕僚生活，他宁愿在此，一直到老。

八月十五夜赠张功曹[①]　　韩愈

纤云四卷天无河，清风吹空月舒波。
沙平水息声影绝，一杯相属君当歌[②]。
君歌声酸辞且苦，不能听终泪如雨。
洞庭连天九疑高[③]，蛟龙出没猩鼯号[④]。
十生九死到官所，幽居默默如藏逃[⑤]。
下床畏蛇食畏药，海气湿蛰熏腥臊[⑥]。
昨者州前捶大鼓[⑦]，嗣皇继圣登夔皋[⑧]。
赦书一日行千里，罪从大辟皆除死[⑨]。
迁者追回流者还，涤瑕荡垢清朝班。
州家申名使家抑[⑩]，坎轲只得移荆蛮[⑪]。
判司卑官不堪说[⑫]，未免捶楚尘埃间。
同时流辈多上道[⑬]，天路幽险难追攀[⑭]。
君歌且休听我歌，我歌今与君殊科[⑮]。
一年明月今宵多，人生由命非由他，有酒不饮奈明何。

【注释】

①张功曹：张署，河间人。②属：劝酒。③九疑：即苍梧山，在今湖南宁远县境内。④鼯（wú）：大飞鼠。⑤“幽居”句：意为谪居荒僻之地，默默受苦有如罪犯藏逃。⑥“下床”两句：意为下床常常怕蛇咬，吃饭时时怕中毒，近海地湿蛰伏着蛇虫，到处散发着腥臊之气。⑦州：指郴州衙署。⑧嗣皇：指唐宪宗。登夔皋：喻任用贤良。夔、皋是舜帝时的贤臣。⑨大辟：死刑。除死：免死。⑩“州家”句：意为刺史已为我申报赦免，却被观察使所阻拦。⑪坎轲：坎坷。移荆蛮：指调往江陵任职。⑫判司：对诸曹参军的统称。⑬上道：去往京城长安。⑭天路：指进身朝廷之路。⑮殊科：不为同类。

【赏析】

诗从中秋月色写起，继而援引张署的悲歌，述说了贬谪之地自然环境的险恶、谪居生活的凄苦，谈到了此次大赦二人遇到的不公待遇，表达了对于黯淡前路的畏怯之情。诗人既已借友人之口一吐心中郁愤，便只再自作三句歌词完结全篇，一句赞今宵月光最好最多，一句说人生有命，难以自己掌握，一句道有酒且醉，不管明朝如何。看似旷达，实则寄慨遥深。

谒衡岳庙遂宿岳寺题门楼　　韩愈

五岳祭秩皆三公[1]，四方环镇嵩当中。
火维地荒足妖怪[2]，天假神柄专其雄[3]。
喷云泄雾藏半腹[4]，虽有绝顶谁能穷[5]？
我来正逢秋雨节，阴气晦昧无清风。
潜心默祷若有应，岂非正直能感通[6]？
须臾静扫众峰出，仰见突兀撑青空。
紫盖连延接天柱，石廪腾掷堆祝融[7]。
森然魄动下马拜，松柏一径趋灵宫[8]。
粉墙丹柱动光彩，鬼物图画填青红。
升阶伛偻荐脯酒[9]，欲以菲薄明其衷。
庙令老人识神意，睢盱侦伺能鞠躬[10]。
手持杯珓导我掷[11]，云此最吉余难同[12]。
窜逐蛮荒幸不死[13]，衣食才足甘长终。
侯王将相望久绝，神纵欲福难为功[14]。
夜投佛寺上高阁，星月掩映云朣胧。
猿鸣钟动不知曙，杲杲寒日生于东[15]。

【注释】

①祭秩皆三公：祭祀都是按照祭奠三公的等级进行的。三公：泛指人臣的最高爵位。②维：隅落。③假：授予。柄：权力。④半腹：山腰。⑤穷：登顶。⑥正直：指岳神。⑦紫盖、

天柱、石廪、祝融：都是山峰名。腾掷：形容山势跌宕逶迤的样子。⑧灵官：指衡岳庙。⑨伛（yǔ）偻（lǔ）：曲身示敬。荐脯酒：进献肉和酒。荐：进献。⑩睢（suī）盱（xū）：凝视。⑪杯珓：占卜的用具。⑫“云此”句：意为老人说此卦相最吉，其他卦相难以与之相比。⑬窜逐蛮荒：指远谪阳山事。⑭“侯王”两句：意为侯王将相之望早已断绝，纵使神明想要赐福于我，也难奏效。⑮杲（gǎo）杲：形容日色明亮。

【赏析】

由郴州前往江陵赴任途中，作者有幸来到云雾缭绕、巍峨险峻的南岳脚下，他不禁联想起历代对于五岳的隆重祀典，想到关于衡山的悠久传说，越发感到它神秘莫测，令人景仰。适逢秋雨季节，本没有希望看到壮丽的景色，然而经过作者一番“潜心默祷”，须臾之间云开雾散，奇峰秀峦突兀而出，这虽说是巧合，但作者却认为是神灵有知。为了向神灵表达敬意，他沿山而上，来到衡岳庙贡献祭品。庙令老人提出为他占卜，得“最吉”一卦。作者心想：前些时候被贬蛮荒之地未死已是幸运，而今只求衣食无忧，早已断绝侯王将相之望，纵然神明想要赐福怕也只会徒劳无功。作者夜宿佛寺，心怀坦荡地酣睡过去，连第二天清晨的寺钟猿鸣也不能将他吵醒，直至明亮的太阳从东方升起。

石鼓歌　韩愈

张生手持石鼓文，劝我试作石鼓歌。
少陵无人谪仙死[①]，才薄将奈石鼓何。
周纲陵迟四海沸[②]，宣王愤起挥天戈[③]。
大开明堂受朝贺，诸侯剑佩鸣相磨。
蒐于岐阳骋雄俊[④]，万里禽兽皆遮罗[⑤]。
镌功勒成告万世[⑥]，凿石作鼓隳嵯峨[⑦]。
从臣才艺咸第一，拣选撰刻留山阿。
雨淋日炙野火燎，鬼物守护烦㧑呵[⑧]。
公从何处得纸本，毫发尽备无差讹。
辞严义密读难晓，字体不类隶与蝌[⑨]。
年深岂免有缺画，快剑斫断生蛟鼍[⑩]。
鸾翔凤翥众仙下[⑪]，珊瑚碧树交枝柯[⑫]。

金绳铁索锁纽壮[13]，古鼎跃水龙腾梭[14]。
陋儒编诗不收入[15]，二雅褊迫无委蛇[16]。
孔子西行不到秦，掎摭星宿遗羲娥[17]。
嗟余好古生苦晚，对此涕泪双滂沱。
忆昔初蒙博士征[18]，其年始改称元和。
故人从军在右辅，为我度量掘臼科[19]。
濯冠沐浴告祭酒[20]，如此至宝存岂多？
毡包席裹可立致，十鼓只载数骆驼。
荐诸太庙比郜鼎[21]，光价岂止百倍过[22]？
圣恩若许留太学[23]，诸生讲解得切磋。
观经鸿都尚填咽[24]，坐见举国来奔波[25]。
剜苔剔藓露节角[26]，安置妥帖平不颇[27]。
大厦深檐与盖覆，经历久远期无佗[28]。
中朝大官老于事，讵肯感激徒媕婀[29]。
牧童敲火牛砺角[30]，谁复著手为摩挲。
日销月铄就埋没，六年西顾空吟哦[31]。
羲之俗书趁姿媚，数纸尚可博白鹅[32]。
继周八代争战罢，无人收拾理则那[33]？
方今太平日无事，柄任儒术崇丘轲。
安能以此上论列，愿借辩口如悬河。
石鼓之歌止于此，呜呼吾意其蹉跎。

【注释】

①少陵：杜甫。谪仙：李白。②周纲：周朝的朝纲。陵迟：衰败。③宣王：周宣王，周室中兴之主。挥天戈：喻宣王之开疆扩土、平定叛乱。④蒐：打猎。岐阳：岐山之南。⑤遮罗：被网围拦捕。⑥镌功勒成：刻功业成就于石上。⑦隳（huī）：毁坏。⑧呵：喝叱。⑨隶：隶书。蝌：指蝌蝌文，一种古文字。⑩“快剑”句：此句是写石鼓文已然残缺。蛟鼍：蛟龙。⑪“鸾翔句：形容字体活泼灵动，有如鸾飞凤舞，天上众仙飘忽而下。翥（zhù）：飞。⑫“珊瑚”句：形容文字相互交错。⑬“金绳铁索”句：喻字体的苍劲勾连。⑭古鼎跃水：形容字体沉稳而有灵气。龙腾梭：古有龙化梭的传说。⑮诗：指《诗经》。⑯委蛇：宽大从容的样子。⑰“孔子”两句：意为孔子因未到

秦地，故采诗未收石鼓文，就像只取了星宿而遗漏了太阳和月亮。掎摭：摘取。羲：羲和，指太阳。⑱“忆昔”句：指元和元年韩愈召为国子博士。⑲臼科：埋石鼓的坑穴。⑳濯：洗涤。㉑荐：进献。郜鼎：太庙中的神器。㉒光价：声价。㉓太学：国子监。㉔观经鸿都：到鸿都门观看、摹写经文。鸿都：藏书之所。㉕坐：即将。㉖节角：文字的棱角。㉗颇：歪斜。㉘无佗：不出其他问题。㉙讵肯：岂肯。㉚敲火：敲石取火。砺：磨。㉛六年西顾：此诗是元和六年作。㉜“数纸”句：王羲之爱鹅，曾书写《道德经》以换一山阴道士之鹅。㉝则那：又奈何。

【赏析】

石鼓文，是我国现存最早的刻石文字，刻于十只鼓形石上，因铭文中多言渔猎之事，故又称它为《猎碣》。韩愈认为石鼓文是周宣王时期的刻石，千百年来虽有争议，但出入不大。现存石鼓上面的文字已经多有磨灭，其第九鼓已无一存字。

我们仍旧能从这篇《石鼓歌》中领略石鼓文当日的风貌。诗中“辞严”八句便是对石鼓文形态气韵的极佳写真。但作者作此篇的目的并不在描画石鼓文上，而是在替石鼓千年来历尽雨打风吹、水淹火烧而不为人知的身世痛惜叹惋，希望它们的珍贵价值有朝一日能被人们所认识，能被完好地保存起来，为更多的人所研究琢磨。韩愈一生勤于治学，尤其喜欢钻研古代文献，他以如此激情为石鼓谱写下史诗般的赞歌，可见其对古文化的深爱之情。而这篇作品也因“体势恢宏，音韵铿訇”而为人所称道。

渔翁　柳宗元

渔翁夜傍西岩宿①，晓汲清湘燃楚竹②。
烟销日出不见人，欸乃一声山水绿③。
回看天际下中流，岩上无心云相逐。

【注释】

①西岩：在湖南零陵县西湘江外。②燃楚竹：指烧竹煮水。③欸乃：行船时的摇橹声。

【赏析】

渔翁夜晚泊舟在西山脚下，早上汲清湘之水，燃楚竹为薪。当雾散日出时，他的小舟便已不见踪影，但青山绿水间却时而传来那清寥悠长的摇橹之声。此

诗作于柳宗元被贬永州期间，写渔翁而意在自况，传递出诗人萧然世外、悠游自适的洒脱情怀。结尾两句从渔翁角度写他驾小舟顺流而下，回望来处，只见西岩上白云浮动，好像在互相追逐。恬然意境，令人神往。

长恨歌　　白居易

汉皇重色思倾国[①]，御宇多年求不得。
杨家有女初长成，养在深闺人未识。
天生丽质难自弃，一朝选在君王侧。
回眸一笑百媚生，六宫粉黛无颜色。
春寒赐浴华清池，温泉水滑洗凝脂。
侍儿扶起娇无力，始是新承恩泽时。
云鬓花颜金步摇，芙蓉帐暖度春宵。
春宵苦短日高起，从此君王不早朝。
承欢侍宴无闲暇，春从春游夜专夜。
后宫佳丽三千人，三千宠爱在一身。
金屋妆成娇侍夜，玉楼宴罢醉和春[②]。
姊妹弟兄皆列土[③]，可怜光彩生门户。
遂令天下父母心，不重生男重生女。
骊宫高处入青云，仙乐风飘处处闻。
缓歌慢舞凝丝竹[④]，尽日君王看不足。
渔阳鼙鼓动地来[⑤]，惊破霓裳羽衣曲。
九重城阙烟尘生，千乘万骑西南行。
翠华摇摇行复止，西出都门百余里。
六军不发无奈何，宛转蛾眉马前死。
花钿委地无人收，翠翘金雀玉搔头[⑥]。
君王掩面救不得，回看血泪相和流。

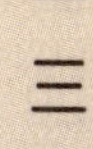

黄埃散漫风萧索，云栈萦纡登剑阁[7]。
峨嵋山下少人行，旌旗无光日色薄。
蜀江水碧蜀山青，圣主朝朝暮暮情。
行宫见月伤心色，夜雨闻铃肠断声。
天旋地转回龙驭[8]，到此踌躇不能去。
马嵬坡下泥土中，不见玉颜空死处。
君臣相顾尽沾衣，东望都门信马归[9]。
归来池苑皆依旧，太液芙蓉未央柳。
芙蓉如面柳如眉，对此如何不泪垂？
春风桃李花开日，秋雨梧桐叶落时。
西宫南内多秋草，落叶满阶红不扫。
梨园弟子白发新，椒房阿监青娥老[10]。
夕殿萤飞思悄然，孤灯挑尽未成眠。
迟迟钟鼓初长夜，耿耿星河欲曙天。
鸳鸯瓦冷霜华重，翡翠衾寒谁与共。
悠悠生死别经年，魂魄不曾来入梦。
临邛道士鸿都客[11]，能以精诚致魂魄[12]。
为感君王展转思，遂教方士殷勤觅[13]。
排空驭气奔如电，升天入地求之遍。
上穷碧落下黄泉，两处茫茫皆不见。
忽闻海上有仙山，山在虚无缥缈间。
楼阁玲珑五云起，其中绰约多仙子。
中有一人字太真[14]，雪肤花貌参差是。
金阙西厢叩玉扃，转教小玉报双成[15]。
闻道汉家天子使，九华帐里梦魂惊。
揽衣推枕起徘徊，珠箔银屏迤逦开[16]。
云鬓半偏新睡觉[17]，花冠不整下堂来。

风吹仙袂飘飖举，犹似霓裳羽衣舞。
玉容寂寞泪阑干[18]，梨花一枝春带雨。
含情凝睇谢君王，一别音容两渺茫。
昭阳殿里恩爱绝，蓬莱宫中日月长。
回头下望人寰处，不见长安见尘雾。
唯将旧物表深情，钿合金钗寄将去。
钗留一股合一扇，钗擘黄金合分钿。
但教心似金钿坚，天上人间会相见。
临别殷勤重寄词，词中有誓两心知。
七月七日长生殿，夜半无人私语时。
在天愿作比翼鸟，在地愿为连理枝。
天长地久有时尽，此恨绵绵无绝期。

【注释】

①汉皇：指唐玄宗。②醉和春：醉意伴随着春意。③列土：分封领地。④凝丝竹：喻歌舞紧扣音乐声。⑤“渔阳”句：指安禄山起兵叛乱。鼙鼓：中国古代军队中用的小鼓。⑥翠翘、金雀、玉搔头：均是杨妃所佩戴的钗簪。⑦剑阁：在今四川剑阁县东北大剑山、小剑山之间，为由陕入川的必经之路。⑧“天旋”句：指局势转变，玄宗还京。龙驭：皇帝的车驾。⑨信马归：任马驰骋而归。⑩椒房：后妃们住的地方。阿监：指宫中女官。⑪“临邛”句：意为来自蜀中，做客长安的道士。临邛：今四川邛崃市。鸿都：汉宫门名，此指长安。⑫致魂魄：将灵魂招来。⑬方士：有道术的人。⑭太真：杨贵妃为女道士时号太真。⑮转教：指请侍女通报。小玉、双成：指太真侍女。⑯珠箔：珠帘。迤逦开：层层敞开。⑰新睡觉：刚睡醒。⑱阑干：形容泪水横流的样子。

【赏析】

白居易的《长恨歌》是古典诗歌中的不朽之作，从它问世到现在12个世纪的漫长岁月里，始终是传唱不衰，保持着极强的生命力。作者作此歌的初衷本是“惩尤物，窒乱阶，垂于将来”，可以说是将《长恨歌》的主题定为了“耽色误国”，然而却在写作的过程当中为李、杨二人凄美的爱情故事所裹挟，不由自主地写出了这首千古绝唱。全诗将叙事、写景、抒情三者完美地结合在一起，将一幅幅浸透人间悲喜、饱含荣枯变化的画面展现在人们面前，动情讲述了一个朝代由盛而衰的历史，一位帝王由喜而悲的爱情，旷世的爱情与流传千古的佳句同样具有无穷魅力，超越了时空的阻隔和生命的极限，最终达到一种永恒的境界。

琵琶行 并序 白居易

元和十年，予左迁九江郡司马。明年秋，送客湓浦口，闻舟中夜弹琵琶者。听其音，铮铮然有京都声。问其人，本长安倡女，尝学琵琶于穆、曹二善才，年长色衰，委身为贾人妇。遂命酒，使快弹数曲。曲罢悯然，自叙少小时欢乐事，今漂沦憔悴，转徙于江湖间。予出官二年，恬然自安，感斯人言，是夕始觉有谪迁意。因为长歌以赠之，凡六百一十二言，命曰《琵琶行》。

浔阳江头夜送客，枫叶荻花秋瑟瑟。
主人下马客在船，举酒欲饮无管弦。
醉不成欢惨将别，别时茫茫江浸月。
忽闻水上琵琶声，主人忘归客不发。
寻声暗问弹者谁，琵琶声停欲语迟[①]。
移船相近邀相见，添酒回灯重开宴。
千呼万唤始出来，犹抱琵琶半遮面。
转轴拨弦三两声[②]，未成曲调先有情。
弦弦掩抑声声思，似诉平生不得志。
低眉信手续续弹，说尽心中无限事。
轻拢慢捻抹复挑，初为霓裳后六幺[③]。
大弦嘈嘈如急雨，小弦切切如私语[④]。
嘈嘈切切错杂弹，大珠小珠落玉盘。
间关莺语花底滑[⑤]，幽咽泉流水下滩。
冰泉冷涩弦凝绝，凝绝不通声暂歇。
别有幽愁暗恨生，此时无声胜有声。
银瓶乍破水浆迸，铁骑突出刀枪鸣[⑥]。
曲终收拨当心画[⑦]，四弦一声如裂帛。
东船西舫悄无言，唯见江心秋月白。
沉吟放拨插弦中，整顿衣裳起敛容。
自言本是京城女，家在虾蟆陵下住。

十三学得琵琶成，名属教坊第一部。
曲罢曾教善才服[8]，妆成每被秋娘妒[9]。
五陵年少争缠头[10]，一曲红绡不知数。
钿头云篦击节碎[11]，血色罗裙翻酒污。
今年欢笑复明年，秋月春风等闲度。
弟走从军阿姨死，暮去朝来颜色故[12]。
门前冷落车马稀，老大嫁作商人妇。
商人重利轻别离，前月浮梁买茶去[13]。
去来江口守空船，绕船月明江水寒。
夜深忽梦少年事，梦啼妆泪红阑干。
我闻琵琶已叹息，又闻此语重唧唧。
同是天涯沦落人，相逢何必曾相识。
我从去年辞帝京，谪居卧病浔阳城。
浔阳地僻无音乐，终岁不闻丝竹声。
住近湓城地低湿[14]，黄芦苦竹绕宅生。
其间旦暮闻何物，杜鹃啼血猿哀鸣。
春江花朝秋月夜，往往取酒还独倾[15]。
岂无山歌与村笛，呕哑嘲哳难为听[16]。
今夜闻君琵琶语，如听仙乐耳暂明。
莫辞更坐弹一曲，为君翻作琵琶行。
感我此言良久立，却坐促弦弦转急[17]。
凄凄不似向前声，满座重闻皆掩泣。
座中泣下谁最多，江州司马青衫湿[18]。

【注释】

①欲语迟：欲说还休。②转轴：转动琵琶上琴柱调音色。③霓裳：《霓裳羽衣曲》。六幺：曲名。④大弦、小弦：分别指琵琶上最粗的弦和最细的弦。⑤间关：象声词。形容婉转的鸟鸣声。⑥“银瓶”两句：形容琵琶声忽而铿然响起，如同银瓶迸裂水浆四溅，又如铁骑突出刀枪齐鸣。⑦拨：拨弦的用具。当心画：用拨在琵琶的中心用力一划。⑧善才：善弹

者。⑨秋娘：泛指歌妓。⑩缠头：唐时艺妓表演完毕，观者多以绫帛为赠，称为缠头。⑪“钿头”句：意为欢乐时便以首饰击节打拍，以至于首饰常常断裂破碎。⑫颜色故：姿容衰老。⑬浮梁：今江西景德镇北。⑭湓城：在今江西瑞昌，临九江。⑮独倾：独酌。⑯呕哑、嘲哳：形容声音杂乱刺耳。⑰促弦：拧紧琴弦。⑱青衫：唐官员品级最低的服色。

【赏析】

《琵琶行》是继《长恨歌》之后的又一部极为优秀的长篇叙事诗，是白居易谪居浔阳时所作。那一年的秋天，诗人于浔阳江头送别友人，主客正因宴席上缺少管弦相伴而无法畅饮，忽然被一阵从江上传来的琵琶声感动，于是逐音寻去，见到了本诗的女主人公，这位琴艺精湛却已年老色衰的琵琶女。

在作者的细腻而深刻笔下，她的情态声貌、举意动容无不透露着伤心人的矜持，她那时而幽婉、时而铿锵、高回低转的琵琶声中寄寓着无限心事，她关于自己身世的叙述，是对辉煌过去的追忆，是浮华过后的凄凉。而当这一切作者听在耳中，看在眼里，终于不胜伤感，潸然泪下，发出了“同是天涯沦落人，相逢何必曾相识”的深沉叹息。全诗结构缜密，譬喻精妙，感情深挚；情节波澜起伏，时有绝处逢生之妙，而且诗中流传的千古佳句颇多，真是不朽名篇。

韩　碑　　李商隐

元和天子神武姿，彼何人哉轩与羲[①]。
誓将上雪列圣耻[②]，坐法宫中朝四夷[③]。
淮西有贼五十载，封狼生貙貙生罴[④]。
不据山河据平地，长戈利矛日可麾。
帝得圣相相曰度，贼斫不死神扶持[⑤]。
腰悬相印作都统，阴风惨淡天王旗。
愬武古通作牙爪[⑥]，仪曹外郎载笔随[⑦]。
行军司马智且勇[⑧]，十四万众犹虎貔[⑨]。
入蔡缚贼献太庙[⑩]，功无与让恩不訾[⑪]。
帝曰汝度功第一，汝从事愈宜为辞[⑫]。
愈拜稽首蹈且舞[⑬]，金石刻画臣能为。
古者世称大手笔，此事不系于职司[⑭]。

当仁自古有不让，言讫屡颔天子颐[15]。
公退斋戒坐小阁[16]，濡染大笔何淋漓。
点窜尧典舜典字[17]，涂改清庙生民诗[18]。
文成破体书在纸[19]，清晨再拜铺丹墀[20]。
表曰臣愈昧死上，咏神圣功书之碑。
碑高三丈字如斗，负以灵鳌蟠以螭[21]。
句奇语重喻者少[22]，谗之天子言其私。
长绳百尺拽碑倒，粗砂大石相磨治[23]。
公之斯文若元气，先时已入人肝脾。
汤盘孔鼎有述作，今无其器存其辞。
呜呼圣王及圣相，相与烜赫流淳熙。
公之斯文不示后，曷与三五相攀追[24]？
愿书万本诵万遍，口角流沫右手胝[25]。
传之七十有二代，以为封禅玉检明堂基[26]。

【注释】

①轩：轩辕氏。羲：伏羲氏。②列圣耻：唐王朝从安史之乱起便形成了外敌入侵、藩镇割据的局面，宪宗之前的几个皇帝曾因为吐蕃与地方军阀的叛乱而出奔。③法宫：皇帝处理政务的正殿。四夷：泛指四方边地。④“淮西”两句：意为淮西等地为奸贼割据了五十多年，而这些武臣的残暴又是代代相承的。貙（chū）、罴（pí）：都是凶猛的野兽。⑤“帝得”两句：意为唐宪宗得到贤明的宰相名叫裴度，贼寇们暗杀，他不死是神明的帮助。⑥愬武古通：指裴度手下的大将李愬、韩公武、李道古、李文通。⑦仪曹：礼部官员。⑧行军司马：指韩愈，其时他担任军中顾问。⑨貔：传说中的猛兽。⑩“入蔡”句：指元和十二年十月李愬夜袭蔡州，擒叛将吴元济，解至长安一事。⑪恩不訾（zī）：意为皇上对他的恩遇也不可估量。訾：计量。⑫宜为辞：指诏命韩愈作《平淮西碑》。⑬稽首：叩头。⑭“此事”句：此事重大不能交给一般文字官员，须亲自执笔。⑮讫：毕。颔：点头。颐：面颊。⑯公：指韩愈。⑰点窜：指修改字句。⑱清庙、生民：《诗经》篇名。⑲破体：行

书的一种。⑳丹墀(chí)：皇宫前的红色台阶。㉑螭：无角龙。此指碑上所刻的螭形花纹。㉒喻：理解。㉓"谗之"三句：指李愬之妻入宫向宪宗言碑文不实，宪宗遂命磨去碑文，遣人重撰一事。㉔"公之"两句：意为韩碑碑文若不能昭示后世，宪宗功业又如何与三皇五帝相承接。㉕胝：茧。㉖玉检：封存封禅文书的器具。明堂：天子处理政务、召见诸侯的地方。

【赏析】

本诗由宪宗决心削平藩镇开始写起，详尽叙述了裴度率军平定淮西的功绩，以及韩碑从撰碑、树碑到推碑的过程，热情赞颂了韩愈碑文的不朽价值。全诗叙议相兼，写得高古雄拔，直追韩愈之风。

燕歌行 并序　　高适

开元二十六年，客有从御史大夫张公出塞而还者，作《燕歌行》以示适。感征戍之事，因而和焉。

汉家烟尘在东北，汉将辞家破残贼。
男儿本自重横行，天子非常赐颜色。
摐金伐鼓下榆关[①]，旌旗逶迤碣石间[②]。
校尉羽书飞瀚海，单于猎火照狼山。
山川萧条极边土，胡骑凭陵杂风雨[③]。
战士军前半死生，美人帐下犹歌舞。
大漠穷秋塞草衰，孤城落日斗兵稀。
身当恩遇恒轻敌，力尽关山未解围。
铁衣远戍辛勤久，玉箸应啼别离后[④]。
少妇城南欲断肠，征人蓟北空回首。
边庭飘飖那可度，绝域苍茫更何有？
杀气三时作阵云，寒声一夜传刁斗[⑤]。
相看白刃血纷纷，死节从来岂顾勋？
君不见沙场征战苦，至今犹忆李将军。

【注释】

①榆关：即今山海关。②碣石：古山名，在今河北昌黎县北。③凭陵：侵扰。④玉箸：

形容眼泪像玉制的筷子。⑤刁斗：古代军中白天来烧饭，晚上用来敲击巡更的铜器。

【赏析】

烽火起于东北边境，汉家大将于是告别家乡去征讨敌寇。男儿生当纵横驰骋，再加上天子特别的激励和奖赏，所以汉将率领着大军，一路上金鼓雷齐鸣，旌旗招展，气势非常。

前方校尉快马传书，说匈奴单于正在狼山耀武扬威，战争由此正式揭幕。在那偏远荒凉的边境上，战士们每每与狂风暴雨般袭来的匈奴铁骑拼死相搏，而汉将却并不把匈奴人放在眼里，他沉迷在美人歌舞中。寒冷的边塞之秋来临了，能够作战的士兵越来越少，然而身受皇恩、大意轻敌的汉将却始终没能让匈奴人退去。可怜那些跟随他远征至此的战士，他们受尽艰苦，乡思无限，可怜战士们的妻子，她们望眼欲穿，肝肠寸断。边关寒冷，杀气腾腾，最常见的景象是短兵相接、血肉横飞，舍命拼杀的战士，他们难道是为了功勋吗？让人伤感的是像飞将军李广一样的统帅已难寻觅，他爱护士卒，赫赫威名便足以退敌。

古从军行　　李颀

白日登山望烽火，黄昏饮马傍交河[①]。
行人刁斗风沙暗，公主琵琶幽怨多[②]。
野营万里无城郭，雨雪纷纷连大漠。
胡雁哀鸣夜夜飞，胡儿眼泪双双落。
闻道玉门犹被遮，应将性命逐轻车[③]。
年年战骨埋荒外，空见蒲桃入汉家[④]。

【注释】

①交河：在今新疆吐鲁番市西北。②“公主”句：指汉武帝时将江都王之女远嫁乌孙一事。③“闻道”两句：意为已然出了玉门关就没有归去的道路，只能追随将领一同出生入死。④蒲桃：即葡萄。

【赏析】

在边塞，战士们白天登山守望烽火，黄昏又到交河边上让马儿喝水，那一路的风沙尘日，怕只有和亲的公主和经过那里的行人才有最深最真的体会。

边塞之地，渺无人烟，由军营四望，万里空旷，不见城镇；雨雪来时，纷纷洒洒连接着大漠。这样恶劣的环境，即便是生长在那里的胡人也常为之愁苦不堪。威尊命贱，君王一声令下，将军踏上战车，士卒跟随在后，从此远征绝域，不得归路。若问年年战亡者的尸骨埋没在荒草之中到底换来了什么，换来的不过是一串串葡萄献入汉家宫廷。诗文一句紧似一句，直到最后一句画龙点睛，旨在讽刺帝王好大喜功，穷兵黩武，视人民生命如草芥的行径。

洛阳女儿行　王维

洛阳女儿对门居，才可容颜十五余。
良人玉勒乘骢马[①]，侍女金盘脍鲤鱼。
画阁朱楼尽相望，红桃绿柳垂檐向。
罗帏送上七香车，宝扇迎归九华帐[②]。
狂夫富贵在青春[③]，意气骄奢剧季伦[④]。
自怜碧玉亲教舞[⑤]，不惜珊瑚持与人[⑥]。
春窗曙灭九微火[⑦]，九微片片飞花琐[⑧]。
戏罢曾无理曲时，妆成只是熏香坐。
城中相识尽繁华，日夜经过赵李家。
谁怜越女颜如玉，贫贱江头自浣纱。

【注释】

①勒：马嚼子。②宝扇：古代贵族出行时的遮蔽用具。③狂夫：古代妻自称其夫的谦辞。④剧：戏弄，轻视。季伦：晋石崇，字季伦，以奢豪著称于世。⑤碧玉：此指洛阳女儿。⑥珊瑚：石崇曾以拥有珊瑚树大小多少与人斗富。⑦“春窗”句：意为通宵欢娱，每每到清晨才熄灭灯火。九微：指珍贵的灯具。⑧花琐：指雕花的连环形窗格。

【赏析】

刚嫁入对门的洛阳女儿看上去也就十五有余，她的夫家富有，画阁朱楼鳞次栉比，红桃绿柳掩映其中。谈到出行，她的丈夫总是骑着佩饰华丽的高头大马，后面跟有托着美味佳肴的侍女，她则是出乘七香车，入则宝扇迎。丈夫年轻气盛，行为举止很像从前的富豪石崇，怜香惜玉的他会手把手地教洛阳女儿歌舞，意气用事的他喜欢与人斗富比阔，他在家时常通宵达旦地欢娱作乐，让她甚至没有练

习歌曲的时间，而当他不在家的时候，梳妆完毕的洛阳女儿便只能熏香闲坐，无所事事。至于夫家的交往，无不是豪门富户、公子王孙。洛阳女儿早入豪门，尽享富贵奢华，然而在她的年纪，风华绝代的西施姑娘却还在溪边浣纱，过着贫贱无闻的生活，人生的命运，有时竟是如此的不公。

老将行　王维

少年十五二十时，步行夺得胡马骑。
射杀山中白额虎，肯数邺下黄须儿[①]？
一身转战三千里，一剑曾当百万师。
汉兵奋迅如霹雳，虏骑崩腾畏蒺藜[②]。
卫青不败由天幸[③]，李广无功缘数奇[④]。
自从弃置便衰朽，世事蹉跎成白首。
昔时飞雀无全目[⑤]，今日垂杨生左肘[⑥]。
路旁时卖故侯瓜[⑦]，门前学种先生柳[⑧]。
苍茫古木连穷巷，寥落寒山对虚牖。
誓令疏勒出飞泉[⑨]，不似颍川空使酒[⑩]。
贺兰山下阵如云[⑪]，羽檄交驰日夕闻[⑫]。
节使三河募年少[⑬]，诏书五道出将军[⑭]。
试拂铁衣如雪色，聊持宝剑动星文[⑮]。
愿得燕弓射天将，耻令越甲鸣吾君[⑯]。
莫嫌旧日云中守[⑰]，犹堪一战取功勋。

【注释】

①肯数：岂可只推。黄须儿：指曹操第三子曹彰，须黄而刚烈勇猛。②蒺藜：此指铁蒺藜，战地所用的障碍物。③卫青：汉代名将，屡败匈奴而建功。但卫青最初被封官是因为姐姐卫子夫受到汉武帝的宠爱，故本句说他“由天幸”。④李广无功：李广屡立奇功，但一生却坎坷不遇，终未封侯，故曰“无功”。数奇：命运不好。⑤飞雀无全目：形容射艺之精。⑥垂杨生左肘：指因为长时间不操弓箭而双肘僵硬。⑦故侯瓜：秦亡后，东陵侯召平曾在长安城东种瓜为生。⑧先生柳：晋陶渊明弃官归隐后，因门前有五株杨柳，自号

“五柳先生”。⑨“誓令”句：东汉耿恭据守疏勒城，匈奴断其水源，耿恭于城中掘井而祈祷，后得水。⑩颍川空使酒：西汉颍阴人灌夫，为人刚直，好恃酒使气。⑪贺兰山：在今宁夏境内，唐代为战地。⑫羽檄：紧急军书。⑬节使：持有朝廷符节的使臣。三河：即秦汉时期的河东、河内、河南三郡，今山西南部与河南北部、中部一带。⑭“诏书”句：意为诏令众将军分五路出兵。⑮星文：指剑上所嵌的七星文。⑯“耻令”句：意为以敌人甲兵惊动国君为可耻。战国时越国进犯齐国，雍门子狄认为战事惊动国君是自己的耻辱事，前往越军营前自刎。⑰“莫嫌”句：汉魏尚为云中太守时，匈奴不敢犯境。他曾因所缴敌首差六级被削爵，后来汉文帝遣冯唐持符节赦其罪，复其官职。

【赏析】

本诗塑造了一位昔日跃马疆场，后因年老而被废置的老将形象：他少年从军，骁勇善战，屡建奇功，却不曾得到朝廷尺土之封，老来还不得不靠躬耕叫卖为生。然而虽遭如此冷遇，他的那志在杀敌报国、平定边土的壮心却并不曾改变。每当烽火起时，他便会拂甲按剑，希望能够重上沙场，再立功勋。全诗用典虽多，却熔裁合度，极显磅礴气势，将老将的博大胸襟和不灭豪情烘托刻绘得淋漓尽致，同时反映出其时朝廷对于有功之士的薄恩寡义、刻薄无情。

桃源行　王维

渔舟逐水爱山春[①]，两岸桃花夹古津[②]。
坐看红树不知远，行尽青溪忽值人。
山口潜行始隈隩[③]，山开旷望旋平陆。
遥看一处攒云树[④]，近入千家散花竹。
樵客初传汉姓名，居人未改秦衣服。
居人共住武陵源，还从物外起田园[⑤]。
月明松下房栊静[⑥]，日出云中鸡犬喧。
惊闻俗客争来集[⑦]，竞引还家问都邑。
平明闾巷扫花开[⑧]，薄暮渔樵乘水入。
初因避地去人间，及至成仙遂不还[⑨]。
峡里谁知有人事，世中遥望空云山[⑩]。
不疑灵境难闻见，尘心未尽思乡县。

出洞无论隔山水，辞家终拟长游衍[11]。
自谓经过旧不迷，安知峰壑今来变。
当时只记入山深，青溪几度到云林。
春来遍是桃花水，不辨仙源何处寻。

【注释】

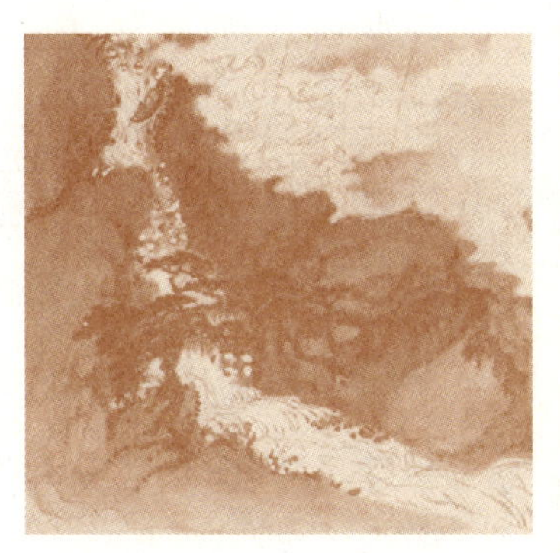

①逐水：沿着溪水。②古津：古渡口。③隈（wēi）隩（yù）：曲窄幽深。④攒：聚集。⑤物外：世外。⑥房栊：房舍。⑦俗客：指误入桃花源的渔人。⑧闾巷：里巷。⑨“初因”两句：意为桃源之人最初是为了逃避战乱而来此地的，后来过惯了神仙般的生活就不再想回故乡了。⑩“峡里”两句：意为桃花源中的人已不知俗世之事，而俗世中人也只能空自遥望云山而已。⑪“出洞”两句：意为渔人出洞后又觉得桃源值得逗留，不管山高水远，还是想辞家来此长住。游衍：流连不去。

【赏析】

当《桃花源记》中的情节被王维以诗的方式重新写来，更是别具一番风情。

武陵渔人因为喜爱春天的山水，任小舟一路漂流，在不知不觉中到达了清溪尽头的桃源洞口。他谨慎地穿过山洞，一片平旷的原野豁然出现在眼前，那里坐落着千家万户，掩映着茂盛的花竹。樵夫报来的还是汉朝的姓名，居民们穿的依旧是秦时的衣裳，与之交谈，方才明了他们于世外建起美丽田园的因由。在这里居住，渔人真正感受到了月夜的恬静、日出的蓬勃，他喜欢看人们于清晨扫开满地的落花，看黄昏时分渔夫樵父乘舟归来，当然，他也十分繁忙，因为人们竞相将他请到家中问起俗世的短长。村人因避世乱而至此成仙，从此隔绝尘世。渔人虽然知道仙境难得，但却因为思念家乡而离去。然而他终于不能忘记桃源，于是又在一个春天殷勤寻来。这一次，自认为不忘仙源之路的他迷茫在了山水之间，因为“春来遍是桃花水，不辨仙源何处寻”。

蜀道难　　李白

噫吁嚱，危乎高哉，蜀道之难难于上青天。
蚕丛及鱼凫[1]，开国何茫然。

尔来四万八千岁，不与秦塞通人烟[2]。
西当太白有鸟道[3]，可以横绝峨眉巅。
地崩山摧壮士死[4]，然后天梯石栈相钩连。
上有六龙回日之高标[5]，下有冲波逆折之回川。
黄鹤之飞尚不得过，猿猱欲度愁攀援[6]。
青泥何盘盘[7]，百步九折萦岩峦[8]。
扪参历井仰胁息[9]，以手抚膺坐长叹。
问君西游何时还，畏途巉岩不可攀[10]。
但见悲鸟号古木，雄飞雌从绕林间。
又闻子规啼夜月，愁空山。
蜀道之难难于上青天，使人听此凋朱颜。
连峰去天不盈尺，枯松倒挂倚绝壁。
飞湍瀑流争喧豗，砯崖转石万壑雷[11]。
其险也若此，嗟尔远道之人胡为乎来哉。
剑阁峥嵘而崔嵬，一夫当关，万夫莫开。
所守或匪亲，化为狼与豺[12]。
朝避猛虎，夕避长蛇。磨牙吮血，杀人如麻。
锦城虽云乐[13]，不如早还家。
蜀道之难，难于上青天，侧身西望长咨嗟[14]！

【注释】

①蚕丛、鱼凫：均为传说中的古蜀国国王。②秦塞：秦地。古蜀国本与中原不通，至秦惠王灭蜀，始与中原相通。③太白：秦岭峰名。鸟道：仅能容鸟飞过的道路，形容山路狭窄。④“地崩”句：相传秦惠王曾嫁五美女于蜀，蜀遣五壮士迎之，返回途中遇大蛇入洞穴中，五人牵住蛇尾而用力外拉，结果山崩，力士和美女都被压死，山也分成五岭。⑤“上有”句：谓有能挡住太阳神六龙车的高峰。六龙：相传太阳神所乘之车有六条龙来拉。高标：最高的山峰。⑥猱（náo）：猕猴。⑦青泥：山名，在今甘肃徽县南。⑧萦岩峦：指峰岭迂回环抱。⑨参、井：均为星宿名。扪参历井是说蜀道之上伸手便可触及星辰。⑩巉（chán）岩：险峭的山岩。⑪砯：水击岩石的声音。⑫“所守”两句：谓镇守这里的人若不可靠，一旦叛乱就会变成凶狠的豺狼。⑬锦城：即成都。⑭咨嗟：叹息。

【赏析】

诗文融神话、现实、想象为一体，将艰险瑰奇的蜀道景观带给行路人心灵上的强烈冲击摹写得淋漓尽致，字里行间无不蕴寓着作者超尘脱俗的浪漫主义情怀。后人对此诗的创作意图多有争论，有人说蜀道艰险即是仕途艰险，有人说本篇反映的是动荡的社会局面，各执一词，迄无定论。

长相思（其一）　　李白

长相思，在长安。
络纬秋啼金井阑[①]，微霜凄凄簟色寒[②]。
孤灯不明思欲绝，卷帷望月空长叹[③]。
美人如花隔云端，
上有青冥之长天，下有渌水之波澜[④]。
天长地远魂飞苦，梦魂不到关山难。
长相思，摧心肝。

【注释】

①络纬：虫名，俗称纺织娘。金井阑：精美的井阑。②簟（diàn）：竹席。③帷：窗帘。④渌水：清澈的水。

【赏析】

在长安的时候常常想起你，“我”孤独地在精美的井栏旁听纺织娘轻吟低唱，孤独地感受秋天里初降薄霜的凄冷、竹席的寒凉。在昏暗的灯光下，在“我”举头望月时，“我”会非常想念你，然后叹息不能与你相见。而你，如花般美丽的你终究是远隔云端，“我”愿意跨过长天绿水，愿意在梦中不辞万里地把你追寻，但难以逾越的关山却把我阻拦。在长安的时候常常想起你，想起你的时候，忧伤便摧迫心肝。

长相思（其二）　　李白

日色欲尽花含烟[①]，月明如素愁不眠[②]。

赵瑟初停凤凰柱[3]，蜀琴欲奏鸳鸯弦。
此曲有意无人传，愿随春风寄燕然[4]。
忆君迢迢隔青天，
昔时横波目[5]，今作流泪泉。
不信妾肠断，归来看取明镜前。

【注释】

①花含烟：形容暮色中花为雾气所笼罩。②素：洁白的绢，这里形容月色。③赵瑟：相传古代赵国人善弹瑟。④燕然：山名，即杭爱山，在今蒙古人民共和国境内。⑤横波：形容眼波流动。

【赏析】

此诗抒写了一位女子对远戍边关的丈夫的思念之情，从女子在一个春天的晚上对月相思写起。月光虽好，但月下只有一人，她又如何能安然入睡？她推枕揽衣，本想弹奏一曲以解心中相思之苦，不料指落弦上，竟不由自主地拨出描写夫妻相知相爱、不离不弃的琴音，徒增了些许苦闷。她一直有些期望，期望有一天这琴曲能随春风飘到边塞，飘入丈夫耳中，让他知道自己一生的愿望；她一直想要对丈夫倾诉，告诉他自己是如何的度日如年，告诉他昔日的“横波目”因何而化作了今日的“流泪泉”。

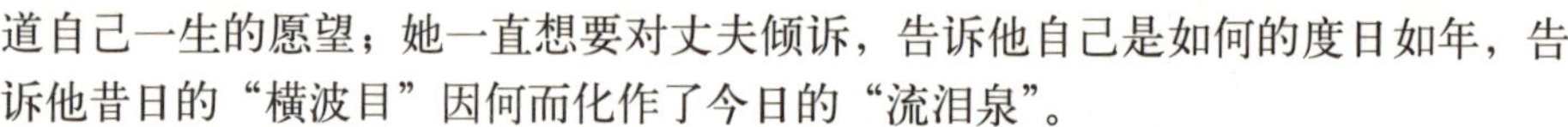

行路难　　李白

金樽清酒斗十千[1]，玉盘珍馐值万钱[2]。
停杯投箸不能食[3]，拔剑四顾心茫然。
欲渡黄河冰塞川，将登太行雪满山。
闲来垂钓碧溪上[4]，忽复乘舟梦日边[5]。
行路难，行路难，多歧路，今安在？
长风破浪会有时，直挂云帆济沧海。

【注释】

①斗十千：一斗酒值十千钱。②珍馐(xiū)：名贵的菜肴。③箸：筷子。④“闲来”句：相传姜子牙未遇周文王前曾在溪边垂钓。⑤“忽复”句：相传伊尹受商汤聘用之前，曾梦乘舟过日月之边。

【赏析】

此诗为作者被唐玄宗赐金放还，离开长安时所作。

有金樽盛着的清冽佳酿，有玉盘盛着的珍贵菜肴，然而诗人举杯又住，欲食又停，撂下筷子，起身拔剑四顾，心绪茫然。世路艰难，诗人来到长安施展抱负，无奈欲渡黄河却有河冰相阻，欲登太行却看到白雪满山，起初的踌躇满志变成了如今的惆怅失意。他也曾神游在远古时代吕尚和伊尹的经历中，想要以前人事迹作为慰藉和自勉，但神游归来，现实却使他转而大声疾呼：行路难！歧路多！今后的道路又在哪里？

愤懑则愤懑矣，诗人并没有失去信心，因为他坚信总有一天会乘风破浪、纵横江海。

将进酒　　李白

君不见黄河之水天上来，奔流到海不复回。
君不见高堂明镜悲白发，朝如青丝暮成雪。
人生得意须尽欢，莫使金樽空对月。
天生我材必有用，千金散尽还复来。
烹羊宰牛且为乐，会须一饮三百杯[①]。
岑夫子，丹丘生[②]，将进酒，杯莫停。
与君歌一曲，请君为我倾耳听。
钟鼓馔玉不足贵[③]，但愿长醉不愿醒。
古来圣贤皆寂寞，惟有饮者留其名。
陈王昔时宴平乐[④]，斗酒十千恣欢谑[⑤]。
主人何为言少钱，径须沽取对君酌[⑥]。
五花马，千金裘，呼儿将出换美酒，与尔同销万古愁。

【注释】

①会须：正应当。②岑夫子、丹丘生：指岑勋和元丹丘。二人都是李白的朋友。③钟鼓馔玉：泛指豪门的奢华生活。钟鼓：指富贵人家宴会时使用的乐器。馔玉：精美的饭食。④陈王：指曹操之子曹植，曹植曾被封为陈王。⑤恣：尽情。⑥径须：只需。

【赏析】

此诗是天宝十一载（752 年）作者与岑勋同到嵩山友人元丹丘处，三人登高饮酒时所作。《将进酒》是汉乐府劝酒歌曲之一，作者写此诗，一为侑酒助兴，一为舒展胸怀。

全诗融入了李白自长安放还以来胸中的诸多感慨，真实反映了他当时复杂而矛盾的思想感情，不但有对时光易逝、人生苦短的慨叹，有对人生应当及时行乐、纵情欢乐的强调，也有“天生我材必有用”的自我肯定，以及对于“古来圣贤皆寂寞”的悲愤。这种种情感与愁绪的宣泄都是围绕“酒”字展开，诗人在酒中找到了解脱苦闷的方法，满腔的激愤也终于在此畅饮时刻得以喷薄而出。从他这种无所节制、恣意纵情的豪饮当中，我们能够深深感受到他内心难以言状的无奈和痛苦，并且为他哀而不伤、悲而能壮的洒脱情怀所打动。

兵车行　　杜甫

车辚辚[①]，马萧萧[②]，行人弓箭各在腰。
耶娘妻子走相送[③]，尘埃不见咸阳桥。
牵衣顿足拦道哭，哭声直上干云霄[④]。
道旁过者问行人，行人但云点行频[⑤]。
或从十五北防河[⑥]，便至四十西营田[⑦]。
去时里正与裹头[⑧]，归来头白还戍边。
边庭流血成海水，武皇开边意未已[⑨]。
君不闻汉家山东二百州，千村万落生荆杞[⑩]。
纵有健妇把锄犁，禾生陇亩无东西[⑪]。
况复秦兵耐苦战，被驱不异犬与鸡。
长者虽有问，役夫敢申恨？
且如今年冬，未休关西卒[⑫]。
县官急索租，租税从何出？

信知生男恶[13]，反是生女好。

生女犹得嫁比邻，生男埋没随百草。

君不见青海头[14]，古来白骨无人收。

新鬼烦冤旧鬼哭，天阴雨湿声啾啾。

【注释】

①辚辚：车行时发出的咯咯的声音。②萧萧：形容马的嘶鸣声。③耶娘：同“爷娘”。妻子：妻子和儿女。④干：犯，冲。⑤点行：频繁地按丁口册强制点征入伍。⑥北防河：在位于西北边境的河西戍防抵御吐蕃。⑦营田：即屯田，士兵们不作战时垦荒种田。⑧里正：即里长，管理户口、赋役等事。与裹头：替被征者裹头巾。因应征者年龄尚小，所以由里正替他裹头。⑨武皇：汉武帝，他在历史上以开疆扩土著称。此处喻唐玄宗。⑩荆杞：即荆棘。⑪无东西：指庄稼长得不成行列。⑫“未休”句：指因连年交战，关西的士兵不能回家。县官急索租，租税从何出？⑬信知：真的明白。⑭青海：青海湖，唐和吐蕃多交战于此。

【赏析】

诗从父母妻子送征人上路的一幕写起，极言送别场面的凄惨悲恸。就是因为诸多的壮年男子被强征入伍，千家万户因此而失去了家中的顶梁柱，农村中形成了“千村万落生荆杞”的局面，何况官府税赋日重。既然男儿的结局总是战死沙场、埋尸荒野，所以民间流传着“反是生女好”的歌谣。作者以对青海古战场凄惨景象的描写完结全篇，沉痛抒发了对朝廷穷兵黩武行为的愤慨，以及对广大人民所遭受苦难的同情。

丽人行　　杜甫

三月三日天气新[1]，长安水边多丽人。

态浓意远淑且真，肌理细腻骨肉匀[2]。

绣罗衣裳照暮春，蹙金孔雀银麒麟[3]。

头上何所有，翠为匎叶垂鬓唇[4]。

背后何所见，珠压腰衱稳称身。

就中云幕椒房亲，赐名大国虢与秦。

紫驼之峰出翠釜，水精之盘行素鳞。

犀箸厌饫久未下，鸾刀缕切空纷纶。

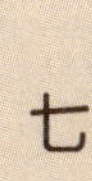

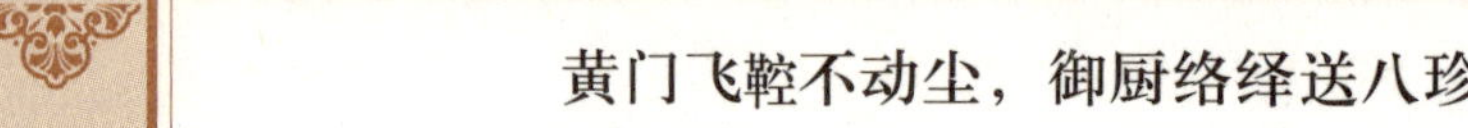

黄门飞鞚不动尘，御厨络绎送八珍。
箫鼓哀吟感鬼神，宾从杂遝实要津。
后来鞍马何逡巡，当轩下马入锦茵。
杨花雪落覆白蘋，青鸟飞去衔红巾。
炙手可热势绝伦，慎莫近前丞相嗔。

【注释】

①三月三日：上巳节。古人常于这一天来到水边祭祀以求去除不祥，后来逐渐变成春游欢宴的节日。②骨肉匀：指体态匀称。③蹙（cù）：此指刺绣。④匐（è）叶：妇女的发饰。

【赏析】

《丽人行》约作于天宝十二载（753年），诗旨在对杨贵妃兄弟姐妹们的嚣张气焰进行指斥和鞭笞。诗开头从一般丽人写起，描写上巳日曲江水边踏青的丽人如云，体态娴雅，服饰华美，继而笔锋一转，点出虢国夫人与秦国夫人，盛言其排场的盛大、宴游的豪奢及趋炎附势者之众，见出杨氏兄妹的骄宠之态。最后写杨国忠威势煊赫、意气骄恣，并暗示了其淫乱行为。全诗语极铺排，富丽华美中蕴含清刚之气。虽然不见讽刺的语言，但在惟妙惟肖的描摹中，隐含犀利的匕首，讥讽入木三分。

哀江头　杜甫

少陵野老吞声哭[①]，春日潜行曲江曲[②]。
江头宫殿锁千门，细柳新蒲为谁绿。
忆昔霓旌下南苑[③]，苑中万物生颜色。
昭阳殿里第一人[④]，同辇随君侍君侧[⑤]。
辇前才人带弓箭[⑥]，白马嚼啮黄金勒。
翻身向天仰射云，一箭正坠双飞翼。
明眸皓齿今何在[⑦]，血污游魂归不得。
清渭东流剑阁深[⑧]，去住彼此无消息。
人生有情泪沾臆，江水江花岂终极！

黄昏胡骑尘满城[9]，欲往城南望城北[10]。

【注释】

①少陵野老：杜甫自号。吞声：不敢哭出声来。②潜：偷偷地。③霓旌：指皇帝仪仗中的彩旗。④昭阳殿：汉赵飞燕姐妹的居处。此喻唐玄宗的后宫。⑤辇：皇帝的车驾。⑥才人：宫中女官名。⑦明眸皓齿：指杨贵妃。⑧清渭：杨贵妃自缢处马嵬坡南滨渭水。剑阁：在今四川剑阁县境内，是从长安入蜀的必经之路。⑨胡骑：指安禄山的军队。⑩“欲往”句：意为心意迷茫，以致认错方向。

【赏析】

诗人于春日潜行在长安著名的游览胜地曲江，因为睹物伤情而吞声饮泣。这是安史之乱中的曲江，殿阁空锁，寂寂无人，春天到来就只有草木颜色依旧。想当年，玄宗带着集万千宠爱于一身的杨贵妃同辇来游，彩旗迎风招展，苑中万物生辉。他们游赏风景，观看鞍佩华丽的才人射下飞鸟，场面是何等地盛大繁华！现而今，明眸皓齿的杨妃已成为马嵬坡下不归的游魂，玄宗出奔蜀中，杳无消息；而诗人自己则为叛军所获，羁滞长安，所以他感慨万千，悲伤无限。黄昏时分，长安城笼罩在胡骑带起的尘烟中，诗人欲往城南住处却走向了城北，意乱心烦，难以言状。

哀王孙　杜甫

长安城头头白乌[1]，夜飞延秋门上呼[2]。
又向人家啄大屋，屋底达官走避胡。
金鞭断折九马死，骨肉不得同驰驱。
腰下宝玦青珊瑚，可怜王孙泣路隅。
问之不肯道姓名，但道困苦乞为奴。
已经百日窜荆棘，身上无有完肌肤。
高帝子孙尽隆准[3]，龙种自与常人殊。
豺狼在邑龙在野[4]，王孙善保千金躯。
不敢长语临交衢[5]，且为王孙立斯须。
昨夜东风吹血腥，东来橐驼满旧都[6]。
朔方健儿好身手，昔何勇锐今何愚[7]。

窃闻天子已传位，圣德北服南单于[8]。
花门剺面请雪耻[9]，慎勿出口他人狙[10]。
哀哉王孙慎勿疏[11]，五陵佳气无时无。

【注释】

①头白乌：白脑袋的乌鸦，旧时以为乌鸦是不祥之物。②延秋门：唐宫苑西门，安史之乱中唐玄宗即从此门逃走。③高帝：指汉高祖刘邦，此处是以汉喻唐。隆准：高鼻。此句是说王孙们自有皇族的特征。④“豺狼”句：指安禄山占据京城，玄宗出奔巴蜀。⑤交衢（qú）：四通八达的道路。⑥橐（tuó）驼：骆驼。⑦“朔方”两句：指唐名将哥叔翰因遵从杨国忠的出战策略弃守为攻，麾下朔方军二十万为安禄山所败之事。⑧“圣德”句：指肃宗即位，与回纥结好之事。⑨花门：借指回纥。剺（lí）面：用刀割脸以示忠诚。⑩“慎勿”句：意为慎防为贼人耳目所察。⑪疏：疏忽。

【赏析】

天宝十四载（755年），安史之乱起。次年，潼关失守，朝野震动。唐玄宗携杨贵妃仓皇出逃。长安沦陷后，来不及逃走的皇室宗族多遭杀戮。

作者以万般凄凉的笔调，叙写了皇族子弟在这场浩劫中的悲惨遭遇，表达出他对于这些流落窜逃于荆棘草野之间，终日惶惶不能安度的王孙们的深切同情。含不尽叮嘱之意，口吻诚笃而亲切。结尾处展望未来，言大唐中兴指日可待，劝王孙们再隐忍一时，一片忠君爱国之心昭然可见。

经鲁祭孔子而叹之　唐玄宗

夫子何为者，栖栖一代中[1]。地犹鄹氏邑[2]，宅即鲁王宫[3]。
叹凤嗟身否[4]，伤麟怨道穷[5]。今看两楹奠[6]，当与梦时同。

【注释】

②栖栖：忙碌不安的样子。②鄹：春秋鲁国地名，孔子家乡。③“宅即”句：相传汉鲁恭王刘余（景帝子）曾欲平孔子旧宅以广其宫，开工时闻金石丝竹之音，于是不敢再进行。④否：蹇涩，不顺利。⑤伤麟：相传鲁哀公十四年，狩猎获麒麟，孔子闻之而叹曰：我道穷矣。⑥两楹奠：孔子曾经梦见自己坐于两楹之间受人祭奠。两楹：指祭殿前的两根立柱。奠：致祭。

【赏析】

诗为唐玄宗过鲁祭孔而作。诗中感叹孔子一生的恓惶不遇，“叹凤嗟身否，伤

麟怨道穷”两句极写孔子一生对于理想孜孜不倦的追求和现实中他所遭逢的诸多坎坷，让人联想起孔子“知其不可为而为之”的入世精神。结尾两句，意为现在作者前来致祭，祭奠的礼制正和孔子生前的梦想相同，表达了玄宗对孔子的崇敬之情。

望月怀远　　张九龄

海上生明月，天涯共此时。情人怨遥夜[①]，竟夕起相思[②]。
灭烛怜光满，披衣觉露滋。不堪盈手赠[③]，还寝梦佳期[④]。

【注释】

①情人：有情之人。②竟夕：整夜。③盈手赠：双手捧起来赠予你。④还寝：重新睡下。

【赏析】

睹明月而思远人是古人常有的情结之一，何况见一轮明月生于海上，清光洒遍天涯海角。人常说“不眠知夜永”，有情人对月相思，苦不能寐，暗怨漫漫长夜。熄灭烛火，月光皎洁，披衣出门，寒露打湿了衣裳。徘徊之间，心情寂寞，相思更浓。诗中人想要捧一捧月光送给情人，但是奇想难以实现。没有办法，他只好回房就寝，期待着在梦里与情人相会了。

送杜少府之任蜀州[①]

王勃

城阙辅三秦[②]，风烟望五津[③]。
与君离别意，同是宦游人[④]。
海内存知己，天涯若比邻。
无为在歧路[⑤]，儿女共沾巾。

【注释】

①少府：县尉。之任：赴任。②辅：

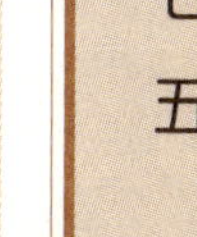

环抱。三秦：项羽灭秦后，分秦之旧地为雍、塞、翟三国，统称“三秦”。③五津：指岷江的五大渡口，即白华津、万里津、江首津、涉头津、江南津，皆在蜀中。④宦游人：出外做官的人。⑤岐路：分岔路口，古人送行常至路的岔口而分手。

【赏析】

此诗是王勃送友人去四川时所写。起首两句渲染出一派壮阔景象，将相隔千里的秦、蜀两地写于一张画面之上，突出了“展望”之意。“与君”两句承首联写惜别，尽显惺惺相惜之情。“海内存知己，天涯若比邻”十字慷慨发挥，谓知己之心不会受到距离的影响，虽然海角天涯，却因为心的紧紧相连而如同比邻。结语处殷勤劝慰即将远行的朋友不要像小儿女一般饮泣堕泪，表现了作者豁达的胸襟和奋发向上的精神风貌。

在狱咏蝉　　骆宾王

西陆蝉声唱①，南冠客思深②。不堪玄鬓影③，来对白头吟④。

露重飞难进，风多响易沉。无人信高洁，谁为表予心？

【注释】

①西陆：秋天。②南冠：此为囚徒之意。③玄鬓：指黑色的蝉翼。④白头吟：汉司马相如发迹后对卓文君爱情不专，文君作《白头吟》给相如，作者此处引来喻自己对国家的一片赤诚被辜负。

【赏析】

距诗人囚禁之所不远的地方有数株古槐，夕阳西下时，苍郁的树冠中总能传来悲切的蝉鸣，一声声，一阵阵，冲击着诗人的心灵。蝉首色黑，对比着愁苦沉吟的作者鬓发的霜色，人们认为蝉餐风饮露、清洁自守，诗人用它来比喻自己的品质操行。诗人借叹蝉在秋风重露中艰难飞行、徒然鸣叫而寄托自己受难却无处申诉之悲，诗人反问世人：没有人相信我的高洁品性，谁愿为我表白一片冰心。

和晋陵陆丞早春游望①　　杜审言

独有宦游人②，偏惊物候新③。

云霞出海曙④，梅柳渡江春⑤。

淑气催黄鸟[⑥]，晴光转绿蘋。
忽闻歌古调，归思欲沾襟。

【注释】

①和（hè）：以诗相和。晋陵：今江苏常州市。陆丞：陆姓县丞。②宦游人：在外做官的人。这里既指陆丞，又指自己。③物候：景物变化的征状。④曙：晓色。⑤“梅柳”句：意为春色由江南到了江北。⑥淑气：和暖的气候。

【赏析】

和陆姓友人于早春时节一同赏览江南风光，作者发出了只有在外地做官的游子才会对物候翻新感到惊讶而感慨。江南的早春很是迷人，朝日在漫天云霞的衬托下从海上升起，梅柳枝头的春色渡过江水向北延伸，和暖的春气催起了黄鹂的鸣唱，明媚的阳光照绿了水中的浮萍。但是作者并不能尽情陶醉在这异乡美景当中，他听到朋友偶然哼起抒发乡情的古老歌曲，归思的涟漪在心中荡漾，想家的泪水打湿了衣襟。

杂　诗　　沈佺期

闻道黄龙戍[①]，频年不解兵[②]。可怜闺里月，长在汉家营。
少妇今春意，良人昨夜情。谁能将旗鼓，一为取龙城[③]。

【注释】

①黄龙戍：即黄龙冈，今辽宁开原市北，唐时边防要地。②不解兵：战事不断。③一为：一举。

【赏析】

本篇为沈佺期的代表作之一，写因边事长年不息而导致的夫妇离别的相思之苦。丈夫戍守边关，妻子独守空闺，这是唐诗描写的夫妻生活常见的一幕，诗中说“频年不解兵”，更可以想见他们分离时间之长和相见之日的遥遥无期。于是每逢月明之时，便有万千妻子征人对月伤怀，因为只有这悬挂于中天的月儿，见证了夫妻往昔生活的和谐美满，见证着望月之人的苦苦相思。

少妇又是一春的刻骨思念，犹如丈夫夜夜不断的无限深情，而情到浓时，则化为一句由衷的祝愿：愿朝廷早日派遣良将荡平胡虏，使我大唐能得长治久安，使我夫妇终能团圆。全诗借写思妇的内心感受而道出了战争给人们带来的巨大痛苦，寄托出人们对于战争早日结束的深切期望，以小而言大，可谓别具新意。

题大庾岭北驿[①] 宋之问

阳月南飞雁[②]，传闻至此回。我行殊未已，何日复归来。

江静潮初落，林昏瘴不开[③]。明朝望乡处，应见陇头梅[④]。

【注释】

①大庾岭：位于今江西大庾，山岭多梅花，又名梅岭。古人以此岭为岭南与中原的分界，有十月北雁南飞至此而止的说法。②阳月：阴历十月。③瘴不开：指林中瘴气弥漫，一片迷蒙。④陇头：岭头。

【赏析】

诗为宋之问流放钦州，途经大庾岭北驿时所作。古时有鸿雁南飞至大庾岭而折回的说法，诗人身临此地，感叹鸿雁尚可至此折回，而自己的行程还远没有结束，什么时候能够回到家乡更不可知，心中因而悲伤不已。

江潮初落，江水安静下来，树林瘴气缭绕，昏昏然让人徒增愁苦。作者想到明天登岭望乡时，应能看见大庾岭上早开的梅花，他想起北朝陆凯托信差把自己折的梅花送给南朝挚友范晔的故事，不禁也要以同样方式寄走自己的思乡之情。

次北固山下[①] 王湾

客路青山下，行舟绿水前。潮平两岸阔，风正一帆悬[②]。

海日生残夜，江春入旧年。乡书何处达，归雁洛阳边[③]。

【注释】

①次：停泊。北固山：在今江苏镇江市北，三面临水。②风正：风顺。③“归雁”句：古人相信大雁能传书，所以作者希望大雁能把家书带回故乡（作者故乡在洛阳）。

【赏析】

青山下，绿水前，是诗人独行的客船；潮平岸阔，和风吹送着高悬的船帆缓缓向前移动。破晓时，残夜还未消退，但一轮红日已渐渐从海上升起；旧年尚未逝去，而江上的风物却已透露出丝丝春意。离家渐远，诗人的思乡之情渐渐加深，哪里能把家信送到呢？只有托付北归的大雁，将信送达洛阳的亲人。

题破山寺后禅院　　常建

清晨入古寺，初日照高林。曲径通幽处，禅房花木深。

山光悦鸟性，潭影空人心。万籁此俱寂，惟闻钟磬音。

【赏析】

破山在今江苏常熟，寺指南齐时建的兴福寺，到唐代已属古寺。本诗写的是常建于清晨入古寺的所见、所闻、所感。诗人清晨入寺，但见旭日照耀着高高的山林。寺里有迂曲小径通向清幽之处，循径而行，到得层层花木掩映下的禅房。寺后青山沐浴着阳光，鸟儿自由自在地飞翔欢唱；在清潭中照见自己的影子，顿觉心中一片空明澄澈。全诗旨在抒写作者所领悟的禅意。末联对于万籁俱寂，唯闻钟磬之音的描写，实应理解为一种定态，并非自然中真是寂静无声，而是耳中只闻佛音罢了。

寄左省杜拾遗[①]　　岑参

联步趋丹陛[②]，分曹限紫微[③]。

晓随天仗入，暮惹御香归。

白发悲花落，青云羡鸟飞[④]。

圣朝无阙事，自觉谏书稀。

【注释】

①左省：唐代的门下省，因位于皇宫之左，故称“左省”。其时杜甫任“左拾遗”，属门下省。②趋：小步而行。③曹：官署。紫微：古人以紫微星位喻皇帝居处，此处指皇帝所在的宣政殿。

中书省位于殿西，门下省位于殿东，故有“分曹”之语。④“白发”两句：实际上是写身在朝中虚度光阴而无所作为，繁文缛节的朝官生活让作者对自由飞翔于天际的鸟儿心生羡慕。

【赏析】

本诗是岑参写给杜甫的寄怀之作。杜、岑二人每日随着天子的仪仗，谨小慎微地联步入朝，然后各自在所属官署度过一天，等到日暮散朝归来，就只是空惹了一身皇家的熏香。作者厌倦了僵化无聊的生活，慨叹年华老去却不能为国建功立勋，心中满是悲伤与无奈。补阙、拾遗都是谏官，作者在诗尾叹息说：圣明的朝廷没有什么过失，我觉得规劝皇上的奏章也日渐稀少了。联系肃宗朝满目疮痍、一片混乱的局面，这叹息看似是歌功颂德，实则暗含讥讽，蕴含着诗人对于闭目塞听、文过饰非的统治者的失望之情。

赠孟浩然　　李白

吾爱孟夫子①，风流天下闻②。红颜弃轩冕，白首卧松云③。
醉月频中圣④，迷花不事君。高山安可仰⑤，徒此揖清芬⑥。

【注释】

①夫子：对孟浩然的尊称。②风流：风雅潇洒。③“红颜”两句：言孟浩然少壮时便放弃仕途，老来更是隐居山林。红颜：年轻少壮。轩冕：古代官吏出行时的车乘和冠服。④频中圣：频频酒醉。⑤“高山”句：引诗经中的“高山仰止，景行行止”，表达对孟浩然的崇敬之情。⑥徒此：唯有在此。揖清芬：向孟浩然的高风雅致深施一礼。

【赏析】

李白寓居湖北安陆时期（727 ~ 736 年），常往来于襄汉之间，与比他年长二十岁的孟浩然结下了深厚的友谊。本诗首联热情抒发诗人对孟浩然的爱慕之情，称赞孟浩然的风流气度天下闻名。中间两联着力描写孟浩然置簪缨于不顾，远走山林，寄情诗酒的高洁形象。尾联赞孟氏品格有如高山之峻峭孤拔，使人无法望其项背，并即此表达自己的深深敬意。

渡荆门送别[1]　　李白

渡远荆门外，来从楚国游[2]。山随平野尽，江入大荒流[3]。
月下飞天镜，云生结海楼[4]。仍怜故乡水，万里送行舟。

【注释】

①荆门：荆门山，在今湖北宜都西北，古时为楚蜀交界。②从：向。③大荒：广阔的田野。④海楼：海市蜃楼。

【赏析】

首联交代诗人已然过了荆门，来到楚国一带遨游。中间两联写舟行所见：山峦随着开阔平原的出现而逐渐消失，江水浩浩荡荡，流入辽阔无际的远方荒原。晚上，平静江面上的月影宛如天上飞来的明镜；日间，蓬勃涌起、变幻无穷的云彩结成壮观的海市蜃楼。年轻的诗人意气风发，但初别故乡，心中满含眷恋。在他的眼中，故乡的水依旧跟随，不辞万里地伴送着他远行的小舟。

送友人　　李白

青山横北郭[1]，白水绕东城。此地一为别，孤蓬万里征[2]。
浮云游子意，落日故人情。挥手自兹去[3]，萧萧班马鸣[4]。

【注释】

①郭：外城。②蓬：蓬草枯后断根，随风飞扬，古人常以之喻征人。③兹：此。④班马：离群之马。

【赏析】

诗由景写起，“青山横北郭，白水绕东城”是从回望视角写来，除烘托出一派安静祥和的氛围外，也可见作者送友人出城已是很有一段距离了。中间四句写对即将只身远征天涯的友人的深深关切之意，巧用“浮云”“落日”作比，“浮云”比友人的行踪不定、任意东西，“落日”比自己像落日不肯离开大地一样对朋友依依惜别的心情。尾联两句不再正面描写朋友间的离情，而是写分别时马儿的情

状：它们似乎也深谙别离滋味，彼此恋恋不舍，悲鸣致意。全诗就这样于几声萧萧马鸣中结束，意致缠绵悱恻而不过分伤感。

听蜀僧濬弹琴[1]　　李白

蜀僧抱绿绮，西下峨眉峰。为我一挥手，如听万壑松。

客心洗流水[2]，余响入霜钟。不觉碧山暮，秋云暗几重。

【注释】

①濬（jùn）：通“浚”。②“客心”句：意为听蜀僧琴声，心如为流水所涤，清新畅快。

【赏析】

此诗叙写作者听蜀地一位名为濬的僧人弹琴一事。僧是蜀僧，琴又以昔日蜀人司马相如的绿绮著名，所以开头两句，意贯古今，使人未闻琴声就已经知道琴声不同凡响。中间两联写听琴的感受：僧人信手一挥，顿有万壑松涛之声随弦而出，感觉像万浪千波涤荡心灵，胸中清新澄净。至一曲奏罢，余音袅袅，不绝如缕，与山寺暮钟声融在一处，令人心神荡漾。末联以写醉心听琴而不知天色已晚，进一步衬托蜀僧琴艺的高妙，既强调了听琴的主观感受，又为全篇安排了一个清淡自然的结尾，使行云流水之势得以贯穿始终。

夜泊牛渚怀古[1]　　李白

牛渚西江夜[2]，青天无片云。

登舟望秋月，空忆谢将军[3]。

余亦能高咏，斯人不可闻[4]。

明朝挂帆去，枫叶落纷纷。

【注释】

①牛渚（zhǔ）：山名，在今安徽当涂县境。②西江：九江至南京段的长江古称西江，牛渚亦在其中。③谢将军：东晋谢尚，官至镇西将军。④斯人：指谢尚。

【赏析】

这首诗是诗人舟行经当涂牛渚山时所作，旨在抒发怀才不遇的感慨。诗人夜泊于牛渚山下，望青天无云，秋月正明，不由得触发思古之幽情。当思绪从久远的从前回到当前，想到自己坎坷多舛的命途，他又情不自禁地发出“余亦能高咏，斯人不可闻”的感慨。诗的尾联宕开写景，想象明朝挂帆离去的情景，烘托出一派寂寞凄清的情怀，使全诗饱含了一种悠然不尽的神韵。

春望　杜甫

国破山河在[①]，城春草木深[②]。感时花溅泪，恨别鸟惊心。

烽火连三月[③]，家书抵万金[④]。白头搔更短[⑤]，浑欲不胜簪[⑥]。

【注释】

①在：依旧。②草木深：指草木丛生。③烽火：战火。连三月：三月不断，指整个春天。④抵：值，相当。⑤白头：白发。⑥浑：简直。不胜簪：插不上发簪。

【赏析】

唐玄宗天宝十五载（756年）七月，安史叛军攻陷长安，肃宗在灵武即位，改元至德。杜甫在投奔灵武途中，被叛军俘至长安，于次年写下此诗。

大乱之年，山河依然如故，国家却已是残破不堪，春来，被叛军焚掠过后的长安城杂草丛生、乱树幽深，一派凄凉景象。虽然也能见到春花，听到鸟鸣，但这一点美好的东西更是让作者感慨今昔巨变，他因而见春花而泪洒花上，闻鸟鸣而动魄惊心了。连月不灭的烽火，让家庭支离破碎，让人们颠沛流离，家书一封是万金难换的，作者已然因国事而忧恨重重，又因惦念家人安危而寝食难安，陷入了无尽的愁烦与焦急当中。焦愁的他不停地搔弄着自己的白发，以至于白发短而又短，近来，连发簪也难以插牢。

月夜　杜甫

今夜鄜州月[①]，闺中只独看[②]。遥怜小儿女[③]，未解忆长安[④]。

香雾云鬟湿[⑤]，清辉玉臂寒。何时倚虚幌[⑥]，双照泪痕干[⑦]。

【注释】

①鄜（fū）州：今陕西富县。②闺中：指妻子。③小儿女：尚不懂事的子女。④解：懂得。忆长安：思念身在长安的父亲。肃宗至德元载（756 年），叛军攻陷潼关，杜甫携家眷外逃，闻肃宗在灵武即位，于是前往效力，途中为叛军所俘，被解回长安。⑤香雾：月夜的雾气。⑥虚幌：薄纱帐。⑦双照：指月光同时照着身处异地的夫妻二人。

【赏析】

全诗别出心裁，言在彼而意在此，不说自己在对月思念妻子，却哀悯在远方的妻子独看明月；不说自己想念年幼的子女，却说他们尚不懂得记挂远方的父亲。“香雾”一联想象妻子于月下思念自己的情景，尾联接续此情寄出自己对于战乱平息、合家团圆的热切期盼。思路奇特而缜密，情意缠绵而真切。

春宿左省　杜甫

花隐掖垣暮[①]，啾啾栖鸟过。星临万户动，月傍九霄多[②]。
不寝听金钥[③]，因风想玉珂[④]。明朝有封事[⑤]，数问夜如何。

【注释】

①掖垣：唐时门下省与中书省分立宣政殿两侧，如人之两腋（“掖”，通“腋”），故名。②九霄：此代皇宫。③金钥：指钥匙开启宫门的声音。④玉珂（kē）：马络头上的装饰。⑤封事：奏章。

【赏析】

左省即门下省。安史之乱平定后，杜甫还京，仍旧在门下省任左拾遗，本诗即描述了他夜宿左省，等待早朝的一幕。

诗从傍晚写起：心情不错的诗人欣赏着左省内的花木，直到它们因为暮色浓重而渐渐隐去，他还聆听鸟儿啾啾鸣叫着从空中飞过，直到满天星月。星光闪烁，宫禁中的千门万户也随之一同明昧相映。明月高悬，它毫不吝啬地将清光多多洒向高耸入云的殿阁。就是在这样一个美好的月夜里，诗人却不能安睡一刻，因为他宿在左省，明日早朝还有奏章要上陈。他睁着眼睛卧在榻上，听到风的声音也怀疑是百官上朝的马饰碰撞之声，并且多次起来询问：夜已几何？

至德二载甫自京金光门出间道归凤翔乾元初从左拾遗移华州掾与亲故别因出此门有悲往事

杜甫

此道昔归顺[1]，西郊胡正繁[2]。至今犹破胆[3]，应有未招魂[4]。
近侍归京邑[5]，移官岂至尊[6]。无才日衰老，驻马望千门[7]。

【注释】

①归顺：指至德二载投奔凤翔的唐肃宗。②胡正繁：指叛军的部队正在横行肆虐。繁：多。③破胆：惊骇。④未招魂：因惊恐而未招回的魂魄。⑤近侍：指拜左拾遗。⑥“移官”句：意为此次贬官华州岂是皇上的意思。⑦千门：指代皇城的重重宫阙。

【赏析】

杜甫两度出金光门，前一次是逃离叛军魔掌，这一次是因为直言进谏触怒了肃宗，被贬出长安。

前一次出金光门投奔皇帝，叛军正在长安西郊肆虐横行。那恐怖的景象至今想起来仍令诗人惊骇不已、惊魂未定。叛乱平息后随天子返京授官，但不多日又遭到贬谪，诗人认为这并不是天子本意。末联中“无才日衰老”是自悲自叹之语，而“驻马望千门”则显现出作者对于朝廷的恋恋不舍，蕴含着他对报国无门的深深惆怅。

月夜忆舍弟　杜甫

戍鼓断人行[1]，边秋一雁声[2]。露从今夜白，月是故乡明。
有弟皆分散，无家问死生。寄书长不达[3]，况乃未休兵[4]。

【注释】

①戍鼓：戍楼上的更鼓。断人行：指更鼓响后人们便不能再随意行走。②边秋：边地之秋。③长：老是，一直。④况乃：何况是。

【赏析】

此诗是杜甫在秦州时，因怀念远方兄弟而作。秋天的傍晚，戍楼的更鼓警示

着交通即将被阻断，寂寥的边地上，回荡着悠远的雁鸣。从今夜开始，秋天将进入到白露时节。当秋月朗朗挂在长空，作者却觉得，它并不如家乡看到的明亮。作者惦念担忧兄弟，悲伤战乱带来的分离，在这个月夜里，他暗自叹息：平日里给兄弟们寄去书信还常常不能到达，何况战事频仍，生死茫茫更难预料！

天末怀李白　　杜甫

凉风起天末①，君子意如何。鸿雁几时到②，江湖秋水多③。
文章憎命达④，魑魅喜人过⑤。应共冤魂语⑥，投诗赠汨罗⑦。

【注释】

①天末：天边。②鸿雁：指书信。③秋水多：指路途艰难多险。④“文章”句：意为文采出众的人总是命途多舛。⑤“魑魅”句：意为鬼怪精灵则是喜人之过。实指李白受谗蒙冤流放之事。⑥冤魂：指屈原。⑦汨罗：汨罗江，屈原投水处，今湖南湘阴。

【赏析】

此诗写于乾元二年（759 年），作者猜想李白流放夜郎途中应会经过汨罗江，所以设想他会去悼念屈原。其实写此诗时李白已经遇赦而归。

诗人因为天边刮来凉风而怀想李白，他满含深情地向风中寄语：不知道你现在的心情是什么样的啊？他盼望着朋友的一纸书信，因为在凄凉肃杀的季节里，路途充满艰难险阻，朋友的安危牵动着诗人的心。李白的遭遇引起了诗人内心深处的共鸣，他要安慰李白，流传后世的文章不出自命运显达者之手，世上的邪恶奸佞总盯着人的过失。满腹的冤屈可以写成诗文投到汨罗江中，向那含冤而死，但是高洁一世的屈原诉说衷肠。

奉济驿重送严公四韵　　杜甫

远送从此别，青山空复情①。
几时杯重把，昨夜月同行。
列郡讴歌惜②，三朝出入荣③。
江村独归处，寂寞养残生。

【注释】

①空复情：徒然有情。②列郡：指剑南诸郡。讴歌：歌颂。惜：惜别。③三朝：指玄宗、肃宗、代宗三朝。出入荣：指严武连居显位。

【赏析】

送君千里，终须一别，严武从此远走，诗人与蜀地的青山满含别情。诗人想到昨夜还与严武夜下同行，想到不知何年何月才能再次见到他，失落和伤感萦绕心头。他在诗中赞颂严武受到蜀中人民的爱戴，赞叹他三朝出将入相，敬爱之情溢于言表；他在诗中感叹自己将独归江村，在寂寞中度过残生，隐含着孤凄无依的无限悲伤。

别房太尉墓　杜甫

他乡复行役[①]，驻马别孤坟。近泪无干土[②]，低空有断云。
对棋陪谢傅[③]，把剑觅徐君[④]。唯见林花落，莺啼送客闻。

【注释】

①复行役：指再次因公事奔走于他乡。②“近泪”句：意为眼泪把脚下的泥土都打湿了。③谢傅：指晋朝名将谢安，官至太傅，他喜欢下围棋，此处喻房琯。④“把剑”句：春秋时吴国季札出使晋国时路过徐国，他知道徐君喜爱自己的宝剑，本打算返回时相赠，但回来时徐君已去世，他于是解下宝剑挂在徐君墓前的树上而离去。

【赏析】

房太尉即房琯，玄宗时拜相，肃宗时因陈涛斜兵败被免职，杜甫也因上书为他争辩而被逐出京。杜甫途经阆州，拜祭了在那里的房琯墓，回想起往事种种，不禁悲从中来。

诗中以谢安比房琯，是在追忆房琯生前的镇定自若、风流儒雅；运用延陵解剑的故事，则表达了诗人对房琯的厚意深情。其中也融入了作者自己政治失意的心酸。诗人最终在花落鸟啼声中黯然离去，留下了这篇诗文，诉说着胸中那延绵不尽的悲伤。

旅夜书怀　杜甫

细草微风岸，危樯独夜舟[①]。星垂平野阔，月涌大江流。
名岂文章著，官应老病休[②]。飘飘何所似，天地一沙鸥。

【注释】

①危樯（qiáng）：高耸的船桅。独夜舟：夜晚独自行舟。②老病休：因年老多病而离职。

【赏析】

代宗永泰元年（765年）正月，杜甫辞去严武幕府职务。四月，严武病故，杜甫失去凭依，于是率家人离开成都草堂，乘舟东下。这首诗是他经过渝州、忠州一带时写的。

微风吹拂着江岸细草，诗人的孤舟停泊在岸边。星光闪烁，天幕低垂向平野尽头；江水粼粼，拥着月光流向远方。诗人仰观壮阔景象，俯思人生得失，以往坎坷的遭遇，眼下凄凉的境况，让他时而发出“名岂文章著”的悲问，时而又转向年“官应老病休”的沉吟。平静下来，他知道明天依然是孤独漂泊，不禁自问自答地叹道：我这样飘然一身像什么？不过像广阔天地间的一只沙鸥罢了。诗文蕴含着杜甫才不见用、志不得展的孤愤，还有他老病无依、转徙漂泊的悲哀。

登岳阳楼　杜甫

昔闻洞庭水，今上岳阳楼。
吴楚东南坼[①]，乾坤日夜浮。
亲朋无一字，老病有孤舟。
戎马关山北[②]，凭轩涕泗流[③]。

【注释】

①坼（chè）：分裂。②戎马：指战事。关山北：指北方边境。③凭轩：倚着窗户。涕泗：眼泪鼻涕。

【赏析】

从前只听说过洞庭湖水气象非凡，如今登

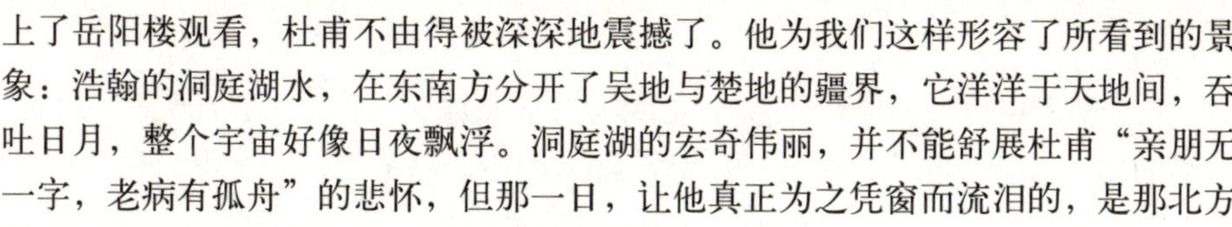

上了岳阳楼观看，杜甫不由得被深深地震撼了。他为我们这样形容了所看到的景象：浩翰的洞庭湖水，在东南方分开了吴地与楚地的疆界，它洋洋于天地间，吞吐日月，整个宇宙好像日夜飘浮。洞庭湖的宏奇伟丽，并不能舒展杜甫“亲朋无一字，老病有孤舟”的悲怀，但那一日，让他真正为之凭窗而流泪的，是那北方关塞仍然不休的战事，以及风雨飘摇的山河。

辋川闲居赠裴秀才迪[①]　王维

寒山转苍翠，秋水日潺湲[②]。倚杖柴门外，临风听暮蝉。

渡头余落日，墟里上孤烟[③]。复值接舆醉[④]，狂歌五柳前[⑤]。

【注释】

①辋川：在今陕西蓝田县终南山下，王维晚年与秀才裴迪同隐于此。②日潺湲(yuán)：意为水流日日徐缓流淌。③墟里：村落。烟：指炊烟。④复值：又逢。接舆：春秋时楚国隐者，此指裴迪。⑤五柳：晋陶渊明号“五柳先生”，此处是作者喻自己。

【赏析】

秋天来了，山林的绿色被寒气侵染得更加深暗，溪流的声响也比夏日柔缓了许多。傍晚，作者倚杖柴门静候朋友裴秀才的到来。他临风听蝉，看渡头落日、墟里孤烟。裴秀才又一次乘醉而来，在作者面前纵情长歌。作者在诗文中将裴秀才比作放达不羁的楚国狂士接舆，把自己比作忘怀得失的晋代隐士五柳先生，将二人超然物外的情怀、朋友之间的默契和志趣相投表现得温雅醇厚、意趣盎然。

山居秋暝[①]　王维

空山新雨后，天气晚来秋。明月松间照，清泉石上流。

竹喧归浣女，莲动下渔舟。随意春芳歇[②]，王孙自可留[③]。

【注释】

①秋暝：秋天的傍晚。②随意春芳歇：意为春花要凋谢就凋谢吧。③王孙自可留：意思是说，既然春天已过，王孙就请归来吧，山中冷清，不可长久居住。本诗反用其意，抒发的是作者愿居山林而不愿返回喧嚣市朝的情怀。

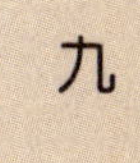

【赏析】

空山新雨过后，秋凉渐渐透出，山林中一派爽洁之气。如水的月光倾泻松间，清清的山泉流淌于石上。竹林间响起阵阵喧闹声，那是年轻的女子们浣纱归来；池塘中荷叶摇动，那是渔舟在顺水行走。这有如世外桃源一样的地方必要到尘世之外才能找到，《楚辞·招隐士》中说："王孙兮归来，山中兮不可久留。"隐居山中的诗人却说：这里即使不是春天也非常的美丽，王孙们可以留下吧。

归嵩山作　王维

清川带长薄[①]，车马去闲闲[②]。流水如有意，暮禽相与还[③]。

荒城临古渡，落日满秋山。迢递嵩高下，归来且闭关[④]。

【注释】

①薄：草木茂密的地方。②闲闲：从容的样子。③相与还：结伴而还。④闭关：闭门谢客。

【赏析】

乘着车马，悠闲地走在归隐的路上，欣赏着清清河川、青青岸草延伸远方，感受着好像懂人心意的河水和傍晚归飞的鸟儿的一路相伴。作者归隐嵩山，走过了荒城古渡，看过了落日秋山，远远地离开了尘世，从此闭门谢客，习静修身。

终南山　王维

太乙近天都[①]，连山到海隅[②]。

白云回望合，青霭入看无。

分野中峰变[③]，阴晴众壑殊[④]。

欲投人处宿，隔水问樵夫。

【注释】

①太乙：终南山主峰，也是终南山别名。天都：京都长安。②连山：连绵不断的山势。到海隅：延伸到海角。③分野：大地按星辰位置划分的范围。中峰：指太乙峰。④殊：不同。

【赏析】

来到终南山，作者惊叹于它的高大，他以临近天上都市和绵延直至大海的夸张来形容它。攀登上终南山，白云在回望中合成一片，青雾远看分明飘浮山间，走到近前却并不能看到它的存在。待到登上主峰，纵览四方，但见终南一脉划分大地，身之所在便是分野交界，千山万壑纵横错落，阴晴浓淡各不相同。作者迷恋这终南盛景，打算明日复游，于是空寂的山林里，传出了他隔水询问樵夫投宿事宜的声音……

酬张少府[①] 王维

晚年惟好静，万事不关心。自顾无长策[②]，空知返旧林[③]。

松风吹解带[④]，山月照弹琴。君问穷通理[⑤]，渔歌入浦深。

【注释】

①酬：以诗酬答。②自顾：自念。长策：超人的本领。③空：徒然。④解带：解带敞怀。⑤穷通理：困顿与发达的道理。

【赏析】

这是一首应酬诗，是张少府先有诗相赠，王维作此诗酬答。张少府在赠诗中向王维询问人生通达困厄的道理，王维在酬诗中讲自己如今只喜欢安静，不再关心任何事情。他还说起自己对国家政事没有什么好办法，闲散无用，只知道返回山林，任松风吹开衣带，在月下弹奏瑶琴。关于张少府的问题，他最终以“渔歌入浦深”作为回答，讲出的其实是萧放自适、忘怀得失的生活姿态。

过香积寺[①] 王维

不知香积寺，数里入云峰。

古木无人径，深山何处钟。

泉声咽危石[②]，日色冷青松[③]。

薄暮空潭曲，安禅制毒龙[④]。

【注释】

①香积寺：长安城外寺名，故址在今陕西省西安市长安区。②咽危石：形容山石嶙峋，泉水于其间不能畅快流淌。③冷青松：谓夕阳西下，青松的颜色也因之黯淡下来。④安禅：安然进入禅境。毒龙：喻机心妄念。

【赏析】

作者曾闻香积寺之名，却不知其究竟在山中何处，此诗写他偶然路过其处时向山中探访寺院的情景。山行数里，深入云峰，古木森森，小路幽静。山林深处传来悠远的钟声，泉流呜咽在嶙峋的山石下，日光因为照在青松之上而显得清冷。日暮时分，作者来到一方清澈无物的水潭旁，不由得联想起西方高僧以佛法制服水中毒龙的传说。诗文通篇未写寺院风光，然而所咏寺外幽景，正体现着香积寺不同寻常的氛围，“薄暮空潭曲，安禅制毒龙”一联隐含修禅可去除邪恶之意，将禅寺宗旨延展开来。

送梓州李使君　王维

万壑树参天，千山响杜鹃。山中一夜雨，树杪百重泉[①]。

汉女输橦布[②]，巴人讼芋田[③]。文翁翻教授[④]，不敢倚先贤[⑤]。

【注释】

①杪（miǎo）：树梢。②汉女：指蜀中女子。输橦（tóng）布：指以布匹纳税。橦布：橦木花织成的布匹。③巴人：指蜀人。讼芋田：为农田之事讼争。④文翁：汉景帝时为蜀郡太守，他施政宽宏，兴学育人，使巴蜀得以开化。此处指李使君。翻：翻新。教授：教化。⑤倚先贤：倚仗先人遗留下来的成果而无所创造。

【赏析】

友人李使君要去蜀中做官，作者写了这首诗送给他。诗的上联拟想蜀中奇景：万壑千山，到处是参天的大树，到处是杜鹃的啼声。每当透夜的春雨过后，山中处处有泉水飞流而下，遥遥看去，好似悬挂在树梢上一般。下联转入对蜀中民情的描写，劝勉李使君上任后要勤政爱民，劝作息讼，以先贤为榜样，而不可徒守先人治绩，无所作为。全诗语言委婉得体，寄意深长，是送别诗中风格独具的佳作。

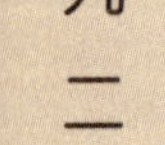

汉江临眺[1]　王维

楚塞三湘接[2]，荆门九派通[3]。江流天地外，山色有无中。
郡邑浮前浦[4]，波澜动远空。襄阳好风日[5]，留醉与山翁[6]。

【注释】

①临眺：登高望远。②楚塞：指古楚国边界。三湘：漓湘、潇湘、蒸湘称三湘。③荆门：即荆门山。九派：长江的许多支流。九是多的意思。④郡邑：此指襄阳城。浦：江面。⑤风日：风光。⑥山翁：指晋人山简，竹林七贤山涛之子。他曾任征南将军，镇守襄阳，好饮酒，每饮必醉。

【赏析】

此诗写作者泛览汉江时所见。首联写汉江形势，眼界开阔，下笔宽广。颔、颈两联具体描绘临眺所见：江水浩瀚，宛若流向天地以外；山色空濛，全在似有似无之间。远方的城市仿佛漂浮在水面之上，那里的天空也好像随着江水的波澜一起动摇。末联抒发情怀，表达了作者对襄阳风物的热爱之情，他因而要留下来，与山翁畅饮，陶然一醉在这美景良辰之间。

终南别业　王维

中岁颇好道[1]，晚家南山陲[2]。
兴来每独往[3]，胜事空自知[4]。
行到水穷处[5]，坐看云起时。
偶然值林叟[6]，谈笑无还期[7]。

【注释】

①中岁：中年。好道：此处指信奉佛理。②家：安家。南山陲：终南山边。③兴来：兴致来时。④胜事：喜悦的事情。⑤穷：尽。⑥值：遇到。林叟：山间老者。⑦还期：回来的时间。

【赏析】

诗人中年时爱上了禅道，但是直到晚年移居风景清幽的终南山辋川别墅，才得以全心习禅。每逢兴致来时，他会前往山中漫步闲游，欣赏大自然的美丽，体味其中所蕴含的禅意，此间乐趣，只有他自己能够悠然心会，难以向外人言说。

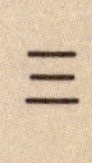

他信步来到溪水尽头，坐看山间云生云起，如果偶然遇到山林野老，便快乐地与之交谈，甚至忘记了归家。全诗句句清淡，语语自然，写出了诗人超然物外的心境和闲逸恬淡的情怀，其五、六二句历来为人所赞赏。

临洞庭湖赠张丞相　孟浩然

八月湖水平[①]，涵虚混太清[②]。气蒸云梦泽[③]，波撼岳阳城。
欲济无舟楫[④]，端居耻圣明[⑤]。坐观垂钓者，徒有羡鱼情[⑥]。

【注释】

①湖水平：湖水涨得饱满。②涵虚：水气浩渺的样子。太清：天空。③云梦泽：古大泽名，包括今湖南湖北两省的部分。④济：渡。舟楫：船只。⑤端居：闲居。耻圣明：有愧于此圣朝明世。⑥“坐观”两句：这两句是作者将“临渊羡鱼，不如退而结网”的古语另番新意。

【赏析】

玄宗开元二十一年（733年），张九龄为相，孟浩然西游长安，作此诗相赠，意在求得张九龄的引荐。

前两联写秋天的洞庭湖：八月的洞庭湖水涨得与岸齐平，它烟波浩渺，远远望去，水光天色难以分清。它的水气蒸腾，滋养哺育了广大的云梦泽，波浪澎湃鼓荡，撼动了坐落在湖边的岳阳城。后两联向张丞相委婉抒发胸臆：我想渡过湖去，却苦于找不到舟楫；空守安闲，又感到有愧于圣明的朝代。我坐在一边观看专心致志的渔翁，心中徒然有跟随他临水垂钓的心情。

与诸子登岘山[①]　孟浩然

人事有代谢[②]，往来成古今。江山留胜迹[③]，我辈复登临。

水落鱼梁浅[④]，天寒梦泽深[⑤]。羊公碑尚在，读罢泪沾襟。

【注释】

①岘山：又名岘首山，在今湖北襄阳南。②代谢：交替，变换。③胜迹：名胜古迹。④鱼梁：鱼梁洲，位于襄阳。⑤梦泽：即云梦泽。

【赏析】

人事不停交替更迭，时光流逝构成了古今，孟浩然与诸友登上岘山，来到胜迹前面凭吊先贤。初冬水落，远处的鱼梁洲更多地显露出水面，天气寒冷，广阔的云梦泽显得更加深远苍茫。面对羊公碑依然清晰的字迹，满怀“后之视今，亦犹今之视昔”的悲慨，作者不能自持，潸然而泣，泪水打湿了衣衫。

宴梅道士山房　　孟浩然

林卧愁春尽[①]，搴帷览物华[②]。忽逢青鸟使，邀入赤松家[③]。
金灶初开火[④]，仙桃正发花。童颜若可驻，何惜醉流霞[⑤]。

【注释】

①林卧：林中闲卧。②搴（qiān）帷：撩起帐帷。物华：美好的景物。③赤松家：指梅道士之家。赤松：赤松子，传说中的仙人。④金灶：道家的炼丹炉。⑤流霞：传说中的仙酒。

【赏析】

诗人正愁春去，忽逢梅道士派使僮邀他前去做客，于是转忧为喜，心中畅快了许多。及至道家，但见金灶初开炉火，仙桃正在发花，真是别有天地，无半分尘俗气息，不禁为之心驰神醉。既然道士之仙术能使春天驻留，是否也可以让人永葆童颜呢？想到此处，作者襟怀尽展，不辞一醉，愿与道人共赴陶然忘忧之乡。

岁暮归南山　　孟浩然

北阙休上书[①]，南山归敝庐[②]。不才明主弃，多病故人疏[③]。
白发催年老，青阳逼岁除[④]。永怀愁不寐[⑤]，松月夜窗虚。

【注释】

①北阙：指朝廷奏事处。②敝庐：破旧的居所。③故人疏：老朋友因之而疏远。④青阳：春天。⑤永怀：郁于胸怀而不去。

【赏析】

仕途失意以后，孟浩然只好重新归隐南山。他在诗文中心情沉重地说：我的才学不够，所以被圣明君主的弃置；因为身体多有疾病，亲朋好友也都渐渐地和我疏远了。头上有了白发，就更觉得年老的速度在加快；春天回归人间的时候，就意味着这一年即将走到终点。老大无成的诗人用“催”和“逼”形容时光的流逝，足见他心中的不甘和无奈。

愁绪满怀，诗人夜不能寐，窗间松影月光虚迷一片，衬托着他惆怅落寞的心情。

过故人庄　　孟浩然

故人具鸡黍[①]，邀我至田家。
绿树村边合[②]，青山郭外斜。
开轩面场圃[③]，把酒话桑麻。
待到重阳日[④]，还来就菊花[⑤]。

【注释】

①具：准备。鸡黍：农家丰盛的饭菜。黍：黄米饭。②合：环绕。③轩：窗户。场圃：打谷场和菜圃。④重阳日：阴历九月初九重阳节，古人有登高、饮菊花酒的习俗。⑤就：赴。

【赏析】

老友备下农家菜肴，邀请孟浩然前去一聚，孟浩然欣然而往。到得乡间，但见绿树环抱着村庄，青山在远处映衬；宾主落座后打开窗户，窗外正对谷场菜园，他们于是把酒闲话农事桑麻。惬意的拜访，友人的深厚情谊，作者岂能不生再次前来之意？他在告辞时留言说：等到重阳佳节时，我还要前来做客，与你共赏美丽的菊花。

秦中寄远上人[1]　　孟浩然

一丘常欲卧，三径苦无资[2]。北土非吾愿[3]，东林怀我师[4]。
黄金燃桂尽[5]，壮志逐年衰。日夕凉风至，闻蝉但益悲[6]。

【注释】

①秦中：指京都长安。远上人：名远的僧人。上人：对僧人的尊称。②三径：指隐居的家园。③北土：指京都长安，此处代求仕做官。④东林：指远上人所在的寺庙。⑤燃桂：谓烧柴像烧桂枝一样贵，喻长安的生活费高昂。⑥但：只。益：愈加。

【赏析】

诗人落第之后滞留长安，寄诗给老友远上人说：我常想退隐山林，但苦于没有经营隐居家园的钱财。在京为官并非我的愿望，身在长安，我却时常怀念着您这位精神不羁于物役的师尊。此地生活费用昂贵，我带的钱财已经花费殆尽，而年复一年中，曾经的壮志也渐渐衰竭。太阳落山的时候，凉风阵阵吹来，我听到风里的蝉鸣，心情变得格外的悲哀。

宿桐庐江寄广陵旧游[1]　　孟浩然

山暝听猿愁，沧江急夜流。风鸣两岸叶，月照一孤舟。
建德非吾土[2]，维扬忆旧游[3]。还将两行泪，遥寄海西头。

【注释】

①桐庐江：即桐江，在今浙江桐庐县境内。②建德：今属浙江，在桐江上游。③维扬：即扬州。

【赏析】

泊舟在桐庐江的时候，山色昏暗，猿鸣惹人烦愁。入夜后，沧江水流更加湍急，夜风将两岸树叶吹得飒飒作响；天空中虽有明月，但月光所照，只有江中诗人的一叶孤舟，使他感到更加孤寂。“建德虽好，但终非我的故乡啊！”诗人感叹道。他的心中，怀念着扬州的知交故友。怀念中，泪水轻轻落下，诗人于是托付江流，将这思念的泪水带到靠近大海的扬州。

留别王维　　孟浩然

寂寂竟何待，朝朝空自归。
欲寻芳草去[①]，惜与故人违[②]。
当路谁相假[③]，知音世所稀。
只应守寂寞，还掩故园扉。

【注释】

①寻芳草：指寻找隐居的去处。②违：分离。 ③当路：当权者。假：提携，帮助。

【赏析】

求仕不得，孟浩然也不愿再在京城长安滞留，他满怀失意地悄然离去，并将这首诗留给挚友王维，作为此行的一个说明。

诗中说：寂静落寞中，我也不知道自己究竟在等待什么，但是每一天都拖着失望的步子独自而回。我想要追寻芳草的清香远远离开，但又对你这位老朋友依依不舍。当权者没人对我伸出援手，世上的知音本来就少之又少啊。我想我只应当甘守寂寞，就此归去，重新掩起故园的柴门。诗文言浅意深，满含辛酸，颇能引起求仕失意者的共鸣。

早寒有怀　　孟浩然

木落雁南渡[①]，北风江上寒。我家襄水曲[②]，遥隔楚云端。
乡泪客中尽，孤帆天际看。迷津欲有问[③]，平海夕漫漫[④]。

【注释】

①木落：树叶飘落。②襄水曲：襄水弯曲的地方。③迷津：找不到渡口。④平海：平阔的江面。

【赏析】

长安求仕不成，作者漫游长江中下游一带，此时他的心里，还在出仕与归隐间矛盾着。

时值晚秋，江岸上落木萧萧，天空中雁阵南飞，他在瑟瑟江风中遥望楚地的方向，心中思念着那襄水迂曲处的故乡。思乡的泪水在无休无止的客旅中快要流尽，作者看着一片孤帆飘向天边，自叹不能随之而去。彷徨在人生路口的他想要请人指点迷津，眼前却是暮色下无边的江水，苍茫浩瀚。

秋日登吴公台上寺远眺　　刘长卿

古台摇落后[①]，秋入望乡心。野寺来人少，云峰隔水深。
夕阳依旧垒[②]，寒磬满空林。惆怅南朝事[③]，长江独至今。

【注释】

①摇落：零落。②旧垒：指吴公台。③南朝：指在金陵（今南京）建都的宋、齐、梁、陈四朝。

【赏析】

吴公台在今江苏扬州市北，是南朝陈将吴明彻围攻北齐军的弩台。安史之乱起后，诗人被迫南奔至扬州一带，在一个秋日里登上了吴公台。

于流落他乡之际登临高台，思乡是免不了的，而况所见是凄清秋色，所闻是寺中寒磬声声，心中乡愁因而更为浓重。放眼望去，隔岸云白峰青，层层掩映；环顾四周，夕阳残照，铺落于古台之上。当年吴公兵败被俘后抑郁而终，令人叹惋，而今国家危如累卵，又怎能不让人惆怅？荣枯更替中，唯有茫茫长江日复一日，东流至今，见证着人世的沧桑变化。

送李中丞归汉阳别业[①]　　刘长卿

流落征南将，曾驱十万师。罢归无旧业[②]，老去恋明时[③]。
独立三边静[④]，轻生一剑知[⑤]。茫茫江汉上，日暮欲何之。

【注释】

①中丞：御史中丞。别业：别墅。②无旧业：意为家乡没有产业。③明时：清明的时代。

④三边：此处泛指边疆地带。⑤轻生：不畏死亡。

【赏析】

这是一首送别诗。从诗意上看，李中丞是一位曾经为国家立下赫赫战功的将军，他曾经率领十万之众南征，为报效国家不惜殒身损命，也曾独镇北土，使得三边安定无事。然而就是这样一位功勋卓著的老将军，一朝得罪权奸，便遭到罢免，从此孤身飘零于江湖，并无家产旧业以为养老之资，茫茫然不知该往何处。本诗回顾了李将军当年的雄风，热情地讴歌了他英勇无畏、舍身为国的英雄气概，对将军晚年罢官漂泊的遭遇寄予了无限同情和关切，蕴含着对朝廷小人当道、功臣无所归依的深深愤慨和不平。

饯别王十一南游　　刘长卿

望君烟水阔，挥手泪沾巾。飞鸟没何处[①]，青山空向人。

长江一帆远，落日五湖春[②]。谁见汀洲上[③]，相思愁白蘋[④]。

【注释】

①没：消失。②五湖：此指太湖。③汀洲：水中陆地。④白蘋：水草名。

【赏析】

友人登舟远行，渐渐消失在浩渺的烟水之中，作者依然频频挥手，惜别的眼泪打湿了巾帕。友人之行，正如飞鸟远去，倏忽间便已不见踪迹，只留下青山与作者空自相对，让人黯然神伤。遥想他的轻舟悠游南下，作者的心似乎也已随之而去，与他一同观赏落日下的五湖春色，但神思折回，却只有自己独立汀洲。作者望着秋水白蘋久久不忍离去，心中充满了相思哀愁。

寻南溪常道士　　刘长卿

一路经行处，莓苔见屐痕[①]。白云依静渚[②]，芬草闭闲门。

过雨看松色[③]，随山到水源。溪花与禅意，相对亦忘言。

【注释】

①莓苔：苔藓。②渚（zhǔ）：水中的小洲。③过雨：雨后。

【赏析】

刘长卿多与方外之人交往，集中有许多赠和尚道士的篇章。这首诗写他寻访道士不遇，于是独自欣赏山色，看松寻源，并在这清幽恬静的自然环境中，领悟了其中所蕴含的禅理，感到一种与道士神交，与自然契合的愉悦。

新年作　　刘长卿

乡心新岁切，天畔独潸然[①]。
老至居人下，春归在客先[②]。
岭猿同旦暮，江柳共风烟。
已似长沙傅[③]，从今又几年？

【注释】

①天畔：天涯。潸然：流泪。②“老至”两句：意为老来客居人下，如今春又回归自己却不得回归。③长沙傅：西汉贾谊曾被贬为长沙王太傅。

【赏析】

刘长卿秉性刚直，曾因触犯当时的掌权者而遭到谪贬，这首诗当是他被贬为潘州南巴县尉时所作。

新岁来临，思念家乡的心情就变得更加深切起来。诗人独自羁留天涯，不由得潸然洒泪。他哀叹年华已老，却过着客居人下的生活，每年春归故乡，而自己却不能回归。谪贬之地，早晚听的是岭上凄厉的猿啼，看的是江上迷茫烟柳，诗人的心情又该是怎样的凄凉无助！诗的末联借西汉贾谊自况。贾谊谪贬长沙，抑郁不平，但终被复召回朝，而自己被贬于此，不知从今算起，又要度过几个春秋。

送僧归日本　　钱起

上国随缘住[①]，来途若梦行。浮天沧海远[②]，去世法舟轻[③]。
水月通禅寂，鱼龙听梵声。惟怜一灯影，万里眼中明。

【注释】

①上国：此指大唐。②浮天：形容船只远去海上，如浮于天际。③去世：脱离尘世。法舟：指日本僧人所乘之舟。

【赏析】

这是一首写给来大唐旅行、学习的日本僧人的送别诗。诗虽然是写送别，却都是以佛语说出，融浸着丝丝禅意。比如说僧人前来大唐是因“缘”而来，归去时则是乘“法舟”而去。其中的“轻”字，还隐隐蕴含了已然得道的意味，因为“身轻”与“心轻”，是佛家修炼的一大境界。诗中更是对僧人乘舟海上的情景作了大胆的想象，说他于水月之间参禅，又为海中鱼龙传道，可谓饱含颂扬之情。末联中的“一灯影”，既指舟灯，又指禅灯，既表达作者对友人的关切，又由禅语点化而来，一语双关，深见作者苦心。

谷口书斋寄杨补阙[①]　　钱起

泉壑带茅茨[②]，云霞生薜帷[③]。竹怜新雨后，山爱夕阳时。

闲鹭栖常早，秋花落更迟。家僮扫萝径，昨与故人期。

【注释】

①谷口：今陕西泾阳县西北。补阙：谏官，官阶高左右拾遗一级。②茅茨（cí）：茅屋。③薜（bì）帷：薜荔（一种常绿藤）布生如帐幕。

【赏析】

这是首邀约的诗，是为了约杨补阙前来书斋叙谈而作。诗极写书斋周围的景致环境：山泉与林壑映带左右，云霞与青萝衬在周围；新雨后宜观翠竹，晴日里宜看夕阳。不仅如此，还有憨懒喜眠的闲鹭，比世间晚落的秋花。作者所居之地，真可谓“别有天地非人间”了。如此景色，有谁会不为之心驰神往？而况那里的主人已遣家仆扫净萝径，期待着友人的到来。

淮上喜会梁川故人　　韦应物

江汉曾为客[①]，相逢每醉还。

浮云一别后，流水十年间。

欢笑情如旧，萧疏鬓已斑[②]。
何因不归去，淮上有秋山。

【注释】

①江汉：即汉江。②萧疏：稀疏。斑：斑白。

【赏析】

曾与他同在江汉为客，与他相逢必醉，但人生聚散如浮云，年华易逝若流水。一别十年不见，今朝幸得重逢，举杯畅谈，默契如故，不同的是鬓发已然稀疏斑白。

梁川故人问起作者：什么原因让你留恋此地而不思归乡？因为淮水边的秋山风华还可依恋！

赋得暮雨送李曹　　韦应物

楚江微雨里[①]，建业暮钟时[②]。漠漠帆来重[③]，冥冥鸟去迟[④]。
海门深不见[⑤]，浦树远含滋[⑥]。相送情无限，沾襟比散丝[⑦]。

【注释】

①楚江：长江。②建业：今江苏省南京市，古称建业。③漠漠：水气迷茫的样子。④冥冥：形容天色昏暗，细雨濛濛。⑤海门：长江入海处。⑥浦树：江边的树。⑦散丝：指细雨。

【赏析】

此诗是作者为友人送别之作。全诗紧抓“暮雨”二字，渲染送别时周围景象的凄清孤冷：迷蒙的微雨，沉响的暮钟，被水气浸染得湿重的船帆，因羽翼尽沾雨水而不能疾飞的归鸟。如此景象，纵然不是送别之际也能让人心神不舒，何况作者是看着友人的客船驶向江海深处，消失在茫茫烟雨当中。

全诗前三联都是写景，只有最后一联抒情，说自己与友人离情无限，绵绵情意正如密密斜织的雨丝。

酬程近秋夜即事见赠　韩翃

长簟迎风早[①]，空城澹月华[②]。星河秋一雁，砧杵夜千家。

节候看应晚[③]，心期卧已赊[④]。向来吟秀句，不觉已鸣鸦[⑤]。

【注释】

①簟（diàn）：竹席。②澹（dàn）：荡漾。月华：月光。③看：估量。④“心期”句：意为因心心相印而酬赠，连睡眠也迟了。赊：迟。⑤鸣鸦：指天开始亮起来时乌鸦聒噪。

【赏析】

坐在长长的竹席上，早早迎接凉爽的秋风，城中空落落的，月光淡淡地洒在城头街道。一行秋雁飞过星空，千家万户，这时候清晰地响着捣衣的声音。

看节候应该是到了更深夜阑，思念友人，因心心相印而酬赠，作者迟迟不能睡去。引起思绪的是友人程近寄来的一首诗，他吟后辗转不眠，不知不觉中天已大亮。

阙　题　刘昚虚

道由白云尽，春与青溪长。时有落花至，远随流水香。

闲门向山路，深柳读书堂。幽映每白日，清辉照衣裳。

【赏析】

“阙题”即“缺题”，从诗意上看，此诗应为作者入山访友之作。这位友人闲居山林之中，以白云青溪为伴，一心闭门读书。

诗写作者前去探访友人，却并无一字涉及宾主相见后的情景，而全在写友人所居环境的清幽秀美：随水流走的落花，面向山路的宅门，柳荫深处的读书堂。虽未见其中所居之人，亦能感受到其人的恬淡高雅。

诗的末联是作者对于友人平日读书情景的想象：当日光朗照山中，友人当堂

读书，衣裳上应是遍洒清辉。至此，友人那超脱尘俗、怡然自乐的形象已然浮现在我们的眼前，让人掩卷遐思。

江乡故人偶集客舍　　戴叔伦

天秋月又满，城阙夜千重①。还作江南会②，翻疑梦里逢③。
风枝惊暗鹊，露草泣寒虫④。羁旅长堪醉⑤，相留畏晓钟。

【注释】

①城阙：指京城长安的宫城。千重：形容夜色浓重。②江南会：指其时与江南故人会集于客舍。③翻：义同“反”，反而。④寒虫：秋虫。⑤羁旅：客居他乡。

【赏析】

“他乡遇故人”是古人认为人生的四大喜事之一，何况是偶遇，其惊喜和兴奋可想而知，怪不得诗人说是“翻疑梦里逢”。欣喜之余，彼此叙起异乡作客的孤凄，心中又不由得沉重起来，“风枝”二句，正是烘托羁旅之人此时心境的惝恍与不安。诗人欲与友人们一醉方休，一则慰藉因漫长羁旅而消得憔悴不堪的心，二则尽享这可遇而不可求的相聚之夜。把酒夜谈固然惬意，但终会因晓钟鸣响而告结束，友人们也会就此作别。想到此处，诗人虽然更劝友人们再尽一觞，心中却暗念着晓钟不要鸣响。

送李端　　卢纶

故关衰草遍①，离别正堪悲。路出寒云外，人归暮雪时。
少孤为客早②，多难识君迟。掩泣空相向，风尘何所期③。

【注释】

①故关：旧关。②少孤：指自己从小丧父。为客早：意为从很早的时候便开始了漂泊的生活。③风尘：纷乱的世道。何所期：不知后会何期。

【赏析】

作者在一个冬天的傍晚送友人远行，路过旧时的城关，只见衰草连城，

景象十分凄凉。因为离别在即，两个人的心情都很不好，朋友最终沿着那条高入寒云的道路渐渐远离，旷野里只剩下作者自己；他转身踏上归途时，天又下起了纷纷暮雪。作者因为少年便漂泊为客，所以对于这位相见恨晚的患难之交依依不舍。他不禁回过头来，望着朋友远去的方向掩面而泣，心中满是后会难期的无奈与悲凉。

喜见外弟又言别[①] 李益

十年离乱后[②]，长大一相逢。问姓惊初见，称名忆旧容。

别来沧海事，语罢暮天钟。明日巴陵道[③]，秋山又几重。

【注释】

①外弟：表弟。②十年离乱：指安史之乱。③巴陵：今湖南省岳阳市，即诗中外弟将去的地方。

【赏析】

先问到姓氏，心中已在惊疑，待说出名字，这才想起旧时容貌，不禁化惊为喜。他们原是表兄弟，因为十年战乱不曾见面，彼此脑海中对对方的印象依旧是十年之前的，故而相见时对于沧桑巨变、事殊人异的感慨是颇深的。兄弟二人互相诉说着十年以来彼此的经历，谈论着故旧亲人的情况，等到语毕，已然是暮钟响起。在这短暂的相逢之后，表弟明日又将踏上前往巴陵的路，可能又是一个十年的分别，兄弟间又会重新面临一段阻隔，如那层层的秋山，不能知其远近；这不免让作者黯然神伤。

云阳馆与韩绅宿别[①] 司空曙

故人江海别，几度隔山川。

乍见翻疑梦[②]，相悲各问年[③]。

孤灯寒照雨，深竹暗浮烟。

更有明朝恨[④]，离杯惜共传[⑤]。

【注释】

①宿别：同宿后又分别。②翻：反而。③各问年：由于别后相隔时间太长，故相见后互问年龄。④明朝恨：明日再次离别之恨。⑤共传：相互举杯。

【赏析】

与老朋友韩绅重逢在云阳馆，诗人惊慨万分。慨是感慨与故人江海相别后，久久为山水阻隔，相会不易。惊是惊疑在这里突然重逢，好像是做梦一样。他们百感交集地相互询问着年龄，寒夜里，孤灯暗淡的光线映照着濛濛夜雨，馆外竹林深处，似浮动着淡淡的烟云。今日重逢，但明天又要分别，两位朋友恋恋不舍，只有互道珍重，举杯劝饮，聊慰今宵。

喜外弟卢纶见宿　司空曙

静夜四无邻，荒居旧业贫[①]。雨中黄叶树，灯下白头人。

以我独沉久[②]，愧君相见频[③]。平生自有分[④]，况是霍家亲[⑤]。

【注释】

①荒居：偏僻简陋的住所。旧业：家产。②沉：沉沦。③愧：愧对。④分（fèn）：情分。⑤霍家亲：西汉霍光、霍去病与卫青为中表，这里说明两家是表亲。

【赏析】

司空曙与卢纶并列“大历十才子”，他们是表兄弟，关系亲密，感情深厚。

因为家道中落，居住在荒郊野外，所以周围没有邻居。秋雨中，树木黄叶零落；孤灯下，诗人白发满头。如此窘困的境况，表弟卢纶却不离不弃，常常来家中探望，这使得作者非常地感动。卢纶此次来访，更是让他喜出望外。末联“平生自有分，况是霍家亲”就表达作者由衷的感慨：你和我今生本来就有谊分，何况我们又是亲戚！激动之情溢于言表，如见作者肺腑。

贼平后送人北归　司空曙

世乱同南去，时清独北还[①]。他乡生白发，旧国见青山。

晓月过残垒[②]，繁星宿故关。寒禽与衰草，处处伴愁颜。

【注释】

①时清：指时局已安定。②残垒：残余的工事。

【赏析】

“贼平”指“安史之乱”被平定。两位朋友当年一同避乱江南，如今战乱已息，友人却要独自北归了。十年兵祸，沧桑巨变，漂泊异乡的人华发早生，而魂牵梦萦的故乡，怕也是面目全非，只有青山如故了。想来北归的友人，将在晓月下行经残垒，在繁星下夜宿旧关，时时处处，只有寒冬的禽鸟和衰枯的野草，陪伴着他愁苦的容颜。诗写别情，同时借想象友人回归途中的情景，反映出战乱带给人们的深重苦难。

蜀先主庙　刘禹锡

天地英雄气，千秋尚凛然。

势分三足鼎，业复五铢钱[①]。

得相能开国，生儿不象贤[②]。

凄凉蜀故伎，来舞魏宫前[③]。

【注释】

①“业复”句：王莽篡汉后曾废汉币五铢钱，至光武帝时得以恢复。这里指匡复汉室。②儿：指刘禅。③“凄凉”两句：蜀汉降魏后，刘禅迁至洛阳，被封为安乐公。一天，魏太尉司马昭宴请他，让蜀国女乐在他面前歌舞，以看他的反应，当时蜀国旧臣都感伤不已，只有刘禅嬉笑自若。

【赏析】

蜀先主指刘备，先主庙在夔州（今重庆奉节东），本诗当是刘禹锡任夔州刺史时所作。

诗人来到先主庙凭吊，不由得追怀起刘备一生的卓著功业和英雄气概，称赞他英气长存，一度鼎足而分天下，匡复了衰微的汉室。只是刘备虽然在贤相诸葛亮的帮助下得以开国，无奈儿子刘禅却不能继承发扬事业，最终落得国灭身俘。从前蜀国的歌女舞伎，也被迁往魏宫，满怀凄凉地表演歌舞。这一段故事，临先主像想起，更让人感慨万千。诗人写下此诗垂戒世人，其中也包含着对盛世不常、英雄难觅的深深叹惋。

没蕃故人　　张籍

前年戍月支[①]，城下没全师[②]。蕃汉断消息，死生长别离。
无人收废帐，归马识残旗。欲祭疑君在，天涯哭此时。

【注释】

①戍：指出征。月支：西域国名。②没：覆没。全师：全军。

【赏析】

此诗是为祭奠两年前战死在西北疆场的友人而作的。与通常祭奠时的心情有所不同，作者此时所怀的是一份更为惆怅悲痛的情感，因为两年前唐军在月支的全军覆没，只使得参战的友人从此没了消息，是活不见人、死不见尸。诗人想象当年战后疆场上狼藉惨烈的景象，想要祭奠友人亡灵，却怀疑他兴许还活着。但终知凶多吉少，侥幸之事微乎其微，不由得遥向天涯为之一恸，向那不明生死之人寄去自己的哀思。

草　　白居易

离离原上草[①]，一岁一枯荣。野火烧不尽，春风吹又生。
远芳侵古道，晴翠接荒城[②]。又送王孙去[③]，萋萋满别情[④]。

【注释】

①离离：形容草长得茂盛。②晴翠：指阳光下草色翠绿鲜亮。③王孙：游子。④萋萋：草木茂盛的样子。

【赏析】

繁荣茂盛的原上小草，蓬勃生长。它们年年都要经历一枯一荣，纵使被野火烧成一片灰烬，春风再来的时候，依然会长出芽叶，绿满大地。芳草蔓延向远方，侵入古老的道路，晴天的时候，翠绿闪光的草色连接着荒凉的城墙。那一天，诗人踏着青草又送走了一位朋友，望着萋萋芳草，胸中充满了离情别绪。

旅　宿　　杜牧

旅馆无良伴[①]，凝情自悄然。
寒灯思旧事，断雁警愁眠[②]。
远梦归侵晓，家书到隔年。
沧江好烟月[③]，门系钓鱼船[④]。

【注释】

①良伴：好朋友。②断雁：离群之雁。警：惊醒。③沧江：苍茫的江面。④系：系结。

【赏析】

客舍中并不是自己一人投宿，然而却没有良伴。诗人凝神静默，对寒灯而沉思，思绪悄然飞回旧日。他继而和愁睡去，但浅睡又为离群孤雁的哀鸣惊醒。梦归故乡，总也需整夜时间，如以书信传递消息，到达时往往已是隔年。乡情愁苦，诗人再不能入眠，只好步出馆门眺望门外沧江的烟月美景，以求心灵的暂时解脱。

秋日赴阙题潼关驿楼[①]　　许浑

红叶晚萧萧，长亭酒一瓢[②]。残云归太华，疏雨过中条[③]。
树色随关迥[④]，河声入海遥[⑤]。帝乡明日到[⑥]，犹自梦渔樵[⑦]。

【注释】

①赴阙：即去京城。阙是宫门前的望楼，常用来象征京城。②长亭：古时供行人休息的亭子，常作饯别处，此指潼关驿楼。③中条：中条山，在潼关东北黄河对岸。④迥(jiǒng)：远。⑤河：黄河。⑥帝乡：指京城长安。⑦梦渔樵：指怀念隐居时的生活。

【赏析】

此诗是许浑在赴京途中路过潼关驿楼时所作。深秋的傍晚，满山的红叶被秋风吹得萧萧作响，诗人在潼关驿楼，饮下了友人送别的离酒一瓢。潼关东西，气象各异，东面的中条山疏雨刚落，西面太华山残云已收。苍茫树色随关城延入天际，汹涌的黄河从这里折向大海。离长安只有一日的路程了，但诗人却出人意外地说自己仍然梦着故乡的渔樵生活，委婉得体地表示了对功名荣利的淡薄之情。

早　秋　许浑

遥夜泛清瑟[①]，西风生翠萝。残萤栖玉露，早雁拂金河[②]。

高树晓还密，远山晴更多。淮南一叶下，自觉洞庭波。

【注释】

①遥夜：长夜。瑟：弦乐器，似琴。②金河：秋日夜空中的银河。

【赏析】

长夜里飘荡着弹瑟的清响，翠萝下吹起了飒飒的西风。白露凝结的草叶上栖留着几只残萤，拂晓时飞雁的翅膀掠过明亮的银河。早上，看到高大树木仍旧繁茂浓密；晴天远望，能看到更多的远山。《淮南子》中有“一叶落而知岁暮”，《楚辞》中有“洞庭波兮木叶下”。对于作者来讲，秋天的来临正在那一片淮南之叶落下以后，那时，作者心中的丝丝秋意便会化作万顷秋波。

蝉　李商隐

本以高难饱，徒劳恨费声[①]。五更疏欲断，一树碧无情。

薄宦梗犹泛[②]，故园芜已平[③]。烦君最相警[④]，我亦举家清。

【注释】

①"本以"两句：古人认为蝉是餐风饮露的，故此处说它栖于高树而难得一饱，纵然作怨恨之声也是枉然。②梗犹泛：形容自己漂泊不定的生活就好像树梗浮于水面。③芜：荒草。④君：指蝉。

【赏析】

它居住在高高的树上，本就难得腹中充实，却还整天费尽气力地长鸣不停。长长的夏日里，它一直要鸣叫到五更时分，直到声嘶力竭。然而日夜哀鸣并不曾改变什么，连栖身的大树也依然是青翠如故，丝毫不为所动。作者笔下的蝉实际上是他自身的写照，蝉的哀鸣正如他在困境中的痛苦呻吟，而那毫不动情的树木则代表着冷漠世情。诗的末联是作者对蝉的寄语：真是烦劳你常常用鸣声来提醒我，其实我和你一样，也是洁身自好，举家清贫。

风雨　　李商隐

凄凉宝剑篇[①]，羁泊欲穷年[②]。黄叶仍风雨，青楼自管弦[③]。

新知遭薄俗[④]，旧好隔良缘[⑤]。心断新丰酒，消愁又几千[⑥]。

【注释】

①宝剑篇：武则天召见唐将郭震，索其文章，郭震呈上明志之作《宝剑篇》，并因此而得到重用。②穷年：终年。③青楼：指富家的高楼，古时富贵人家的楼阁常为青色。④新知：新交的知己。遭薄俗：指为浅薄的世俗所指责诋毁。⑤隔良缘：指缘分渐浅渐尽。⑥几千：几千文，指酒资。

【赏析】

诗人也曾胸怀大志，却没有郭震向皇帝呈上《宝剑篇》而得到重用那样幸运，只能在漂泊生涯中度过了一年又一年，面对着达官显贵们不停享乐的笙歌管弦，他觉得自己犹如一片凋零的黄叶，在凄风苦雨中挣扎。新结识的知己多遭到世俗的诋毁，旧日的好友也与自己日渐疏远，想要暂时忘掉挫折烦恼，怕是只有以新丰美酒浇之。用几千钱的酒消愁，是酒贵还是愁多？

落　花　李商隐

高阁客竟去，小园花乱飞。参差连曲陌，迢递送斜晖。
肠断未忍扫，眼穿仍欲归。芳心向春尽，所得是沾衣。

【赏析】

客散楼寂，看小园中残花飘落，花瓣纷扬。这些已离枝头的落花，无根无基，随风飞走，近者落于曲径之上，远者似在伴送夕阳，其不愿就此沉沦之情，怎不令人心生悲戚？望眼欲穿盼来的春天转眼之间就要归去，花儿献给春天的一片芳心也会就此了结，最终只落得落红沾衣、零落成泥而已。诗是在咏叹落花，而其中寄寓了作者对于入世无门、处境惨淡的深深悲哀之情。那落花的身世，不正与作者的身世有着共通之处？

凉　思　李商隐

客去波平槛，蝉休露满枝①。
永怀当此节②，倚立自移时。
北斗兼春远，南陵寓使迟③。
天涯占梦数④，疑误有新知。

【注释】

①蝉休：蝉声消歇。②永怀：长思。③南陵：县名，今安徽东南。寓使：托付传信的人。寓：托付。④占梦数：占卜梦境。

【赏析】

李商隐因为朝廷内的党争而遭受排挤压抑，故友多趋避之。此诗写他于晚秋怀念友人的一段情思。

诗中诉说道：当初你离去的时候正逢春江水涨，现在已然到了蝉休露重的秋天。我当此清寒

的季节凭栏思念你，却不知日已归山，星月已上。随着北斗位置的推移，我知道春天已经越去越远，在漫长的时空间隔中，我不曾得到你的一点音信。我因此而向梦境占卜命数，常常疑惑你是因为有了新知而将我忘记。诗中恐为人所弃的心情是明显的。

北青萝　李商隐

残阳西入崦[①]，茅屋访孤僧。落叶人何在，寒云路几层。
独敲初夜磬[②]，闲倚一枝藤[③]。世界微尘里[④]，吾宁爱与憎[⑤]？

【注释】

①崦（yān）：指太阳落山的地方。②初夜：夜之初。③藤：指藤杖。④“世界”句：《法华经》有“三千大千世界，全在微尘中”。⑤宁：为什么。

【赏析】

残阳落入西山，诗人前往山上访问独居在那里的僧人。落叶满山，寒云相伴，峰回路转，他到达了孤僧居处的时候，已是晚上了。未见其人，先闻磬声，而后看到孤僧倚着一枝藤杖冥思。恍然间，诗人想起了《法华经》中所说的“三千大千世界，全在微尘中”的警语。那是人生另外一种解脱方式，万念皆空，无爱无憎，就像眼前这位孤僧每日所过的生活。

送人东游　温庭筠

荒戍落黄叶[①]，浩然离故关。高风汉阳渡[②]，初日郢门山[③]。
江上几人在，天涯孤棹还[④]。何当重相见，樽酒慰离颜。

【注释】

①荒戍：荒废的防地营垒。②汉阳渡：在今湖北武汉。③郢门山：在今湖北宜都。④棹：舟楫。

【赏析】

虽然送别的地点是黄叶飘零的荒凉营垒，但是将要远游的朋友却浩然而有远

志，意气风发地准备踏上征程。诗人设想朋友将在瑟瑟秋风中经过汉阳渡，不多日，便可以看到巍巍郢门山的日出了。此行固然应当壮之，但茫茫江程，所识有几？而真正到了目的地漫游完毕，又将面对独自返回的寂寞旅途。诗人于是向朋友表示他日归来一定备酒迎接，以慰藉别离后的相思寂寞。

灞上秋居[1]　　马戴

灞原风雨定，晚见雁行频。落叶他乡树，寒灯独夜人。
空园白露滴，孤壁野僧邻。寄卧郊扉久[2]，何年致此身[3]。

【注释】

①灞上：今陕西西安市东，因地处灞水之西的高原上而得名。②郊扉：郊居。③致此身：为国出力。

【赏析】

诗人是为求仕而来到长安，在京郊赁屋而居。但如今时日已久，他仍是一无所获。

愁人的秋雨晚来方定，南归的雁群频频见于天空，落叶的是他乡之树，寒灯下独坐着不眠之人，空园中秋露滴落，独居之处与野僧相邻；景况是那样的凄寂寥落。诗人不禁悲叹：我在郊外已经闲居了很久，不知何年何月才能为国家奉献此身！

楚江怀古[1]　　马戴

露气寒光集，微阳下楚丘[2]。猿啼洞庭树，人在木兰舟。
广泽生明月[3]，苍山夹乱流。云中君不见，竟夕自悲秋。

【注释】

①楚江：此指湘江。②微阳：微弱的日光。楚丘：指湘江两岸的山丘。③广泽：广阔的水泽。

【赏析】

唐宣宗大中初年，原在山西太原幕府掌书记的马戴，因直言进谏被贬为龙阳（今湖南汉寿）尉。从北方来到江南，徘徊在洞庭湖畔和湘江之滨，作者触景生情，感怀身世，追思先贤，因而写下《楚江怀古》五律三章。这是其中一篇。

前三联写楚江秋景：露气与寒光同时聚集在江上，颜色淡淡的太阳缓缓落下了楚丘，洞庭湖边的树林里猿声哀啼，湖面上漂流着小小的木兰舟。夜幕降临后，一轮明月从广阔的洞庭湖上升起，苍茫的山林间夹泻着条条乱流。末联点出怀古之意，"云中君"是《楚辞·九歌》中的篇名，为屈原所作，末联的悲，是因为向往却不能见到先贤的悲，也蕴含着作者志洁行芳却仕途失意的伤感与悲愁。

书边事　　张乔

调角断清秋[①]，征人倚戍楼[②]。春风对青冢[③]，白日落梁州[④]。

大漠无兵阻，穷边有客游[⑤]。蕃情似此水，长愿向南流。

【注释】

①调角：吹角。断：停止。②戍楼：防地的城楼。③青冢（zhǒng）：指昭君墓。④梁州：指凉州，唐时凉州为边塞之地。⑤穷边：绝远的边地。

【赏析】

诗中描绘的边塞是美丽而又安宁的：浩瀚的大漠不再有刀兵的阻隔，开始出现了漫步的游客。虽然时值清秋，昭君墓上却依然是芳草茵茵，仿佛春天一般。人们如果愿意，可以自由地在边地听吹角，看白日落梁州。如此安定祥和的边塞，在整个唐朝，乃至整个中国古代历史上都是鲜见的，无怪乎作者由衷地祝愿这样的局面能够长存下去，希望蕃人的心能够像南流的河水一样，永远向着大唐。

除夜有怀　　崔涂

迢递三巴路[①]，羁危万里身[②]。乱山残雪夜，孤烛异乡人。

渐与骨肉远，转于僮仆亲。那堪正飘泊，明日岁华新[③]。

【注释】

①迢递：遥远。三巴：指巴郡、巴东、巴西，都在今四川东部。②羁危：指漂泊于三巴的艰险之地。③岁华新：又是新的一年。

【赏析】

巴山道路，崎岖连绵，逶迤无际，诗人离家万里，旅途困顿。那一晚乱山上的残雪映照着寒夜，诗人面对孤烛，心中满是客居的凄凉。因为常年羁旅，与骨肉亲人渐渐疏远，孤寂的诗人转而与僮仆相依为命。他悲叹这样的天涯漂泊本已不堪忍受，而况当下正在辞旧迎新的除夕之夜。

孤雁　崔涂

几行归塞尽[①]，念尔独何之[②]。暮雨相呼失[③]，寒塘独下迟。
渚云低暗度，关月冷相随。未必逢矰缴[④]，孤飞自可疑[⑤]。

【注释】

①几行：指雁群。②尔：你，指孤雁。③相呼失：指失去了与伙伴的呼应。④矰（zēng）：古代用来射鸟的拴着丝绳的短箭。缴（zhuó）：系在箭上的绳。⑤“孤飞”句：意为只是孤雁失群而飞，难免会疑惧恐慌呀。

【赏析】

它在潇潇暮雨中与伙伴们失去了联系，独自飞行在风雨之中，悲呼哀鸣，却得不到丝毫回应。待到精疲力竭之时，想飞到寒塘中栖息，却又胆怯心疑，迟迟不敢下落。在寂静的夜晚，万物都已休息，只有它还在奋力飞翔，穿过低云，伴着冷月，伶仃孤苦，疲倦不堪。诗的末联表达的是作者对于孤雁这种境遇的感叹：未必就会遭逢暗箭，只是就这样孤飞下去，内心疑惧怕是在所难免的。

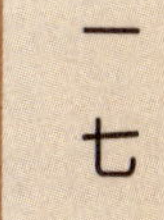

春宫怨　杜荀鹤

早被婵娟误[①]，欲妆临镜慵[②]。承恩不在貌，教妾若为容[③]？

风暖鸟声碎[④]，日高花影重。年年越溪女[⑤]，相忆采芙蓉。

【注释】

①婵娟：形态美好。②妆：梳妆。慵：慵懒。③若为容：如何修饰容貌。④鸟声碎：鸟声嘈杂。⑤越溪女：指西施浣纱时的女伴。

【赏析】

年纪还不大的时候，她就因为自己的美丽，被选入了孤寂的深宫。每天晨妆的时间，她临镜而坐却慵懒无心。皇宫中承恩得宠的规则啊，并不在于人的美貌，她总是疑惑不解，所以发出了“教妾若为容”的反问。春风正暖，鸟语清脆而嘈杂，随着太阳慢慢升高，花木投下重重影子。在这美好的春天，她独自度日，一遍又一遍地回忆着和女伴们一起采莲浣纱的快乐时光。

章台夜思[①]　韦庄

清瑟怨遥夜，绕弦风雨哀。

孤灯闻楚角[②]，残月下章台。

芳草已云暮，故人殊未来[③]。

乡书不可寄[④]，秋雁又南回。

【注释】

①章台：章华台，在今湖北监利西北。②楚角：楚地的号角声。③殊：绝。④乡书：指家书。

【赏析】

清瑟幽怨的声音弥漫着长夜，风雨交加更增添了弹弦的悲哀。摇曳的孤灯下，作者静听楚地角声；一弯残月，缓慢地沉落章台。《楚辞·招隐士》中说：“王孙游兮不归，春草生兮萋萋。”但眼下已经到了芳草枯萎的时候，而故人的到来却

还遥遥无期。战乱的年代，无法向家乡递送音书，依旧漂泊的作者望着又一次南归的雁群，心中满是忧伤与惆怅。

寻陆鸿渐不遇　僧皎然

移家虽带郭[①]，野径入桑麻。近种篱边菊，秋来未著花[②]。
扣门无犬吠，欲去问西家[③]。报道山中去[④]，归时每日斜。

【注释】

①移家：迁居。带：近。②著花：开花。③西家：西边的邻居。④报道：回答说。

【赏析】

陆羽和皎然和尚是好朋友，陆羽迁居后皎然和尚去拜访他，看到他的新家虽然靠近城郭，但是很幽静，外围种桑麻，近家种菊花，内外由一条小路相连。只是眼下已经是秋天了，陆羽的菊花却都还没开。叩敲朋友的家门，门内没有犬吠，皎然和尚便去了西边的邻居家询问。邻居说陆羽已经去山中闲游了，他每天回来的时候，太阳已经西下。

黄鹤楼　崔颢

昔人已乘黄鹤去[①]，此地空余黄鹤楼。
黄鹤一去不复返，白云千载空悠悠。
晴川历历汉阳树[②]，芳草萋萋鹦鹉洲[③]。
日暮乡关何处是[④]，烟波江上使人愁。

【注释】

①昔人：指传说中的仙人。②历历：景物清晰分明的样子。汉阳：在武昌(黄鹤楼所在地)西。③鹦鹉洲：在今武汉市西南长江中，相传因东汉祢衡在此作《鹦鹉赋》而得名。④乡关：家乡。

【赏析】

黄鹤楼因传说中有仙人驾鹤经过而得名，作者登上高楼，感念那古老的传说，感慨仙去楼空，只留下千载白云。于此巍巍高楼临江眺望，千里晴川映入眼帘，

还有清清楚楚的汉阳树，芳草萋萋的鹦鹉洲，只是作者一直望到日暮时分，却不曾找到家乡的所在。暮雾下的大江，烟波迷茫，独立高楼的作者，满怀乡愁。

行经华阴　崔颢

岧峣太华俯咸京[①]，天外三峰削不成[②]。
武帝祠前云欲散，仙人掌上雨初晴[③]。
河山北枕秦关险[④]，驿路西连汉畤平[⑤]。
借问路旁名利客，何如此地学长生。

【注释】

①岧（tiáo）峣（yáo）：高峻貌。太华：指华山。咸京：本指秦都咸阳，这里借指长安。②三峰：指华山之东峰朝阳峰、西峰莲花峰、南峰落雁峰三峰。削不成：指非人力所能成形。③仙人掌：指华山仙人掌峰。④秦关：指函谷关。⑤畤（zhì）：秦汉时五祭天地五帝的祭坛。

【赏析】

题一作《行经华山》。华阴即今陕西华阴市，在华山之北，山北为阴，故称华阴。诗的前三联写景，句句关联华山，尽道华山的巍峨高峻和其所处形势的险要。雄奇瑰丽的自然景观使诗人的内心受到了强烈的震撼，加之华山又是道教名山，世间流传着诸多关于它的神话故事，所以他才会在末联提出了抛却名利学长生的想法。

望蓟门[①]　祖咏

燕台一去客心惊[②]，笳鼓喧喧汉将营。
万里寒光生积雪，三边曙色动危旌[③]。
沙场烽火连胡月，海畔云山拥蓟城。
少小虽非投笔吏[④]，论功还欲请长缨[⑤]。

【注释】

①蓟门：唐边防要地，在今北京德胜门外。②燕台：即幽州台。③三边：古称幽、并、凉三州为三边，此指蓟城一带边地。④投笔吏：东汉班超年少时曾是抄写文字的小吏，后投笔从戎，立功西域，封定远侯。⑤请长缨：终军曾向汉武帝请求："愿受长缨，必羁南越王而致之阙下。"

【赏析】

来到了边地的幽州台一看啊，的确是令人动魄心惊，汉将营内军乐喧天，万里积雪反射着阳光，三边（幽州、并州、凉州）拂晓军旗招展。沙场的烽火一旦点起，滚滚烟尘就浸没了胡地的月亮；而蓟门南侧的渤海，北翼的燕山，都雄壮地拱卫着这大唐的边防重镇。在这里看到的一切更让作者意气风发，他在诗文尾句抒写志向说：我虽然没能像班超一样在少年时代就投笔从戎，但也要学一学书生终军，向皇上请缨建功！

九日登望仙台呈刘明府[①] 崔曙

汉文皇帝有高台，此日登临曙色开。
三晋云山皆北向[②]，二陵风雨自东来[③]。
关门令尹谁能识[④]，河上仙翁去不回。
且欲近寻彭泽宰[⑤]，陶然共醉菊花杯。

【注释】

①九日：指重阳日。望仙台：相传仙人河上公曾授汉文帝以《老子》而去，后文帝于西山筑台以望之，故名望仙台。②三晋：战国时韩、魏、赵三家分晋，此为三国故地代称。③二陵：指崤山南北两山。④"关门"句：相传老子至函谷关，关令尹留他著书，老子成书五千言后离开，关令尹也随他而去。⑤宰：指地方官。

【赏析】

于九月九日登上汉文帝修建的望仙台，作者想要写一点什么送给朋友刘明府。那一天的登临是在清晨，曙色刚刚散开，晋地的云山向着北方延绵而去，崤山二丘迎来了自东而至的风雨。作者独临高台，感叹凡眼不能

识出得道成仙的尹喜，河上仙翁一去不回，但他知道不远的地方便有像彭泽令一样品行高洁的刘明府，于是写下此诗，向友人寄出愿与之陶然共醉的愿望。

送魏万之京① 李颀

朝闻游子唱离歌，昨夜微霜初渡河。
鸿雁不堪愁里听，云山况是客中过。
关城曙色催寒近②，御苑砧声向晚多③。
莫是长安行乐处，空令岁月易蹉跎④。

【注释】

①之：前往。②关城：指潼关。③御苑：皇家园林。④蹉跎：光阴虚度。

【赏析】

魏万比李颀晚一辈，但二人是情意十分密切的忘年交，此诗便是魏万将要上京时作者写给他的送别之作。

因为头天夜里已然初降薄霜，所以清晨听到将行的魏万唱起别离的歌曲，作者为他的前程感到隐隐的忧虑。在他设身处地的想象中，魏万会在满怀乡愁时怅望鸿雁南飞，会在途经云山时感受客中的凄凉，会在通过城关时看到萧萧的树色，即便是在到达京城后，也要独自听那晚来渐多的捣衣之声。作者也没有忘记叮嘱魏万：长安有很多行乐之所，你不要在那里虚度光阴，要抓紧时间成就一番事业。

登金陵凤凰台① 李白

凤凰台上凤凰游，凤去台空江自流。
吴宫花草埋幽径②，晋代衣冠成古丘③。
三山半落青天外④，二水中分白鹭洲⑤。
总为浮云能蔽日，长安不见使人愁。

【注释】

①金陵：今江苏南京。凤凰台：凤凰台在金陵凤凰山上，相传南朝刘宋年间有凤凰集

于此山，乃筑台，山和台也由此而得名。②吴宫：三国时吴国王官。③衣冠：指名门世族。古丘：指坟墓。④三山：山名，在南京西南长江边上。⑤二水：秦淮河经南京后入长江，被横于其间的白鹭洲分为两支。

【赏析】

相传李白登黄鹤楼，因见到崔颢题诗所以敛手而归，但他却始终没有忘记这件事。唐上元二年（761 年），也即他去世的前一年，他来到金陵凤凰台，在此仿崔诗而写下了这篇作品。

凤凰台上曾有凤凰来游，然而凤去台空，如今只有台下长江水仍然不停东流。诗人即此感叹盛衰转换、历史变迁：吴国壮丽繁华的宫廷已经荒芜，东晋的风流人物也早就进了坟丘。他展望江山，见三山半隐半现于青天之外，江水被白鹭洲分为两支。但是壮美景色并不能让他忘掉重重的心事：浮云（喻指奸佞小人）总是能够遮蔽太阳，看不到朝廷所在的长安，又怎能不使人发愁？

送李少府贬峡中王少府贬长沙　　高适

嗟君此别意何如，驻马衔杯问谪居[①]。
巫峡啼猿数行泪，衡阳归雁几封书[②]。
青枫江上秋帆远[③]，白帝城边古木疏[④]。
圣代即今多雨露[⑤]，暂时分手莫踌躇。

【注释】

①衔杯：饮酒。谪居：贬往的地方。②衡阳归雁：古人认为大雁南飞至衡阳而止。③青枫江：在湖南长沙。④白帝城：在四川奉节。⑤雨露：喻朝廷的恩泽。

【赏析】

诗人的两位朋友分别被贬往四川东部（峡中）和湖南长沙，诗人为他们送行，

并由此而设想旅途上的辛酸和分别后的景况，所以写下此诗寄托对友人的叮嘱和劝慰。中间四句用“丫叉句法”，二人各得两句，交错呼应。“巫峡”句写李少府之往峡中，以“白帝”句应，揣想峡中环境的凄清幽古；“青枫”句写王少府之往长沙，以“衡阳”句应，表达多通书信的期待。末联劝慰友人不必太过灰心失意，说不用多久便可承恩而返，朋友分别只是暂时。

和贾至舍人早朝　岑参

鸡鸣紫陌曙光寒，莺啭皇州春色阑①。
金阙晓钟开万户②，玉阶仙仗拥千官③。
花迎剑佩星初落，柳拂旌旗露未干。
独有凤凰池上客④，阳春一曲和皆难⑤。

【注释】

①阑：残，尽。②金阙晓钟：指皇宫中报晓的钟声。万户：指宫门。③仙仗：指皇帝的仪仗。④凤凰池：指中书省。客：指贾至。⑤阳春一曲：指贾至作的《早朝大明宫》。

【赏析】

长安道上雄鸡报晓，曙光清亮；黄莺婉转地鸣唱，时序已然到了春末夏初。随着晓钟敲响，皇宫中的千门万户尽皆打开，文武百官在仪仗的簇拥之下走上白玉台阶。晨星初落，鲜花掩映着宝剑玉佩，柳丝拂过旌旗，枝叶上的露水尚未风干。凤凰池上贾舍人写的早朝大作独步一时，阳春白雪，欲和却难。

奉和圣制从蓬莱向兴庆阁道中留春雨中春望之作应制　王维

渭水自萦秦塞曲①，黄山旧绕汉宫斜②。
銮舆迥出千门柳③，阁道回看上苑花④。
云里帝城双凤阙，雨中春树万人家。
为乘阳气行时令⑤，不是宸游玩物华⑥。

【注释】

①渭水：即渭河，源出甘肃省，经陕西流入黄河。秦塞：指长安城近郊。②黄山：指黄麓山，在长安西北。汉宫：指唐宫。③銮舆：皇帝的车驾。迥（jiǒng）出：高出。千门：指皇宫内的重重门户。④上苑：泛指皇家园林。⑤阳气：指春气。时令：按季节颁布的政令。⑥宸（chén）游：指皇帝出游。宸：帝王的代称。

【赏析】

题目中的“蓬莱”，指的是唐大明宫，诗文所写的景色，是陪伴皇帝走在由大明宫前往兴庆宫的空中阁道上所观赏到的春色。因为阁道的位置很高，可以俯览长安胜景，诗就从长安郊外萦回的渭水，唐宫脚下环抱的黄麓山写起。阁道上皇帝的车驾高出了宫门宫柳，走出一段，回看宫苑，只见云雾缭绕，花木掩映，高大的宫殿只在云雾间托出一对高耸的凤阙。而向下看，广阔长安的万千人家、迷蒙春树又映入了眼帘。收束两句说皇帝此行并非为了游赏美景，而是为了颁行时令，虽然是曲意维护，但写得自然而然，不落窠臼。

积雨辋川庄作　王维

积雨空林烟火迟[①]，蒸藜炊黍饷东菑[②]。
漠漠水田飞白鹭，阴阴夏木啭黄鹂。
山中习静观朝槿[③]，松下清斋折露葵[④]。
野老与人争席罢[⑤]，海鸥何事更相疑。

【注释】

①空林：萧疏的树林。②藜：指蔬菜。饷：送饭。菑（zī）：初耕的田地。③朝槿（jǐn）：木槿，其花朝开暮落。④清斋：指吃素。葵：葵菜。⑤野老：作者自指。

【赏析】

连日的雨水过后，炊烟的升腾仿佛慢了许多。家家户户的农妇们正忙碌于备

办饭食，好给还在田里耕作的男人们送去。广漠的水田上白鹭在悠然自得地飞翔，繁茂的树冠中传来黄莺婉转的歌唱，一切都显得那样的安闲自在、恬静祥和。

脱离了喧嚣的俗世，诗人来到山中习静，他曾在观看朝开暮落的槿花时感悟人生，曾于松下清斋前折下带露的绿葵。如今的他，不再会与人争夺些什么，他要告诉盘旋的海鸥：我已毫无机心，你们也再不必有所疑惧，就请放心地前来与我做伴吧。

酬郭给事　王维

洞门高阁霭余晖[1]，桃李阴阴柳絮飞。
禁里疏钟官舍晚[2]，省中啼鸟吏人稀[3]。
晨摇玉佩趋金殿，夕奉天书拜琐闱[4]。
强欲从君无那老[5]，将因卧病解朝衣。

【注释】

①洞门：重重相通的宫门。霭：凝聚。②禁里：指宫中。③省：指门下省。④天书：皇帝的诏书。琐闱：有雕饰的门，此指宫门。琐：门窗上的连环形花纹。⑤君：指郭给事。无那：无奈。

【赏析】

日暮的宫禁，重重洞门、巍巍楼阁无不静沐在夕阳的余晖里，簇簇桃李枝叶幽暗，丝丝柳絮随风轻扬，门下省中吏人稀少，只有稀疏的晚钟和不时响起的鸟鸣打破静穆祥和的氛围。郭给事晨趋金殿，夕颁诏令，为官恭谨却能于闲静从容中将国家治理得政治清明、太平无事，无怪乎天子倚重、门生满朝。作者向郭给事表达心意，说自己虽然想要追随左右却终因老病而不能如愿，所以只好辞去官职，解下朝衣。

蜀　相[1]　杜甫

丞相祠堂何处寻，锦官城外柏森森[2]。
映阶碧草自春色，隔叶黄鹂空好音。

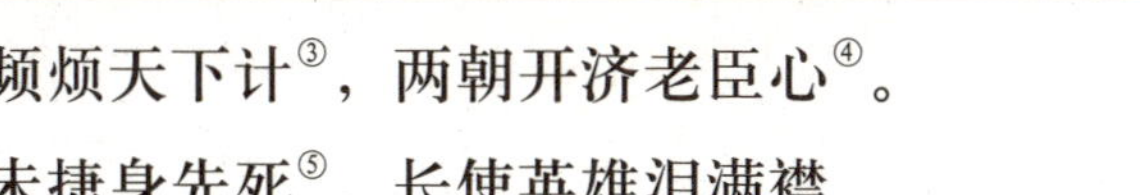

三顾频烦天下计[3]，两朝开济老臣心[4]。
出师未捷身先死[5]，长使英雄泪满襟。

【注释】

①蜀相：指三国时蜀国丞相诸葛亮。②锦官城：指成都。③三顾：指刘备三顾茅庐一事。频烦：同“频繁”。④两朝：指先主刘备、后主刘禅两朝。开济：开创基业，匡危济难。⑤“出师”句：蜀建兴十二年（234 年），诸葛亮出师伐魏，因积劳成疾病逝于五丈原。

【赏析】

这首诗是礼赞诸葛丞相的名篇，诗中深情写道：问起在哪里才能找到诸葛丞相的祠堂，它就坐落在锦官城外古柏森森的地方。那映衬着台阶的小草每到春天空自呈现着碧绿春色，那隔着枝叶的黄鹂徒然唱出好听的歌声。诸葛丞相因为感激刘皇叔的三顾之恩而出山谋划天下大计；开创基业，扶危济难，先后辅佐了刘家父子两朝。只是他出师未捷就因积劳成疾而病死，千古以来，天下的仁人志士，无不为此泪洒衣裳。

客　至　杜甫

舍南舍北皆春水[1]，但见群鸥日日来。
花径不曾缘客扫[2]，蓬门今始为君开。
盘飧市远无兼味[3]，樽酒家贫只旧醅[4]。
肯与邻翁相对饮[5]，隔篱呼取尽余杯[6]。

【注释】

①舍：居舍。②缘客扫：因为有客要来而打扫。③盘飧（sūn）：饭食。兼味：两种以上的味道。④醅（pēi）：没有过滤过的米酒。⑤肯：能否。⑥余杯：余下来的酒。

【赏析】

此诗写于成都草堂落成之后。新居落成，虽有绿水环绕、群鸥相伴，心中仍不免感到寂寞。那一天友人来访，诗人不禁唱出了“花间小径还不曾因为客来而扫，长闭的柴门今天要为你而大开”的诗

句。因为家境清贫，住的地方又离市集很远，所以招待朋友的饭食非常简单，酒也是旧日所酿。但这些都不影响主客二人把酒言欢，诗人还高声招呼邻翁共饮作陪，可见主客之间是何等的兴高采烈，他们的情谊又是多么质朴纯真。

野　望　　杜甫

西山白雪三城戍①，南浦清江万里桥②。
海内风尘诸弟隔③，天涯涕泪一身遥。
惟将迟暮供多病④，未有涓埃答圣朝⑤。
跨马出郊时极目⑥，不堪人事日萧条。

【注释】

①西山：在成都西，主峰终年积雪。三城：指松、维、保三州。②清江：指锦江。万里桥：在成都城南。③风尘：比喻战乱。④迟暮：指年老。⑤涓埃：细流与微尘，比喻微小。⑥极目：极目远望。

【赏析】

此时安史之乱未平，吐蕃又不时进犯，朝廷动荡不安。作者当时居住在成都，因战乱而与几个弟弟失去了联系，自己一人伶仃孤苦，因而写下这篇作品以诉说心中感时伤世之情。

白雪覆盖的西山护卫着三城，万里桥横跨成都南面清澈的锦江。海内处处都有战争的烟尘，兄弟被分隔在遥远的异乡。诗人孤身一人漂泊在天涯，因为思念亲人而泪洒衣裳，他对这迟暮的年纪和缠身的疾病无可奈何，惭愧自己不能为朝廷贡献哪怕是微小的力量。骑马来到郊外极目远望，诗人看到世事日益萧条，他的心中感到无比的忧伤。

闻官军收河南河北　　杜甫

剑外忽传收蓟北①，初闻涕泪满衣裳。
却看妻子愁何在，漫卷诗书喜欲狂②。
白日放歌须纵酒③，青春作伴好还乡④。

即从巴峡穿巫峡，便下襄阳向洛阳。

【注释】

①剑外：剑门关外。此指蜀地。蓟北：指今河北北部地区，是安史叛军的根据地。②漫卷：胡乱卷起。③放歌：放声歌唱。④青春：指春光正好。

【赏析】

长达八年的安史之乱终于宣告结束，杜甫听到这一消息，欣喜若狂，写下了这篇被人称为他生平第一快诗的作品。全诗洋溢着一种杜诗中极为少见的激动愉悦之情，反映着诗人当时如同拨云见日般畅快的心情。无论是初闻消息时的泪满衣裳，还是随后漫卷诗书的癫狂，无不是因喜极而起。那放歌纵酒的豪情，急归故乡的渴望，都因诗人认为国事与命运从此俱会峰回路转而生。杜甫于是催促妻子赶快整理行装，在他的想象中，明日自己便可以登上回乡的轻舟，穿峡过江，从此翻开人生新的一章了。

登高　杜甫

风急天高猿啸哀，渚清沙白鸟飞回[①]。
无边落木萧萧下，不尽长江滚滚来。
万里悲秋常作客，百年多病独登台[②]。
艰难苦恨繁霜鬓[③]，潦倒新停浊酒杯[④]。

【注释】

①回：回旋。②百年：一生。③繁霜鬓：两鬓白发日增。④“潦倒”句：此时杜甫正因病戒酒。

【赏析】

这首诗是大历二年（767年）杜甫在夔州时所作。此时的杜甫已经五十六岁，身为疾病所困扰，所以诗作含有一种极浓的悲苦味道。

天空寥阔，秋风甚急。急风中夹着一声声凄厉的猿啼，寒冷的沙洲上空，飞鸟盘旋不下。向远方眺望，无边无际的落叶萧萧落下，奔流不息的长

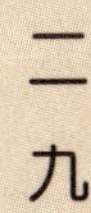

江汹涌而来。悲秋万里本已引人忧愁，更何况诗人常年漂流为客，如今拖着年老多病的身躯，独自登上在无人的高台眺望，景况真可谓凄苦至极。然而人生的种种艰难苦恨让他的白发日益增多。近来，因为潦倒困顿，却又逼得他不能以酒遣怀。

登 楼　　杜甫

花近高楼伤客心，万方多难此登临。
锦江春色来天地[①]，玉垒浮云变古今[②]。
北极朝廷终不改，西山寇盗莫相侵[③]。
可怜后主还祠庙[④]，日暮聊为梁甫吟[⑤]。

【注释】

①锦江：在今四川成都市南。②玉垒：山名，在今四川灌县西。③西山寇盗：指吐蕃。④“可怜”句：意为后主刘禅庸碌，但依靠诸葛亮的辅佐，故至今还有祠庙。⑤梁甫吟：乐府篇名，相传诸葛亮南阳隐居时好为此歌。

【赏析】

登上高楼，楼下繁花似锦，但诗人却感到哀伤，因为流落他乡时间已久，全国各地仍旧祸难重重。凭楼四望，锦江春色铺天盖地地汹涌而来；玉垒山间的浮云飘忽起灭，好似古往今来的风云变幻。

坚信大唐的气运会像北极星一样万古不衰，诗人奉劝西山的盗寇不要再徒劳地前来侵扰。想起庸碌的刘禅依靠诸葛亮的辅佐，至今还有祠庙，诗人在苍茫的暮色中，情不自禁地轻吟起诸葛丞相生前喜爱的诗歌。

宿 府　　杜甫

清秋幕府井梧寒[①]，独宿江城蜡炬残。
永夜角声悲自语[②]，中天月色好谁看。

风尘荏苒音书绝[3]，关塞萧条行路难。
已忍伶俜十年事[4]，强移栖息一枝安[5]。

【注释】

①幕府：将军的府署。井梧：井边的梧桐树。②永夜：长夜。角声：军中号角声。③风尘荏苒：指于漂泊中度过时光。④伶俜（pīng）：孤单。⑤一枝安：指求得暂时的安定。

【赏析】

唐代宗广德二年（764年），严武镇蜀，杜甫应邀前往入幕，担任节度参谋。然而他对充满了明争暗斗、猜忌排挤的幕僚生活十分不适应，一次于严武府中独宿的时候，他写下了此作，以抒发心中郁积已久的愁烦。

清秋时节，诗人独宿幕府，蜡烛已经烧残了，井边的梧桐透出丝丝寒意；长夜里，时而传来凄凉的角声，仿佛是在自悲自语。庭中月色清美，但满腹心事的诗人却无心欣赏。连年的战乱阻隔了故乡亲人的音信，关塞萧条不通，将诗人困在了这个地方。今夜的他，伤叹十年飘零也都忍受了，而今却为了聊以安身，又勉强自己去过寄人篱下的幕僚生活。

阁　夜　　杜甫

岁暮阴阳催短景[1]，天涯霜雪霁寒宵。
五更鼓角声悲壮，三峡星河影动摇。
野哭千家闻战伐[2]，夷歌数处起渔樵[3]。
卧龙跃马终黄土[4]，人事音书漫寂寥。

【注释】

①阴阳：指日月。短景：短暂的白天。②野哭：指山野乡村中传来的哭声。③夷歌：指当地少数民族的歌谣。④卧龙：指诸葛亮。跃马：指西汉末曾乘乱据蜀的公孙述。

【赏析】

此诗为杜甫寓居夔州西阁时所作。当时蜀中军阀混战，连年不息。杜甫的好友李白、严武、高适等这时都先后死去，他的生活变得更加寂寞和潦倒。

临近年关，越来越短的是白昼，越来越多的是霜雪。在一个刚下过雪的寒夜，作者忧愁满怀，在阁楼窗前沉吟良久。不眠直到拂晓，远处的军营响起的鼓角，三峡湍流中摇荡的星影，战乱中死者家人的哭声，渔父樵夫出工的歌哨，他看在

眼里，听在耳中，心情更加烦乱沉重。总需要一些开解吧，那跃马称帝的公孙述，经天纬地的诸葛孔明，贤贤愚愚，但最终都免不了归于黄土。那么，自己眼下的漂泊和寂寥，又算得了什么？

咏怀古迹（其一）　杜甫

支离东北风尘际[1]，飘泊西南天地间。
三峡楼台淹日月[2]，五溪衣服共云山[3]。
羯胡事主终无赖[4]，词客哀时且未还[5]。
庾信平生最萧瑟[6]，暮年诗赋动江关。

【注释】

①支离：流离。东北：从蜀地讲，关中是东北。风尘际：战尘四起的年代。②淹：滞留。③五溪衣服：泛指夔州地区少数民族的服装。共云山：是说自己与当地夷人一同居住。④羯胡：指安禄山。⑤词客：南北朝时羁滞于北国而不得南归的诗人庾信，作者用来比喻自己。⑥萧瑟：庾信平生常作凄凉悲楚的诗，故云。

【赏析】

杜甫非常推崇庾信的诗文，一方面是出于艺术上的欣赏，一方面是身世相近——晚年都因国难而漂泊异乡。诗文中说，因为关中的战乱而流落西南蜀地，在三峡夷人居住的地方，已经滞留很长时间了。由于羯胡安禄山的狡猾反复，使得自己遭受了和庾信一样的羁滞命运。末两句赞扬庾信生平虽然坎坷悲凉，然而文风却因此而大变，暮年诗赋震动江关。这实际上又写入了作者自己的影子。

咏怀古迹（其二）　杜甫

摇落深知宋玉悲[1]，风流儒雅亦吾师。
怅望千秋一洒泪，萧条异代不同时。
江山故宅空文藻[2]，云雨荒台岂梦思[3]？

最是楚宫俱泯灭，舟人指点到今疑。

【注释】

①“摇落”句：宋玉《九辩》有“悲哉秋之为气也，萧瑟兮草木摇落而变衰”。②空文藻：空留下来文采。③“云雨”句：宋玉曾作《高唐赋》，述楚王游高唐时曾于梦中见一妇人，自称是巫山之女，楚王因而幸之。神女离去时告辞说：“妾在巫山之阳，高丘之，旦为行云，暮为行雨，朝朝暮暮，阳台之下。”

【赏析】

宋玉精通音律，娴于辞赋，然而其主楚襄王却是一个胸无大志、骄奢淫逸的国君，他只欣赏宋玉的文学才能，所以宋玉只做了楚襄王的侍从，不曾受过重用。

诗人看到秋天里草木摇落衰败，想起宋玉当日面对相同情景写下的悲歌，他感叹宋玉风流儒雅堪为人师，并由其一生遭遇联想到自己的身世，发出了时代不同但萧条失意却并无差别的慨叹。宋玉在《高唐赋》中叙写了巫山神女与楚王梦中相会的故事讥刺君王淫惑，然而他的华丽的文章却被后人看作是描写荒淫梦境的代表，人们至今还在楚宫遗址猜测着故事发生的地点。杜甫因此而深为宋玉不平，故而发出了“云雨荒台岂梦思”的反问。

咏怀古迹（其三） 杜甫

群山万壑赴荆门[①]，生长明妃尚有村[②]。
一去紫台连朔漠[③]，独留青冢向黄昏。
画图省识春风面[④]，环佩空归月夜魂[⑤]。
千载琵琶作胡语，分明怨恨曲中论。

【注释】

①荆门：荆门山，在湖北宜都市西北。②明妃：即王昭君。昭君村在归州东北。尚有村：尚有她生长的村庄。③紫台：指皇宫。④“画图”句：意为汉元帝对着图画岂能得知昭君美丽的容颜。画图：指画工毛延寿因昭君不肯行贿于他而故意丑化她的事。⑤环佩：指代昭君。月夜魂：指昭君生不得归汉，只有死后的灵魂从月夜归来。

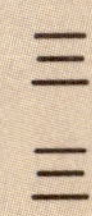

【赏析】

谁说昭君生长的地方，不需用如此雄奇的笔力来描绘？这位去国和亲的一代名妃身上，不正凝聚着天地山川的灵慧秀美？然而昭君的美丽却只因一张故意作难的画像就被弃置一旁，致使她一朝远嫁匈奴，身后唯留下青草覆盖的坟冢面向着大漠黄昏，生她养她的故乡也只空等来女儿返归的游魂。悠悠千载，世间依旧流传着昭君因为思念故乡而时时弹起的琵琶曲，而琵琶声里，分明寄寓着她生前无限的忧思怨恨。

咏怀古迹（其四）　杜甫

蜀主窥吴幸三峡[①]，崩年亦在永安宫[②]。
翠华想像空山里[③]，玉殿虚无野寺中。
古庙杉松巢水鹤，岁时伏腊走村翁[④]。
武侯祠屋常邻近[⑤]，一体君臣祭祀同。

【注释】

①蜀主：指刘备。②崩：皇帝死曰崩。永安宫：即白帝城。③翠华：皇帝仪仗中用翠鸟羽毛做装饰的旗帜。④伏腊：伏天腊月。此指每逢节气常有村民前往祭奠。⑤武侯：诸葛亮曾封武乡侯。

【赏析】

杜甫对三国时刘备与诸葛亮的君臣遇合十分赞赏，这次来到蜀先主庙，自然是颇为感慨的。

当年刘备由此地出峡攻吴，兵败后病死在此，时光荏苒，昔日蜀主的仪仗行宫全化作了如今的空山野寺。蜀主庙周围遍植杉松，悠闲的水鹤在树林里安巢。过年过节，附近村庄的老翁就前来祭祀。而有先主庙的地方常有武侯祠临近坐落，他们君臣二人即便死后也如同一体，享受着相同的祭祀。诗文寄托着作者向往的君臣关系，饱含对二位先贤的深深缅怀之情。

咏怀古迹（其五）　杜甫

诸葛大名垂宇宙，宗臣遗像肃清高[①]。

三分割据纡筹策[②]，万古云霄一羽毛[③]。
伯仲之间见伊吕[④]，指挥若定失萧曹[⑤]。
运移汉祚终难复[⑥]，志决身歼军务劳[⑦]。

【注释】

①宗臣：世所崇仰的重臣。肃清高：因其人品纯洁高尚而肃然起敬。②纡（yū）：指曲折周密地安排部署。③羽毛：指鸾凤。④伊吕：指商代伊尹和周代吕尚，二人都是辅佐贤主开国的名相。⑤失萧曹：使高祖刘邦的谋臣萧何、曹参也为之逊色。⑥运移汉祚（zuò）：意为气运要倾覆汉朝。祚：帝位。⑦身歼：身死。

【赏析】

对诸葛亮推崇备至的杜甫来到武侯祠，看到这位千古流芳的贤臣的遗像，心中充满了无比的敬慕之情。诗人赞颂诸葛丞相运筹帷幄、三分天下的雄才大略，将他比作经历万古仍振翅云霄的鸾凤。视他为与伊尹、吕尚不分上下的贤相，称他是使萧何、曹参也黯然失色的战略家。末尾两句说汉朝气数已尽，难以恢复，丞相矢志恢复汉室，但终于因为军务繁忙，积劳成疾而死在征途。这既是对诸葛亮“鞠躬尽瘁，死而后已”的坚贞品质的赞颂，也是对英雄未遂平生之志的深切叹惋。

江州重别薛六柳八二员外　　刘长卿

生涯岂料承优诏[①]，世事空知学醉歌[②]。
江上月明胡雁过[③]，淮南木落楚山多。
寄身且喜沧洲近[④]，顾影无如白发何[⑤]。
今日龙钟人共老，愧君犹遣慎风波[⑥]。

【注释】

①承优诏：得到朝廷恩遇的诏书。②空知：徒知。③胡雁：北来的大雁。④沧洲：滨海之地。⑤顾影：看着自己的影子。⑥“愧君”句：意为承蒙你还总是教我当心风波。

【赏析】

此诗是刘长卿被贬南巴尉后遇赦得归，路过江州时所作，所以首句说自己是“承优诏”。虽然受

到宽免，但诗人此时已无心世事，只想着醉酒纵歌。重过江州，时令已入秋季，明月下北来的雁群从天空中飞过；万木零落，始觉楚山的峰峦众多。虽然如今的生活追求的是像隐者一样的放任自适，但年华已老，镜里看白发，仍不免自悲自叹。诗文尾句说自己虽与薛、柳二友都属老迈，却还要二友教以处世之道，不免惭愧。既见诗人性格，又见老友的一片关切深情。

长沙过贾谊宅　　刘长卿

三年谪宦此栖迟[1]，万古惟留楚客悲[2]。
秋草独寻人去后，寒林空见日斜时。
汉文有道恩犹薄[3]，湘水无情吊岂知[4]。
寂寂江山摇落处，怜君何事到天涯。

【注释】

①谪宦：贬官。西汉贾谊曾被贬往长沙三年。②楚客：指羁留楚地之人。③“汉文”句：意为汉文帝是有道的明君，但终是不能重用贾谊。④“湘水”句：贾谊往长沙而渡湘水时曾作赋吊屈原。

【赏析】

西汉贾谊少负才学，在政治上主张改革，但因为风头太盛而为权臣所嫉恨，遭毁谤而被贬长沙三年，后被召回长安，不得重用，抑郁而终。

作者因为迁谪而来到长沙，自然会联想到曾经滞留此地的贾谊，他契合着万古不散的楚客之悲，踏着秋草独自寻访先贤旧居，到达时夕阳西下，寒林瑟瑟。“汉文帝是有道明君啊，对你的恩情却还如此淡薄，我面对无情的湘水凭吊你，你又怎能感知呢？”江山寂寂，草木摇落，作者徘徊不去，心中深深哀怜着这位不知因为何事就被贬谪天涯的贤人。

自夏口至鹦鹉洲望岳阳寄元中丞[1]　　刘长卿

汀洲无浪复无烟，楚客相思益渺然。
汉口夕阳斜渡鸟[2]，洞庭秋水远连天。
孤城背岭寒吹角[3]，独戍临江夜泊船。

贾谊上书忧汉室，长沙谪去古今怜。

【注释】

①中丞：御史中丞的简称。②汉口：这里指汉水流入长江处。③孤城：指汉阳城。角：号角。

【赏析】

鹦鹉洲无浪无烟，迁谪楚地的诗人因想念友人而神思渺远。夕阳中鸟儿飞渡汉口，洞庭秋水浩浩荡荡，连接着无涯的天际。看山背孤城，听寥落鼓角，江边的一棵孤树下诗人夜泊小船。他又想起贾谊心忧汉室而上书文帝的旧事，为他才不见用、无辜受贬的遭遇深表叹息和同情。

赠阙下裴舍人[①]　　钱起

二月黄鹂飞上林，春城紫禁晓阴阴。
长乐钟声花外尽[②]，龙池柳色雨中深[③]。
阳和不散穷途恨[④]，霄汉长怀捧日心[⑤]。
献赋十年犹未遇[⑥]，羞将白发对华簪[⑦]。

【注释】

①阙下：宫阙之下，借指朝廷。舍人：指中书舍人，负责草拟诏书。②长乐：本汉宫名，此处借指唐宫。③龙池：泛指宫中的池塘。④阳和：指春天温暖的气候。⑤捧日心：程昱年轻时曾梦见自己双手捧日，后兖州叛乱，曹操赖程昱保全三城，为其改名为“昱”（程昱本名立）。⑥献赋：以辞赋献于皇帝，此指应考。⑦华簪：华贵的冠饰。

【赏析】

诗是请求引荐之作。前两联描写宫苑春色，意在恭维裴舍人位显身贵，得以侍奉在君主左右。这样的写法不仅达到了称颂的目的，而且含蓄蕴藉，并不庸俗露骨。后两联写自己境况的困窘，委婉地表达请求援引的意思：春天的和暖不能消解我困顿不遇的怅恨，但我仰望天空，还是时刻心怀太阳（指当朝皇帝）。十年来，我不断向朝廷献上文赋，但

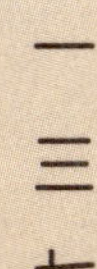

如今头发都白了仍不得仕进，所以看见为官者华丽的发簪就会深感惭愧。

寄李儋元锡　　韦应物

去年花里逢君别，今日花开又一年。
世事茫茫难自料，春愁黯黯独成眠。
身多疾病思田里，邑有流亡愧俸钱。
闻道欲来相问讯，西楼望月几回圆。

【赏析】

诗是写给友人的。诗中写道：去年开花时节将你送别，今日花开，转眼已一年了。世事茫茫我不能预料，近来，带着淡淡春愁，我心情落寞地独自入眠。因为身体多有疾病，我常常想要回归田园，但管辖的地方还有流亡的百姓，这又让我觉得未尽职守，有愧于国家发放的俸钱。听你说要来我这里探问，我常站在西楼盼望，月儿已经圆了几回。

同题仙游观　　韩翃

仙台初见五城楼①，风物凄凄宿雨收②。
山色遥连秦树晚，砧声近报汉宫秋③。
疏松影落空坛静，细草香闲小洞幽。
何用别寻方外去④，人间亦自有丹丘⑤。

【注释】

①五城楼：传说中神仙的居所，这里借指仙游观。②宿雨：前夜的雨。③砧声：捣衣声。古代捣衣多在秋晚。④方外：世俗之外，指神仙的居处。⑤丹丘：指神仙居处。

【赏析】

前夜的雨一直下到了今天下午才停，作者和友人来到仙游观的时候，风物凄凄，

远处的山林初笼暮色；伴随着砧声遥望唐宫，但觉秋意甚浓。清寥的仙游观内，稀疏的松柏把影子投在空空的道坛上，细密的芳草将小山洞衬托得格外幽深；徜徉在这里，作者感到宁静与超然，他和友人一同题诗于此，发出了“何用别寻方外去，人间亦自有丹丘”的赞叹。全诗并无深意，但语言清新秀丽，音韵婉转和谐，颇得吟咏之趣。

春　思　　皇甫冉

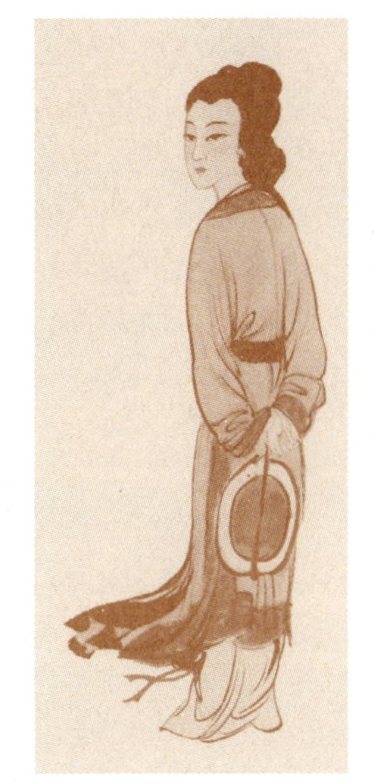

莺啼燕语报新年，马邑龙堆路几千[①]？
家住层城临汉苑[②]，心随明月到胡天。
机中锦字论长恨[③]，楼上花枝笑独眠。
为问元戎窦车骑[④]，何时返旆勒燕然[⑤]？

【注释】

①马邑：今山西朔县。龙堆：白龙堆，在今新疆。以上两地都是泛指边塞。②层城：指京城。③机中锦字：前秦安南将军窦滔出镇襄阳，其妻苏蕙很是思念，于是织《璇玑图》给他，共八百四十字，纵横反复，皆能成诗。④元戎：主将。⑤返旆：班师回朝。勒燕然：东汉窦宪大破匈奴后，曾于燕然山上勒功而还。勒：刻。

【赏析】

新春来到，莺啼燕语，女子思念远戍边关的丈夫，她虽然身在长安家中，心却每每随着明月飞往丈夫身边。长长的思念让她明白了《璇玑图》复杂的纵横回文中只写着离恨，在她的眼中，窗外的花枝也在笑自己独自入眠。她非常想问一问边关的元帅：你们什么时候才能大破胡虏、班师还朝呢？

晚次鄂州[①]　　卢纶

云开远见汉阳城，犹是孤帆一日程。
估客昼眠知浪静[②]，舟人夜语觉潮生[③]。

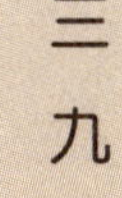

三湘愁鬓逢秋色[4]，万里归心对月明。

旧业已随征战尽[5]，更堪江上鼓鼙声[6]？

【注释】

①次：停泊。②估客：商人。③舟人：船家。④三湘：漓湘、潇湘、蒸湘的总称。⑤旧业：指家中产业。⑥鼓鼙（pí）：指军鼓。

【赏析】

此诗是作者于安史之乱后期返乡途中经鄂州时所作。舟行中忽逢云开雾散，远远可见汉阳城本是让人心情开朗的事情，无奈作者归心似箭，他盘算着离汉阳尚有一日路程，而家乡更远在北方，所以不免焦急。白天，他看着同船的商人趁着浪静酣然入梦；晚上，他因舟人的谈话而知潮生，三湘之秋非同寻常的萧索感受让他两鬓更添霜色，一轮明月又使得离家万里的他归心更浓。当江畔战鼓之声传入舟中，作者感到不堪忍受，因为战鼓声声表明战乱仍未平息，而作者的旧业家资早已随征战而丧失殆尽。

登柳州城楼寄漳汀封连四州刺史　柳宗元

城上高楼接大荒，海天愁思正茫茫。

惊风乱飐芙蓉水[1]，密雨斜侵薜荔墙[2]。

岭树重遮千里目，江流曲似九回肠。

共来百越文身地[3]，犹自音书滞一乡。

【注释】

①飐（zhǎn）：吹动。芙蓉：荷花。②薜（bì）荔：一种常绿蔓生植物。③百越：即百粤，指当时五岭以南的各少数民族地区。文身：古代南方少数民有在身上刺花纹的风俗。

【赏析】

柳宗元与韩泰、韩晔、陈谏、刘禹锡都因参加王叔文领导的永贞革新运动而遭贬遣。唐宪宗元和十年（815 年），五人被召回长安，但终因阻力太大而又被贬为边远州的刺史。其中柳宗元贬被柳州，韩泰被贬漳州，韩晔被贬汀州，陈谏被贬封州，刘禹锡

被贬连州。柳宗元的这首诗就是写给这四位朋友的。

诗写风雨中登楼的所见所感，其第二联向来被人认为有所寄意。芙蓉、薜荔自屈原而下便常被视为清高和芳洁的象征，诗人写它们为惊风密雨所侵扰，即使是没有实际指向，至少也寄寓了他的身世之感。值得一提的还有末联，说朋友五人虽然都被贬往南方，但是彼此之间却不通音信，这其中除却山水阻隔的原因外，更多的是忧谗畏讥的顾虑。

西塞山怀古　　刘禹锡

王濬楼船下益州[①]，金陵王气黯然收。
千寻铁锁沉江底，一片降幡出石头[②]。
人世几回伤往事，山形依旧枕寒流。
从今四海为家日，故垒萧萧芦荻秋[③]。

【注释】

①王濬（jùn）：晋益州刺史。②石头：石头城，故址在今江苏南京清凉山，吴孙权时筑。③故垒：旧时的城垒。

【赏析】

本诗前四句回顾晋吴兴亡事迹，意在表示地形之险不足为恃，地方割据的局面终会归于统一。五、六两句言往事可伤，不仅吴为晋灭，其后宋、齐、梁、陈以至唐朝，战乱不停，唯有江山如旧。收束两句为本朝说话，称扬如今天下统一、四海一家，同时也抒发了面对历史遗迹的深沉感慨。

遣悲怀（其一）　　元稹

谢公最小偏怜女[①]，自嫁黔娄百事乖[②]。
顾我无衣搜荩箧[③]，泥他沽酒拔金钗[④]。
野蔬充膳甘长藿[⑤]，落叶添薪仰古槐[⑥]。
今日俸钱过十万，与君营奠复营斋[⑦]。

【注释】

①"谢公"句：东晋宰谢安最爱其侄女谢道韫。此指妻子从小娇生惯养。②黔娄：指自己家境贫困。③顾：看到。荩（jìn）箧（qiè）：荩草编成的箱箧。④泥他：软言求她。⑤甘：甘心。藿（huò）：豆叶。⑥仰：依仗。⑦营：办理。奠：祭品。斋：指请僧人超度。

【赏析】

元稹的原配韦丛，字茂之，小元稹四岁，聪慧而美丽。她是相府千金，嫁给元稹时元稹尚未发达，婚后的生活虽然贫困，但夫妻二人的关系很好。韦丛卒时年仅二十七岁，韩愈曾为她撰写了墓志铭。在她死后，元稹写了很多的悼亡诗，以此《遣悲怀》三首最为有名。

此作回顾作者发达之前夫妻二人的艰苦生活，极写韦氏这从小受到千娇百宠的相府千金嫁给自己后尽心相助、安于贫贱的高贵品行；拔钗沽酒、野蔬充膳诸般描述生动形象、感人肺腑。结尾说自己如今俸钱超过十万，独自在此为妻子经营祭奠，愧疚之情、哀伤之意尤为深沉。

遣悲怀（其二） 元稹

昔日戏言身后意[①]，今朝都到眼前来。
衣裳已施行看尽[②]，针线犹存未忍开。
尚想旧情怜婢仆，也曾因梦送钱财。
诚知此恨人人有，贫贱夫妻百事哀。

【注释】

①身后意：死后的打算。②行：行将。

【赏析】

韦氏曾经与作者戏言死后的事情，谁知玩笑话却变成了眼前的现实。作者因为不愿睹物思人，所以把妻子穿过的衣服施舍出去，将妻子做的针线活原封不动地保存了起来，不忍打开。他因为感念家中婢仆与妻子的旧日情分而对他们格外哀怜，因为梦到妻子仍然贫寒而烧送冥钱。他知道夫妻之间终不免阴阳两隔，只是想起妻子，想起她与自己共守贫贱、苦乐相伴的日子，一点一滴无不让他感到悲伤。

遣悲怀（其三） 元稹

闲坐悲君亦自悲，百年都是几多时？
邓攸无子寻知命[①]，潘岳悼亡犹费词。
同穴窅冥何所望[②]，他生缘会更难期。
惟将终夜长开眼，报答平生未展眉。

【注释】

①邓攸无子：晋邓攸在战乱中为救亡兄之子，丢弃了自己的儿子，以为自己还可以生养，但终无子嗣。②同穴：合葬。窅（yāo）冥：深远，渺茫。

【赏析】

独自闲坐的时候，作者想起了妻子，他感到悲伤，悲伤妻子的早逝，悲伤自己失去人生的良伴。人寿有限，纵然百年也终有完结之日，其间又常常闪过命运难以捉摸的影子，善良的邓攸终生不再有子，这不就是最好的例子吗？妻子早亡，许是命中注定，只是人死无知，作者想要为她写上一篇潘岳悼妻那样的诗篇，也是终觉徒然。他知道纵使与妻子同穴而葬，也会因为地下深远而哀情难通，知道来生再续前缘相见更是难以期待。他说，只有用自己长夜不寐的思念，去报答妻子平生未展眉头的情意。

自河南经乱关内阻饥兄弟离散各在一处因望月有感聊书所怀寄上浮梁大兄於潜七兄乌江十五兄兼示符离及下邽弟妹

白居易

时难年荒世业空[①]，弟兄羁旅各西东。
田园寥落干戈后[②]，骨肉流离道路中。
吊影分为千里雁，辞根散作九秋蓬[③]。
共看明月应垂泪，一夜乡心五处同。

【注释】

①世业：祖上的产业。②干戈：指战乱。③蓬：飞蓬，喻漂泊不定。

【赏析】

唐德宗贞元十五年（799年）二月，宣武军节度使董晋病死，其部下举兵叛乱，杀死继任节度使陆长源。三月，彰义军节度使吴少诚叛乱，致使关内交通阻塞，又因连年大旱，故民不聊生。其时白居易避乱于吴越，他惦念家园和离散于各地的兄弟姐妹，因而对月写下了这篇诗文。

家产在兵灾和荒年中荡然无存，兄弟们羁泊他乡，各分西东。家乡的田园经过战乱已然荒芜，骨肉同胞流转离散，颠沛顿踣于道路之中。分离的情形好比各自分飞的孤雁，无依无靠，又好比辞根飘走的九月飞蓬。面对着天空中的一轮明月，诗人想到兄弟们也应在异乡同时怅望，他想这一夜的乡思乡愁，五个地方都会相同。

锦瑟　　李商隐

锦瑟无端五十弦，一弦一柱思华年。
庄生晓梦迷蝴蝶①，望帝春心托杜鹃②。
沧海月明珠有泪③，蓝田日暖玉生烟④。
此情可待成追忆，只是当时已惘然。

【注释】

①“庄生”句：庄子曾经梦见自己化成蝴蝶翩翩起舞。②“望帝”句：相传蜀望帝杜宇死后其魂化为子规，即杜鹃鸟，鸣声凄厉哀怨，啼血方止。③“沧海”句：传说南海外鲛人，泣泪而成珠。④蓝田：山名，在今陕西，产美玉。

【赏析】

锦瑟平白无故地采用五十根弦，撩拨起它，一柱一弦地回忆着自己那逝去的华年。你也可以期待如庄子化蝶般在梦境中迷失自己，你也可以幻想化为杜鹃哀泣夭折的志愿。沧海月明时，鲛人会落下晶莹光润的珠泪，蓝田日照中，美玉幻化出可望而不可即的玉烟。这伤逝的情感总也会成为记忆中的点滴，只是当时却已叫人无限惘然。

隋宫 李商隐

紫泉宫殿锁烟霞[①]，欲取芜城作帝家[②]。
玉玺不缘归日角[③]，锦帆应是到天涯。
于今腐草无萤火[④]，终古垂杨有暮鸦[⑤]。
地下若逢陈后主[⑥]，岂宜重问后庭花[⑦]。

【注释】

①紫泉：即紫泉宫，此指长安隋宫。②芜城：即扬州。③日角：旧说额头中央部分隆起如日，为帝王之相。④“于今”句：隋炀帝曾于长安、洛阳等地征集萤火虫，夜游时放出观赏。腐草：古人认为萤火虫是腐草变的。⑤垂杨：隋炀帝开凿运河，沿堤植柳两千里，后称“隋柳”。⑥陈后主：南朝陈的第五个皇帝，荒淫误国，后陈为隋所灭，故世常以陈后主代亡国之君。⑦后庭花：《玉树后庭花》，为陈后主所作，后被视作亡国之音。

【赏析】

大业元年（605年），隋炀帝杨广开凿了大运河通济渠，从洛阳可以乘船直达江都（今江苏扬州）。他在沿岸建行宫四十余所，所乘坐大龙船长二百尺，起楼四层，随行人员近二十万人，耗费无数。作者在诗中以不无调侃的语气历数了隋炀帝的斑斑劣迹：他放着长安富丽堂皇的皇宫不住，在扬州再建更豪华的宫殿作为新都；如果不是唐高祖李渊夺取了天下，他那极尽华丽的游船恐怕还要远行到天涯；他尽捕萤火虫以为夜晚寻欢取娱之用，致使草木中至今难见萤火；他开凿了千里隋堤，堤上遍植杨柳，现在成了乌鸦栖息的场所。末联是作者的假想之问：要是隋炀帝在阴间遇到了陈后主，他还会邀其再来一曲《玉树后庭花》吗？讽刺辛辣，余味无穷。

无题 李商隐

昨夜星辰昨夜风，画楼西畔桂堂东。
身无彩凤双飞翼，心有灵犀一点通[①]。
隔座送钩春酒暖[②]，分曹射覆蜡灯红[③]。
嗟余听鼓应官去[④]，走马兰台类转蓬[⑤]。

【注释】

①灵犀：旧说犀牛角中有白纹如线，直通两端。②送钩：古时的一种游戏，将钩暗中传递，藏于一人手中，未猜中者罚酒。③分曹：分组。射覆：将东西放在器物下面让人猜。④鼓：更鼓。应官：办理官差。⑤兰台：即秘书省。

【赏析】

关于昨夜的记忆，最亲切的感触是闪烁的星光、温暖的和风，而在画楼西、桂堂东，作者又遭遇了最动人的邂逅。那份两情相悦的默契，让你相信即便没有彩凤的双翼，彼此间的心意也能冲破重重阻隔，清楚而完满地传递表达。昨天晚上的欢宴，隔座送钩，分组射覆，因为有了她的存在而更觉春意融融，酒格外暖心，灯红得迷人。在清寥的今夜回忆醉人的昨夜，作者想到她是否正身处新一轮的笑语欢歌中。不知不觉，上差的鼓声已经敲响，他又不得不走马兰台，孤单渺小得就好像是随风飘转的飞蓬。

无　题　　李商隐

来是空言去绝踪，月斜楼上五更钟。
梦为远别啼难唤，书被催成墨未浓。
蜡照半笼金翡翠①，麝熏微度绣芙蓉②。
刘郎已恨蓬山远③，更隔蓬山一万重。

【注释】

①笼：笼罩。金翡翠：用金线绣成翡翠鸟图案的被子。②麝熏：用麝香熏染。③“刘郎”句：相传东汉刘晨、阮肇入山采药，路遇两位美丽的仙女，邀他们结为眷属。半年后，刘、阮想要回家中探望，二女并没有阻拦，他们到家时才发现人间已经过了七代。等到他们再回去找两位仙女，却再也寻不到了。蓬山：指仙境。

【赏析】

说好了不久就会回去，但走后便无觅影踪。月儿低斜的五更时分，小楼上，睡梦中，他看到她因别离而悲泣，呼唤她却不答应。恍然惊起后，他急忙下榻写了书信给她。在灯下想象她于烛光半笼的锦被旁静坐的样子，想象她在麝香初沁的芙蓉帐思念自己的情形，心中不禁生出无限愧疚怜惜之情，他因而悔恨当初的离开，无奈于相聚的重重阻隔；正如诗中所说："刘郎已恨蓬山远，更隔蓬山一万重。"

无　题　　李商隐

飒飒东风细雨来，芙蓉塘外有轻雷。
金蟾啮锁烧香入①，玉虎牵丝汲井回②。
贾氏窥帘韩掾少③，宓妃留枕魏王才④。
春心莫共花争发，一寸相思一寸灰。

【注释】

①金蟾：古人认为蟾蜍善闭气，故用以饰锁。②玉虎：井上的辘轳。丝：井绳。③"贾氏"句：晋韩寿英俊，司空贾充招他为僚属时，其女于窗中窥见韩寿，于是喜欢上了他。④宓妃：指洛神。留枕：相传曹植将过洛水时，忽见一美丽女子飘然而来，颇似自己故去的嫂嫂甄氏。甄氏赠以在家时所用玉枕以慰思念，曹植因之而作《洛神赋》。

【赏析】

诗写一位女子追求爱情失败后的痛苦。东风细雨，塘外轻雷，这般景象正如女主人公此时的心境，抑郁沉闷，怛伤不已。世间的事情，不论如何困难，都有办法完成，比如香炉紧锁但香烟可以进入，比如井水虽深但长绳可以汲之；唯独爱情常常难以左右，它有时是贾女与韩寿水到渠成的缘分，有时是曹植爱慕甄氏一样的徒增遗憾。爱情让女子苦受煎熬，她所以自诫道：爱人的心还是不要和春花争荣竞艳了吧，寸寸相思到头来都是化为灰烬。

无　题　　李商隐

相见时难别亦难，东风无力百花残。
春蚕到死丝方尽，蜡炬成灰泪始干。
晓镜但愁云鬓改，夜吟应觉月光寒。
蓬山此去无多路，青鸟殷勤为探看。

【赏析】

因为相见本就不易，所以分别就更让人感到依依不舍、苦在心头，那份缠绵悱恻，有如身处暮春无力的东风中，面对着凋残的百花。而当情思如春蚕之丝到死方尽，别泪如蜡炬之泪成灰方干，那么有情人在早晨愁看镜中渐染霜色的鬓发时，在清寒的月光下独吟诗篇时，那落寞的心境与浓重的思念又是何其难挨！诗的尾联作宽慰之语，意为幸好你我相隔不算遥远，希望今后能时常探望对方；以美好的期盼和愿望来解释现实中不能长相厮守的遗憾。

无　题　　李商隐

凤尾香罗薄几重[①]，碧文圆顶夜深缝[②]。
扇裁月魄羞难掩[③]，车走雷声语未通。
曾是寂寥金烬暗[④]，断无消息石榴红。
斑骓只系垂杨岸[⑤]，何处西南待好风。

【注释】

①凤尾香罗：织有凤尾花纹的华贵薄罗。②碧文圆顶：绣有碧绿花纹的罗帐圆顶。③扇裁月魄：指团扇。④烬：烛花。⑤斑骓（zhuī）：毛色青白相杂的马。

【赏析】

诗写一位女子对心上人的暗恋之情。女子独处闺中，深夜怀思难眠，于是缝制罗帐以待睡意。在这夜的静谧与祥和中，她情思悠然，思绪又回到了初见

他的那一刻。那或许就可以解释成是一见钟情的感觉，看到他驱车隆隆而过，自己竟不知为何地羞红了脸，只得以团扇遮挡羞颜，慌忙中未曾与他有只言片语的接触。灯下寻思，这不能不说是一件憾事，因为从那时起，一直到眼下石榴花又红的季节，她就再没有得到关于他的消息。她现在知道，所恋之人常常会漫步于并不遥远的杨柳堤岸，她盼望着机缘的来临，那或许只是一阵西南风，将她吹到他的身边。

无 题　　李商隐

重帏深下莫愁堂①，卧后清宵细细长②。
神女生涯原是梦③，小姑居处本无郎。
风波不信菱枝弱，月露谁教桂叶香。
直道相思了无益④，未妨惆怅是清狂。

【注释】

①莫愁：此处泛指年轻的女子。②清宵：清冷的夜晚。细细长：形容长夜难耐。③神女：即宋玉《高唐赋》中的巫山神女。④了：完全。

【赏析】

诗的主人公是一位女子，在重重帏幕低垂的居室里，她自思身世，辗转不眠，倍感清夜的漫长。她也曾向往那久远传说中的云雨欢会，然而到头来才意识这不过是自己的一番梦想。直到现在，她还像清溪小姑一样，盼不到可托终身的情郎。她叹息自己像菱枝一样纤弱，却偏遭风波的摧折；又像桂叶一样芬芳，却无月露滋润使之飘香。但她对爱情的信仰始终没有泯灭，所以才会大胆坚定地说出：虽然我知道相思对人完全没有益处，但也不妨将相思的惆怅看作是对爱情无怨无悔的痴狂。

筹笔驿　　李商隐

猿鸟犹疑畏简书[①]，风云常为护储胥[②]。
徒令上将挥神笔[③]，终见降王走传车[④]。
管乐有才真不忝[⑤]，关张无命欲何如[⑥]。
他年锦里经祠庙[⑦]，梁父吟成恨有余[⑧]。

【注释】

①“猿鸟”句：是讲诸葛亮治军严明，至今连鱼鸟也惊畏他的简书。简书：军令文书。②储胥：指军用的藩篱。③上将：指诸葛亮。④降王：指后主刘禅。走传车：指后主刘禅降魏后东徙洛阳。⑤管乐：管仲和乐毅。二人都是帮助君主成就霸业的名臣，诸葛亮未出茅庐时常以此二人自比。忝：愧于。⑥关张：关羽和张飞。⑦锦里：在成都城南，武侯祠所在。⑧梁父吟：即《梁甫吟》。

【赏析】

虽然鱼鸟畏其军令，风云护其藩篱，可叹诸葛丞相徒有神智，蜀汉最终以后主投降，乘坐驿车东徙洛阳而完结。他虽然怀抱管、乐之才，无奈关、张无命早亡，折损羽翼，又能有什么办法！诗人常为诸葛丞相的生不逢时感慨不已，昔年经过武侯祠时，吟罢丞相生前喜爱的《梁甫吟》，犹感遗恨重重，为之扼腕兴叹。

春　雨　　李商隐

怅卧新春白袷衣[①]，白门寥落意多违[②]。
红楼隔雨相望冷，珠箔飘灯独自归[③]。
远路应悲春晼晚[④]，残宵犹得梦依稀。
玉珰缄札何由达[⑤]，万里云罗一雁飞。

【注释】

①袷（jiā）衣：即夹衣。②白门：指江苏南京。意多违：许多事都与愿望相违。③珠箔：珠帘。④晼（wǎn）：太阳落山的样子。⑤玉珰（dāng）：玉耳饰。缄札：指密封的书信。

【赏析】

诗是情诗，抒发的是作者因春雨而引起的感想和情愫。诗中写作者眼下的窘困境遇，写对情人的追怀，写情人远去后只能依稀与之在梦中相见的惆怅，写与她音信难通，自己孤单漂泊的悲凉。而这万般情思结合飘洒迷濛的春雨写来，更显得悱恻缠绵，不绝如缕。诗以“红楼”一联著名，描述诗人雨中怅望情人曾经居住的红楼，而后从这满是华灯珠帘的街巷黯然离去的情景，设色尤好，可以入画。

利州南渡　　温庭筠

澹然空水带斜晖①，曲岛苍茫接翠微②。
波上马嘶看棹去③，柳边人歇待船归。
数从沙草群鸥散，万顷江田一鹭飞。
谁解乘舟寻范蠡④，五湖烟水独忘机⑤。

【注释】

①澹然：水波荡漾的样子。②翠微：青翠的山色。③棹：指船。④范蠡：春秋楚人，曾助越灭吴。功成名就后辞官乘舟而去，泛于五湖。⑤机：机心。

【赏析】

夕阳的余晖斜映水面，苍茫的小岛与翠绿的山色遥相接连；马嘶于坡上，人歇于柳边，岸边草丛中群鸥忽聚忽散，万顷江面之上，一点白鹭在自由翱翔。这便是诗人南渡嘉陵江时的所见。面对这让人心旷神怡的美景，他心生泛舟江湖、尽却世俗机心之念。

苏武庙　温庭筠

苏武魂销汉使前[①]，古祠高树两茫然。
云边雁断胡天月，陇上羊归塞草烟。
回日楼台非甲帐[②]，去时冠剑是丁年[③]。
茂陵不见封侯印[④]，空向秋波哭逝川[⑤]。

【注释】

①苏武：于汉武帝天汉元年奉命赴匈奴，被匈奴扣留流放至北海牧羊。他羁留匈奴长达十九年，始终坚贞不屈，汉昭帝时遣使将其迎回长安。销魂：极度的感慨和激动。②甲帐：汉武帝用的帷帐。本句是讲苏武归来时武帝已死。③丁年：壮年。④茂陵：汉武帝陵墓。⑤逝川：逝去的时间。

【赏析】

苏武是汉武帝大臣。天汉元年（公元前 100 年），他出使匈奴遭扣留，拒绝诱惑，坚贞不屈，被流放北海（今贝加尔湖）长达十九年之久。后归汉。

面对苏武庙的古祠高树，诗人不禁遥想起当年苏武与汉使相见时百感交集的情景；还有那漫长的羁留岁月中，他看胡月下大雁飞向南方，在荒烟里赶着羊群回归垄上的艰苦凄凉。

诗人为苏武的身世深致叹惋，所惋惜的是他远使匈奴时，戴冠佩剑，正在壮年，而归来汉地却发现一切恍如隔世；先皇已故，没有人再为他封侯颁印，他只能徒然地向着秋水，为十九年青春岁月的空逝而伤心哭泣。

宫　词　薛逢

十二楼中尽晓妆[①]，望仙楼上望君王。
锁衔金兽连环冷，水滴铜龙昼漏长[②]。
云髻罢梳还对镜，罗衣欲换更添香。
遥窥正殿帘开处，袍袴宫人扫御床[③]。

【注释】

①十二楼：本指神仙所居之处，此指宫女居住的楼台。②水滴铜龙：龙首滴水的铜壶滴漏。③袴（kù）：同“裤”。

【赏析】

此诗写闭居深宫之中的宫妃的苦闷和幽怨之情。前六句以铺叙的手法描述了幽闭的宫门内宫妃们从早到晚多次梳洗打扮，盼望君王临幸的情景，真实地反映出宫中生活的单调无聊，以及身处其中的女性的悲惨命运。末联写宫妃窥见宫人打扫御床以备皇上驾临正宫，猛然觉得自己远不及那些洒扫的宫人接近皇上，心里愈加忧伤苦闷。

贫　女　秦韬玉

蓬门未识绮罗香①，拟托良媒亦自伤。
谁爱风流高格调，共怜时世俭梳妆。
敢将十指夸针巧，不把双眉斗画长。
苦恨年年压金线②，为他人作嫁衣裳。

【注释】

①蓬门：茅屋的门。此指贫苦之家。②压金线：指刺绣。

【赏析】

贫女生在蓬门陋户，不曾享受过朱门女子绮罗香泽的生活，她虽然有高洁的品格，有高人一等的手艺，却终是良媒难托。她不媚悦流俗，也不与他人争芳斗艳，但她心中并非平静，实是有所苦恨。她的苦恨在于，自己年年岁岁地压线刺绣，可是制作的却总是别人的嫁衣。这是贫女的悲哀，这也是终年劳心劳神却不为世用的寒士的悲哀。

独不见　沈佺期

卢家小妇郁金堂[①]，海燕双栖玳瑁梁[②]。
九月寒砧催木叶，十年征戍忆辽阳[③]。
白狼河北音书断[④]，丹凤城南秋夜长[⑤]。
谁知含愁独不见，更教明月照流黄[⑥]。

【注释】

①卢家小妇：这里指长安富家少妇。②玳（dài）瑁（mào）梁：指画梁。玳瑁：一种海龟，甲壳黄褐色，有黑斑，很光滑，可做装饰品。③辽阳：今辽宁辽阳一带。唐时为边防重地。④白狼河：即今辽宁大凌河。⑤丹凤城：指京城。⑥流黄：彩色的丝织品。

【赏析】

尽管身居用郁金香涂壁的华丽堂屋，但女主人公并不快乐，她看到画梁上双宿双栖的海燕，心中满是幽怨。凉秋九月，到处响着妻子们为征人捣制寒衣的砧声，听到这声音，少妇感到更加凄凉寂寞，在她的眼中，纷纷木叶也仿佛是被砧声催落。十年光阴，她无日不在思念着戍守辽阳的丈夫，自从夫君音讯断绝，独守空闺的她忐忑不安、忧思重重地度过了一个又一个不眠之夜。

恼人的秋月，又一次将少妇的黄罗帐照得明晃晃的，引起了她“唯你不见我满心忧愁”的迁怒。

鹿　柴[①]　王维

空山不见人，但闻人语响。
返影入深林[②]，复照青苔上。

【注释】

①鹿柴：是辋川的地名。②返影：日光反照。

【赏析】

王维四十岁以后便在辋川别墅隐居习禅。本诗是他后期的山水诗代表作之一。

本篇的意境在于突出“空”“静”二字。空山人语，愈觉山空；折射过来的阳光落在青苔上，给幽暗的静物增添了一丝暖意。诗文空灵有声，静中有动，颇具禅意。

竹里馆[1] 王维

独坐幽篁里[2]，弹琴复长啸。
深林人不知，明月来相照。

【注释】

①竹里馆：辋川别墅胜景之一。②幽篁：幽深的竹林。

【赏析】

独坐在幽静的竹林里，一边弹奏古琴，一边高声吟唱。在这不为人知的深林里，唯有一轮明月前来相照。小诗平淡几语，意境清幽，体现了作者恬静闲适的心情和自得其乐的情趣。

送别 王维

山中相送罢，日暮掩柴扉。
春草年年绿，王孙归不归[1]？

【注释】

①“春草”两句：《楚辞·招隐士》有“王孙游兮不归，春草生兮萋萋”。王孙：指游子。

【赏析】

在山中送别朋友以后，独自回到家里，已经是日暮时分了。掩上柴门，对友人的眷恋非但没有减退，反而愈加浓重起来。刚刚离别，即盼友人明春再来；才说再见，就开始怀念。诗中所表达出的这种心意，说明两位朋友间友谊的深挚，字里行间透露出诗人对与朋友再会的无限期待。

相　思　　王维

红豆生南国，春来发几枝？
愿君多采撷，此物最相思。

【赏析】

红豆，又名“相思子”，常被人们用来寄托相思之情，作者想借咏红豆而寄托的，是对流落江南的友人李龟年的一片思念之情。诗中有婉问，婉问红豆春来发几枝，意在盼望友人能见物思人，让真挚的友谊能如相思树般年年发出新芽；诗中有叮咛，叮咛友人多多采下相思子，因为那色泽如火的红豆，每一颗都代表着自己对友人的一份厚意深情。

杂　诗（其二）　　王维

君自故乡来，应知故乡事。
来日绮窗前[①]，寒梅著花未[②]？

【注释】

①来日：指动身前来的那天。绮窗：雕饰精美的窗子。②著花：开花。

【赏析】

原诗共三首，此为其二。合而观之，似是写女子家住孟津（洛阳北），爱人身在江南，所以她看到由江南而来的行船，便问起是否有游子寄给家中的书信。船回到江南，游子向自故乡返回的舟人问起家中绮窗前的寒梅是否开放，舟人回答说，不但寒梅开了，鸟也啼了，阶前青草也长出来了，但她看到萋萋春草却更加忧愁悲伤。

送崔九　　裴迪

归山深浅去，须尽丘壑美。

莫学武陵人，暂游桃源里。

【赏析】

崔九想要归隐山林，作者写此诗劝其如真正要隐退，应当饱览山水美景，全心领会归隐之趣，不可学武陵渔人浅尝辄止，以致终生不能再寻其源。全诗说理如促膝谈心，作者对朋友的一片坦诚之情也是真切可感。

终南望余雪　祖咏

终南阴岭秀[①]，积雪浮云端。

林表明霁色[②]，城中增暮寒。

【注释】

①终南：终南山。阴岭：向阴的山岭。

②林表：树林的外表。霁色：雪后的阳光。

【赏析】

《终南望余雪》是作者在长安应进士考试时的试题，按唐制应试诗应为五言六韵十二句，但祖咏只作了四句便交卷。问他为什么不写完，他说："意尽。"

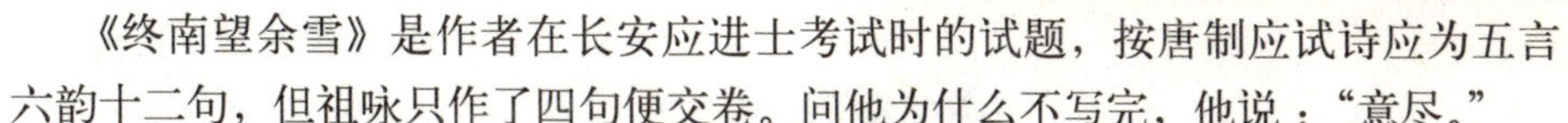

诗的前三句都是写由长安望终南山积雪时的所见：雪霁之时，终南峰岭愈显俊秀挺拔。云气缭绕中，皑皑积雪如浮云端；银装素裹下，万丈寒芒辉映山林。尾句由终南雪景而联想长安城中又会因雪化而温度骤降，苍生可能要忍受寒冻之苦，寄意深远。祖咏因为他的不合标准的诗句而落第，而他的这首诗却一直流传到今。

宿建德江　孟浩然

移舟泊烟渚，日暮客愁新。

野旷天低树，江清月近人。

【赏析】

此作是孟浩然长安求仕失败后，南游吴越，途经建德江（在今安徽）时所写。

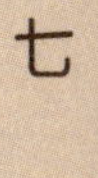

日暮时分，诗人移船至烟雾蒙蒙的小洲边停泊下来，苍茫的暮色，让异乡作客的他心头又增添了些许新愁。向江边望去，原野平旷，天幕从远方树木的梢顶低斜下去；不知不觉中，新月升起，清清的江面上倒映的月影，显得和人是那样亲近……全诗寓情于景，泊舟所见反映出的是愁客独特的内心感受。

春　晓　　孟浩然

春眠不觉晓，处处闻啼鸟。
夜来风雨声，花落知多少。

【赏析】

世间最美莫过于春天的梦，睡意酣香而天已破晓，此时鸟儿的叫声从各处美景胜境中传来，诗人爱春之意自生。忽然想到一夜春风春雨，更见落英缤纷，不知昨夜繁花又飘落多少，进而惜春之情转深。诗中蕴含着珍惜人生春晓，不让美好事物过早逝去的愿望，永远引起人们心底的共鸣。

静夜思　　李白

床前明月光，疑是地上霜。
举头望明月，低头思故乡。

【赏析】

月光洒在床前，诗人开始还以为是地上结了白霜。抬起头来观看，原来是高悬夜空的明月。他低头徘徊，想起了那遥远的故乡。

怨　情　　李白

美人卷珠帘，深坐颦蛾眉。

但见泪痕湿，不知心恨谁。

【赏析】

诗写闺怨。你看，她默默无语轻卷珠帘，而后又紧蹙蛾眉，出神久坐。不知道她的心里怨恨着谁，但粉颊边、衣衫上点点滴滴都是湿湿的泪痕。

八阵图[①] 杜甫

功盖三分国，名成八阵图。
江流石不转[②]，遗恨失吞吴。

【注释】

①八阵图：昔时诸葛亮曾布八阵图，垒石为阵，由“天、地、风、云、龙、虎、鸟、蛇”八阵组成，用来操练军队或作战。②石不转：指水涨时八阵图之石岿然不动。

【赏析】

诗为吊古之作。前两句追怀了诸葛亮辅佐刘备三分天下的盖世功绩。第三句就八阵图遗址抒发感慨，将数百年不动的八阵图与诸葛之精神心志相联系，表达出诗人对先贤生前文治武功、身后余烈长存的赞颂之情。末句写千古奇人仍留恨事，未能阻止刘备伐吴，终于铸成不可挽回之错；也可以反向理解，刘备得贤相如诸葛者仍遭惨败，可见其晚年的判断失误。

登鹳雀楼[①] 王之涣

白日依山尽，黄河入海流。
欲穷千里目，更上一层楼。

【注释】

①鹳雀楼：在今山西永济。楼有三层，面对中条山，下临黄河。常有鹳雀停留其上，

故称鹳雀楼。

【赏析】

首联写登鹳雀楼所见景色：苍茫白日依山而尽，滚滚黄河奔流入海。这北国河山的磅礴气势和壮丽景象使作者胸襟大开，他继而联想到，如果要望到更远的地方，就须更上层楼。此诗虽然写的是登临所感，却蕴含着对于人生哲理的感悟，体现着积极向上的进取精神。

弹　琴　　刘长卿

泠泠七弦上[①]，静听松风寒[②]。
古调虽自爱，今人多不弹。

【注释】

①泠(líng)泠：形容声音清越。七弦：古琴七弦，故又称七弦琴。②松风寒：指琴曲《风入松》。

【赏析】

琴曲《风入松》是魏晋时嵇康所作，描摹的是月夜寒风穿过松林的声音。作者先静听古曲，陶醉于清越的琴音之中，继而感叹古曲虽然受到自己的喜爱，但今人多已不再弹奏。从诗中不但能感受到作者孤芳自赏的志趣品格，亦能感受到他对曲高和寡、知音难觅的深深叹息。

送灵澈上人　　刘长卿

苍苍竹林寺，杳杳钟声晚。
荷笠带斜阳，青山独归远。

【赏析】

这首小诗是写诗人送诗僧灵澈返回竹林寺的情景。读完全诗，并不曾见作者的身影，只听得山寺传来的悠扬晚钟，看到灵澈和尚背负斗笠，沐浴着斜阳，缓步向青山苍翠处的竹林寺走去。但只需稍作思索，便

会领悟到，那目送灵澈归寺的，记录下他安闲泰然背影的，不正是久久不曾离去的诗人吗？至此，高僧的超逸风致既得体现，诗人的厚意深情也含于其中。

送上人[1]　　刘长卿

孤云将野鹤[2]，岂向人间住。
莫买沃洲山[3]，时人已知处。

【注释】

①上人：对僧人的尊称。②将：共。③沃洲山：在今浙江新昌县东，相传晋名僧支遁曾于此放鹤养马。

【赏析】

诗中的上人就是前诗中的灵澈和尚。“孤云野鹤”将灵澈形容成超凡绝尘的神僧，而沃洲山，已是世人尽知的名山，因此并不适合他静修。诗人以半戏谑的口吻敬告友人：还是不要去沃洲山那样的地方修行了吧，那里已经变成了世人竞相炫耀胸怀风致的地方。全诗语言亲切风趣，直抒胸臆而不作婉曲之词，体现出作者对友人的一片真挚坦诚之心。

秋夜寄丘员外[1]　　韦应物

怀君属秋夜[2]，散步咏凉天。
空山松子落，幽人应未眠。

【注释】

①丘员外：名丹，曾任尚书郎，后隐于平山。②属：正值。

【赏析】

这是作者写来寄给好朋友丘员外的一首诗。作者在诗中写道：怀念你的时候，是一个秋天的夜晚，那一晚我独自散步，吟咏这凉爽的秋天。我想，在那空寂的山林里，也许可以听到松子落下的声音；此时此刻，幽居山中的你，应该还没有入眠。

诗写得清新淡雅，淡淡的言语中，蕴含的是作者对友人的惦念深情。

听　筝　　李端

鸣筝金粟柱[1]，素手玉房前。
欲得周郎顾，时时误拂弦[2]。

【注释】

①金粟柱：指筝的弦轴细而精美。柱：枕弦定音之物。②“欲得”两句：东吴名将周瑜精通音律，每逢他人奏曲有误，他必能辨知，并且一定要回头看一看，故吴中有歌谣云：“曲有误，周郎顾。”

【赏析】

一位美丽的女子在弹奏古筝，洁白的玉手上下拨弄着筝弦，这是一幅多么让人心醉的画面！可仔细一听，奏曲常常有误，难道是她技艺不精吗？原来她遇到了令她爱慕的男子，她时时地误拂琴弦，正是想要收到“曲有误，周郎顾”的效果，让心上人与自己能有更多接触的机会。

新嫁娘　　王建

三日入厨下[1]，洗手作羹汤。
未谙姑食性[2]，先遣小姑尝[3]。

【注释】

①三日：按照古代的习俗，新娘嫁到夫家的第三天要下厨做菜，俗称“过三朝”。②谙（ān）：熟悉。姑：婆婆。③小姑：丈夫的妹妹。

【赏析】

新娘子第一次给婆婆做饭，其紧张的心情可想而知。婆婆喜欢什么口味的饭菜，刚进门的她自然是不知道，也不方便问，于是找来婆婆的小女儿，让她先品

尝，以确定这样的饭菜是否能得到婆婆的肯定。这首小诗撷取了古时女子婚后生活中较为有意义的一个片断加以描写，在如话家常的语句中，我们不难感受到新嫁娘的慧黠，以及她谨小慎微的心态。

行　宫　　元稹

寥落古行宫，宫花寂寞红。

白头宫女在，闲坐说玄宗。

【赏析】

从安史之乱结束到元稹写这首诗，时间已经过去了四十多年，国家的主人已然换了几任，前朝遗留下来的东西，除了江河日下的国势以外，还有已经无人问津的行宫，以及其中被遗忘了的宫女。行宫中的花儿寂寞地开着，曾经青春靓丽的宫女们已是白发苍苍。她们坐着，谈着，记忆好像停在了开元、天宝年间，谈话的内容也只限于有关玄宗的陈年旧事。小诗短小精湛、意味隽永，倾诉了宫女无穷的哀怨之情，寄托了作者心中深沉的盛衰之感。

江　雪　　柳宗元

千山鸟飞绝，万径人踪灭。

孤舟蓑笠翁，独钓寒江雪。

【赏析】

如果把本诗当作一首歌来听，那么旋律中只有簌簌雪落之声，而在这雪落声中，蕴含辽阔天地、茫茫宇宙的无限玄音；如果把本诗当作一幅画来看，那么画面上满是寒冷肃杀的白雪，只有载着渔翁的小舟，在苍莽无际的冰雪川上，为天头地脚添上一丝生机；如果把本诗当作一种境界来读，它便显现在独钓寒

江的渔翁身上，孤独寂寞中，透着伟岸与清高的气度。此诗是柳宗元被贬永州时所作，诗中的渔翁，正是他自身的写照。

玉台体　　权德舆

昨夜裙带解，今朝蟢子飞[1]。

铅华不可弃，莫是藁砧归[2]？

【注释】

①蟢（xǐ）子：长脚蜘蛛，也作喜子。②莫是：莫不是。藁（gǎo）砧：古代女子称丈夫的隐语。

【赏析】

昨天晚上裙带突然松开，今天早晨又看见蟢子在房间里四处飞蹿，人们都说这是好兆头，表明喜事快要上门了。喜从何来尚不可知，但在“我”想来，莫不是出门在外的丈夫即将归来？那么，就快把搁置已久的脂粉找出来吧。小诗的语言精练自然，将思妇不平静的内心世界表现得惟妙惟肖，让人深感其对爱人归来的急切盼望。

问刘十九　　白居易

绿蚁新醅酒[1]，红泥小火炉。

晚来天欲雪，能饮一杯无。

【注释】

①绿蚁：指浮在新酿的没有过滤的米酒上的绿色泡沫。醅：没有过滤的酒。

【赏析】

有泛着绿色酒沫的新酿米酒，有烧着融融炭火的红泥小炉，而室外的天气，因为黄昏到来的一场雪而显得格外地阴沉、寒冷。作者邀请友人前来小饮，一片真挚的情谊正像酒一般醇厚，像炭火一样温暖。相信刘十九接到此诗定会欣然赴约，与作者共同度过这寒冷阴沉的冬日傍晚。

何满子　张祜

故国三千里，深宫二十年。
一声何满子，双泪落君前。

【赏析】

诗文诉说了普遍存在于宫人心中的悲怨：与故乡亲人相隔遥远，经年累月地过着冰冷压抑、与世隔绝的宫廷生活。“三千里”“二十年”这些数字的运用，从距离之远和时间之长上强调着宫人身世的悲凉。而刚刚唱起一声《何满子》，他或她便会因哀伤而难以为继，双泪簌簌落于君前，更可见怨情蓄积的深久。

登乐游原　李商隐

向晚意不适[①]，驱车登古原[②]。
夕阳无限好，只是近黄昏。

【注释】

①意不适：心情不舒畅。②古原：即乐游原，是长安附近的名胜，登原后能眺望整个长安城。

【赏析】

因为心情不甚畅快而驱车前往古原，因为登上古原而看到了美丽的夕阳，因为深爱着美丽的夕阳而叹惋它已近黄昏。诗人对于夕阳虽好却不能久留的慨叹，后世常用来形容人的身世和国家的时局。

寻隐者不遇　贾岛

松下问童子，言师采药去。
只在此山中，云深不知处。

【赏析】

松树下问小童子师父去哪儿了，他说师父去采药了，就在这座山中，但云深雾浓，无法知道究竟在哪一处。小诗简单好懂，然而与童子一问一答间，传递出清幽高远的意境，蕴含着无穷无尽的理趣，还有诗人访友不遇、空望云山的惆怅。

渡汉江　宋之问

岭外音书绝[①]，经冬复立春。
近乡情更怯，不敢问来人[②]。

【注释】

①岭外：岭南。②来人：从家乡来的人。

【赏析】

来到岭南以后，便再没收到过家书，转眼间已经冬去春来了。好不容易踏上归途，渡过了汉江，眼看着离家越来越近，作者却更加担心故园人事的福祸变化，所以忐忑不安，以至于惶恐起来。即使遇到乡人，急于知道消息的他，也不敢开口相问了。诗将这种思乡心切，近乡情怯的复杂心理表现得淋漓尽致而又含蓄。

春　怨　金昌绪

打起黄莺儿，莫教枝上啼。
啼时惊妾梦，不得到辽西。

【赏析】

一位女子与丈夫相隔千山万水而又音信难通，她怎能排遣心中的苦闷与思念？多么希望让梦境延长，再延长，于梦中前往丈夫身边，向他倾吐衷肠。当她

在梦中与丈夫缠绵爱恋，一只黄莺却用它婉转的歌喉将她吵醒，她于是愤怒地将黄莺赶走，不因为它能给春天添姿增色就任其在窗前歌唱。诗题为《春怨》，怨从来是因为思念，怨无处诉时便转向了黄莺。

哥舒歌　西鄙人

北斗七星高，哥舒夜带刀。

至今窥牧马[①]，不敢过临洮[②]。

【注释】

①窥：窥伺。②临洮：在今甘肃境内，唐时常与吐蕃交战于此。

【赏析】

哥舒翰于天宝年间任安西节度使，屡破吐蕃兵，控地数千里，本篇就是当时流行于西部边境的一首歌颂哥舒翰赫赫战功的诗歌。这首诗可以说是五言诗与民歌的结合体，既有诗的和谐音韵，又不失民歌自然流畅、朴实淳厚的风格；尽管年代相去久远，如今读来，亦可感受西域民众对哥舒翰将军的无限仰慕之情。

玉阶怨　李白

玉阶生白露，夜久侵罗袜。

却下水晶帘，玲珑望秋月。

【赏析】

诗写宫中女子的幽怨。玉阶冰冷，夜深之时，更有寒露生于其上。一位娇弱的女子伫立在那里，站得久了，露水渐渐打湿了罗袜。不知她是否在叹息中转身回到屋内，但见水晶帘落下时，那玲珑闪光的空隙中，一双充满孤凄哀怨的美目凝望着秋月。

长干行（其一） 崔颢

君家何处住，妾住在横塘。
停船暂借问，或恐是同乡。

长干行（其二） 崔颢

家临九江水，来去九江侧。
同是长干人，生小不相识。

【赏析】

这里虽然选入的是两首诗，实际上是一问一答，前一首是女子在向男子发问：我住在横塘，你住在什么地方啊？我停下船来做此一问，是因为想到或许我们是同乡。后一首是男子作答：我的家临着九江水，常常来往于九江两侧。我们都住在长干里，但是从小并不相识啊。

诗以白描手法，朴素自然的语言，描写了这对同是长干人却并不相识的青年男女萍水相逢时的情景，二人相见恨晚之意了然其中，对白坦诚大方，毫无忸怩做作之态。

塞下曲（其一） 卢纶

鹫翎金仆姑[①]，燕尾绣蝥弧[②]。
独立扬新令[③]，千营共一呼。

【注释】

①鹫（jiù）翎：指用雕的羽毛做的箭羽。②蝥弧：旗名。③扬新令：挥旗下达新的命令。

【赏析】

卢纶《塞下曲》共六首，描写军旅生活，本集选四首。这一篇写将帅号令三军的情景。前两句写箭写旗，意在展现唐军军容的雄武和装备的精良；后两句写将军独立高台，摇动令旗发出新的指令，三军于是齐声呼喊、一致响应，意在展现唐军纪律严明、士气昂扬。

塞下曲（其二） 卢纶

林暗草惊风，将军夜引弓。

平明寻白羽，没在石棱中。

【赏析】

俗话说：云从龙，风从虎。诗中“林暗草惊风”暗示有老虎出没，将军于是在黑夜之中开弓放箭。清晨去找箭，发现箭已“没在石棱中”，可见将军的箭法是何等神奇。诗的语言平白而生动，大胆且夸张，有如评书一般扣人心弦，让人拍案叫绝。

塞下曲（其三） 卢纶

月黑雁飞高，单于夜遁逃。

欲将轻骑逐，大雪满弓刀。

【赏析】

无月之夜，大雪纷飞，追击逃窜的敌人已有一程，但唐军将士并未就此松懈放弃。大家抛却辎重，整备轻骑，要继续驱逐穷寇，这时候，弓刀之上已经落满雪花。短短的准备过程，兵器便已为雪花覆盖，足见当晚雪势之大，而将士们在这样的环境中追敌不舍，更见他们意志之坚。全诗只取准备追击一节来写，并不交代最终结果如何，让人更生联翩遐想。

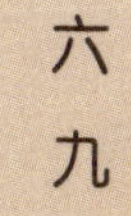

塞下曲（其四）　卢纶

野幕敞琼筵[1]，羌戎贺劳旋。
醉和金甲舞，雷鼓动山川[2]。

【注释】

①野幕：设在野外的营帐。琼筵：丰盛精美的宴席。②雷：通“擂”。

【赏析】

本篇写凯旋后庆功的场面：将士们在帐中摆开酒宴，开怀畅饮。酒酣耳热之际，很多人连铠甲都等不及脱掉便跳起了舞蹈，居住在边境的各族民众也都前来犒劳祝贺。军营虽设在荒山野地，然而此时山川间回荡的却是震天的鼓乐、放情的欢歌。四句之中，有细节描写，有远景拍摄，写声写影，写军写民，但无不蕴含“欢乐”二字。

江南曲　李益

嫁得瞿塘贾，朝朝误妾期。
早知潮有信，嫁与弄潮儿。

【赏析】

诗写一位久盼丈夫归来的女子的怨语。女子的丈夫是商人，长年奔波在外，本来约好的归家日期被他一误再误。女子站在江畔看潮水涌起，盼丈夫归来的时候，心中忽然突发奇想。她想，要是早知道潮涨潮落自有定时，当初真不如嫁与那潮涨而去潮落而归的弄潮儿。生出这样的想法是因为女子怨到深处，而怨到深处又是因为情到深处。

回乡偶书　贺知章

少小离家老大回，乡音无改鬓毛衰[1]。
儿童相见不相识，笑问客从何处来？

【注释】

①衰（cuī）：稀少。

【赏析】

诗人宦海浮沉五十载，八十六岁时辞官返归故里，此诗便是他回到家乡后所写。

诗的前两句叙述自己从小离家年老方归的身世，写出如今乡音未改而鬓发已白的情状，蕴含着深深的伤老情绪。后两句展现了一幕富于戏剧性的儿童笑问的场面，寄寓着作者对久别故乡后反主为客的无限感慨之情。此诗贵在亲切质朴的语言和浓浓的人情味。

桃花溪　张旭

隐隐飞桥隔野烟，石矶西畔问渔船[①]。
桃花尽日随流水，洞在清溪何处边？

【注释】

①矶（jī）：水边突出的岩石。

【赏析】

来到了桃花溪，谁的脑海中不是起伏着关于世外桃源的种种联想，心头不是充盈着对那方外洞天的无限向往？作者来到了桃花溪，沿着溪流的方向远望了隐约在山野云烟之间的长桥，然后前往石矶西侧访问泊舟在那里的渔人：桃花整日不停地随水流走，但不知道桃源洞口究竟是在清溪的哪一边。诗以《桃花源记》为题材，寄托的是诗人对前往理想境界的热切期盼和急切心情。

九月九日忆山东兄弟　王维

独在异乡为异客，每逢佳节倍思亲。
遥知兄弟登高处，遍插茱萸少一人[①]。

【注释】

①茱萸（yú）：落叶小乔木，开小黄花，有浓香，古人每逢重阳佩插它以避邪。

【赏析】

此诗是王维十七岁时在长安所写。诗文首句中的一个“独”字和两个“异”字，突出了他乡做客之人的孤独感受和对于环境的陌生与不适应；而紧随其后的“每逢佳节倍思亲”，不但在衔接上自然而然，而且将客中人在佳节的思乡情怀概括得极为真切和凝练。后两句独辟蹊径，不直接写思念兄弟，而是遥想兄弟登高、遍插茱萸而独缺自己的情景，表达出对不能与亲人团聚的伤感和凄凉。

芙蓉楼送辛渐[1]　王昌龄

寒雨连江夜入吴，平明送客楚山孤[2]。
洛阳亲友如相问，一片冰心在玉壶。

【注释】

①芙蓉楼：旧址在今江苏镇江市。辛渐：王昌龄的朋友。②平明：清晨。

【赏析】

漫江夜雨过后，诗人于清晨在芙蓉楼与朋友话别，望楚山孤寂，家乡万里，他心中怎能不感慨万千？然而他终于还是没有说出更多的话语，只是托友人给自己远在洛阳的故旧亲朋捎去一句“一片冰心在玉壶”的口信。的确，只这一句就足够了，它寄寓着诗人从不曾改变的情怀与心志，正如那玉壶中的冰凌，凝结时晶莹，融化时清澈，净洁之质，始终如一。

闺　怨　王昌龄

闺中少妇不知愁，春日凝妆上翠楼[1]。
忽见陌头杨柳色[2]，悔教夫婿觅封侯。

【注释】

①凝妆：盛装。②陌头：道边。

【赏析】

家境富裕、不知忧愁的少妇在一个春日里盛妆登上阁楼去观赏春景，不经意间看到了路边的青青柳色，于是心生悔恨，悔恨当初劝导丈夫从军远征，以求建功封侯。春光正好，无奈只能自己独自欣赏，精心地打扮却没有展示美丽的对象，青春在空闺独守中白白流逝，这催夫封侯的代价，如何能不引起少妇的幽怨和悔恨？

春宫怨　　王昌龄

昨夜风开露井桃，未央前殿月轮高。

平阳歌舞新承宠，帘外春寒赐锦袍。

【赏析】

卫子夫本是汉武帝姐平阳公主家的歌女，武帝宿平阳公主家时，平阳公主命家中歌舞伎献艺娱君，武帝唯独看上卫子夫，卫子夫因而在为武帝更衣时得受宠幸。卫子夫后来被平阳公主奉送入宫，日益受宠。那曾被武帝喜爱，发誓要以金屋藏之的陈皇后，自此遭到遗弃。

失宠者在春夜暖风中独自徘徊，悲凉无限；得宠者在料峭春晨收得锦袍之赐，感受主上无限关怀。二者的境遇都以气候衬出，以暖衬冷，以冷衬暖，诗人借此强烈对比，来替历代失宠者抒发心中怨意。

下江陵[1]　　李白

朝辞白帝彩云间[2]，千里江陵一日还。

两岸猿声啼不住，轻舟已过万重山。

【注释】

①江陵：今湖北江陵县。②白帝：白帝城，在今重庆奉节。

【赏析】

唐肃宗乾元二年（759 年），诗人流放夜郎，行至白帝城遇赦，旋即便乘舟东下江陵。

诗中突出“轻”“快”二字，不但是船轻而快，能一日千里，瞬息便过万重山，诗人的心情更是轻快。枷锁一去，真如脱笼飞鸟，自由自在，无所束缚。于是，以凄厉哀苦而著称的三峡之猿啼在诗人听来变得激越嘈杂，似在欢腾，蜀中浓滞的烟雾也好像有意散去，在这天清晨换作了彩云片片。全诗于一气奔放中蕴含回旋跌宕之美，轻舟快意，令人神往，被评者誉为唐绝压卷之作。

送孟浩然之广陵　李白

故人西辞黄鹤楼，烟花三月下扬州。

孤帆远影碧空尽，惟见长江天际流。

【赏析】

本篇是李白在江夏送别孟浩然时所写，这时候的李白刚出蜀中不久，热情洋溢，对外面的世界有着无限的向往和憧憬。

诗的前两句点明了送别的时间、地点，还有孟浩然要去的地方。后两句写诗人目送友人的孤帆消失在碧空的尽头，视野中只剩下浩瀚的长江流向天际。

江南逢李龟年　杜甫

岐王宅里寻常见[①]，崔九堂前几度闻[②]。

正是江南好风景，落花时节又逢君。

【注释】

①岐王：睿宗第四子李范，封岐王。②崔九：殿中监崔涤，玄宗宠臣。

【赏析】

李龟年是玄宗时著名的歌唱家，因才艺精湛而备受瞩目，常出入于王公贵族宅第。安史之乱爆发以后，他流徙于江南，潦倒落魄。

曾经常常在歧王府第见到你，曾经好几次在

崔九堂前聆听你的歌声，而今正是江南景色美好的时候，纷纷落花中“我”又遇到了你。诗文“刚开头却又煞了尾”，连一句也不愿多说，字里行间却蕴含着治乱盛衰的无限感慨，还有故人在漂泊中重逢，黯然相对的无尽凄凉。

逢入京使　　岑参

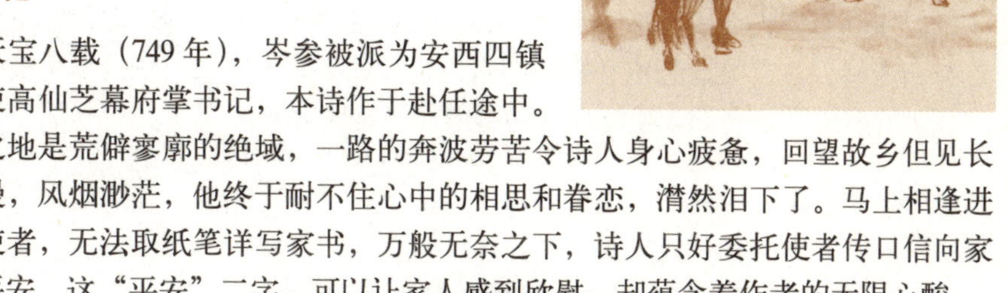

故园东望路漫漫，双袖龙钟泪不干①。
马上相逢无纸笔，凭君传语报平安。

【注释】

①龙钟：湿漉漉的样子。

【赏析】

天宝八载（749年），岑参被派为安西四镇节度使高仙芝幕府掌书记，本诗作于赴任途中。前往之地是荒僻寥廓的绝域，一路的奔波劳苦令诗人身心疲惫，回望故乡但见长路漫漫，风烟渺茫，他终于耐不住心中的相思和眷恋，潸然泪下了。马上相逢进京的使者，无法取纸笔详写家书，万般无奈之下，诗人只好委托使者传口信向家中报平安。这“平安”二字，可以让家人感到欣慰，却蕴含着作者的无限心酸。

滁州西涧①　　韦应物

独怜幽草涧边生，上有黄鹂深树鸣。
春潮带雨晚来急，野渡无人舟自横。

【注释】

①滁州：今安徽滁县。西涧：西面的山间溪流。

【赏析】

唐德宗建中四年（783年）夏初，韦应物自尚书郎出任滁州刺史，贞元元年（785年）罢官，居住在西涧，等待朝廷诏令。

怜爱的是涧边幽草，自枯自荣；听的是浓荫中黄鹂的独鸣，清越婉转；有感

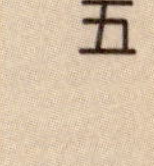

于眼前的野渡孤舟，春潮急雨袭来时无从用力，只是顺势纵横。诗文描写的是滁州西边山间溪流的景色，不但结合了诗人其时幽寂的心境，“春潮”两句中所蕴寓的感受，更是与他困厄却又无奈的处境息息相通。

凉州词　王翰

葡萄美酒夜光杯，欲饮琵琶马上催。
醉卧沙场君莫笑，古来征战几人回。

【赏析】

刚欲饮下晶莹剔透的夜光杯中红如宝石的葡萄美酒，就听到军营中琵琶声响起，催人上马出征；然而他却只停杯须臾，复而又饮。你若戏问：酒醉出征，你不怕混沌中丢掉性命吗？他会正色作答：醉后往疆场拼死一搏，即便横卧沙场也算死而无憾。君若笑此为痴狂，请问古来征战又有几人得归？全诗寥寥数语，便将战争的残酷，将士们置生死度外的胸襟尽皆展现出来。

枫桥夜泊　张继

月落乌啼霜满天，江枫渔火对愁眠。
姑苏城外寒山寺[1]，夜半钟声到客船。

【注释】

①姑苏：苏州。寒山寺：传高僧寒山居此而得名。

【赏析】

枫叶如火的季节里，诗人离家又是一年了。夜泊于苏州城外的枫桥，面对着满天霜华、星星渔火、瑟瑟江枫，还有那即将落下的秋月，他乡愁难解，

怀思难眠。辗转反侧之际，几声栖而复惊的鸦啼提醒他：夜已深沉。这时候，城外寒山寺的钟声悠然响起，一声声、一下下传到客舟之上，传入不眠之人耳中，契合着思乡的心律，叩打着游子的心扉。

寒　食　韩翃

春城无处不飞花，寒食东风御柳斜。
日暮汉宫传蜡烛，轻烟散入五侯家。

【赏析】

寒食在清明前一天，古有寒食禁火三日的习俗。

寒食节的京城，漫天飘飞的是轻盈的柳絮，宫苑的杨柳在和煦的春风中摇摆拔拂，无处不洋溢着温柔的春意。日暮时分，当城中即将迎来不再有灯火照明的一夜，皇宫中则传出了赏赐蜡烛给贵戚近臣举火的诏命，诗人笔下“轻烟散入五侯家”的描写，是那一时代寒食节特有的景观。

月　夜　刘方平

更深月色半人家，北斗阑干南斗斜。
今夜偏知春气暖，虫声新透绿窗纱。

【赏析】

夜已经深了，月儿半照庭院，星儿横斜窗前。这一夜气候和暖，作者非常肯定地认为这是春天回到了人间，因为他听到了透入绿纱窗的久违了的虫鸣。

春　怨　刘方平

纱窗日落渐黄昏，金屋无人见泪痕[1]。
寂寞空庭春欲晚，梨花满地不开门。

【注释】

①金屋：汉武帝少时曾言愿筑金屋藏其妹阿娇。这里指妃嫔所居之华丽宫室。

【赏析】

诗的第二句暗用“金屋藏娇”典，点出了这是一首宫怨诗。女主人公虽然得住金屋，却冷冷清清，无人关怀问候；随着日影移动，天近黄昏，她的新泪痕盖过了旧泪痕。眼看着春天就要过去了，寂寞的庭院里落满了凋零的梨花，诗中写“梨花满地不开门”，含蓄而深刻地烘托出女主人公心境的无限凄凉。

征人怨　柳中庸

岁岁金河复玉关[①]，朝朝马策与刀环。
三春白雪归青冢，万里黄河绕黑山[②]。

【注释】

①金河：即黑河，在今内蒙呼和浩特市。玉关：玉门关。②黑山：在今内蒙呼和浩特市东南。

【赏析】

春归有时，还乡无期，年复一年往来于金河与玉门关之间，日复一日与马鞭和刀环相伴，这就是征人的生活。而当人间迎来三春暖，塞外却依然是白雪寒，荒凉肃杀中，唯有万里黄河咆哮而来，绕过黑山；这便是塞外的景象。诗写征人怨，从征人的生活和生存环境落笔，在极具气势的刻绘中，不难感到身处其中之人那不尽的孤苦与愁怨。

宫　词　顾况

玉楼天半起笙歌，风送宫嫔笑语和。
月殿影开闻夜漏，水晶帘卷近秋河。

【赏析】

宫廷广阔，玉楼巍峨，晚上，在那君王临幸的玉楼之上，奏起了悠扬悦耳的笙歌，经过那里的风，向四周传送着陪伴君王的嫔妃们的欢声笑语。她，一个失宠之人，不但要面对旁观别人承欢侍宴的刺痛，还要忍受孤独与寂寞的折磨。夜深人静时，她在冷宫之中独听滴漏，隔着水晶帘帐望银河。

夜上受降城闻笛[①] 李益

回乐峰前沙似雪[②]，受降城外月如霜。

不知何处吹芦管[③]，一夜征人尽望乡。

【注释】

①受降城：唐代修筑有西、中、东三座受降城，以防突厥入侵。此指西受降城。②回乐峰：灵州回乐县附近的烽火台，在今宁夏灵武县一带。③芦管：芦笛。

【赏析】

"回乐峰""受降城"，一者绝域峰峦，一者巍巍边城，月夜之时，回乐峰前寒沙似雪，受降城墙如披寒霜。此等景象，见之便足以使人深感悲怆，而况受降城上的戍卒终年都要面对。作者夜临城头，目观凄凉之景，耳闻幽怨芦管之声，他真正体会到了何谓戍人之苦，也体会到了边关将士望眼欲穿的思乡之情。

乌衣巷 刘禹锡

朱雀桥边野草花，乌衣巷口夕阳斜。

旧时王谢堂前燕，飞入寻常百姓家。

【赏析】

乌衣巷本是东晋时王氏、谢氏诸豪族的聚居之地，至唐时已没落为百姓民居，本篇便是以此为题材而作的一首怀古诗。诗的首联以"野草花""夕阳斜"衬托旧时的朱门富户如今的落寞与平凡，不悲不慨，不黏不脱，语虽平淡，然而意味深长。末联抓住燕子栖息旧巢的特点，写燕子仍入此堂，但王谢零落，已化作寻

常百姓之家，以小燕子表现出大主题，写尽人世沧桑、荣枯变换。

春　词　刘禹锡

新妆宜面下朱楼[1]，深锁春光一院愁。

行到中庭数花朵，蜻蜓飞上玉搔头[2]。

【注释】

①宜面：指妆与面色搭配得恰到好处。②玉搔头：玉簪。

【赏析】

精心打扮，直到自己满意后款款走下朱楼。只可惜庭院深寂，大好春光被白白辜负，因而眼中景物无不带着哀愁。走到庭院中间痴痴地数起花朵，一只蜻蜓悄悄落在了她的玉搔头上。新妆如花，却只引来蜻蜓欣赏，寂寞可知，境遇堪怜。

宫　词　白居易

泪尽罗巾梦不成，夜深前殿按歌声[1]。

红颜未老恩先断，斜倚熏笼坐到明[2]。

【注释】

①按歌声：打着拍子歌唱。②熏笼：香炉上的罩笼。

【赏析】

夜深了，然而前面的宫殿中依然笙歌阵阵，歌声传入她的耳中，让她无法入睡。她独自在居处哭泣，因为自己悲凉的处境，因为红颜未老但皇上的恩宠已经断绝。这一夜，她彻夜不寐，斜倚熏笼，坐到天明。

赠内人　张祜

禁门宫树月痕过，媚眼惟看宿鹭窠。
斜拔玉钗灯影畔，剔开红焰救飞蛾。

【赏析】

诗写宫女寂寞无聊的生活。长夜漫漫，门禁重重，宫女独坐灯前，美丽的眼睛痴望着窗外树梢上的宿鹭窠，因为这是她在宫中唯一能看到的带有生气的东西。当她回过神来，她看见一只飞蛾忽闪忽闪地飞动在烛火前，大有要以身相扑的意思，善良的少女于是拔下头上玉钗，拨开烛焰，不让它伤到飞蛾。

集灵台[①]（其一）　张祜

日光斜照集灵台，红树花迎晓露开。
昨夜上皇新授箓[②]，太真含笑入帘来。

【注释】

①集灵台：即华清宫的长生殿。②上皇：太上皇，此指唐玄宗。授箓(lù)：接受道教秘录，入道的仪式。

【赏析】

杨玉环本是玄宗子寿王之妃，后被玄宗看中，于是先命她为女道士，号太真，而后纳为贵妃。民间传说二人曾于七月七日在长生殿发下私愿，愿生生世世永为夫妇。本诗即结合多种传说而咏之，并添以想象成分。关于“授箓”，可以理解为玄宗授太真，因而太真得以含笑入帘，与玄宗欢会，此与历史合。也可以理解为玄宗得道，因而复见死去的杨贵妃，二人得以再续前缘，此与传说合。本诗就如同是在这真与假、实与虚之间搭起的一座桥梁，一半是对玄宗荒唐行为的讽刺，一半是对于李、杨二人爱情悲剧的同情。

集灵台（其二） 张祜

虢国夫人承主恩[①]，平明骑马入宫门。
却嫌脂粉污颜色，淡扫蛾眉朝至尊。

【注释】

①虢国夫人：杨贵妃三姐的封号。

【赏析】

这位虢国夫人可谓是美貌绝伦了，为女人添姿增色的脂粉在她那里全然不适用，反而会污损了她的容貌，足见她的天生丽质、自然美好。宫禁森严之地，她却敢骑马而入，并且是那样地从容自得、旁若无人，足见她性情的骄恣放纵，她所受恩宠的深厚。虢国夫人是杨妃的三姐，然而每每蛾眉淡扫，素面朝天，炫美惑主之意显而易见；抛却她与玄宗关系是否暧昧不谈，单玄宗对此不但不避嫌，反而骄纵有加，便足可见其此时的昏庸。

题金陵渡[①] 张祜

金陵津渡小山楼，一宿行人自可愁。
潮落夜江斜月里，两三星火是瓜洲[②]。

【注释】

①金陵渡：在今江苏省镇江市附近。②瓜洲：在今江苏扬州南，与镇江隔江相对，因洲形似瓜而得名。

【赏析】

金陵渡在长江南岸，瓜洲在长江北岸，两地相互可以望见，但中间为滔滔江水所阻隔，它们都是极易引发南迁北往之人乡思乡愁的地方。

作者夜宿在金陵渡的小山楼上，缕缕愁绪萦绕胸中，他来到窗前，看到落潮的夜江沉浸在斜月的光照里，他遥望故乡的方向，看着瓜洲星星点点的灯火而情思悠然。诗文寓情于景，将乡愁表现得含蓄绵长，“两三星火是瓜洲”一句尤为动人，宁静悠远，情真景真。

近试上张水部　　朱庆馀

洞房昨夜停红烛，待晓堂前拜舅姑。
妆罢低声问夫婿，画眉深浅入时无？

【赏析】

唐代士人常在应试之前投赠诗文给位高望重者以求拔擢，本诗即是作者献于当时诗名很盛的水部员外郎张籍的作品。张籍评此作是“一曲菱歌敌万金”，朱庆馀的名声于是传扬开来。

诗文创作了这样的情节：昨夜洞房红烛，今晨新娘子要去给公公婆婆请安。她在梳妆完毕之后低声问自己的丈夫：我描画的眉毛，不知道浓淡是不是合乎时宜？问画眉实际上是在问自己的才学文章能否得到考官首肯，可谓托喻精妙。如果只把此诗当成描写新婚夫妇生活的情爱之作，则新婚夫妇的相敬如宾，尤其是新娘腼腆娇羞之态，也都被作者表现得真切动人。

宫　词　　朱庆馀

寂寂花时闭院门，美人相并立琼轩①。
含情欲说宫中事，鹦鹉前头不敢言。

【注释】

①琼轩：白玉长廊。

【赏析】

百花盛开时，宫院的门却寂寂地紧闭着。两位宫女并立在华美的长廊下，四目相对。她们本来是想要和对方说说宫中的事情，倾吐一下自己的心事，然而终于因为有鹦鹉在近前而作罢。会学舌的鹦鹉可以让人连几句心里话都不敢说，可见宫廷生活的险恶和对人性的压抑已经到了怎样的程度。

将赴吴兴登乐游原　杜牧

清时有味是无能，闲爱孤云静爱僧。

欲把一麾江海去①，乐游原上望昭陵。

【注释】

①一麾：州太守的旌麾。

【赏析】

杜牧向来自负才略，但他在长安担任的是吏部员外郎的闲职，无法施展抱负，所以请求出守外郡。宣宗大中四年（850年）他离开长安到湖州任刺史，临行之前登览了城郊名胜乐游原，并且写下了这首诗。

诗中说清平可为的时代有如此闲情是因为自己无能，说自己是“闲爱孤云静爱僧”，表面上看好像是已经安于现状。但后两句关于离京之前登高原而望昭陵的自我写照，却明明寄托着他对于盛世明主唯贤是举、文治武功的无限怀念。

赤　壁　杜牧

折戟沉沙铁未销，自将磨洗认前朝。

东风不与周郎便，铜雀春深锁二乔①。

【注释】

①铜雀：曹操在邺城所筑高台，其姬妾尽在台中。二乔：大乔、小乔，以美貌著称于世。大乔嫁给了孙策，小乔嫁给了周瑜。

【赏析】

作者游于赤壁矶下，江潮涌落中他看见了一支折断但还没完全烂掉的铁戟半掩沙中，他于是将它拾起，磨去锈蚀，洗去污渍，这才辨认出它属于那六百余年前的朝代。作者不禁联想到那时于此发生的赤壁之战，有悖常情地强调如果那天东南风不起，火攻不能成功，那么东吴灭亡、二乔被虏便将成为历史。杜牧通晓军事，他之所以讥周瑜侥幸取胜，意在标榜自己知兵习战。联系他此时不受重用的境遇，不难感受到他这是借论古事而抒发胸中抑郁不平之气。

泊秦淮 杜牧

烟笼寒水月笼沙，夜泊秦淮近酒家。
商女不知亡国恨，隔江犹唱后庭花。

【赏析】

秦淮河横贯金陵而入长江，六朝在此建都时，两岸酒家青楼林立，征歌逐酒之声不绝于耳，而六朝最后一个君王陈后主也正是因为沉醉在这温柔富贵乡中做了亡国之君，他的那首艳调《玉树后庭花》也从此成了亡国之音的代名词。

作者于大唐国势日渐衰微之际来到秦淮河，泊舟于临近酒家的地方。在江烟水月交相冲融掩映秦淮之夜，河两边的青楼妓馆是一如既往的酒绿灯红，在临河的酒家里，不识亡国之恨的歌女还在一遍遍地唱着《玉树后庭花》。这靡靡之音传到作者耳中，让他感慨不已，他于是写下了这篇作品，警世戒饬之意不言自明。

寄扬州韩绰判官 杜牧

青山隐隐水迢迢，秋尽江南草未凋。
二十四桥明月夜[①]，玉人何处教吹箫？

【注释】

①二十四桥：相传有二十四个美人夜吹洞箫于扬州西城外小桥，此处泛指扬州的桥梁。

【赏析】

韩绰是杜牧的朋友，生平不详，此诗是杜牧离开扬州之后写给他的问候之作。

青山隐隐，绿水迢迢，诗人思念着远隔山水的朋友韩绰，而时令正值秋去冬来之际，他也不免怀念韩绰所在的温暖秀丽、秋来草未凋的江南了。诗人在诗中以委婉而谐谑的口吻问候对方：二十四桥月明，你又在何处潇洒风流？一片真情尽融字里行间，同时也寄寓着诗人对与朋友闲游之快乐往昔的不尽追忆。

遣　怀　　杜牧

落魄江湖载酒行，楚腰纤细掌中轻[①]。

十年一觉扬州梦，赢得青楼薄幸名。

【注释】

①楚腰：用楚灵王好细腰典。掌中轻：用汉赵飞燕体轻能在掌上起舞典。

【赏析】

杜牧性疏狂，好冶游，早年在扬州等地幕府供职时，日日笙歌，夜夜宴舞，有诗酒管弦悦其情，有纤腰舞姬伴其右，过得好不快活。然而旁观者对此多有议论，十载光阴虚度也使作者心生悔意，于是写下此诗遣怀，以对这一段风流岁月做一个了结。

词文前两句写自己因为失意而载酒漫游江湖，一度沉湎于偎红倚翠、声色歌舞。后两句感叹十年扬州生活恍如一梦，梦醒时才发现自己只落得个薄情之人的声名，懊悔心酸尽在其中。

秋　夕　　杜牧

银烛秋光冷画屏，轻罗小扇扑流萤[①]。

天阶夜色凉如水[②]，卧看牵牛织女星。

【注释】

①轻罗小扇：轻巧的丝质小团扇。②天阶：皇宫里的石阶。

【赏析】

这是一首宫怨诗。首联通过对宫闱中凄清孤冷的环境的描绘，对宫女手把轻

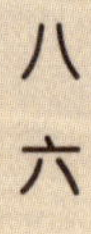

罗小扇扑打流萤这一动作细节的描写，暗示出宫女生活的寂寞和空虚。

尾联写夜色虽凉而宫女却浑然不觉，出神地凝望着空中闪烁的牛郎织女星，传递出她内心对于爱情生活的渴望。牛郎织女一年方得团聚一回，而宫女对他们这样的爱情生活仍羡慕不已，可见她心中情感的土壤是何等干涸渴雨。

赠　别（其一）　　杜牧

娉娉袅袅十三余，豆蔻梢头二月初。
春风十里扬州路，卷上珠帘总不如。

【赏析】

首联写人，“娉娉袅袅”写其娇柔旖旎的形貌，“十三余”写其妙龄，“豆蔻梢头二月初”写其清纯喜人、含苞欲放的风姿。尾联寄情，写春风吹过扬州那繁华艳丽的十里烟花路，珠帘一一被吹起，才发现“万紫千红”终不能与伊人相比。《诗经·绿衣》中云：“有女如云，非我思存。”可为诗意的概括。

赠　别（其二）　　杜牧

多情却似总无情，唯觉樽前笑不成。
蜡烛有心还惜别，替人垂泪到天明。

【赏析】

离别筵上，千种离情，万种别绪，是谓“多情”；然而万千离情别绪无从表达，这一对恋人只是久久默然相对，是谓“无情”。作者又写自己欲故作笑颜缓解气氛但终于不能，则更让人感到分别的无奈与凄凉。

后两句一笔宕开，以拟人手法转去写蜡烛也知惜别，点滴蜡泪，替人垂泪到天明。无情之物尚且如此，有情之人的愁苦自不待言。

金谷园　　杜牧

繁华事散逐香尘，流水无情草自春。

日暮东风怨啼鸟，落花犹似坠楼人。

【赏析】

金谷园是晋代贵族石崇的别墅，极尽奢华。石崇有爱妾绿珠，美而艳，善吹笛，被赵王司马伦的嬖臣孙秀看中，于是指索绿珠，被石崇断然拒绝。后孙秀矫诏逮捕石崇，崇谓珠曰："我今为尔而得罪。"绿珠为报石崇，当场自投于楼下而死。

时光流转，作者来到金谷园故址，它往日的繁华已然烟消云散，但流水依旧潺湲，春草犹自碧绿，不理会人世的荣枯变换。日暮时分刮起了东风，带来哀婉幽怨的鸟鸣，吹下片片落花；在作者眼中，这随风飘落的花儿好似当日含情坠楼的绿珠，美丽但却薄命，思之让人伤感。

夜雨寄北　　李商隐

君问归期未有期，巴山夜雨涨秋池。

何当共剪西窗烛，却话巴山夜雨时。

【赏析】

这首诗是李商隐滞留蜀中时写给远方的妻子的。妻子来信问询归期，诗人写下

此诗以为答复。诗中深情写道：你问我何时能回去，我却说不好回家的日期。今夜巴山秋雨甚急，池塘水涨。面对孤灯，我一次次地自问何时能回到你的身边，与你同坐西窗之下，共剪烛花，亲切絮语，向你讲述我曾于此巴山雨夜对你的无尽思念。

寄令狐郎中　李商隐

嵩云秦树久离居，双鲤迢迢一纸书①。
休问梁园旧宾客，茂陵秋雨病相如。

【注释】

①双鲤：指书信。

【赏析】

令狐郎中即右司郎中令狐绹。其父令狐楚对李商隐很是赏识，对李商隐多有提携。令狐楚死后，李商隐娶泾原军节度使王茂元之女为妻，当时朝内正值“牛李党争”，令狐楚属牛党，王茂元属李党，李商隐因而陷入了党争的旋涡中。

李商隐晚年病卧洛阳时，已官至高位并且排挤了他多年的令狐绹因感念旧事，写信问候他，李商隐于是写了这首诗作答。诗文前两句交代了自己与令狐郎中两地分离已经很久了，表达了对令狐郎中远远寄来一纸书信的感激之情。后两句转写自己如今凄凉多病的境况，“休问”一语，大有苦不堪言的感慨蕴含其中。

为有　李商隐

为有云屏无限娇，凤城寒尽怕春宵①。
无端嫁得金龟婿②，辜负香衾事早朝。

【注释】

①凤城：京城。②金龟：唐武则天时，三品以上的官员可以佩戴金龟。此处喻丈夫位居高职。

【赏析】

这首诗写的是夫妻二人于春日清晨醒来时各自的心思。首联写丈夫所想：都

是因为香阁之中多了一位如花似玉、妩媚娇羞的妻子，所以自己才会为春宵的短暂而担惊受怕。尾联写妻子所想：无情由地嫁给了这位佩戴金龟的贵婿，可他却总是辜负闺中的缱绻缠绵之乐，每每要赶着去上什么早朝。

隋　宫[1]　　李商隐

乘兴南游不戒严，九重谁省谏书函[2]。
春风举国裁宫锦，半作障泥半作帆[3]。

【注释】

①隋宫：指隋炀帝在江都（今江苏扬州市）所建的行宫。②九重：指宫廷。③障泥：垂于马背两侧以遮障泥土的马具。

【赏析】

这是一首咏史诗，对象是以荒淫无道著称的隋炀帝。诗的前两句先作概述，说隋炀帝兴致一来便携带宫眷僚属水陆齐发下江南，心思只在玩乐之上，全然不顾什么天子威仪、出行礼数；而因为他的暴戾恣睢，朝中更无人敢对他的行为有所异议。后两句撷取他下江南时征集锦缎制泥障、做船帆的片断，以小见大，矛头直指隋炀帝当国时的穷奢极欲、靡费腐化。诗中蕴含着成败兴亡的深刻道理，联想晚唐江河日下、败象纷呈的现实，李商隐作此诗的用意似乎也不难想见。

贾　生　　李商隐

宣室求贤访逐臣[1]，贾生才调更无伦。
可怜夜半虚前席，不问苍生问鬼神[2]。

【注释】

①宣室：汉未央宫正殿，此指代汉文帝。逐臣：贬谪之臣。②苍生：百姓。

【赏析】

贾谊贬长沙之事，历来是怀才不遇之人借以抒写心中悲愤的熟滥题材。而在本篇中，诗人独辟蹊径，特意选取贾谊自长沙召回，征见于宣室的一段情节，以

反跌法写出对汉文帝“虚前席只为问鬼神之事”的感慨，寓意深刻，发人深思。汉文帝毕竟是一代有道明君，他亲自下地耕作，皇后亲手养蚕种桑的故事在世间广受称颂，然而这样的帝王尚有埋没贤良之嫌，而况古来百千凡主乎？

瑶　池　李商隐

瑶池阿母绮窗开，黄竹歌声动地哀。
八骏日行三万里，穆王何事不重来。

【赏析】

《穆天子传》中载，周穆王曾西游至昆仑山，西王母热情款待了他。临行之际，西王母对他说：“如果你能免于死亡，那么日后还可以再来。”穆王以歌作答，表示三年之后还将重访此地。三年过去，西王母如约开窗翘盼，却不见穆王踪影，只有他为受冻百姓所作的《黄竹》哀歌，震天动地，一阵阵传来。诗人援引穆王典故写下此诗，旨在哀悼武宗。武宗是继宪宗之后一位比较有作为的皇帝，但是他迷信神仙，乱服丹药，以致中毒而死，在位仅六年。

诗写“黄竹歌声动地哀”，意在表示民众对武宗之死的痛惜之情，借西王母之口发出“穆王何事不重来”的怅问，表达了作者对于明主早逝的深深遗憾和惋惜。

瑶瑟怨　温庭筠

冰簟银床梦不成[1]，碧天如水夜云轻。
雁声远过潇湘去，十二楼中月自明[2]。

【注释】

①簟：竹席。②十二楼：传说昆仑山上有五城十二楼，是仙人的住处。

【赏析】

诗题为《瑶瑟怨》，暗示所写为女子别离的悲怨。诗中没有正面描写女主人公如何弹瑟抒怨，呈现在我们面前的是孤寂凄凉的背景：冰簟

银床，如水的夜空，清淡的夜云，远过潇湘的大雁，月光笼罩下的玉楼。只有首句中“梦不成”三字透出隐隐怨意，将情与景调和得浑然一体，意蕴深长。

已凉　韩偓

碧阑干外绣帘垂，猩色屏风画折枝[1]。
八尺龙须方锦褥[2]，已凉天气未寒时。

【注释】

①猩色：猩红色。折枝：特指花卉画中只画连枝折下的部分。②龙须：龙须草。

【赏析】

首联描写香阁之内豪华的陈设，尾联中点出时令已至夏去秋来、凉而未寒之际，全篇不曾出现主人公的身影。再仔细一读，那八尺龙须岂非主人所铺？天气初凉便将冬季保暖之物用上，如不是终日在寂寞空虚中渴望爱情的闺中女子，又有谁能似这般的敏感而害怕寒冷？全诗构思奇巧，委婉含蓄，虽通篇是景，亦不难读出其中孤冷况味。

马嵬坡　郑畋

玄宗回马杨妃死[1]，云雨难忘日月新[2]。
终是圣明天子事，景阳宫井又何人[3]。

【注释】

①回马：指唐玄宗由蜀中回长安。②“云雨”句：意为玄宗、贵妃之间的恩爱虽难忘却，而战乱已平，国家有中兴之望。③景阳宫井：亡国之君陈后主闻隋兵至，携宠妃张丽华投景阳宫井中躲藏。

【赏析】

玄宗于马嵬坡前赐杨妃自缢以安军心，陈后主闻隋兵至，于是携妃子躲入景阳宫井中。诗文以此二事作对比，意在说明玄宗不失为“圣明天子”，褒扬其于危急时刻能识大体，虽然在情感上忍受痛苦，但毕竟为日后河山重光做出了明智

的选择。玄宗赐杨妃死实出无奈，作者写本篇的初衷是为主上讳过，时人认为他为人忠厚，称其有宰相器。

金陵图　　韦庄

江雨霏霏江草齐，六朝如梦鸟空啼①。
无情最是台城柳②，依旧烟笼十里堤。

【注释】

①六朝：指建都于金陵（今南京）的吴、东晋、宋、齐、梁、陈六个朝代。②台城：六朝宫城，又名苑城。

【赏析】

金陵为六朝建都所在，六朝更迭，如云聚云散，频繁而无常，故后人诗歌凡咏金陵者，多提及六朝，凡提及六朝者，又多抒发兴亡之感。此诗也是吟咏兴亡，所不同者，诗中重墨写柳之无情，以其见证人世变迁而无动于衷、空自繁茂来衬托人之有情，抒发诗人对于世事如梦似烟的感慨。

陇西行　　陈陶

誓扫匈奴不顾身，五千貂锦丧胡尘①。
可怜无定河边骨②，犹是春闺梦里人。

【注释】

①貂锦：汉羽林军着貂裘锦衣。此处指出征将士。②无定河：黄河中游支流，因流急且深浅不定而得名。

【赏析】

他当年辞别了家乡亲人而从军，为的是保家护国，建功立业。一次紧急的出

征，他与五千将士追随着主帅深入敌境，誓要扫平匈奴。然而天违人愿，抑或筹策不周，全军覆没竟是最终的结局。他出征时身着的貂裘锦衣，经刀剑砍斫、利镞贯穿之后，覆盖在他无人收拾的尸骨上，一任风吹日晒，雨打霜侵。让人叹惋的还有他仍在故乡守候的妻子，她并不知道他已殒命绝域，还在日日盼望着他的归来，夜夜都在梦中回忆着往日的甜蜜，畅想着团圆的将来。

寄　人　　张泌

别梦依依到谢家[1]，小廊回合曲阑斜。

多情只有春庭月，犹为离人照落花。

【注释】

①谢家：唐诗中常以谢娘称自己所喜爱的女子。

【赏析】

于梦境中迤逦寻去，为的是那久久不能开解的心结；走在曾经穿过千百次的曲折小廊里，胸中依旧是那份急于见到她的冲动。然而这毕竟是在梦里，一切都漂浮在迷幻的烟雾中，总是有些可望而不可即。然而就在这样的梦里，却不能拥有再望她一眼的幸运，旧日庭院，只有明月依旧洒下如水清光，映照着伤心的诗人和他身前身后的簌簌落花。

杂　诗　　无名氏

近寒食雨草萋萋，著麦苗风柳映堤。

等是有家归未得，杜鹃休向耳边啼。

【赏析】

临近寒食，雨雾濛濛，春草萋萋，和风吹拂着青青的麦田，杨柳掩映着长长的河堤。作者于异乡雨中独行，心中满是有家而不能回的凄凉与落寞，所以当杜鹃鸟“不如归去”“不如归去”地鸣唱起来的时候，引出的是他“杜鹃休向耳边啼”的牢骚。本诗写景寄情，景色柔美，情真意切。

秋夜曲　王维

桂魄初生秋露微，轻罗已薄未更衣。
银筝夜久殷勤弄，心怯空房不忍归。

【赏析】

明月初上，秋露滋生，女子身上的罗衫已显单薄，但她却不去更衣，犹自在庭院中殷勤地弹奏着银筝，直到深夜。尾句道出女子的心事：她久久不愿回屋，是因为惧怕空屋独眠的冰冷寂寞。诗文前三句都是从侧面入手，渲染环境的清寂，描写女子的外在情态，而其内心世界一经尾句点破，全诗随之血脉贯通，人物情思因此而被表现得丰满传神。

渭城曲　王维

渭城朝雨浥轻尘，客舍青青柳色新。
劝君更尽一杯酒，西出阳关无故人。

【赏析】

朋友即将离去的那个清晨，似乎是得到了上天的照顾，一场淅淅沥沥的小雨过后，驿道上的尘土不再飞扬，客舍旁的柳色为之一新。饯行酒已饮过很多，作者终于不能将友人挽留，于是最后一次劝酒道：请君再饮一杯吧，西出阳关后，恐怕就难遇到故人了。此诗辞浅情深，宜歌宜画，当时即被谱为《阳关三叠》歌曲，流传至今。

出　塞　王之涣

黄河远上白云间，一片孤城万仞山。
羌笛何须怨杨柳，春风不度玉门关。

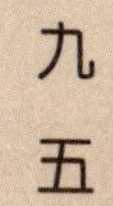

【赏析】

前两句尺幅万里，极写塞外山河气势，将群山之苍茫迥拔，黄河之绵长逶迤，由东至西，由低至高，逆笔绘出，其间更加孤城一座，俯视四野，雄浑苍凉之气浮于纸面。后两句借埋怨呜咽羌笛无须再奏凄怆《杨柳》，陈述千载难解玉关之情，尽寓世世征人悲苦，代代胡汉恩怨，读罢让人悱恻伤怀。

清平调（其一） 李白

云想衣裳花想容，春风拂槛露华浓。
若非群玉山头见，会向瑶台月下逢。

清平调（其二） 李白

一枝红艳露凝香，云雨巫山枉断肠。
借问汉宫谁得似，可怜飞燕倚新妆。

清平调（其三） 李白

名花倾国两相欢，常得君王带笑看。
解释春风无限恨①，沉香亭北倚阑杆。

【注释】

①解释：消释。

【赏析】

据载，唐玄宗与杨贵妃曾于牡丹盛开之际来到沉香亭前赏花，兴之所至，命其时供奉翰林的李白别创新词。李白于醉中赋得此《清平调》三首，深为帝妃喜爱。

这三首诗无不是将花与人结合起来写，而其旨还在赞颂杨贵妃超凡脱俗的容貌仪态。从第一首感叹如贵妃一般的人儿只有仙境才能遇到，到第二首以牡丹含露摹拟她的娇艳之态，安排巫山神女空自惆怅、汉宫飞燕甘拜下风的情节，到第三首捕捉名花佳人相互映照的情景，君王面对贵妃时眼角嘴边掩饰不住的笑意，使得杨贵妃的美丽酝酿在仙境，在人间，在花里，在夫妻恩爱中，在造物对此杰作的自叹里，那样卓荦超群、那样沁人心脾。

长信怨　王昌龄

奉帚平明金殿开[①]，暂将团扇共徘徊。
玉颜不及寒鸦色，犹带昭阳日影来[②]。

【注释】

①奉帚：手持扫帚。　②昭阳：赵合德所居之昭阳宫。

【赏析】

班婕妤最初因美丽贤惠而受到汉成帝爱重，后因赵飞燕、赵合德姐妹二人入宫而失宠，于是自请至长信宫侍奉太后。相传她曾作《团扇歌》，歌中云：“常恐秋节至，凉飙夺炎热。弃捐箧笥中，恩情中道绝。”

本诗中写女主人公手把团扇徘徊，暗示主人公的命运好像团扇一样。末联尤为绝妙，道寒鸦尚能沾些皇帝临幸的光彩，而玉颜却空自憔悴，不能得到些微的恩爱关怀，幽怨之意一出，让人感到悲凉无限。

出　塞　王昌龄

秦时明月汉时关，万里长征人未还。
但使龙城飞将在[①]，不教胡马度阴山。

【注释】

①但使：只要。龙城：在今河北省喜峰口一带，为汉代右北平郡所在地。汉武帝曾用李广为右北平太守。匈奴闻之，数年不敢来犯。龙城飞将：指西汉名将李广，匈奴称之为“汉之飞将军”。

【赏析】

自秦、汉以来的悠远时间，万里塞外的广阔空间，世世代代不断修筑的关城，前仆后继、去而不返的征人。这一切都令诗人不仅发思古之幽情，而且道出由衷的心愿：热切盼望朝廷能招贤纳士，使像飞将军李广一样的良将镇守边关，让胡人退避三舍，不再敢肆虐猖獗。此诗历来受到诗评家们的高度推崇，被称为唐人七绝的压卷之作。

金缕衣　　杜秋娘

劝君莫惜金缕衣，劝君惜取少年时。

花开堪折直须折，莫待无花空折枝。

【赏析】

作这首诗的人的初衷，恐怕意在劝冶游于青楼妓馆的人莫惜金钱，风流潇洒要趁少年之时，妩媚伊人莫要错过。然而一首诗之所以能够产生深远的影响，往往在于它所表达出的并不只限于作者创作它的那一刻所要表达的东西，而是一些普遍的，具有共同性的道理和情感。就像这篇作品，你可以说它是在劝人们要珍惜青春，你可以说它是在劝人们要珍惜机缘，但它蕴含着深刻哲理却又明白如话的语句让人读过一次便能铭记心中，时刻警醒着人们。

下篇

宋词三百首

菩萨蛮　李白

平林漠漠烟如织，寒山一带伤心碧。暝色入高楼，有人楼上愁。
玉阶空伫立，宿鸟归飞急。何处是归程？长亭更短亭。

【赏析】

词写思归之情。黄昏时分，作者伫立于高楼之上，眼前是一片苍茫暮色。平林、寒山、烟霭交织在一起，构成了一幅清冷凄迷的画面。见鸟儿归飞甚急，他心头泛起游子的悲凉：鸟儿尚能归巢，而我的客居生活却不知何日结束；通往家乡的道路，长亭连接着短亭，漫长得望也望不到尽头！

忆秦娥　李白

箫声咽[①]。秦娥梦断秦楼月。秦楼月。
年年柳色，灞陵伤别[②]。
乐游原上清秋节[③]，咸阳古道音尘绝。
音尘绝。西风残照，汉家陵阙。

【注释】

①箫声咽：《列仙传》载，“箫史者，秦穆公时人也。善吹箫，能致孔雀、白鹤于庭。穆公有女字弄玉，好之，公遂妻焉。日教弄玉作凤鸣，居数年，吹似凤声，凤凰来止其屋。公为作凤台，夫妇止其上，不下数年，一日皆随凤凰飞去”。②灞陵：即“霸陵”，因汉文帝葬于此而得名，为唐人送别之处。③乐游原：在今陕西西安市南，是唐代的登游胜地。

【赏析】

箫声呜咽，扰断秦娥梦境，她醒来看到月色朦胧。多少次月下怀想，年年的杨柳枯荣，当年与恋人在灞陵分别的情景还历历在目。只是清秋节里，

乐游原的胜景如今只能自己一人前去游赏，自从分别，迎来送往的咸阳古道便再没有他的消息。但苦盼依旧，西风残照中，汉家陵园外，是女子独自守候的身影。

秋风清　李白

秋风清，秋月明。落叶聚还散，寒鸦栖复惊。相思相见知何日，此时此夜难为情!

【赏析】

秋风清，秋风明，独自静默怀远，词中人不胜伤怀。

落叶随风，聚而又散，乌鸦鸣寒，栖而复惊。别离以后，时常怅问的是“思念你，但不知何时才能再见你”；此时此夜，暗自叹息的是秋月秋风下，愈浓的思念让“我”难以为情。

渔歌子　张志和

西塞山前白鹭飞，桃花流水鳜鱼肥。青箬笠，绿蓑衣，斜风细雨不须归。

【赏析】

这首小令是渔歌，写的是渔隐之乐。西塞山前悠闲地飞翔着几只白鹭，西塞山下桃花含笑，春江水涨，鳜鱼正肥。如果是晴天前往自可感受春之明丽，如果赶上丝丝细雨，便可戴起青箬笠，披上绿蓑衣，在斜风细雨中闲支钓竿，感受春的温柔。

调笑令　戴叔伦

边草，边草，边草尽来兵老。山南山北雪晴，千里万里月明。明月，明月，胡笳一声愁绝。

【赏析】

词写一位戍边老兵思乡的悲苦：边塞的野草啊，当你葱郁的生命即将枯萎时，“我”这久戍的士兵也熬老了。这里山南山北都被茫茫白雪覆盖，凄清、洁净；每当千里万里同看一轮明月升起，“我”便对着它思念“我”的故乡。明月啊，明月，悲凉的胡笳声响起，“我”就会十分忧伤，愁绪满怀。

调笑令　王建

团扇[①]，团扇，美人病来遮面。玉颜憔悴三年，谁复商量管弦？弦管，弦管，春草昭阳路断[②]。

【注释】

①团扇：圆形的扇子。②昭阳：昭阳殿。汉成帝与宠妃赵合德歌舞行乐的地方。

【赏析】

西汉成帝时，失宠的班婕妤作《团扇歌》，说自己的命运如同团扇一样，团扇随着秋风的到来而被人弃置一旁，自己则因为新人的到来而遭受冷落。此词与《团扇歌》可谓异曲同工。

词中美人因病憔悴三年，再也唤不回陪伴君王调弦弄管、歌舞行乐的日子，因而叹息春天虽来，然而承恩受宠的“昭阳路”已断，剩下的只有凄恻忧伤。

竹枝词　刘禹锡

山桃红花满上头，蜀江春水拍山流。
花红易衰似郎意，水流无限似侬愁。

【赏析】

满山遍野火红的山桃花，拍山而流的蜀江春水。女子用山桃开放得热烈但却不能长久比喻情郎对自己的情意，用无休无止的水流比喻自己深深的哀愁。小令充满了民歌情调，真挚朴素，十分感人。

潇湘神　刘禹锡

斑竹枝，斑竹枝，泪痕点点寄相思。楚客欲听瑶瑟怨，潇湘深夜月明时。

【赏析】

湘妃竹上的点点与斑斑，是传说中娥皇、女英在舜帝去世后因为思念而留下的泪痕。作者贬谪楚地，对竹凭吊，心中满是哀怨。他说在楚地为客的人如果想要听到湘灵弹奏的《瑶瑟怨》，就要等到潇湘深夜月明时分。

忆江南　白居易

江南好，风景旧曾谙[①]。日出江花红胜火，春来江水绿如蓝[②]，能不忆江南？

【注释】

①谙（ān）：熟悉。②蓝：蓝草，其叶可制青绿染料。

【赏析】

这一首以色彩取胜，作者不遗余力，以浓墨重彩渲染江南风景。然而这色彩与画布上所能呈现的又有不同，因为花红胜火、水绿如蓝的描绘不仅有色，更带出了春天热烈奔放、蓬勃兴旺的生意。这种高度的艺术提炼，千百年让人们永忆这胜似画图的江南春。

忆江南　白居易

江南忆，最忆是杭州。山寺月中寻桂子，郡亭枕上看潮头，何日更重游？

【赏析】

回忆江南，最让作者魂牵梦系的是杭州。作者用“山寺月中寻桂子，郡亭枕上看潮头”两个生活剪影，生动地道出了居住在杭州时生活的惬意与安闲，并在结尾处表达出对重游之日的热切盼望，对其地的一片由衷喜爱之情溢出纸面。

长相思　白居易

汴水流[①]，泗水流[②]，流到瓜洲古渡头[③]。吴山点点愁。

思悠悠，恨悠悠，恨到归时方始休。月明人倚楼。

【注释】

①汴水：源于河南，与泗水合流后入淮河。②泗水：源于山东曲阜，至徐州与汴水合流入淮河。③瓜洲：在今江苏省扬州市南面，因形状似瓜而得名。

【赏析】

此词写一位女子对远行的爱人的思念。

汴水汇入泗水后入淮河，进而与长江上的瓜洲渡相通，这大概也就是丈夫出行的路线。行人至今未归，女子望穿秋水，心中千般惦念万般相思，纠缠难解，无怪乎在她眼中那点点吴山似也知情识意地黯淡了颜色，与她一起忧愁。

她想啊，盼啊，由爱而生恨，恨丈夫的久出不归。然而这恨却是有期限的，那就是丈夫归来之时。月明星稀的夜晚，她又如往常一样地倚楼独坐，默默地在思索着些什么。

花非花　白居易

花非花，雾非雾。夜半来，天明去。来如春梦不多时，去似朝云无觅处。

【赏析】

此词写于诗人出任杭州刺史以后。这时的白居易已年过半百，被贬谪的忧惧创伤已经愈合，在苏杭这繁华富丽的地方，过着悠闲自得的生活。

这是一首描写歌妓的词。作者形容歌妓似花而不是花，似雾而不是雾，不但写出了她们美丽、轻盈和绰约的风姿，同时表现出她们神秘飘忽、难以捉摸的行踪。她们夜半前来侑酒侍宴，天明之时便各自离去，来如美好短暂的春天梦境，去似朝云流散，无觅踪影。

浪淘沙① 白居易

借问江潮与海水，何似君心与妾心？
相恨不如潮有信，相思始觉海非深。

【注释】

①浪淘沙：《浪淘沙》本是白居易的自度曲，形式与七言绝句相同，到宋代逐渐发展为长短句。

【赏析】

盼人不归的女子借问江潮与海水：何似君情，何似妾心？她恨情人不能像潮水一样来去有定时，想他的时候她深深地体会到，海深不如思念之深。

采莲子 皇甫松

菡萏香连十顷陂，小姑贪戏采莲迟。晚来弄水船头湿，更脱红裙裹鸭儿。

【赏析】

此词刻画了一位天真活泼的少女形象。十里荷塘，处处洋溢着荷花的清香，

小姑娘玩耍其中，几乎忘记了有莲蓬要采。天色渐晚，可她却不急不慌，坐在船头赤脚打着水，将船头溅得湿淋淋的。眼见她站起身来，还道她是要撑船回家了，哪料到她脱下了自己的红裙，轻轻地将鸭儿裹抱。

梦江南　　皇甫松

兰烬落，屏上暗红蕉。闲梦江南梅熟日，夜船吹笛雨潇潇。人语驿边桥。

【赏析】

此词写作者梦回江南的情景。夜已深沉，香烛燃尽，屏风上艳红的美人蕉图案也随之黯淡了下去。寂寞的作者闲梦起那个梅子初熟的江南夏日，那天的潇潇夜雨，还有客船上传来的悠悠笛声。别离之时，还有呢喃细语。作者的梦并非是真梦，而是回忆。

望江南　　温庭筠

梳洗罢，独倚望江楼。过尽千帆皆不是，斜晖脉脉水悠悠。肠断白蘋洲。

【赏析】

这首小令写的是闺思。女子自清晨梳洗完毕便倚楼眺望直到夕阳西下，看千帆过尽，独不见游子的归船，心中满是伤感与失望。“斜辉脉脉水悠悠”不但写景，同时也是写倚楼人的情脉脉、思悠悠，“肠断白蘋洲”的戛然而止，语简，情深，余意不尽。

菩萨蛮　　温庭筠

小山重叠金明灭，鬓云欲度香腮雪。懒起画蛾眉，弄妆梳洗迟。

照花前后镜，花面交相映。新帖绣罗襦，双双金鹧鸪。

【赏析】

画屏上重叠的小山伴随着阳光的移动忽明忽暗，暗示出时间已经不早了。美人缓缓起得床来，光滑的秀发半垂香腮，宛如乌云度雪。她懒洋洋地起身画眉，恹恹地梳洗上妆。梳妆完毕后用两面镜子察看面容发髻是否满意，双镜辉映着她如花般的容貌。词文最后写新制罗袄上金线绣成的一对鹧鸪，以它们的华丽但却没有生气衬托美人的生活，以它们的成对成双对比美人的孤单寂寞。深含“岂无膏沐，谁适为容”的幽怨。

更漏子　温庭筠

柳丝长，春雨细，花外漏声迢递。惊塞雁，起城乌，画屏金鹧鸪。香雾薄，透帘幕，惆怅谢家池阁。红烛背，绣帘垂，梦长君不知。

【赏析】

柳丝长长，春雨绵绵，花外传来悠远漏声。漏声清寥，惊起栖于关隘的大雁，惊起宿于城头的乌鸦，但闺阁内画屏上的金鹧鸪依旧。闺阁内香雾缥缈，透入层层帘幕，弥漫了女子的卧榻。女子惆怅不眠，继而背向红烛，放下绣帘，欲寻一梦，在梦中与他相会；却又不禁想到：纵使一夜长梦，他也未必知道，自己这份痴情终是徒劳无益啊。

菩萨蛮　韦庄

红楼别夜堪惆怅，香灯半卷流苏帐[①]。残月出门时，美人和泪辞。琵琶金翠羽，弦上黄莺语[②]。劝我早归家，绿窗人似花。

【注释】

①流苏：绒线制成的穗子。②黄莺语：形容弦音婉转清越。

【赏析】

作者于画楼之上与心上人共守这别离前的最后一夜，香灯下，罗帐半卷，二

人无语相对。别离时分，夜色阑珊，残月将落，美人噙着泪水向作者道别。她拿出金翠羽装饰的琵琶，拨出作者熟悉的婉转琴音，轻轻唱起“早些回来，绿窗人似花”的曲子，要让作者记得，绿窗前的人儿像花儿一样的美丽，也像花儿一样容易凋零。

菩萨蛮　　韦庄

人人尽说江南好，游人只合江南老。春水碧于天，画船听雨眠。垆边人似月，皓腕凝霜雪。未老莫还乡，还乡须断肠。

【赏析】

江南的美好是人人皆知的，但没有真正到过江南的人恐怕不会有如此强烈深刻的感受。碧于天的春水，听雨眠的画船，这般景致情调，已经令人流连忘返，日不思归，哪堪再与那皓腕凝雪、当垆卖酒的“垆边人”脉脉相视？无怪乎作者会发出“未老莫还乡，还乡须断肠”的感慨。

菩萨蛮　　韦庄

劝君今夜须沉醉，樽前莫话明朝事①。珍重主人心，酒深情亦深。须愁春漏短②，莫诉金杯满。遇酒且呵呵，人生能几何。

【注释】

①樽：酒杯。②漏：漏壶，古时滴水计时的仪器。

【赏析】

“劝君今夜须沉醉，樽前莫话明朝事”与唐代诗人罗隐《自遣》中“今朝有酒今朝醉，明日愁来明日愁”如出一辙，然而两位作者的心情却不相同。罗隐作词是为了排遣胸中郁闷，韦庄作词则是为了要答谢欢宴主人的深情厚意，并以此词助酒兴，让所有人尽敞胸怀，放情欢乐。

主人屡屡向宾客们敬酒，“酒深情亦深”，不正是他举着斟满的酒杯，盛情邀请来宾畅饮尽兴的生动写照吗？作者深深地为主人的真诚所打动，他于是更致侑酒之词，告诉大家：良宵短暂，不可忸怩作态，说什么我的酒量不好，还是少饮一些的话语。人活一世，应得乐就乐，得醉且醉，岂不闻曹孟德“对酒当歌，人生几何”之歌乎？

人常言此词中蕴含的是作者对前路迷茫而又无可奈何的心情，但这里不做深究，只当劝酒词来读。

女冠子　　韦庄

四月十七，正是去年今日。别君时。忍泪佯低面，含羞半敛眉。

不知魂已断，空有梦相随。除却天边月，没人知。

【赏析】

四月十七日这天对于作者来说是一个特殊的日子。去年的这一天，他离开了自己心爱的人。他还能清楚地记得离别时她假装低头实则强忍泪水的样子，忘不掉她娇羞可人的面容，还有那半蹙的柳眉间隐约可见的忧伤。作者与她分别时但觉肝肠寸断，分别后则是魂系梦牵。

岁月流逝，转眼间一年过去，伊人已不知去向。今天，四月十七，他仰望夜空，向她遥寄自己难释的情怀，叹息情之深、思之苦怕只有天边的月儿才能明了了。

女冠子　　韦庄

昨夜夜半，枕上分明梦见。语多时。依旧桃花面，频低柳叶眉。

半羞还半喜，欲去又依依。觉来知是梦，不胜悲。

【赏析】

韦庄以文才闻名于蜀中，王建割据蜀地，将韦庄羁留。韦庄有爱姬，姿质艳丽，擅长诗词，王建以教授宫人为借口将其强夺去。韦庄追怀爱姬，忧伤不已，写了许多寄情之作。词情凄婉，人相传诵，姬闻之，不食而卒。

作者于梦中见到了朝思暮想的她，并向她倾诉了多时。她依旧是那样美丽可

人，面似桃花，频频低下柳叶一样的眉毛；半带娇羞，半带喜色，欲走还留，依依不舍。一觉醒来，知道一切都是梦境，作者不胜悲怀。

思帝乡　韦庄

春日游，杏花吹满头。陌上谁家年少，足风流。妾拟将身嫁与，一生休。纵被无情弃，不能羞。

【赏析】

春游中的少女在田间小路上偶遇少年，少年的风流潇洒深深地打动了她，让她顿生爱慕之情。冲动之下，女子在心中做出了要将终身托付给少年的决定，并且愿意为这样的决定承担风险——就算是有一天被无情地抛弃，我也无怨无悔。

浣溪沙　薛昭蕴

红蓼渡头秋正雨，印沙鸥迹自成行。整鬟飘袖野风香[1]。
不语含嚬深浦里[2]，几回愁煞棹船郎。燕归帆尽水茫茫。

【注释】

①整鬟：梳理头发。②含嚬（pín）：愁眉不展。浦：水滨。

【赏析】

秋雨渡头，红蓼深浦，沙滩上印着成行的燕鸥足迹。一位女子独立渡口，时而用手理一下被风吹乱的头发，冷冷的空气中，飘散着她罗袖里透出的清香。她是在送别爱人，当爱人的小舟即将离岸而去，她眉头紧锁、愁容满面的模样又怎能不让他牵肠挂肚，欲走还留？这送别时分的儿女情长是撑船人眼中的麻烦事，但饱含着离人千般的难分难舍。天色渐晚，燕子回巢，爱人的小船早已消失，而女子却还在江边久久伫立，眼前是一片烟水茫茫。

梦江南　牛峤

衔泥燕，飞到画堂前。占得杏梁安稳处，体轻唯有主人怜。堪

美好姻缘。

【赏析】

本篇为咏物词，借咏燕写闺怨。春日里，一双燕子飞去飞回，匆匆忙忙地衔泥筑巢。它们将巢安在房屋的杏色梁栋上，小夫妻从此有了安身落脚的地方，成就了美好的姻缘。这一幕被屋内的女子看在眼里，羡慕在心中。燕子双宿双飞，可自己却终日独守空闺，打发着寂寞无聊的时日，她的心头不禁泛起阵阵悲苦。虽然形影不离、恩恩爱爱的只是燕子，但它们让女子冰冷的世界里多了一丝暖意，因而她对它们格外怜爱，就像呵护自己理想中的爱情。

生查子　　牛希济

新月曲如眉，未有团圞意。红豆不堪看[1]，满眼相思泪。

终日劈桃穰[2]，人在心儿里。两朵隔墙花，早晚成连理[3]。

【注释】

①红豆：又名相思子。②桃穰（ráng）：桃核。③连理：指不同根却生长在一起的草木。

【赏析】

词写少女苦恋之情。上阕写女子眼含相思热泪，不忍看窗外红豆累累；见新月如眉，更觉团圆遥遥无期。将相思之苦刻画得入木三分。下阕用“终日劈桃穰，人在心儿里”比喻恋人深藏在自己心里，含蓄道出此生不渝的深深情意。结句更以“两朵隔墙花，早晚成连理”寄托了有情人终成眷属的执着信念。

巫山一段云　　李珣

古庙依青嶂[1]，行宫枕碧流[2]。水声山色锁妆楼，往事思悠悠。

云雨朝还暮，烟花春复秋。啼猿何必近孤舟，行客自多愁。

【注释】

①青嶂：青翠的山峰。②行宫：当指高唐宫观。宋玉随楚襄王游云梦台馆，望高唐宫观，言先王（怀王）梦与巫山神女相会于此。

【赏析】

神女祠坐落在青翠的巫山脚下，细腰宫枕着澄碧的溪流。在水声山色中，作者望见宫墙内的妆楼，不禁想起楚怀王梦会巫山神女的前尘往事。他继而因这段象征着男欢女爱的传说忆起自己轻狂的年少，那时的自己终日混迹于烟花柳巷，遍尝了感情的苦辣酸甜，经历了几多欣慰、几多哀愁，荒废了多少青春岁月；如今思来，怎不让人悲慨万分？伤情之下，作者已无法再承受山间传来的猿猱哀鸣声，他不禁向这猿声抱怨道："何必一再地飘进我这小舟呢，行人已经不胜忧愁了。"

南乡子　　李珣

乘彩舫，过莲塘。棹歌惊起睡鸳鸯。游女带香偎伴笑，争窈窕，竞折团荷遮晚照。

【赏析】

词写一群姑娘在夏日莲塘中泛舟游乐嬉戏的情景。她们乘着画船，笑着，闹着，相互依偎着，唱起清悠婉转的船歌，欢声笑语充斥在莲塘的上空，沉睡的鸳鸯也为之惊醒。当太阳走到了西边，她们竞相折下荷叶来遮挡晚照。其实遮挡晚照是假，看谁在柔美霞光的衬托下最为美丽才是真。

诉衷情　　顾夐

永夜抛人何处去？绝来音。香阁掩，眉敛，月将沉。争忍不相寻？怨孤衾。换我心，为你心，始知相忆深。

【赏析】

长夜漫漫，心上人丢下自己，音信全无，不知所踪。女子虚掩房门，半皱柳眉，静坐良久，直到月儿将沉。不眠是因为相思，她又因相思而生怨，怨孤衾独处，怨自己无法不想他。她说：将我的心换成了你的心，你就会知道我对你的依恋是多么深挚了！

浣溪沙　孙光宪

蓼岸风多橘柚香，江边一望楚天长。片帆烟际闪孤光。

目送征鸿飞杳杳，思随流水去茫茫。兰红波碧忆潇湘。

【赏析】

词写送别。凉秋季节，作者于长满蓼花的江岸目送友人的小船渐行渐远，心中有说不出的伤感和眷恋。那片孤帆在日光下闪闪烁烁，若隐若现，最后消失在楚天辽远的边际。此时伴随在作者身边的，只剩下阵阵冷风，还有弥散在风中的橘柚的清香。

朋友之去，宛如大雁远飞，而作者的思绪也随着载送朋友行舟的流水茫茫远去。他希望友人能记住这里盛开的红兰、澄碧的江水，记住美丽的潇湘，记住生活在潇湘的自己。

谒金门　冯延巳

风乍起[①]，吹皱一池春水。闲引鸳鸯香径里，手挼红杏蕊[②]。

斗鸭阑干独倚，碧玉搔头斜坠[③]。终日望君君不至，举头闻鹊喜。

【注释】

①乍：忽然。②挼（ruó）：揉搓。③碧玉搔头：即碧玉发簪。

【赏析】

忽然到来的一阵和风，不但吹得一池春水波光粼粼，更让思妇的心中起了波澜。春光正好，她时而于花径之上闲引鸳鸯，时而百无聊赖地揉搓红杏花蕊，时而闲倚着栏杆看鸭儿争斗，出神得连碧玉发簪斜坠到鬓边也没有意识到。是鸭儿争斗使女子聚精会神地观赏而忘了自

己吗？——是孤独的愁思让她走了神，她正为“终日望君君不至”而愁苦和恹恹。深锁的庭院隔绝了尘世，却将思念之情浓缩。当几声喜鹊的喧闹传入耳中，她抬起头来，满脸是对郎君归来的喜讯的渴盼。

鹊踏枝　冯延巳

谁道闲情抛掷久？每到春来，惆怅还依旧。日日花前常病酒[①]，不辞镜里朱颜瘦。

河畔青芜堤上柳[②]，为问新愁，何事年年有？独立小桥风满袖，平林新月人归后。

【注释】

①病酒：因常醉酒而病。②芜：小草。

【赏析】

《鹊踏枝》本为唐教坊曲名，后沿用为词牌，五代时渐变，名为《蝶恋花》，宋以后以《蝶恋花》为名。

谁说闲情抛弃了很久，作者说，每到春来，他还是惆怅依旧。作者的闲情缘于惜春，他面对鲜花而心忧明媚春光转瞬即逝，所以日日病酒遣怀，不辞镜里容颜日渐消瘦。

漫步在堤岸，看到河畔草青青、堤上柳依依，作者问起为何新愁如青草、绿柳一样春来即长，年年不尽。他独立于小桥上，任凉风鼓荡衣袖，直到新月从平齐的树林间升起，直到行人尽归、月明林静。

鹊踏枝　冯延巳

几日行云何处去？忘却归来，不道春将暮。百草千花寒食路，香车系在谁家树？

泪眼倚楼频独语。双燕来时，陌上相逢否？撩乱春愁如柳絮，悠悠梦里无寻处。

【赏析】

行云比喻情郎，词中女子因为几天没有关于他的消息而感到焦急，心生幽怨，埋怨他不懂春光易逝、红颜易老。她因春天里的百草千花而联想到人间的“百草千花”，猜测着他一路寻花问柳，香车不知系在谁家的树前。痴情而忧伤的女子独倚高楼，噙着泪水，频频问询双燕：你们飞来的时候，是否遇到他正走在归来的路上？她心乱如麻，愁如柳絮纷扰心中；欲向梦里将他寻觅，但梦境悠长，她茫然而不得寻处。

清平乐　冯延巳

雨晴烟晚，绿水新池满。双燕飞来垂柳院，小阁画帘高卷。

黄昏独倚朱阑，西南新月眉弯。砌下落花风起，罗衣特地春寒。

【赏析】

雨过天晴，暮烟渐浓，雨后的一池绿水更加新鲜饱满。双燕比翼盘旋在栽种着垂柳的庭院的上空，庭院里的闺阁画帘高卷。女主人公独倚窗前的红色栏杆，由黄昏坐到天空升起眉弯般的新月，坐到楼下石阶刮起夜风，卷起落花，身着罗衣的她，但觉今夜春寒让人格外难耐。

长命女　冯延巳

春日宴，绿酒一杯歌一遍，再拜陈三愿：一愿郎君千岁，二愿妾身常健；三愿如同梁上燕，岁岁长相见。

【赏析】

此词以女子的口吻说出了她的三个心愿：一愿郎君长寿；二愿自己永远健康；三愿两人如同梁上燕，每年都能有相见的时候。值得玩味的是，“如同梁上燕”透露出了女子的身份。因为燕子是候鸟，并不是一年四季都在同一个屋檐下住着，

所以曲中的这对恋人并非是长相厮守的正式夫妻，女子也应是歌妓一类的身份，但这并不成为男女间深深情意的阻碍。

浣溪沙　李璟

手卷珠帘上玉钩，依前春恨锁重楼。风里落花谁是主？思悠悠。

青鸟不传云外信，丁香空结雨中愁。回首绿波春色暮，接天流。

【赏析】

南唐元宗李璟在位期间，后周世宗柴荣屡次派兵讨伐南唐，南唐军屡战屡败，李璟被迫纳贡称臣，南唐处于一片风雨飘摇之中。

轻卷珠帘，闲挂玉钩，年年依旧的春恨笼罩着重重阁楼；风起花落，落花有谁为之做主，词人思绪悠悠，总盼青鸟能带来云外的慰抚，但唯有雨中的结子丁香，伴他一同愁思百结。情深无奈，词人怅然回望，满目是将尽的春色，还有一波绿水流向暮色苍茫的天边，似他无限弥漫的脉脉忧愁。

浣溪沙　李璟

菡萏香销翠叶残，西风愁起绿波间。还与韶光共憔悴，不堪看。

细雨梦回鸡塞远，小楼吹彻玉笙寒。多少泪珠无限恨，倚阑干。

【赏析】

飒飒西风吹皱一池绿波，满池荷花香销翠减。见时光衰落、物华将休，人儿也随之愁苦憔悴，不忍再看。午夜梦回，窗外细雨纷纷，她幽叹边关遥远，心为离情别恨所苦，因而再难入眠，独自登上小楼，吹遍玉笙凄凉之曲。曲终，但无法抒尽胸中无限怨恨，伊人潸然落泪，愁倚栏杆。

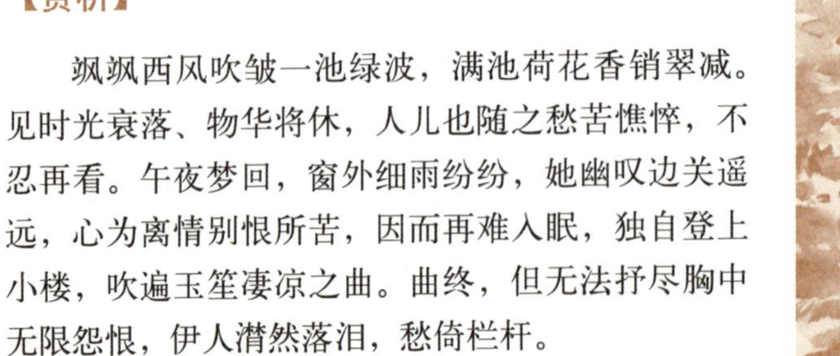

乌夜啼　　李煜

昨夜风兼雨，帘帷飒飒秋声。烛残漏断频欹枕，起坐不能平。

世事漫随流水，算来一梦浮生。醉乡路稳宜频到，此外不堪行。

【赏析】

昨夜风夹雨，帘帷间沙沙作响的，是凄凉萧瑟的秋声。蜡烛已残，记时的滴漏已断，夜已深，词人还是辗转反侧，频频拽枕斜靠，甚至起得床来，始终是难以为眠。

不眠是因为回忆侵上心头，那空随流水的往事前情，恍若一梦的命运变幻让词人不堪回首，现实的痛苦让他不断前往醉乡寻求解脱。用酒麻醉，似乎是最好的办法，深夜不眠的词人，伤叹"此外不堪行"。

虞美人　　李煜

春花秋月何时了，往事知多少？小楼昨夜又东风，故国不堪回首月明中。

雕栏玉砌应犹在，只是朱颜改。问君能有几多愁？恰似一江春水向东流。

【赏析】

李煜被俘至汴京后的第三年生日之际（七月七日）命故妓作乐，唱《虞美人》词，声闻于外，宋太宗大怒，赐酒将他毒死。

春花秋月本是世间美好的景物，然而李后主却发出了"何时了"的感慨，因为春花秋月会引他想起那风流旖旎的过往。只是时移世变，如今身为臣虏，过往因而变得那样的不堪回首。欲思不忍，不思却不能，后主想到了故国的宫殿，想着那雕花的栏杆，白玉的台阶应还在，

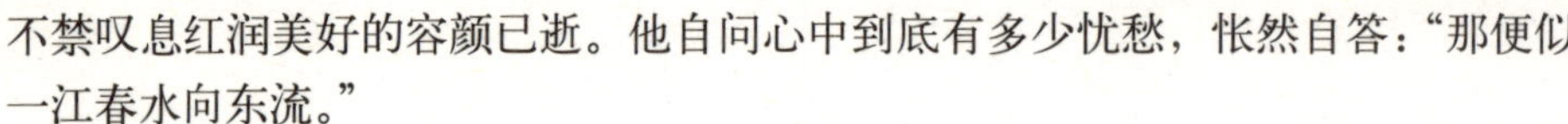

不禁叹息红润美好的容颜已逝。他自问心中到底有多少忧愁，怅然自答："那便似一江春水向东流。"

虞美人　　李煜

风回小院庭芜绿，柳眼春相续[①]。凭阑半日独无言，依旧竹声新月似当年。

笙歌未散尊罍在[②]，池面冰初解。烛明香暗画楼深，满鬓清霜残雪思难任。

【注释】

①柳眼：初发的柳芽。②"笙歌"句：言有笙歌侍宴，美酒盈樽。罍（léi）：酒樽。

【赏析】

又是一年的春天，春风吹绿了庭院里的小草，春意盎然在初发嫩芽的柳枝上。作者凭阑半日，默默无语，沉浸在对过去美好时光的回忆当中。往日悦耳的管弦丝竹之声如在耳边，月下欢宴的场面如在眼前。

被大宋皇帝封为违命侯，虽然过着软禁式的生活，但却还被供给声色美酒。然而，李煜却不能"乐不思蜀"，他的心中，有着太多的沉痛。所以，在这池冰乍融、春气日暖、正合歌舞行乐的时候，词人的小楼是孤寂清冷的烛明香暗；在他揽镜自照时，鬓发已然斑白——倚阑久久而思，至此倍难自胜矣。

相见欢　　李煜

无言独上西楼，月如钩。寂寞梧桐深院锁清秋。

剪不断，理还乱，是离愁。别是一般滋味在心头。

【赏析】

此词为后主被软禁于汴京时的作品。从那时到他死的日子里，他写了许多篇小令，每一首都如泣如诉地述说着他心中的哀愁和悔恨。这首《相见欢》，可以说是小令中最为凄婉的作品。

全词明白如话，却蕴含着无限的愁苦情绪，字里行间都能感受到作者深深的落寞与惆怅。他清楚地知道，所有的这些痛苦，都起因于他心中缱绻不去的阵阵“离愁”。这离愁，是告别故国时说不尽的悲痛与悔恨；这离愁，是面对宫人相送时满面的泪水和愧疚；这离愁，是沦为臣虏后对往事的不堪回首，又无法不回首的无奈；这离愁，像千万条没有头没有尾的丝织成的网笼罩在心头，剪不断、理还乱，正所谓“别是一般滋味”，让作者无从解脱，苦不堪言。

相见欢　　李煜

林花谢了春红，太匆匆。无奈朝来寒雨，晚来风。
胭脂泪，留人醉，几时重？自是人生长恨水长东。

【赏析】

看着众多的花儿脱去了春天里的红衣，作者伤感地叹息它们凋谢得太匆匆。花期既短，却又朝来寒雨晚来风。可看到此情此景之人又能如何？挥不散的记忆是粉面娇颜上流下的盈盈泪水，每每想起便令人心醉神迷，但几时才可以与她重逢？作者叹道：人生总有恨，亦如水流长向东。

长相思　　李煜

一重山，两重山，山远天高烟水寒。相思枫叶丹。
菊花开，菊花残，寒雁高飞人未还。一帘风月闲。

【赏析】

词写闺情。女子的丈夫去了北国，久久未归，让闺中的她惆怅不已。如今又到秋天，她日日远眺，希望能在这万物思归的季节盼回丈夫；然而，充满她视野的只有寥廓的天际、重重的山峦和浩渺的烟水。这些都是她与丈夫之间的阻隔，并且

随着秋凉的到来显得格外的冰冷，她与之抗衡的，只有那如红枫般已经烧得热烈的相思之心。寒暑交替，花开花残，青春在空自守候中慢慢流逝，她如何能对他毫无怨言？那高飞的大雁北往南迁尚且有个时日，而他的归来却是遥遥无期，他是否忘记了家中还有娇妻？闺中之苦，苦在思念，苦在一帘柔情爱意无从给予他。

浪淘沙　李煜

帘外雨潺潺，春意阑珊，罗衾不耐五更寒。梦里不知身是客，一晌贪欢。

独自莫凭栏，无限江山。别时容易见时难。流水落花春去也，天上人间。

【赏析】

帘外雨声潺潺，听雨声便可晓得，春天将过。五更梦断，是因为罗被难以抵挡破晓前的寒气，作者因寒冷而醒，醒来回想梦境，深叹梦中可以忘掉现实的残酷，享受须臾的欢乐。他继而警醒自己：独自不要凭栏怀远，那南国的无限江山是别时容易见时难。悠悠过往真如水流花落春去，离开故土以后，人生从此由天上而人间。

清平乐　李煜

别来春半，触目愁肠断。砌下落梅如雪乱，拂了一身还满。

雁来音信无凭，路遥归梦难成。离恨恰如春草，更行更远还生。

【赏析】

乾德四年（966 年），后主七弟入宋不归，后主思念深苦，于是写下此词。

从弟弟入宋到现在，春已过半，看到春光仍在一点一滴地流逝着，作者愁情无限。伫立在台阶上，阶下落梅似雪般纷乱，花瓣沾衣，拂去片刻便又落满。有雁飞过，但不曾带来远人的片纸音讯，山长水阔，远路使梦中也难觅归影。作者离恨满怀，他将之比为春草，无处不在，无限地蔓延、滋生。

捣练子令　李煜

深院静，小庭空，断续寒砧断续风。无奈夜长人不寐，数声和月到帘栊。

【赏析】

秋天的深夜，空静的庭院，断断续续的秋风吹送着断断续续的捣衣声。长夜漫漫，人儿辗转难眠，无奈那捣衣声，和着秋风，伴着月明，偏偏又来到了她的窗户上。

破阵子　李煜

四十年来家国[①]，三千里地山河。凤阁龙楼连霄汉，玉树琼枝作烟萝。几曾识干戈[②]？

一旦归为臣虏，沈腰潘鬓消磨[③]。最是仓皇辞庙日[④]，教坊犹奏别离歌[⑤]。垂泪对宫娥。

【注释】

①四十年句：南唐自建立到最后为宋所灭，历三朝共三十八年。②干戈：指战争。③沈腰：《南史·沈约传》载，沈约怀才不遇，曾写信给好友说自己因病消瘦，以至于要收束腰带。后人因以形容人憔悴消瘦。潘鬓：晋潘岳《秋兴赋》序中云“余春秋三十有二，始见二毛”。后人因以形容人的鬓发斑白。④辞庙：辞别宗庙。指离开南唐祖业，被押赴宋廷。⑤教坊：古时官廷中管理音乐的官署。

【赏析】

以阶下囚的身份对亡国往事做痛定思痛之想，自然不胜感慨系之。四十年来家国基业，三千里地的秀美河山，耸入云霄的凤阁龙楼，玉树琼枝般的奇花佳木……看惯了歌舞升平的后主何曾识得战争。只是一朝成为臣虏，他的精神与肉体都倍感折磨。最让他失魂落魄的记忆是那辞别宗庙、肉袒北上的日子，旧臣都已风流云散，只剩教坊之人仍前来为他奏起别离悲歌，后主千言万语终作无声泪水，他垂泪对宫娥。

临江仙　徐昌图

饮散离亭西去，浮生常恨飘蓬[①]。回头烟柳渐重重。淡云孤雁远，寒日暮天红。

今夜画船何处？潮平淮月朦胧。酒醒人静奈愁浓[②]。残灯孤枕梦，轻浪五更风。

【注释】

①飘蓬：飘飞的蓬草，古人常以飘蓬比喻人的漂泊不定。②奈：怎奈，奈何。

【赏析】

饯别宴散，离亭西去，作者踏上了另一段征程。他怨恨这飞絮飘蓬般四处流落的生活，但行舟一发，岸边烟柳便无可避免地模糊起来，举目所见：淡云孤雁远，寒日暮天红。

自问今夜泊船何处，推想应在那月光朦胧、潮平浪轻的淮河岸边。作者暗自思忖：那该是一个怎样的夜晚？在人皆睡去的静谧里，在酒的麻醉作用退去之后，在只有残灯与孤枕相伴的深更，哪怕徐风轻浪，自己也会因之而从梦里惊醒，继而陷入长长的忧愁与乡思当中。

菩萨蛮　敦煌曲子词

枕前发尽千般愿：要休且待青山烂[①]。水面上秤锤浮，直待黄河彻底枯。

白日参辰现[②]，北斗回南面。休即未能休，且待三更见日头[③]。

【注释】

①休：休弃。②参（shēn）辰：皆为星宿名。参星在西，辰星（即商星）在东，此消彼现，永不相见。③三更见日头：意为半夜三更看见太阳。

【赏析】

敦煌曲子词是清光绪年间在甘肃敦煌县的一个石窟里发现的几百首写本的曲

子词。这些词源于唐代民间，歌唱的范围相当广泛，本篇所写的是一位女子对自己的爱情立下的宣言。

全词从爱情的巅峰一泻而下。爱极深而惧变，于是她在枕前反复立誓发愿：和我分手须等到青山烂，黄河彻底枯，水面上浮秤锤，大白天看到参星、辰星一起出现，北斗星跑到了南天。如此还嫌不够，女子继而又追加道：即使这些事情全部实现也还不能分手，你须半夜三更看到太阳！

鹊踏枝　敦煌曲子词

叵耐灵鹊多谩语[1]，送喜何曾有凭据？几度飞来活捉取，锁上金笼休共语。

比拟好心来送喜[2]，谁知锁我在金笼里。欲他征夫早归来，腾身却放我向青云里。

【注释】

①叵（pǒ）耐：不可忍耐。灵鹊：古人认为鹊能报喜，故称“灵鹊”。②比拟：原来准备。

【赏析】

此词通过人与鹊的对话来传达闺情。上阕是少妇语，她在责怪喜鹊：我真是再也受不了你的虚言妄语了，你每每来送喜，可是何曾灵验过？我如今将你逮住锁在笼里，你且安安静静地反省一下吧！下阕是喜鹊语：我来送喜是好心啊，可你却把我锁在了笼子里。继而又满含期待地叨念：让她的丈夫早些归来吧，我想，到那时候，她一定会打开笼门，腾身将我放飞向青云里。

浣溪沙　敦煌曲子词

五两竿头风欲平[1]，张帆举棹觉船轻。柔橹不施停却棹，是船行。

满眼风光多闪灼，看山恰似走来迎。子细看山山不动[2]，是船行。

【注释】

①五两：古人测风力、风向，以鸡毛五两系于竿头，视鸡毛为风动之状貌来判断风势。②子细：仔细。

【赏析】

竿头五两已然被风吹得平直了，足见风势之大，在这样的风势之下张帆举棹，船儿的轻快是可以想见的。不用摇橹，停住长棹，让船自在地顺风而行，满眼的风光明灭隐约，令人心旷神怡；前方青山越来越近，好似走上前来热情相迎。但仔细看山山不动，船上人方才从错觉中醒识到：是船在行。

望江南　敦煌曲子词

天上月，遥望似一团银。夜久更阑风渐紧[1]，与奴吹散月边云。照见负心人。

【注释】

①更阑：谓长夜将尽。

【赏析】

明月当空，夜阑人静，女子整夜辗转难眠。她希望这渐紧的夜风吹散月边浮云，让月光照见负心人。

点绛唇　王禹偁

雨恨云愁，江南依旧称佳丽[1]。水村渔市，一缕孤烟细。
天际征鸿，遥认行如缀[2]。平生事，此时凝睇[3]，谁会凭阑意。

【注释】

①“江南”句：意为江南风光即使在阴雨天气也一样美丽。②行（háng）如缀：谓雁阵行列整齐。③凝睇（dì）：凝望。

【赏析】

此词为作者谪贬江南时所作。作者有志济世，却因为正义直言而屡遭贬谪，所以心事重重，愁绪满怀。

即使是细雨浓云天气，江南的风景也依旧秀丽。水村渔市坐落的地方，一缕炊烟袅袅，恬静祥和。天边雁阵飞过，行列整齐，遥看宛若连缀在一起。作者感怀平生伤心事，叹息无人懂得自己凭栏怅望的心意。

酒泉子　潘阆

长忆观潮[1]，满郭人争江上望[2]。来疑沧海尽成空，万面鼓声中。

弄潮儿向涛头立[3]，手把红旗旗不湿。别来几向梦中看，梦觉尚心寒。

【注释】

①观潮：指观每年中秋前后的钱塘潮。古人在钱塘潮来临之日要举行隆重的观潮盛典，人们会倾城而出，争相到江堤上观望。②郭：城。③弄潮儿：戏潮的健儿。

【赏析】

经常回忆起观看钱塘潮的情景：人们倾城而出，争相到江堤上观望。当钱塘潮汹涌而来的时候，好像大海的水全被倾泻到了钱塘江中；潮声轰鸣，犹如千万面战鼓齐响。弄潮健儿们手举红旗，迎潮而立，靠着娴熟的技艺踏浪而行，与巨浪狂涛共舞。这一幕幕紧张惊险、动人心魄的场面让作者难以忘怀，所以虽然离开了杭州，还时而梦到。而每次梦醒时，他还总是心有余悸，手脚冰凉。

长相思　林逋

吴山青，越山青，两岸青山相送迎。谁知离别情？

君泪盈，妾泪盈，罗带同心结未成[1]。江头潮已平。

【注释】

①“罗带”句：古时女子常将罗带打成心形的结，送给自己的爱人以示永不分离之愿，

此句是说同心结未打成，爱人就要离去了。

【赏析】

处在钱塘江两岸的吴山、越山，自古以来便见惯了人间的迎来送往；山色青翠，不曾因为人间的儿女情长而动容。然而在此分别的人们，常常是怀着缠绵悱恻的心情，忍受着肝肠寸断的痛楚。分别的时刻，他泪眼盈盈，她也泪眼盈盈，两人虽然情投意合，但却避免不了这一场分别。当潮水涨到和堤岸齐平，他终于要乘船远去，在这“江头潮已平”的结语中，蕴含的是难言的不舍与伤情。

踏莎行　寇准

春色将阑[①]，莺声渐老，红英落尽春梅小。画堂人静雨蒙蒙，屏山半掩余香袅[②]。

密约沉沉[③]，离情杳杳。菱花尘满慵将照[④]。倚楼无语欲销魂，长空黯淡连芳草。

【注释】

①将阑：将尽。②屏山：画有山水的屏风。③密约：指离人曾经许下的誓愿。④菱花：梳妆镜。

【赏析】

春色将尽，初夏就要来到，莺声已不如往日那般清脆动听，花儿落尽后，青梅初露，又嫩又小。深院画堂中，悄无人声，屋外下着蒙蒙细雨，屋内山水屏风半掩，香料燃尽，余烟袅袅。与情人定下的密约如今已然沉寂无音，离愁别恨深远无尽，故而词中人任灰尘落满菱花镜，也懒将它拾起，对镜妆照。她独自倚楼眺望，静默无语，柔肠百结，在她眺望的视野中，长空黯淡，天连芳草。

苏幕遮　范仲淹

碧云天，黄叶地，秋色连波，波上寒烟翠。山映斜阳天接水，芳草无情，更在斜阳外。

黯乡魂，追旅思，夜夜除非，好梦留人睡。明月楼高休独倚。

酒入愁肠，化作相思泪。

【赏析】

碧空衔云，黄叶满地，连绵的秋色一直向远方延伸，与那里的烟波相连。若在夕阳西下时寻去，登上水边的山峦，可见层林尽为余晖所染，一江寒水远走天边，还有隔岸弥望无尽的芳草地。山川寥廓，风物壮美，常人见之易生感慨，而苦于漂泊之人见之则易动乡思。让人黯然神伤的离愁，对一路辛苦奔波的追忆，想要得以解脱，怕只有祈求夜夜好梦来缓解对现实的无可奈何。百感交集之时，作者想要借倚楼痛饮、对月寄怀以为宣泄，但终因心中有所警悟，继而打消此念。他意识到了什么？——酒入愁肠，会化作相思清泪。那种感觉，更让他难以承受！

渔家傲　　范仲淹

塞下秋来风景异，衡阳雁去无留意[①]。四面边声连角起。千嶂里，长烟落日孤城闭。

浊酒一杯家万里，燕然未勒归无计[②]。羌管悠悠霜满地。人不寐，将军白发征夫泪。

【注释】

①衡阳雁去：古人认为大雁南飞至衡阳而止。②燕然未勒：意为外患未平。

【赏析】

词中这样咏叹边塞的风景和将士的情怀：秋色降临边塞啊，风景就变得大不相同。大雁飞去衡阳啊，不愿在此稍作停留。杂乱的边声夹着凄凉的号角声从四面涌起，群山环抱中，长烟直上，夕阳下孤城紧闭。举起浊酒一杯，想念万里之遥的家乡；归思无限啊，但边患一日不平，便是有家难回。伴随着悠悠羌管，寒霜覆盖了大地。这里的人们长夜不寐；将军的头发已经变白，士卒的面颊上挂着辛酸的眼泪。

凤栖梧　　柳永

伫倚危楼风细细，望极春愁，黯黯生天际。草色烟光残照里，

无言谁会凭阑意[①]。

拟把疏狂图一醉[②]，对酒当歌，强乐还无味。衣带渐宽终不悔，为伊消得人憔悴[③]。

【注释】

①会：理解。阑：即“栏”。 ②拟：想要。③伊：她。

【赏析】

在高楼上凭栏久立、凝望远方的时候，和风一直在轻轻吹拂；恍惚中，春愁从天边涌起，然后蔓延开来。夕阳残照里，草色暮色一派迷茫，静默之中，词人轻叹无人能理解自己凭栏伫立的心意。

会想到放浪狂荡地以醉消愁，但真正对酒当歌时，深深感到的是勉强作乐的索然无味；眼看衣带渐宽，人渐憔悴，但既是为她而这样，心中是始终如一的无怨无悔。

定风波　柳永

自春来、惨绿愁红，芳心是事可可。日上花梢，莺穿柳带，犹压香衾卧。暖酥消，腻云亸[①]，终日厌厌倦梳裹。无那[②]，恨薄情一去，音书无个。

早知恁么[③]，悔当初，不把雕鞍锁。向鸡窗[④]，只与蛮笺象管[⑤]，拘束教吟课。镇相随[⑥]，莫抛躲，针线闲拈伴伊坐[⑦]。和我，免使年少，光阴虚过。

【注释】

①亸(duǒ)：垂下。②无那：无奈。③恁(nèn)么：如此。④鸡窗：书房的窗子。⑤蛮笺：纸。象管：象牙笔管的笔。⑥镇：整日。⑦伊：他。

【赏析】

春回人间，处处是花红柳绿、燕语莺啼，可是女主人公却整日无精打采，对万事心不在焉。这不，都日上三竿了，她还慵卧在床

上呢。相比从前，女子原本丰润酥嫩的姿容憔悴了许多，浓密如云的头发随意蓬乱着，为什么？因为薄情郎一朝离去便杳无音信，所以她才如此颓靡。薄情郎自该责怨，但女子还有许多的自责，她自责早知这样，当初不如不放他走；让他坐在书房，给他纸，与他笔，闲拈针线陪在旁，看着他做功课。两人不离不弃，苦乐相伴，就不会使年少光阴虚过。

雨霖铃　柳永

寒蝉凄切。对长亭晚，骤雨初歇。都门帐饮无绪[①]，留恋处，兰舟催发。执手相看泪眼，竟无语凝噎[②]。念去去、千里烟波，暮霭沉沉楚天阔。

多情自古伤离别，更那堪、冷落清秋节！今宵酒醒何处？杨柳岸，晓风残月。此去经年[③]，应是良辰好景虚设。便纵有、千种风情，更与何人说？

【注释】

①都门帐饮：意为于京城郊外搭帐设宴饯别。②凝噎（yē）：形容喉咙里像塞了东西，说不出话来。③经年：年复一年。

【赏析】

当黄昏的一场骤雨过后，伴随着暮蝉凄切的鸣声，作者即将与恋人分别。酒无心饮，食不甘味，作者草草结束了别宴，来到水边，准备乘舟南下。在这最后的缠绵时刻，两人手把着手，泪眼相对，哽咽无语。念及烟波渺渺的南国，暮霭低沉，征途千里，念及多情者自古最伤离别，而今却还要离别在这凄冷的清秋时节，作者百感交集，肠回九转。他想着今夜酒醒，难免泊船柳岸，独对一弯残月、冷冷晓风；他预想自此别后，便遇得良辰好景，也是如同虚设。离开了心爱的她，纵有千般人世风情，又能共谁倾心絮语？

望海潮　柳永

东南形胜[①]，三吴都会[②]，钱塘自古繁华。烟柳画桥，风帘翠幕，参差十万人家。云树绕堤沙，怒涛卷霜雪，天堑无涯[③]。市列珠玑，户盈罗绮，竞豪奢。

重湖叠巘清嘉[④]，有三秋桂子，十里荷花。羌管弄晴，菱歌泛夜，嬉嬉钓叟莲娃。千骑拥高牙[⑤]，乘醉听箫鼓，吟赏烟霞。异日图将好景[⑥]，归去凤池夸[⑦]。

【注释】

①形胜：形式重要，交通便利。②三吴：此处泛指江浙的广大地区。③天堑：天然的险阻。此处指钱塘江。④重湖：北宋时西湖已有里湖、外湖之分。⑤高牙：本指军前大旗，此处指高官的仪仗旗帜。⑥异日：他日。图：描绘。⑦凤池：凤凰池，此处指代朝廷。

【赏析】

既是东南地区的交通枢纽，又是三吴等地的重要都市，杭州自古以来便以繁华闻名。那轻烟笼罩的杨柳，美丽精致的画桥，各式各样的竹帘翠幕，参差错落在十万人家之间。你还能看到望之如云的树木环抱着沙堤，澎湃似怒的海潮卷起白浪，以及壮美钱塘江的无边无涯。如果走在街市，眩目的是处处的珠光宝气、锦缎光华。谈到秀美多姿，那就一定要说说杭州的重湖群山。你可以于秋季向山中寻桂子，可以在夏季观览湖中的十里荷花；坐在西湖岸边，可以晴天听羌管，夜来听菱歌，喜看湖中的渔翁和采莲姑娘。如果有幸跟随将军的盛大仪仗出游，则可以乘醉听箫鼓，吟赏烟霞。

作者赞叹杭州的富庶美丽，他不但以文记述，更要以画描摹，以便他日前往京城时，好向同僚夸。

迷仙引　柳永

才过笄年[①]，初绾云鬟[②]，便学歌舞。席上尊前，王孙随分相许。算等闲，酬一笑，便千金慵觑。常只恐，容易蕣华偷换[③]，光阴虚度。

已受君恩顾，好与花为主。万里丹霄，何妨携手同归去？永弃却，烟花伴侣。免教人见妾，朝云暮雨。

【注释】

①笄（jī）年：古代特指女子十五岁，到了可以盘发插笄的年龄，即成年。笄：古代盘头发或别住帽子用的簪子。②鬟：妇女的梳成环形的发卷。③蕣（shùn）华：短暂的年华。

【赏析】

才过及笄之年，她就模仿妇人的样子结起如云的发鬟，开始学唱习舞。酒席宴旁，面对王孙们的调笑戏弄，她只能随遇而安，曲意逢迎。但她说，如果有人能够对她报以哪怕是一个平平常常的理解的微笑，那么她连千金也会不屑一顾。她还总是担心如花年华轻易流逝，朝来暮去只是光阴虚度。如今得遇知己，这位妙龄歌妓满怀期望，她希望他能为自己做主，与自己携手同去万里云霄，永远地离开烟花之地，从此不用再周旋在生张熟魏之间，矫情应酬，朝云暮雨。

八声甘州　柳永

对潇潇暮雨洒江天，一番洗清秋。渐霜风凄紧①，关河冷落②，残照当楼。是处红衰翠减，苒苒物华休③。惟有长江水，无语东流。

不忍登高临远，望故乡渺邈④，归思难收。叹年来踪迹⑤，何事苦淹留⑥？想佳人，妆楼颙望⑦，误几回，天际识归舟。争知我⑧，倚阑干处，正恁凝愁！

【注释】

①凄紧：秋风渐冷渐急。②关河：关山与河流。③苒苒：渐渐地。④渺邈：遥远。⑤年来：近年来。⑥淹留：久留。⑦颙（yóng）：仰望。⑧争知：怎知。

【赏析】

潇潇暮雨遍洒江天，雨水洗出了高爽的清秋，秋风渐冷渐急，关河寥落，残

阳照在词人登临的高楼上。四望红衰翠减，万物凋败，只有长江水，无语东流。

每每登高临远，词人便不胜惆怅，望故乡不见，心中的归思又浓重得难以排遣。他回顾近年来漂泊的足迹，自问为何事而久久不归。遥想佳人终日倚栏凝望，心怜她几次三番地将来船误认作自己回归的小舟。所以情不自禁地叹息道：你怎知此时此刻，我正与你一样凝愁相望！

安公子　柳永

远岸收残雨，雨残稍觉江天暮。拾翠汀洲人寂静[①]，立双双鸥鹭。望几点，渔灯隐映蒹葭浦[②]。停画桡[③]，两两舟人语。道去程今夜，遥指前村烟树。

游宦成羁旅，短樯吟倚闲凝伫。万水千山迷远近，想乡关何处？自别后，风亭月榭孤欢聚[④]。刚断肠，惹得离情苦。听杜宇声声，劝人不如归去。

【注释】

①“拾翠”句：意为原本有少女采摘香草的汀洲，现在也是人去洲静。②蒹（jiān）葭（jiā）：芦苇。③桡（ráo）：船桨。④孤：辜负。

【赏析】

词写作者乘舟泛游时面对春日暮景而产生的思乡情怀。残雨过到远岸才止，江天之间，暮色初呈。汀洲寂寂，静立鸥鹭双双；芦苇浦中，隐映着几点渔火。小舟暂时停泊，船工遥指前方的村落，商量着今夜的行程。

作者感慨在外做官却不曾想到从此羁滞异乡难以回归，愁苦之中，他时而吟咏遣怀，时而出神伫立。万水千山让故乡邈远难望，作者思念家乡，慨叹自从与亲友别后，错过了无数良辰美景，辜负了熟悉的月榭风亭。此时，离愁别恨一齐涌上心头，却又逢杜鹃鸟“不如归去”的凄苦叫声传入耳畔。

鹤冲天　柳永

黄金榜上，偶失龙头望[①]。明代暂遗贤，如何向？未遂风云便[②]，

争不恣狂荡[3]？何须论得丧。才子词人，自是白衣卿相[4]。

烟花巷陌，依约丹青屏障。幸有意中人，堪寻访。且恁偎红倚翠，风流事，平生畅。青春都一晌。忍把浮名，换了浅斟低唱。

【注释】

①龙头：状元。②风云便：风云际会，得到好的遭遇。③争：怎。恣：放纵。④白衣：没有官职。

【赏析】

虽然是不幸落第，作者却没有自贬自责，他将这次失手视为圣明的朝代暂时遗落了贤才。没有能够乘时乘势施展抱负，作者索性顺遂自己的狂荡，不问得失，高唱“才子词人，自是没有授官的公卿大夫；烟花巷陌，也可比那屏风上的高贵图画”。他还庆幸风尘女子中，有意中人可以寻访。“就这样偎红倚翠吧，”他自语道，“风流快活的生活本是我平生所喜好，青春多么短暂，不如抛去浮名，浅斟酒杯，低宛歌唱。”

天仙子　张先

水调数声持酒听[1]，午醉醒来愁未醒。送春春去几时回？临晚镜，伤流景，往事后期空记省[2]。

沙上并禽池上暝[3]，云破月来花弄影。重重帘幕密遮灯，风不定，人初静，明日落红应满径。

【注释】

①水调：曲调名，相传为隋炀帝所作。②记省（xǐng）：清楚地记得。③并禽：双宿双飞的鸟儿。

【赏析】

数声《水调》持酒听，午醉醒来愁未醒。作者默念春天一去不知何时才会回

来，黄昏照镜，他伤叹着似水般流过的光景，伤叹往事种种，前约旧誓空成记忆。池塘昏暗下来，对对鸳鸯栖息在沙岸；风儿吹散流云，月光下花影随风摇动。作者回到屋内，拉起重重帘幕护住烛光，听门外风声不停，不眠至夜深人静。他想，明日的落花，应该会铺满园中小径。

千秋岁　张先

数声鶗鴂[①]，又报芳菲歇[②]。惜春更把残红折。雨轻风色暴，梅子青时节。永丰柳，无人尽日花飞雪。

莫把幺弦拨[③]，怨极弦能说。天不老，情难绝。心似双丝网，中有千千结。夜过也，东窗未白凝残月。

【注释】

①鶗（tí）鴂（jué）：即杜鹃。②芳菲歇：意为春日已过，又是花儿凋谢的时候。③幺弦：琵琶的第四弦，音细。此处指代琴弦。

【赏析】

耳边数声杜鹃啼叫，又报春日将尽，作者心中的惜春之情因而强烈起来。他想到把开败的花儿折下，让枝头的繁荣得以延续，但时节已到雨疏风狂、梅子初生的暮春三月，街道上飘飞的是如雪般的柳絮。作者深情抒发：莫把琴弦拨，因为它能奏出心中最深的忧怨。天不会老，情不会绝，我的心好似双丝织成的网，其中有千千万万的结。情思未了，不觉春宵已经过去，这时东窗未白，残月犹明。

青门引　张先

乍暖还轻冷，风雨晚来方定。庭轩寂寞近清明，残花中酒，又是去年病。

楼头画角风吹醒，入夜重门静。那堪更被明月，隔墙送过秋千影。

【赏析】

暮春清明时节，气候多变，乍暖还冷。风雨刚过的傍晚，作者在寂寞庭院中

对残花饮酒至醉，心中郁结的是年年依旧的伤春之情。入夜后，夜风送来戍楼上声声号角，将作者从醉中惊醒，角声过后，更觉重门深院之静。苦闷重新清晰起来，仰俯间却又发现月光将隔壁秋千架的影子送到眼前，不由得联想起曾经爱过的人；伤春之情上更增怀念，作者因而以“不堪”愁叹。

醉垂鞭　张先

双蝶绣罗裙，东池宴，初相见。朱粉不深匀，闲花淡淡春。

细看诸处好，人人道，柳腰身。昨日乱山昏，来时衣上云。

【赏析】

初次见到她，是在东池的酒宴上。她穿着绣有双飞蝴蝶的罗裙，淡搽脂粉，悠闲恬静，散发着天然的青春风韵。如果仔细地观察她的美好，人人都夸她婀娜如杨柳的腰身，昨日乱山昏暗，她飘然而来时衣上竟携带着丝丝白云。

浣溪沙　晏殊

一曲新词酒一杯，去年天气旧亭台。夕阳西下几时回？

无可奈何花落去，似曾相识燕归来。小园香径独徘徊。

【赏析】

赋一曲新词，饮一杯清酒，和去年一样的天气，依旧是去年所登临的亭台。一切似乎无甚变化，可是夕阳西下何曾回头，花儿落去谁又能阻拦？时光不停地流走，今年毕竟不是去年。燕子归来旧巢，但只是似曾相识，作者在花间小径上独自徘徊，惆怅在“逝者如斯”的感慨里。

浣溪沙　晏殊

一向年光有限身，等闲离别易销魂[①]。酒筵歌席莫辞频[②]。

满目山河空念远，落花风雨更伤春。不如怜取眼前人。

【注释】

①等闲：轻易。销魂：形容伤感到极点，如同魂魄离散躯壳。②莫辞频：意为不要频频推辞。

【赏析】

词文上阕写人生光阴有限，而别离又每每轻易发生，让人为之黯然销魂，表示应该及时行乐，不要频频推辞酒筵歌席。下阕抒发面对山河怀念远人的惆怅，写因为落花风雨而引发的春愁，进而感悟到空自怀思无益，不如怜惜眼前爱人。

清平乐　晏殊

红笺小字[①]，说尽平生意。鸿雁在云鱼在水[②]，惆怅此情难寄。斜阳独倚西楼，遥山恰对帘钩。人面不知何处，绿波依旧东流。

【注释】

①红笺：一种精美的小幅红色信纸。②“鸿雁”句：古人认为鱼雁都能传递书信。

【赏析】

将满心的思念和爱意尽写于信纸之上，才意识到这封信无从投递。无可奈何之下，作者独上西楼，临斜阳之脉脉，望远山之杳渺，他怀思万千。“人面不知何处，绿波依旧东流”源自唐诗中的“人面不知何处去，桃花依旧笑春风”，总是悲伤物是人非，惆怅于不尽怀念。

山亭柳　晏殊

家住西秦，赌薄艺随身。花柳上，斗尖新[①]。偶学念奴声调[②]，有时高遏行云。蜀锦缠头无数[③]，不负辛勤。

数年来往咸京道，残杯冷炙漫销魂。衷肠事，托何人？若有知音见采，不辞遍唱阳春[④]。一曲当筵落泪，重掩罗巾。

【注释】

①“花柳”两句：意为在描写男女情爱的歌词上别出心裁，花样翻新。②念奴：指擅歌的名妓。③缠头：演出完毕客人赠艺人的锦帛。④阳春：战国时期楚国的一种高雅乐曲，熟知者甚少。

【赏析】

这首词以叙事的笔法，记述了一个歌女在声色生涯上由盛转衰的感慨和悲哀，表达出了作者对她的遭遇的同情。这位歌女家住西秦，开始只是靠小小的随身技艺维持生活，后来通过辛勤学艺，在吟词唱曲上苦下工夫，最终脱颖而出，受到看客们的青睐。但随着年长色衰，近几年她不得不风尘仆仆地往来于咸京道路献技糊口，处处受到冷遇，所挣得不过是一些剩酒冷饭。女子满腹心事不知该讲与何人，她说如果有人能够理解和赏识她，她不辞为之奉献出自己最擅长的才艺。她遇到了作者，一个愿意听她讲述身世的人。当无数心事化作一曲悲歌唱出时，她终于不能自持，潸然落泪。

蝶恋花　晏殊

槛菊愁烟兰泣露，罗幕轻寒[①]，燕子双飞去。明月不谙离恨苦[②]，斜光到晓穿朱户。

昨夜西风凋碧树，独上高楼，望尽天涯路。欲寄彩笺兼尺素[③]，山长水阔知何处。

【注释】

①罗幕：丝罗做的帷幕，此指屋内。②谙：知晓。③彩笺兼尺素：指书信，题诗。

【赏析】

以愁眼看栏杆下的菊与兰，菊含愁，兰泣露。作者身边虽有罗幕，却挡不住寒气透入。他目送双燕飞过，心中满含离别愁苦，他埋怨月儿不懂人情，直到拂晓仍将清光遍洒入窗户。昨夜西风吹凋绿树，今晨独上高楼，望尽天涯路。想要寄给情人书信一封，无奈山长水阔，不知她身在何处。

破阵子　晏殊

燕子来时新社[①]，梨花落后清明。池上碧苔三四点，叶底黄鹂一两声，日长飞絮轻。

巧笑东邻女伴[②]，采桑径里逢迎。疑怪昨宵春梦好，元是今朝斗草赢[③]，笑从双脸生。

【注释】

①新社：即春社。古时祭祀土神的日子有春社、秋社之分，一般在立春、立秋后第五个戊日。②巧笑：美丽的笑容。③斗草：古时妇女常做的一种游戏，以手中草赌斗输赢。

【赏析】

燕子来时，春社在即，梨花落后，清明便为期不远。在这个季节，池塘中会疏疏落落地点缀着几点绿苔，树荫里则不时传来一两声莺啼，白昼渐长，尽日飘飞的是轻轻的柳絮。忽而笑声盈耳，原来是互为邻里的两位女子在采桑小径上相逢，二人继而玩起了斗草游戏。斗赢的一方充满欢乐，她随即想到：怪不得昨天晚上做了那样的一个好梦，原来是今天斗草要赢的兆头。想到这里时，笑容已然绽放在她的脸上。

离亭燕　张昇

一带江山如画，风物向秋潇洒[①]。水浸碧天何处断？霁色冷光相射[②]。蓼屿荻花洲[③]，掩映竹篱茅舍。

云际客帆高挂，烟外酒旗低亚[④]。多少六朝兴废事[⑤]，尽入渔樵闲话。怅望倚层楼，寒日无言西下。

【注释】

①风物：景物。②霁（jì）色：雨后晴空的颜色。③蓼屿：生长着蓼草的岛屿。荻：多

年生草本植物，长水边，叶似芦苇，秋天开紫花。④低亚：低垂。⑤六朝：指先后在金陵（今南京）建都的吴、东晋、宋、齐、梁、陈六个朝代。

【赏析】

金陵一带，江山如画，秋天一到，风光景色明净爽朗。水天连成一片，浑然不见分界，霁色与秋水的寒光交相辉映；蓼荻丛生的小岛上，几处竹篱茅舍隐约可见。水天尽头，客船的船帆好似高挂云边；烟雾之外，探出酒旗一帘低低地飘扬。

作者怀想六朝旧事，慨叹人世变迁、盛衰更迭到头来只成为渔父樵夫闲谈的话题，心中泛起沧桑之感。怅然之下，他独倚高楼，默看寒日西下……

玉楼春　宋祁

东城渐觉风光好，縠皱波纹迎客棹[1]。绿杨烟外晓寒轻，红杏枝头春意闹。

浮生长恨欢娱少，肯爱千金轻一笑[2]？为君持酒劝斜阳，且向花间留晚照。

【注释】

①縠（hú）皱：形容水波纹如绉纱一样褶皱。②肯：怎肯。

【赏析】

行向城东，感觉风景越走越好，轻柔的水波迎来客船，烟笼绿杨，四处弥漫着拂晓的轻寒；红杏枝头，呈现出蓬勃喧闹的春意。人生短暂，作者常恨欢乐的时光少之又少，他反问道：我怎会因为爱惜千金而放弃歌舞欢笑？不知不觉中夕阳西下，为了让欢乐的时光能够再延续一晌，作者举起酒杯劝说夕阳，请它向花间留下晚照。

贺圣朝　叶清臣

满斟绿醑留君住[1]，莫匆匆归去。三分春色二分愁，更一分风雨。

花开花谢，都来几许[②]？且高歌休诉。不知来岁牡丹时，再相逢何处？

【注释】

①绿醑（xǔ）：绿色的美酒。醑：古代用器物滤酒，去糟取清叫醑。②都来：算来。

【赏析】

满斟一杯绿色的美酒劝朋友再作停留，不要匆匆归去，然后叹息春色三分，中含二分离愁，还有风雨带来的一分春愁。因为伤感，作者所以言及花儿会开也就必然会谢的道理，但刚刚就此劝友人忘掉人生聚散，暂且高歌舒怀，便又黯然神伤于“不知来岁牡丹时，再相逢何处”的怅然自问。

诉衷情　欧阳修

清晨帘幕卷轻霜，呵手试梅妆。都缘自有离恨，故画作远山长。
思往事，惜流芳，易成伤。拟歌先敛，欲笑还颦[①]，最断人肠。

【注释】

①“拟歌”两句：是说唱歌之前先做愁态，笑之前先要皱眉，以此来增添妩媚。

【赏析】

词写一位歌女十分动人的一个生活片断：清晨醒来，她一如既往地起身下地，卷起窗帘。但觉寒气逼人，仔细一看，才发现窗帘上结了一层薄霜。她呵了呵手，坐到镜前，开始用心地上时下流行的梅花妆。因为心中有离恨无穷，所以不经意间，将双眉画作了远山一样的绵长。回忆过往的时光，她叹惜逝去的青春年华，心中每每泛起感伤。然而最苦涩和不堪回首的，便是青春年少时那段“拟歌先敛，欲笑还颦”的声色生涯。

踏莎行　欧阳修

候馆梅残[①]，溪桥柳细。草薰风暖摇征辔[②]。离愁渐远渐无穷，迢迢不断如春水。

寸寸柔肠，盈盈粉泪。楼高莫近危阑倚。平芜尽处是春山[3]，行人更在春山外。

【注释】

①候馆：驿馆。②摇征辔（pèi）：指策马远行。③平芜：绵延不断、向远方伸展的草地。

【赏析】

旅舍边梅花已然凋败，溪桥边柳树上新生的枝条细如垂丝。在和煦的春风中，柔嫩的芳草地上，女子目送自己的爱人骑马远去，心中的离愁也随之变得如春水般无穷无尽。分别以后，女子每每柔肠百结，因不堪相思之苦而粉泪满面，她想凭高望远，却怕触景伤情，因为极目远眺虽然可见辽阔芳草地外的青山，但爱人更在那渺远的青山之外。

生查子　欧阳修

去年元夜时，花市灯如昼。月上柳梢头，人约黄昏后。

今年元夜时，月与灯依旧。不见去年人，泪湿春衫袖。

【赏析】

去年元夜的京城，人潮如涌，华灯将花市照得如同白昼。作者与恋人相约在黄昏后，举头间看到月亮升起在柳树梢；转眼到了今年元宵，月依旧，灯依旧，只是作者不能再见到去年的情人，泪水打湿了他春衫的衣袖。

蝶恋花　欧阳修

庭院深深深几许？杨柳堆烟，帘幕无重数。玉勒雕鞍游冶处[1]，楼高不见章台路[2]。

雨横风狂三月暮，门掩黄昏，无计留春住。泪眼问花花不语，乱红飞过秋千去。

【注释】

①玉勒雕鞍：镶玉的马笼头和雕花的马鞍。游冶处：即冶游处。指歌楼妓馆。②章台：妓女住所的代称。

【赏析】

庭院深深，深到什么程度？那里杨柳丛丛，堆叠着烟雾，那里帘幕重重，不可胜数。只是深深庭院禁锢的是闺中少妇，她那风流成性的夫君终日游荡在外，家中虽有高楼，却望不到他寻花问柳所经之路。在雨横风狂的三月暮，女子常常在黄昏时掩上房门，叹息无计将哪怕一个春日留住。她含泪问花如之奈何，花儿非但没有回答，反而随风飘落过秋千去。

渔家傲　欧阳修

花底忽闻敲两桨，逡巡女伴来寻访①。酒盏旋将荷叶当②，莲舟荡，时时盏里生红浪③。

花气酒香清厮酿④，花腮酒面红相向。醉倚绿阴眠一晌，惊起望，船头阁在沙滩上⑤。

【注释】

①逡（qūn）巡：顷刻。②旋：随即。当（dàng）：代替。③生红浪：莲塘泛舟，有莲影映于酒杯之中，故显出红色波纹。④清厮酿：形容花香酒香混成一片。⑤阁：同“搁”，搁浅。

【赏析】

荷花深处忽闻桨响，不多时便看到女伴前来寻访，她们旋即采摘荷叶做酒杯，随着莲舟摇荡，那“杯”中酒映着荷花，泛起层层红浪。花的清香与酒的醇香混

在一起，花的红晕和脸的红晕两相映衬。酒喝得微醺，女子便借荷叶绿荫酣眠一晌，但不多时就惊起四望，原来是小船随波逐流，船头搁浅在了沙滩上。

渔家傲　欧阳修

近日门前溪水涨，郎船几度偷相访。船小难开红斗帐，无计向[1]，合欢影里空惆怅[2]。

愿妾身为红菡萏，年年生在秋江上。重愿郎为花底浪，无隔障，随风逐雨长来往。

【注释】

①无计向：无计可施。②合欢：并蒂而开的莲花。

【赏析】

此词以一个采莲女的口吻讲述了她的恋爱生活，同时抒发了她对爱情的美好愿望。

这位采莲女动情地谈到，因为近日溪水涨起，情郎于是借此机会几次偷偷划船前来相访；但由于船小得搭不开帐篷，所以欢合的愿望难以实现。两个人无可奈何地看着水中并蒂开放的莲花，心中充满了惆怅失望之情。她继而说，自己情愿做一朵秋江上的荷花，同时希望情郎是那荷花下回绕不去的波浪，这样他们就可以相依相抱，不再有阻隔，可以随风逐雨长相来往。

浪淘沙　欧阳修

把酒祝东风，且共从容[1]。垂杨紫陌洛城东[2]，总是当时携手处，游遍芳丛。

聚散苦匆匆，此恨无穷。今年花胜去年红，可惜明年花更好，知与谁同？

【注释】

①且共从容：意为暂且一起悠闲一刻，不要急于

离去。②紫陌：指京城郊外的道路。

【赏析】

手持酒杯向东风祝愿，愿美好春光且作停留。离别在即，作者和朋友再次沿着垂杨紫陌来到了繁花似锦的洛阳城东，重温去年此时携手遍游芳丛的惬意和快乐。作者深深地知道，世事无常，聚散匆匆，离别是人生摆脱不掉的憾恨。他觉得今年的花儿比去年开得红艳，所以推测明年的花儿于今年今日也应更红更好，但人却未必能复如今日一样相聚。无限感慨惆怅，自在不言之中。

凤箫吟　韩缜

锁离愁，连绵无际，来时陌上初熏[①]。绣帏人念远[②]，暗垂珠露，泣送征轮。长行长在眼，更重重，远水孤云。但望极楼高，尽日目断王孙[③]。

销魂。池塘别后，曾行处，绿妒轻裙[④]。恁时携素手，乱花飞絮里，缓步香茵。朱颜空自改，向年年，芳意长新。遍绿野，嬉游醉眠，莫负青春。

【注释】

①初熏：指刚散发出的清新草气。②绣帏人：指闺中女子。③王孙：指代远行之人。④绿妒轻裙：意为原来两人曾走过的小径，现在也长满小草，草色葱翠得连裙子都开始嫉妒起来。

【赏析】

全词寓情于景，大量化用前人咏草的名句，以芳草为线索叙写闺中思妇的离愁别恨：她在芳草初生的原野上送别爱人，望着爱人远去的车影暗自垂泪。她久立长亭不肯离去，又因云水迷茫而登高再望，直到爱人的车队消失得无影无踪。别后，她不再去旧日常与爱人漫步的池塘边，那里已然长满了茂盛的芳草。她还因芳草年年如新、青春去而不返而伤感，所以奉劝人们及时欢乐，莫要辜负美好时光。

桂枝香　王安石

登临送目，正故国晚秋[①]，天气初肃。千里澄江似练，翠峰如簇。

归帆去棹残阳里，背西风，酒旗斜矗。彩舟云淡，星河鹭起，画图难足。

念往昔，繁华竞逐。叹门外楼头[②]，悲恨相续。千古凭高，对此谩嗟荣辱[③]。六朝旧事随流水，但寒烟衰草凝绿。至今商女，时时犹唱，后庭遗曲。

【注释】

①故国：指金陵。金陵为六朝旧都，故云。②门外楼头：杜牧《台城曲》载，“门外韩擒虎，楼头张丽华”。隋将韩擒虎引大军灭陈时，陈后主还与宠妃张丽华在楼台上寻欢作乐。③谩嗟：空叹。

【赏析】

登高望远，正是金陵晚秋，天气刚刚开始清肃。千里长江，有如一条白色的丝绸，青翠的远山，仿佛尖尖的箭镞。江上夕阳残照，船儿往来不休，西风中，斜竖的酒旗招展飘扬。而当流云映衬着彩舟，白鹭从一河星辉中翩然而起，那美妙的景色，纵使画图也难以完全描绘而出。

作者念及六朝君王的竞逐奢华，感叹荒淫之君无视敌兵压境而犹自在宫中寻欢作乐，致使亡国悲恨代代延续，千古之下凭吊往事，他不由得空叹人世的盛衰荣辱。六朝旧事尽已随流水而去，旧址唯有寒烟衰草无际。只是直到今天，歌女们还时时唱起那哀婉颓靡的后庭遗曲。

渔家傲　王安石

平岸小桥千嶂抱，柔蓝一水萦花草[①]。茅屋数间窗窈窕[②]。尘不到，时时自有春风扫。

午枕觉来闻语鸟，欹眠似听朝鸡早[③]。忽忆故人今总老。贪梦好，茫然忘了邯郸道[④]。

【注释】

①萦：萦绕。②窈窕：幽深的样子。③欹（qī）眠：斜躺着。④邯郸道：引唐沈既济《枕中记》所写卢生于邯郸客栈中做黄粱美梦一事。

【赏析】

此词是作者罢相后的作品。词中写到所居环境的清幽秀雅，闲居生活的悠游惬意。结尾处言及朝中故人多因忧劳而衰老，不似自己能沉浸于美好的梦境，茫然间将仕途经济全部都忘掉。

浪淘沙　王安石

伊吕两衰翁[①]，历遍穷通[②]，一为钓叟一耕佣。若使当时身不遇，老了英雄！

汤武偶相逢，风虎云龙[③]，兴亡只在谈笑中。直至如今千载后，谁与争功？

【注释】

①伊：伊尹，商代大臣，曾帮助商汤灭了夏朝，建立了商朝。吕：吕尚，即姜太公，他曾帮助武王伐纣，建立了周朝。②穷通：困顿与通达。③风虎云龙：《易经》载，“云从龙，风从虎”。此指辅佐君主。

【赏析】

此词是作者得宋神宗知遇，变法革新的主张初得实行时的作品。

词文上阕写商代开国贤相伊尹和周朝兴邦重臣吕尚因为不遇而做农夫、做渔父的故事，推想若不是得遇商汤、周武两位明君便会空老了英雄。下阕赞叹明主贤臣一朝相逢，如同龙得云助，虎得风势，兴国大业在谈笑中便已完成，丰功伟绩光照千古，无人能及。

清平乐　王安国

留春不住，费尽莺儿语。满地残红宫锦污，昨夜南园风雨。

小怜初上琵琶，晓来思绕天涯。不肯画堂朱户，春风自在杨花。

【赏析】

清晨，园子里萦绕的是黄莺极尽婉转的啼声，它们苦口婆心挽留，但留不住

去意已决的春天。地上，因为一夜的风雨遍洒落红，还有许多无人收拾的宫锦，混着泥土，一片狼藉。昨夜，这里曾经有过一场纵情的欢歌醉酒，也能够猜得出，有位歌女特别地受客人们青睐，因而才获得了这样多的彩头。那是名叫小怜的女孩儿，她在昨夜完成了声色生涯的首次演出，琵琶弦上的清音，柔润的歌喉打动了在场的所有人。但夜过天明，她很早就起得床来，看着春风中飞舞的杨花，秀目满含向往之情。

卜算子　王观

水是眼波横，山是眉峰聚。欲问行人去那边？眉眼盈盈处。

才始送春归，又送君归去。若到江南赶上春，千万和春住。

【赏析】

此词为送别之作。浙东素以山清水秀闻名，因而词也就从山水写起。作者用女子含情脉脉的眼波来形容浙东的水，用女子蹙拢的眉来形容浙东的山，更用“眉眼盈盈”一语注入灵气，托显出江南山水的绰约风姿。

别离是伤感的，何况是在春日将尽的时候，惜春惜别之情一同搅缠于心中的滋味确实不好受。但作者想到友人此去江南兴许还能赶上春天在那里逗留的脚步，不禁又为他庆幸。他于是叮嘱友人，如果真的赶上了春天，千万要拣那春意最浓的地方住下。

临江仙　晏几道

梦后楼台高锁，酒醒帘幕低垂。去年春恨却来时[①]。落花人独立，微雨燕双飞。

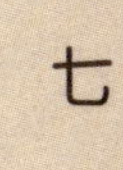

记得小蘋初见，两重心字罗衣[②]。琵琶弦上说相思。当时明月在，曾照彩云归。

【注释】

①却来：又来。②心字罗衣：古时女子穿的衣领形如“心”字的罗衣。

【赏析】

这是一首怀念情人的词，所怀之人便是词中的小蘋。

暮春的一天，作者于酒醉中醒来，静默在门窗皆闭、帘幕低垂的屋内，回想着去年此时那难忘的一幕——那是作者与小蘋初见的夜晚，她穿着两重“心”字领口的罗衣，柔媚曼妙，娇俏可人。那天她怀抱琵琶唱出相思情意，离去时朦胧绰约的身影宛如明月照归的彩云。

无奈世事无常，风云难测，小蘋现在已不知下落，留下作者在此暮春之时空自伤怀。他常常呆望着簌簌落花叹息小蘋的命运，也曾在细雨中注视着双飞燕子，羡慕着它们的美好爱情。

蝶恋花 晏几道

醉别西楼醒不记，春梦秋云，聚散真容易。斜月半窗还少睡，画屏闲展吴山翠。

衣上酒痕诗里字，点点行行，总是凄凉意。红烛自怜无好计，夜寒空替人垂泪。

【赏析】

虽然贵为宰相之子，为人才气飞扬，但由于不能屈身待人，晏几道一生沉于下位，流连歌酒以自遣。

欢宴之后酩酊大醉地回到家，夜半醒来时，已记不清宴会上狂欢的情景；但觉人生聚散犹如春梦秋云，缥缈无定。作者无法再次入睡，他卧看月儿斜挂窗外，闲对画屏上清秀的吴山。继而瞥见衣物上的酒痕，桌案上的诗稿，一点点，一行行，所记录的，总逃不过“凄

凉”二字。长夜将尽，寒气愈积愈浓；红烛焚芯，流下滴滴蜡泪。在作者看来，那红烛宛若在替自己哀伤，哀伤着自己的身世，却又无可奈何。

清平乐　晏几道

留人不住，醉解兰舟去。一棹碧涛春水路，过尽晓莺啼处。

渡头杨柳青青，枝枝叶叶离情。此后锦书休寄，画楼云雨无凭。

【赏析】

此词为作者失恋后所作，写的是恋人与自己分手时刻的情形——尽管百般劝留，但女子还是在喝下最后一杯“绝情酒”之后便头也不回地离开了。她踏上小舟，荡起碧波，转瞬间消失在燕语莺啼的阳春烟景之中。渡头的杨柳青青，枝枝叶叶上仿佛都绾系着离情，怅惘无限的作者含怨自语：此后不再为她寄信传递心意了，因为青楼妓馆只合逢场作戏，云雨之欢过后便无须再自作多情。

鹧鸪天　晏几道

彩袖殷勤捧玉钟[①]，当年拚却醉颜红。舞低杨柳楼心月，歌尽桃花扇影风[②]。

从别后，忆相逢，几回魂梦与君同？今宵剩把银釭照[③]，犹恐相逢是梦中。

【注释】

①捧玉钟：指劝酒。②“舞低”两句：描绘彻夜不停地歌舞作乐。月亮本来是挂在树梢上照进楼中的，此处不说月亮低沉下去，而说“舞低”，指明是欢乐把夜晚消磨了。桃花扇为歌舞时用，这里不说歌扇挥舞不停，而说歌尽，表明唱的回数太多了。③剩：尽情地。釭（gāng）：油灯。

【赏析】

词写作者与一位歌女久别重逢的一幕，开篇则从对曾经与她共度时光的回忆写起——那一个个温馨旖旎的春日夜晚，她总是在侧殷勤劝酒，他则是不辞饮得满面

酡红；她每每极尽所能，把最美妙的歌舞献给他，他则沉醉其中，通宵达旦乐而忘归。

对这一段疏狂生涯，作者并不后悔，女子的容颜在二人分别的岁月里常出现于他的梦中，他盼望着能够再次与她相见。天公作美，安排了他们的重逢。惊喜之下，作者手把蜡烛照亮夜色中她朦胧的面容，睁大眼睛仔细地端详着这个让他朝思暮想的佳人，唯恐这一次又是在梦境当中。

鹧鸪天　晏几道

小令尊前见玉箫[①]，银灯一曲太妖娆。歌中醉倒谁能恨，唱罢归来酒未消。

春悄悄，夜迢迢，碧云天共楚宫遥[②]。梦魂惯得无拘检，又踏杨花过谢桥[③]。

【注释】

①玉箫：指代歌女。②楚宫：指代玉箫居处。③谢桥：谢娘家的桥。谢娘为唐代妓人。

【赏析】

词写作者对一位美丽歌女的怀念之情。作者在一次宴会上偶然遇到她，久久不能忘怀。

酒宴歌席间第一次见到玉箫，银灯璀璨的光华下，她清歌一曲，让作者连连叹息“太妖娆”。他情愿歌中醉倒而无怨恨，宴毕后一路陶醉归来，酒意未消。

春悄悄，夜迢迢，作者空对碧色云天，叹息佳人远隔，不无惆怅。他于是求助于不受束缚的梦境，踏杨花，过谢桥，一路寻去，往见昼思夜想的玉箫。

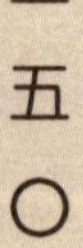

阮郎归　晏几道

旧香残粉似当初，人情恨不如。一春犹有数行书，秋来书更疏。

衾凤冷，枕鸳孤，愁肠待酒舒。梦魂纵有也成虚，那堪和梦无。

【赏析】

面对着她用过的胭脂香粉，他慨叹脂粉尚能长久地保持香味不散，而她对自己的感情却很快变淡。春天的时候还常能收到她简短的书信，而现在刚步入秋天，连这样的书信都已是越来越少。

作者并不能就此将她忘记，虽然每晚孤枕冷被，但他没有另寻新欢，愁肠也总须以酒舒解。他叹道：纵然能在梦中相见，到头来也只是一场虚空，何况近来连梦中都不见她的影踪！

卖花声　张舜民

木叶下君山[1]，空水漫漫。十分斟酒敛芳颜。不是渭城西去客，休唱阳关。

醉袖抚危阑，天淡云闲。何人此路得生还？回首夕阳红尽处，应是长安。

【注释】

①君山：又名洞庭山，在洞庭湖中。

【赏析】

此词是作者被贬后的失意之作。落叶纷纷飘下君山，洞庭湖水与天相连，浩瀚无边。作者未让将酒斟满，而后敛整姿容准备歌唱侑酒的女子，告诉她，自己并非要西迁大漠，所以不必唱起《阳关三叠》的凄凄别音。酒醉后，扶着楼台的栏杆，看天淡云闲。他悲伤叹问远谪之人有多少能在有生之年得以归还，转而回望夕阳红尽的天边，怅然推想，那里应是牵系着命运和情感的长安。

水龙吟　次韵章质夫杨花词　苏轼

似花还似非花，也无人惜从教坠[1]。抛家傍路，思量却是，无情有思[2]。萦损柔肠，困酣娇眼，欲开还闭[3]。梦随风万里，寻郎去处，

又还被，莺呼起。

不恨此花飞尽，恨西园，落红难缀[4]。晓来雨过，遗踪何在？一池萍碎[5]。春色三分，二分尘土，一分流水。细看来，不是杨花，点点是离人泪。

【注释】

①从教坠：任其飘落。②无情有思：意为杨花随风飘舞，看似无情，却也有它自己的思绪。③“萦损”三句：是将杨花想象成闺中少妇，写尽夫婿远行后她整日百无聊赖的姿态。④落红难缀：意为花儿纷纷凋落，再也不能连结在枝头了。缀：连结。⑤萍碎：古人认为杨花落水会变成浮萍。

【赏析】

此词虽为和词，但自出新意，以大胆的夸张和想象为线，深挚的感情为针，结合贴心的体会、细致的捕捉，将思妇清晨慵起、梦里寻郎、惜春伤逝等一系列情态与杨花之轻柔飘洒、随风远行、落水为萍等影迹交织在一起，在一种若即若离、空灵超逸的氛围中表现出思妇幽怨缠绵的心绪，使情物交融至浑化无迹之境，堪称咏物抒情词中的绝唱，也是苏轼词中婉约风格的代表作。

定风波 南海归，赠王定国侍儿寓娘[1] 苏轼

王定国歌儿曰柔奴，姓宇文氏，眉目娟丽，善应对，家世住京师。定国南迁归，余问柔：“广南风土，应是不好？” 柔奴曰：“此心安处，便是吾乡。”因为缀词云。

常羡人间琢玉郎[2]，天应乞与点酥娘[3]。尽道清歌传皓齿，风起，雪飞炎海变清凉。

万里归来颜愈少，微笑，笑时犹带岭梅香。试问岭南应不好，却道：此心安处是吾乡。

【注释】

①王定国：名巩，因受

"乌台诗案"牵连而被贬官岭南。②琢玉郎：指善于相思的多情人。③乞与：给予。点酥娘：形容柔奴肌肤、资质的光洁柔美。

【赏析】

柔奴陪伴王定国贬谪南方回来，与作者问答，深得作者的欣赏。他所以写下此词来赞美柔奴。

词中说：我常常羡慕幸运的多情郎王定国，上天赐给他一位温柔美丽的好姑娘。人们都说她轻启皓齿，唱出那沁人心脾的歌声，就好像风起雪飞，让炎炎火海也变得清凉。她陪伴主人贬谪万里归来，容颜却越发地焕发着青春的风采，她常常微笑，微笑中还带着岭南的梅香。我问她贬地的风物应该不会太好吧，她却对我说：此心安处，便是故乡。

水调歌头　苏轼

丙辰中秋，欢饮达旦，大醉，作此篇。兼怀子由。

明月几时有？把酒问青天。不知天上宫阙，今夕是何年？我欲乘风归去，又恐琼楼玉宇[①]，高处不胜寒。起舞弄清影，何似在人间[②]？

转朱阁[③]，低绮户[④]，照无眠。不应有恨，何事长向别时圆？人有悲欢离合，月有阴晴圆缺，此事古难全。但愿人长久，千里共婵娟[⑤]。

【注释】

①琼楼玉宇：指月宫，也指朝廷。②在人间：此处含有出任地方官的意思。③朱阁：朱红色的楼阁。④绮户：雕花的门窗。⑤婵娟：月亮。

【赏析】

词从对青天明月的诘问写起，问中蕴寓着作者对盛景难逢的感慨和对朝廷的牵挂之情。此时的作者，虽然心中仍存着对"天上宫阙"的向往，但终究已了解到"高处不胜寒"，于是从容地安居人间，享受月下婆娑起舞的乐趣。

月华如水，清光或流转于高楼之上，或低洒入雕花窗里，但每每映在满心离愁别恨之人的脸上。当此中秋之夜，作者格外地思念弟弟苏辙。良辰美景，而兄弟却无法相聚，他不禁诘问月儿何以总在人不团圆时变圆；继而意识到，月亮的阴晴圆缺一如人间的悲欢离合，变幻无常，难求永恒完满。于是变埋怨为祝愿——但愿人长久，千里共婵娟。

念奴娇 赤壁怀古　　苏轼

大江东去，浪淘尽，千古风流人物。故垒西边，人道是，三国周郎赤壁。乱石穿空，惊涛拍岸，卷起千堆雪。江山如画，一时多少豪杰。

遥想公瑾当年，小乔初嫁了，雄姿英发。羽扇纶巾[①]，谈笑间，樯橹灰飞烟灭[②]。故国神游[③]，多情应笑我，早生华发[④]。人生如梦，一樽还酹江月[⑤]。

【注释】

①纶（guān）巾：用青丝带做的头巾。②樯橹：指曹操水军。樯：桅杆。③故国：指赤壁古战场。④华发：白发。⑤酹（lèi）：将酒倒在地上以表祭奠。

【赏析】

苏轼于“乌台诗案”后被营救出狱，贬为黄州团练副使。在黄州期间，他自号东坡居士，徜徉于山水之间，在老庄及佛禅中寻求解脱。本篇是苏轼谪居黄州时在赤壁矶下写的怀古之作，是苏轼豪放词的代表作。

大江东去，浪花淘尽千古风流人物，旧时营垒的西边，有人说，那便是三国周郎的用武之地。作者面对着陡向天空的乱石，看惊涛拍岸，感叹江山如画，感叹在那遥远的三国年代，一时涌现出多少英雄豪杰。

他遥想起周郎手摇羽扇、头扎纶巾，刚娶得国色天香的小乔时的风流倜傥、英姿勃发，想起他在谈笑间让入侵的万千敌船灰飞烟灭的雄才伟略、从容自如，继而自笑多愁善感以致白发早生，叹息人生如梦；而后满斟樽酒，祭洒永世不变的滔滔江水和朗朗明月。

西江月　　苏轼

世事一场大梦，人生几度秋凉。夜来风叶已鸣廊[①]，看取眉头鬓上。酒贱常愁客少，月明多被云妨。中秋谁与共孤光[②]，把盏凄然北望。

【注释】

①风叶：被风吹落的树叶。②孤光：月光。

【赏析】

“乌台诗案”纯系官场奸小牵强附会捏造而成，使苏轼险遭杀戮，在遇赦之后，他清楚地看到了官场的阴暗、卑琐和险恶，感受到人生的无奈。此词写于他受贬后的第一个中秋夜。

世事一场大梦，人生几度秋凉。入夜后，秋风裹挟着落叶在廊间鸣响，作者有悲于秋意，对镜自顾眉头鬓上斑白，无限忧伤。酒价低贱的时候常愁的是客人稀少，而即便如明月之光也多被浮云妨碍；又逢中秋佳节，但无人可共饮酒赏月，满心愁苦，作者把盏凄然北望那由来的地方。

西江月　　苏轼

顷在黄州，春夜行蕲水中，过酒家，饮酒醉，乘月至一溪桥上，解鞍，曲肱醉卧，少休。及觉已晓，乱山攒拥，流水锵然，疑非尘世也。书此语桥柱上。

照野弥弥浅浪①，横空隐隐层霄。障泥未解玉骢骄②，我欲醉眠芳草。

可惜一溪风月，莫教踏碎琼瑶③。解鞍攲枕绿杨桥④，杜宇一声春晓。

【注释】

①弥弥：形容水势弥漫。②障泥：马鞯。垫于马鞍之下，垂于马背两旁以障泥土，故名。玉骢（cōng）：指白马。③琼瑶：此处指代水中之月。④攲（qī）枕：斜卧着。

【赏析】

此词写于作者谪居黄州时。据小序所记，作者春夜过蕲水，经过酒家时饮而醉；乘舟行至一溪桥时打算小憩一会儿，谁知一觉醒来天已放晓。他留恋斯地的山光水色，在桥柱上写下了这首词。

春水盈溢清澈，在月光下波影粼粼，映照旷野，层层云气横在天空，但隐隐约约，若有若无。因为没有解下鞍鞯，马儿仍旧昂首站立，作者因为酒困，虽是露天草地，也欲借卧一晌。但一溪月色惹人怜爱，作者不愿马儿踏水将之打乱，所以解下鞍鞯，然后才曲臂为枕，在桥上睡去；直到被杜鹃的一声唤醒，方知春晓已然来临。

临江仙 夜归临皋　苏轼

夜饮东坡醒复醉[1]，归来仿佛三更。家童鼻息已雷鸣，敲门都不应，倚杖听江声。

长恨此身非我有，何时忘却营营[2]。夜阑风静縠纹平[3]。小舟从此逝，江海寄余生。

【注释】

①东坡：苏轼被贬黄州时曾筑室于黄州城外之东坡，因号东坡居士。②营营：为功名利禄而奔波劳碌。③縠（hú）纹：如绉纱一样的水波纹。

【赏析】

词文上阕叙事，写夜饮醉归，家僮已然熟睡，敲门不应，自己只能倚杖听江声，为下阕的抒情在时间、空间、情绪上都做好了铺垫。下阕慨叹身不由己，总是囿于名利世俗而不能逃脱，疲于宦海沉浮而不能抛却。望着夜深风静后平静的湖面，作者由衷希望有一天自己的心情也能像湖水般平静无波，并由此产生了泛舟江湖、归隐终老的想法。

定风波　苏轼

三月七日，沙湖道中遇雨。雨具先去，同行皆狼狈，余独不觉。已而遂晴，故作此。

莫听穿林打叶声，何妨吟啸且徐行。竹杖芒鞋轻胜马[1]，谁怕？一蓑烟雨任平生。

料峭春风吹酒醒，微冷，山头斜照却相迎。回首向来萧瑟处[2]，归去，也无风雨也无晴。

【注释】

①芒鞋：草鞋。②向来：刚才。

【赏析】

不要去听那风雨潇潇、穿林打叶之声，何不吟诗长啸，信步缓行？脚踏草鞋，

手拄竹杖，词人感到轻松自在胜于乘马，他更说道：小小风雨有何可怕？平生一路走来，带着一身烟雨，我也能处之泰然。料峭春风吹来，词人酒意渐醒，刚感到微微寒冷，山头晚照又将他温馨相迎。回头看看所经过的凄冷萧瑟之处，然后淡然归去；归去，也无风雨也无晴。

卜算子　　苏轼

缺月挂疏桐，漏断人初静[①]。谁见幽人独往来[②]？缥缈孤鸿影。

惊起却回头，有恨无人省[③]。拣尽寒枝不肯栖[④]，寂寞沙洲冷。

【注释】

①漏断：漏壶里的水滴尽了，指夜已深了。②幽人：幽居之人，与下句的“孤鸿”都是作者自指。③省（xǐng）：理解，懂得。④拣：选择。

【赏析】

一弯月儿挂在稀疏的梧桐枝头，夜深人静，万籁俱寂。幽人独自在清冷的月光下徘徊，孑然身影，有如远处飞来的缥缈孤雁。孤雁在惊飞中不断回头，它惊惶不安，满怀幽怨，但是无人理解。它选尽高枝而不肯栖息，最后归宿于冷冷的沙洲。“谁见”两句极写一腔孤寂，人雁合一，曲尽其怨。下阕更借孤雁喻写凄惶处境，表达出甘守寂寞孤独而不愿随波逐流的心志。

洞仙歌　　苏轼

仆七岁时，见眉州老尼，姓朱，忘其名，年九十岁。自言尝随其师入蜀主孟昶宫中。一日大热，蜀主与花蕊夫人夜纳凉摩诃池上，作一词。朱具能记之。今四十年，朱已死久矣，人无知此词者，但记其首两句。暇日寻味，岂《洞仙歌令》乎？乃为足之云。

冰肌玉骨，自清凉无汗。水殿风来暗香满。绣帘开，一点明月窥人，人未寝，攲枕钗横鬓乱。

起来携素手，庭户无声，时见疏星渡河汉[①]。试问夜如何？夜已三更，金波淡，玉绳低转[②]。但屈指，西风几时来？又不道，流年暗中偷换[③]。

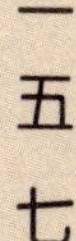

【注释】

①河汉：天河。②金波淡：月光暗淡。玉绳：位于北斗柄尾的两颗星。③流年：流逝的年华。

【赏析】

后蜀后主孟昶，生活奢侈，擅长诗文，精通音律，花蕊夫人是孟昶的宠妃。这首词是苏轼根据蜀后主孟昶词的残句补写而成，描写的是孟昶和爱妃花蕊夫人夏夜纳凉的情景。

词文描写花蕊夫人冰肌玉骨、绝世无双的美丽，描写她在月明星稀、水风送爽的夜晚于闺中闲卧的绰约风姿。作者更拟想蜀主与她携手漫步深夜庭院，仰望流星穿越银河的浪漫，还有他们看到斗转星移，感叹凉秋将至、流年似水的怅然。

江城子 密州出猎　　苏轼

老夫聊发少年狂[①]，左牵黄，右擎苍。锦帽貂裘，千骑卷平冈。为报倾城随太守[②]，亲射虎，看孙郎[③]。

酒酣胸胆尚开张，鬓微霜，又何妨！持节云中，何日遣冯唐[④]？会挽雕弓如满月，西北望，射天狼[⑤]。

【注释】

①聊：姑且，暂且。②倾城：举城的人。③看孙郎：三国孙权曾亲自射虎，此处是作者自喻。④“持节”两句：作者是以魏尚自比，希望朝廷不计自己以前的过失，重新委以重任。⑤天狼：泛指西北边陲进犯之敌。

【赏析】

那一天，作者忽为少年般的豪情和狂放所冲动，他左手牵着黄狗，右手擎着苍鹰，戴锦帽，穿貂裘，带领着大队人马，席卷原野山冈。为了报答全城百姓的相随出猎，他要亲自射虎，仿效当年的孙郎。猎罢开宴，作者酒酣耳热，心胸气魄更加豪放，他抒发了“鬓微霜，又何妨”的激奋，表达出对于重新受到朝廷重

用的渴望，而那力挽雕弓、遥望西北、射落天狼的英雄形象，便是他对为国戍边抗敌的未来的慷慨设想。

江城子 乙卯正月二十日夜记梦　　苏轼

十年生死两茫茫[1]，不思量，自难忘。千里孤坟[2]，无处话凄凉。纵使相逢应不识，尘满面，鬓如霜。

夜来幽梦忽还乡，小轩窗，正梳妆。相顾无言，惟有泪千行。料得年年肠断处，明月夜，短松冈。

【注释】

①十年：作者作此词时，其妻王氏辞世恰已十年。②千里孤坟：王氏死后葬于苏轼故乡眉州眉山，与苏轼其时所在的密州相隔千里。

【赏析】

这是苏轼为怀念亡妻王弗而写的作品。词写于熙宁八年（1075 年），距王弗去世已有十年。

十年生死相隔，别来音容渺茫。就算是不去追忆往事前情，心中对妻子却总是念念不忘。妻子的坟冢远在千里之外，作者无法在她旁边诉说凄凉。十年人生路，作者走得坎坷，走得忧伤，他猜想纵使能与妻子相逢，她也应认不出自己，因为自己满面风尘，鬓已如霜。

夜来忽入幽梦，在梦中回到了故乡。作者看到熟悉的小轩窗，看到年轻秀丽的妻子正坐在窗下梳妆。两人相见无言而泣，流下泪水千行。明月朗照的夜里，遍植矮松的小山冈，那里静默着妻子的坟冢，让作者年年为之断肠。

蝶恋花　　苏轼

花褪残红青杏小。燕子飞时，绿水人家绕。枝上柳绵吹又少，天涯何处无芳草！

墙里秋千墙外道。墙外行人，墙里佳人笑。笑渐不闻声渐悄，多情却被无情恼。

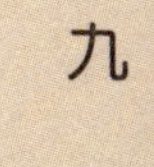

【赏析】

独自漫步于暮春之初，作者感受着杏树枝头残红落尽、果实初现的盎然生意，放情于燕子低飞徘徊，绿水环绕人家的惬意舒松，既为柳絮渐少这春天将去的征兆而叹惋，也为茂盛葱翠、无处不生的芳草中寄寓的希望而欣慰。

由人家院外经过，他看到高出院墙的秋千架，听到了墙内女子的欢笑声，于是驻足停留，陶醉遐想在这天真悦耳的声音中。可惜笑声渐渐隐去，不多时便只剩下满院的寂静。墙内人自是进行着日常的作息，墙外人却感到惆怅懊恼，但这墙内“无情”与墙外人短暂的“相遇”，又何尝不是缘起于墙外人的善感多情？

永遇乐　苏轼

彭城夜宿燕子楼，梦盼盼，因作此词。

明月如霜，好风如水，清景无限。曲港跳鱼，圆荷泻露，寂寞无人见。紞如三鼓[①]，铿然一叶，黯黯梦云惊断。夜茫茫，重寻无处，觉来小园行遍[②]。

天涯倦客，山中归路，望断故园心眼。燕子楼空，佳人何在？空锁楼中燕。古今如梦，何曾梦觉，但有旧欢新怨。异时对[③]，黄楼夜景[④]，为余浩叹。

【注释】

①紞（dǎn）如三鼓：三更鼓响。②觉来：醒来。③异时：将来。④黄楼：苏轼任徐州太守时于徐州城上所建高楼。

【赏析】

燕子楼是唐徐州刺史张建封侍妾关盼盼的居所，张建封死后，盼盼念旧爱而不嫁，在楼中独居十余年而终。这首词是作者夜宿燕子楼时因梦到盼盼而写的感梦抒情之作。

词文上阕写入梦前楼台周围美丽的景色和惊梦后怅然若失的心情。下阕写梦醒后的思绪。作者醒后因心绪纷乱而不能再眠，他既对羁旅生活感到厌倦，又为燕子楼的人去楼空而伤感，回想自己的曲折经历，追怀盼盼的悲喜人生，他不由得慨叹人世代谢有如梦幻，但包括自己在内的人们却还因为执着于人生的旧欢新怨而少有梦醒者。结尾推想到他日后人也将凭吊自己所建黄楼，深含“后之视今亦犹今之视昔”的时空感慨。

浣溪沙　苏轼

游蕲水清泉寺，寺临兰溪，溪水西流。

山下兰芽短浸溪，松间沙路净无泥。萧萧暮雨子规啼。

谁道人生无再少？门前流水尚能西。休将白发唱黄鸡。

【赏析】

苏轼被贬黄州后，托人在黄州东南的沙湖买了些田，打算以此消遣时光。他相田回来后，得了臂肿病，便到麻桥庞安常那里求医。庞安常是个聋子，但医道高明，一次就治好了苏轼的病，之后苏轼高兴地和他游览了清泉寺。

清泉寺临溪水，溪水向西流淌，溪畔浸生着短短的兰芽，通往寺门的松间沙路净洁无泥。作者畅游了清泉寺，归来的时候赶上潇潇暮雨，听到杜鹃凄厉的啼声。不过他并没有因此而心生惆怅，倒是振作精神，说出了“谁说人生无再少？门前流水尚能西流，休对白发怨鸡啼”的壮语。

浣溪沙　苏轼

簌簌衣巾落枣花，村南村北响缫车[①]，牛衣古柳卖黄瓜[②]。

酒困路长惟欲睡，日高人渴漫思茶，敲门试问野人家[③]。

【注释】

①缫（sāo）车：缫丝用的器具。②牛衣：用

麻或草织的衣服。③野人家：农户家。

【赏析】

此词为苏轼于徐州任知州时一次夏日旅途中所作。

枣花扑衣，簌簌有声；缫车纺丝，嘈嘈盈耳。还有人披着蓑衣，在古柳下叫卖黄瓜。路长，日高，作者酒困欲睡，口渴思茶，于是敲响农家门，试向农人求茶。词中不但展现了作者治下的乡村平静祥和的生活景象，他作为一位知州，却以普通人的身份求茶解渴，更体现出苏轼尊重人民大众的美德和温文尔雅的文人风度。

卜算子　　李之仪

我住长江头，君住长江尾。日日思君不见君，共饮长江水。

此水几时休，此恨何时已。只愿君心似我心，定不负相思意！

【赏析】

词以一位女子的口吻，向自己的爱人倾诉衷肠。这对恋人虽是同住长江边，共饮长江水，却相隔遥远，不能常常见面。对于女子来讲，那东流的江水正像一条纽带连接着爱人与她，承载着她太多的思念，日日如此，绵长无绝。面对着现实的阻隔，女子没有办法，她唯将一腔真情热盼尽皆付出作为填补，留下了“只愿君心似我心，定不负相思意”的坚定誓言。

减字木兰花　竞渡　　黄裳

红旗高举，飞出深深杨柳渚。鼓击春雷，直破烟波远远回。

欢声震地，惊退万人争战气。金碧楼西，衔得锦标第一归。

【赏析】

词写端午节赛龙舟的热烈场面。上阕写红旗高举的龙舟从杨柳茂密的小洲中疾驰而出，穿云破雾，来去如电，四面鼓声如雷。下阕写比赛结束时欢声动地，一扫比赛中如箭在弦、疆场厮杀般的紧张气氛。获胜者在金碧楼西捧得锦标归来，驾龙舟行进于人们面前以示胜利。

眼儿媚　　王雱

杨柳丝丝弄轻柔，烟缕织成愁。海棠未雨，梨花先雪，一半春休。

而今往事难重省，归梦绕秦楼。相思只在，丁香枝上，豆蔻梢头。

【赏析】

王雱是王安石之子，他体弱多病，王安石因而让其妻独居楼上，后别嫁。王雱怀念妻子，故写下了这首词。

本词情感细腻缠绵，从春愁写到离愁，抒发了作者既对妻子难以忘怀，又不忍重温往事的矛盾心情。结尾处说相思之情寄挂在丁香枝上、豆蔻梢头，一语双关，不但讲出了思念的无从断绝、遇时而发，也将妻子青春秀雅的样貌隐约其中，意蕴深长，耐人回味。

念奴娇　　黄庭坚

八月十七日，同诸生步自永安城楼，过张宽夫园待月，偶有名酒，因以金荷酌众客。客有孙彦立，善吹笛。援笔作乐府长短句，文不加点。

断虹霁雨[①]，净秋空，山染修眉新绿[②]。桂影扶疏[③]，谁便道，今夕清辉不足？万里青天，姮娥何处，驾此一轮玉？寒光零乱，为谁偏照醽醁[④]？

年少从我追游，晚凉幽径，绕张园森木。共倒金荷[⑤]，家万里，难得尊前相属[⑥]。老子平生[⑦]，江南江北，最爱临风笛。孙郎微笑[⑧]，坐来声喷霜竹[⑨]。

【注释】

①霁雨：雨停。②修眉新绿：此处用来形容山色如美人新画蛾眉之黛色。③扶疏：形容

月中桂影斑驳。④酃（líng）醁（lù）：美酒名。⑤倒金荷：倒酒在金荷叶中。⑥属（zhǔ）：劝酒。⑦老子：老夫，诗人自指。⑧孙郎：即序中之孙彦立。⑨霜竹：指笛子。

【赏析】

词文上阕描绘暮雨过后张园中所见美丽景色：彩虹消散，秋空明净如洗，山峰碧绿如染，不多时月亮升起来了，虽然中秋已过，但清辉不减，月光照着莹澈的美酒。下阕抒情，写当此良辰美景与诸甥辈在园中赏月饮酒的畅快惬意，表达出作者得欢便作乐，不以人生得失为意的旷达情怀。

水调歌头 游览　　黄庭坚

瑶草一何碧①，春入武陵溪②。溪上桃花无数，花上有黄鹂。我欲穿花寻路，直入白云深处，浩气展虹霓。只恐花深里，红露湿人衣。

坐玉石，欹玉枕，拂金徽③。谪仙何处？无人伴我白螺杯。我为灵芝仙草，不为朱唇丹脸，长啸亦何为？醉舞下山去，明月逐人归。

【注释】

①瑶草：仙草。②武陵溪：用陶渊明《桃花源记》故事。③金徽：金饰的琴徽，此指代古琴。

【赏析】

春天来到武陵溪，看到仙草丛生，青翠欲滴。一条清亮的小溪蜿蜒其间，溪旁有桃花无数，枝上有黄鹂的婉转歌唱。作者想要穿过桃花林，寻找那通向白云深处的道路，然后敞开胸怀，让浩气化作彩虹；但却顾虑花海深深，花露会打湿衣衫。他也想坐玉石、倚玉枕、抚瑶琴，畅快地享受悠兴闲情，只可惜潇洒疏狂的谪仙已然远去，没有知音陪伴他饮酒赋诗，笑谈人生。作者说：我是灵芝仙草，孤芳自赏，不愿媚世就俗，但我也不会公然地长啸抗世。一念及此，他仿佛已然确定处世之道，于是在月光的伴照下醉舞下山了。

清平乐　黄庭坚

春归何处？寂寞无行路。若有人知春去处，唤取归来同住。

春无踪迹谁知？除非问取黄鹂。百啭无人能解，因风飞过蔷薇。

【赏析】

怅问过“春归何处”，寂寞的词人凄凄而不知该向何方行路，他说如果有人晓得春天的去处，请将春天唤回同住。四处找寻不到春天离去的行踪，词人想到去询问逢春而啼的黄莺，黄莺低回婉转地说了许多，但他不解莺语。一阵风来，莺儿乘风飞入蔷薇丛中，蔷薇花开，说明夏已临，词人也终于清醒地意识到，春天确乎是不会回来了。

鹧鸪天　黄庭坚

黄菊枝头生晓寒，人生莫放酒杯干。风前横笛斜吹雨，醉里簪花倒着冠。

身健在，且加餐。舞裙歌板尽清欢。黄花白发相牵挽，付与时人冷眼看。

【赏析】

据《莲堂诗话》载，史应之，眉山人，落魄无检，授馆于人，黄庭坚每与之互赠诗词相戏。此词是作者在宴席上与史应之唱和之作。词文表现出胸有郁愤的作者的种种反叛姿态。

由看到清晨菊花枝头显露出的寒意而想到美景不长，继而又联想到人生也是转瞬即逝。然而作者不求有所作为，却强调“莫放酒杯干”。他还要顶风冒雨吹奏横笛，要在酒酣时插花于发，反戴帽子，要趁着身体健康努力加饭加餐，在佳人歌舞的陪伴下尽情欢乐。头上黄花映衬着斑斑白发，兀傲的作者就要以这副疏狂模样展示在世人面前，任他们冷眼相看。

洞仙歌　李元膺

一年春物，惟梅柳间意味最深。至莺花烂漫时，则春已衰迟，使人无复新意。余作《洞仙歌》，使探春者歌之，无后时之悔。

雪云散尽，放晓晴池院。杨柳于人便青眼[①]。更风流多处，一点梅心相映远。约略颦轻笑浅。

一年春好处，不在浓芳，小艳疏香最娇软。到清明时候，百紫千红花正乱，已失春风一半。早占取韶光[②]，共追游，但莫管春寒，醉红自暖。

【注释】

①青眼：指柳叶初生似人眼。　②韶光：春光。

【赏析】

这是一首写早春的词作。

正如序中所说，他所认为的赏春的最佳时节不须等到莺花烂漫，而是梅花将落，柳叶初生的时候最具意味，故词之着眼，全在盎然春意之上。上阕写春回大地时的情景，充满意趣，如柳叶以青眼待人、梅花轻颦浅笑的描写，尽显作者轻倩诙谐的笔风。下阕写赏春须早，莫待浓芳馥郁之时的主张，深含作者对于盛衰转换的参悟，扣合主题，但并不死板说理，让人在惬意中获得启示。

渔家傲　朱服

小雨纤纤风细细，万家杨柳青烟里，恋树湿花飞不起。愁无际，和春付与东流水。

九十光阴能有几？金龟解尽留无计[①]。寄语东阳沽酒市，拚一醉，而今乐事他年泪。

【注释】

①金龟：唐武则天时，三品以上官员佩金龟。

【赏析】

词文上阕写暮春光景：绵绵春雨，细细春风，千家万户在雨雾柳色中静默着。花儿已到了凋落的时节，但因被雨水打湿而黏缀在树畔枝头，仿佛不忍离去。作者有感于春之将尽，心中生出无限的幽情暗恨，他希望东流的水能将这一腔春愁带走。九十天的春光倏忽而过，作者愿将宝贵如金龟者奉献，却不能换得春天的稍作停留。无计可施的他于是沽酒买醉，也算是不负春光。人生短暂而多波折，一时的纵情狂欢终究不能掩住永恒的生命之悲，作者深深地知道，而今的乐事，免不了成为他年回忆今朝时的泪水。

青门饮 寄宠人　　时彦

胡马嘶风，汉旗翻雪，彤云又吐[①]，一竿残照。古木连空，乱山无数，行尽暮沙衰草。星斗横幽馆[②]，夜无眠，灯花空老。雾浓香鸭[③]，冰凝泪烛，霜天难晓。

长记小妆才了[④]。一杯未尽，离怀多少。醉里秋波，梦中朝雨，都是醒时烦恼。料有牵情处，忍思量[⑤]，耳边曾道：甚时跃马归来[⑥]，认得迎门轻笑。

【注释】

①彤云：下雪前密布的阴云。②幽馆：幽寂的馆舍。③香鸭：鸭形的熏香炉子。④小妆：简单的梳妆。⑤忍思量：怎忍思量。⑥甚时：什么时候。

【赏析】

此词为作者出使辽的途中所作，寄托的是对佳人的思念之情。上阕写北国风光，极力渲染那里空旷萧索、惨淡荒凉的景况，抒发出作者于行役之中寂寞凄凉的情怀。下阕回忆与佳人离别时难分难舍的情景，诉说分别后对她魂系梦牵、无

从解脱的相思之苦。结句直引分别时佳人附耳小语：到时候跃马归来啊，可一定要记得我迎门望你的微笑。情深意浓，含味不尽。

望海潮　秦观

梅英疏淡[1]，冰澌溶泄[2]，东风暗换年华。金谷俊游[3]，铜驼巷陌[4]，新晴细履平沙。长记误随车[5]。正絮翻蝶舞，芳思交加[6]。柳下桃蹊[7]，乱分春色到人家。

西园夜饮鸣笳。有华灯碍月[8]，飞盖妨花[9]。兰苑未空，行人渐老，重来是事堪嗟！烟暝酒旗斜[10]。但倚楼极目，时见栖鸦。无奈归心，暗随流水到天涯。

【注释】

①梅英：梅花。②澌（sī）：冰。③金谷：金谷园，在洛阳西北，为晋人石崇所建，著名的饮宴游乐之处。俊游：指与诸俊杰同游。④铜驼巷陌：指铜驼路，因竖有铜驼而得名。⑤误随车：因车水马龙而跟错了车子。⑥芳思：春思。⑦桃蹊：两边种着桃花的小路。⑧华灯碍月：形容灯光明亮，连月亮也因之失去了光辉。⑨飞盖：飞驰的华舆。⑩烟暝：指日近黄昏，暮烟霭霭。

【赏析】

宋哲宗绍圣元年（1094年），秦观被贬为杭州通判，临行前重游西园，抚今追昔，感慨万千，因作此词。

冬去春来，年华暗换，词人忆起昔日与好友同游名都佳园，赏览春光的轻松惬意，忆起共饮西园的纵情欢乐，不禁感慨系之。佳园依旧，但人渐衰老，故地重游，事事皆堪哀叹。昏暗的暮烟中，一帘酒旗斜挑，倚楼极目处，时见晚鸦归巢。晚鸦归巢，词人思归之情，也“暗随流水到天涯”。

八六子　秦观

倚危亭，恨如芳草，萋萋刬尽还生[1]。念柳外青骢别后[2]，水边红袂分时[3]，怆然暗惊[4]。

无端天与娉婷，夜月一帘幽梦，春风十里柔情。怎奈向，欢娱渐随流水，素弦声断，翠绡香减，那堪片片飞花弄晚，濛濛残雨笼晴。正销凝，黄鹂又啼数声。

【注释】

①刬：同“铲”。②青骢：毛色青白相杂的马。③红袂：红袖。④怆然：悲伤的样子。

【赏析】

宋神宗元丰年间，秦观在扬州结识了一名美丽多情的青楼女子，此词是他离开扬州后所写的伤别怀人之作。

独倚高亭，离恨如充满视野的萋萋芳草，除之又生，层出不穷。作者凄然想起柳外系马，手执伊人红袖话别的情景，不由得怆然无限。女子虽为歌妓，却是天生丽质，对自己情深意长。作者永难忘怀月夜下相依相悦的一帘幽梦，还有她那走遍十里扬州路都难以找到的柔情。无奈欢娱如流水逝去，她弹奏的清越琴音不可复闻，赠予自己的绿丝巾已然香消翠减，情意凄迷的作者面对落花片片、残雨笼晴的暮色，已觉得不堪忍受。他正暗自伤神，耳边偏又传来数声莺啼，更增添了许多烦扰。

满庭芳　秦观

山抹微云，天粘衰草，画角声断谯门[1]。暂停征棹，聊共引离尊[2]。多少蓬莱旧事，空回首，烟霭纷纷。斜阳外，寒鸦万点，流水绕孤村。

消魂。当此际，香囊暗解，罗带轻分。谩赢得、青楼薄幸名存。此去何时见也？襟袖上，空惹啼痕。伤情处，高城望断，灯火已黄昏。

【注释】

①画角：军中号角。谯(qiáo)门：建有瞭望楼的城门。②聊共：姑且一同。离尊：离别之酒。

【赏析】

山上微云轻抹，城外衰草连天，谯楼上刚吹过黄昏报时的号角。作者暂让行舟等候，与心上人举酒话别。多少欢乐情事已成过往，回首只见茫茫暮霭、纷纷烟云。斜阳外，寒鸦万点，流水绕孤村，二人解下贴身之物以为临别纪念，此时此刻，此情此景，让人销魂。

作者仕途困顿，游宦四方，半生来，功名不就，空赢得薄情郎的恶名。此地一别，他不知道何时才能与她再次相见，两人相对无奈啜泣，襟头袖口空惹泪痕。他最终满怀伤感地离去，高城逐渐淡出视野，望处只见一片灯火黄昏。

江城子　秦观

西城杨柳弄春柔，动离忧，泪难收。犹记多情曾为系归舟。碧野朱桥当日事，人不见，水空流！

韶华不为少年留，恨悠悠，几时休？飞絮落花时候一登楼。便作春江都是泪，流不尽，许多愁。

【赏析】

轻柔婀娜的西城杨柳，牵动了作者的离愁，他潸然落泪，不能自已，情不自禁地回忆起多情柳丝曾将自己归去的小舟缠绊挽留。他曾在这里和情人漫步绿野、相候朱桥，只是故地重游，昔人已不见，唯有一江春水空自流淌。青春不为少年留，作者心中有愁恨悠悠；他在这飞絮落花的暮春时节登楼怅望，叹息哪怕眼前的江水全部化作泪水，也流不尽自己的许多愁。

鹊桥仙　秦观

纤云弄巧，飞星传恨，银汉迢迢暗度。金风玉露一相逢，便胜却人间无数。

柔情似水，佳期如梦，忍顾鹊桥归路！两情若是久长时，又岂在朝朝暮暮。

【赏析】

牛郎织女的故事，在汉代就已经开始流传了。传说他俩受天帝的限制，分居银河两侧，一年中只有七月七日晚上（七夕）才得相会，乌鹊为之搭桥引渡。

丝丝彩云变幻成各种图案，那是织女巧手织成的云锦；闪亮的流星飞过银河，替牛、织二星传递着离愁别恨。七月初七的夜晚，多情的乌鹊架起长桥，那秋风白露中的一次欢聚，便胜过人间的千次万次。绵绵温情，似水般柔美；相逢的喜悦，把人带入梦境。只是那成就团圆的鹊桥，转眼间便要成为分离的归路，又让人怎忍回顾！作者说，两人若是真诚相爱，并不一定要形影不离、相伴朝朝暮暮。

千秋岁　秦观

水边沙外，城郭春寒退。花影乱，莺声碎。飘零疏酒盏[①]，离别宽衣带[②]。人不见，碧云暮合空相对。

忆昔西池会。鹓鹭同飞盖[③]。携手处，今谁在？日边清梦断[④]，镜里朱颜改。春去也，飞红万点愁如海。

【注释】

①疏酒盏：多时不饮酒。②离别宽衣带：意为离别使人消瘦。③鹓（yuān）鹭：比喻品级差不多的同僚。④日边：指在皇帝身边。

【赏析】

绿水之旁，沙岸之畔，举目一望，城郭内外春寒退去，已是一派“花影乱，莺声碎”的大好春光。作者飘零在外，许久不曾欢饮，人生中一次次的离别，更使他衣带渐宽。孤孤单单的他，

此时默然凝望着逐渐合拢的暮云。

作者回忆起往昔与朋友们相聚西池，乘车同游的快乐时光，怅然于这一班曾经携手并肩之人的风流云散，悲叹回京无望、青春老去。词尾以“春去也，飞红万点愁如海”宣泄内心痛苦，句中的“春”是指作者的人生之春、事业之春。

踏莎行　秦观

雾失楼台，月迷津渡[①]，桃源望断无寻处。可堪孤馆闭春寒，杜鹃声里斜阳暮。

驿寄梅花，鱼传尺素[②]，砌成此恨无重数。郴江幸自绕郴山[③]，为谁流下潇湘去？

【注释】

①津渡：渡口。②尺素：指书信。③郴（chēn）江、郴山：在今湖南郴州。幸自：本自。

【赏析】

由于朝廷中的新旧党争，秦观于绍圣元年被贬出京，之后一再遭受贬谪，直至被削去官职，远徙郴州。此词是绍圣四年（1097 年）秦观在郴州旅馆所作。

词作寓情于景，以凄迷的暮春景色烘托作者沦落天涯的迷茫、孤苦的心境，以质问郴江为何不安分地环绕郴山而流，却要远下潇湘自嘲身世，讽喻自己本可安贫自守，却因为出仕而卷进政治旋涡。除此之外，作者还写道亲朋的书信不但不能让他感到慰藉，反而让他心中累恨积怨，真实地托显出谪贬之人复杂的内心世界和痛苦的心灵挣扎。

浣溪沙　秦观

漠漠轻寒上小楼，晓阴无赖似穷秋[①]。淡烟流水画屏幽。

自在飞花轻似梦，无边丝雨细如愁。宝帘闲挂小银钩。

【注释】

①无赖：无可奈何。穷秋：深秋。

【赏析】

漠漠轻寒侵入小楼，漫漫无边、挥不走、逃不脱的晨阴让人恍如处在清冷的残秋，幽静的画屏上，淡烟流水，迷蒙渺远，意味悠悠。楼前花儿自在飘落，好似梦中，悄然无声；蒙蒙细雨笼盖天地，无边无垠，细密如愁。小银钩上，宝帘闲挂，无人舒卷。

行香子　　秦观

树绕村庄，水满陂塘[①]。倚东风，豪兴徜徉。小园几许，收尽春光。有桃花红，李花白，菜花黄。

远远围墙，隐隐茅堂。飏青旗[②]，流水桥傍。偶然乘兴，步过东冈。正莺儿啼，燕儿舞，蝶儿忙。

【注释】

①陂（bēi）塘：池塘。②飏（yáng）：飞扬，飘扬。青旗：青色的酒幌子。

【赏析】

树绕村庄，水满池塘，在东风的吹拂下，词人意兴满怀，自在闲游。路过的园子虽然不大，但收尽春光，园子里桃花红，李花白，菜花黄。远远地看到围墙，围墙中隐约坐落着几间茅屋，向那里走去，小桥流水，飘扬的酒旗也随之一一清晰起来。因为兴致不减，词人所以更走过了东面的山冈，那里啊，莺啼燕舞，蜂蝶儿正在繁忙。

半死桐　思越人　　贺铸

重过阊门万事非[①]，同来何事不同归？梧桐半死清霜后，头白鸳鸯失伴飞。

原上草，露初晞[②]，旧栖新垅两依依[③]。空床卧听南窗雨，谁复挑灯夜补衣！

【注释】

①阊门：指苏州西门，作者旧居所在。②露初晞（xī）：意为露水刚刚被太阳蒸干。③垅：坟头。

【赏析】

贺铸的妻子是宗室赵克彰的女儿。赵氏虽然是皇族千金，但出嫁后却不辞劳苦，勤俭持家，对贺铸十分体贴，夫妻二人感情很好。此词为赵氏去世后贺铸为她写的悼亡词。

作者重游旧居阊门，触景思人，想起曾随自己游宦至此却未得同归的妻子，不由得悲从中来。他以半死梧桐、失伴鸳鸯比喻如今的自己，足见其对亡妻的一往情深和失去妻子后难以自拔的悲痛。

清晨，青草上的露水很快被初阳晒干，作者感慨人生短暂有如朝露转瞬即逝；面对着依依相望的妻子新坟和旧时居所，则更令他肝肠寸断。夜晚，他躺在空空的床上听窗外的风雨，伤叹妻走以后，再没有人挑亮灯烛，于夜深时为自己缝补衣衫。

杵声齐　古捣练子　　贺铸

砧面莹，杵声齐，捣就征衣泪墨题。寄到玉关应万里，戍人犹在玉关西。

【赏析】

此词旨在表达长期不平的边患给千万家庭、万千征夫思妇造成的深重痛苦。

捣衣石被磨得晶莹光洁，捣衣声整齐而有节奏，响彻夜空。万千妻子捣罢征衣，用和着相思泪水的墨汁在裹衣的封套上写下丈夫的名字。这包裹传寄到荒凉的玉门关时应已走过万里之遥，让妻子们叹息的，是日夜思念的丈夫还远戍在玉门关西。

芳心苦　　贺铸

杨柳回塘[1]，鸳鸯别浦[2]，绿萍涨断莲舟路。断无蜂蝶慕幽香，红衣脱尽芳心苦[3]。

返照迎潮，行云带雨，依依似与骚人语。当年不肯嫁春风，无端却被秋风误。

【注释】

①回塘：曲折的水塘。②别浦：分支的入水口。③芳心苦：莲子味苦，故云。

【赏析】

这是一首咏物寄情的词，所咏者荷花，所寄托的是作者的心志和对身世的感伤。

词中的荷花不但体现着红衣苦心、淡香幽远的绝俗风貌，更是独自开放在“回塘”“别浦”这样少有人迹的地方，身处在绿萍深处，蜂蝶不来采，莲女不来摘。遥想作者一生，何尝不似这荷花一般，因本性耿介、不合俗流而寂寞无闻，一任年华空逝；所赖唯是清洁自守、孤芳自赏。夕阳西下时，当晚潮涨起，天边一抹行云又夹带着寒雨而来，那随波摇曳的荷花仿佛要向作者诉说些什么。作者说那是它在叹息自己当年未随春风之便而展露芳容于人间，待到放下矜持，想要伺时绽放却暗惊秋风已至。这是荷花的悲哀吗？——这是作者的悲哀。

青玉案　贺铸

凌波不过横塘路[①]，但目送，芳尘去。锦瑟华年谁与度[②]？月桥花院，琐窗朱户[③]，只有春知处。

飞云冉冉蘅皋暮[④]，彩笔新题断肠句。试问闲愁都几许？一川烟草，满城风絮，梅子黄时雨。

【注释】

①凌波：形容女子脚步轻盈，飘移如履水波。②锦瑟华年：唐李商隐《锦瑟》载，“锦瑟无端五十弦，一弦一柱思华年”。③琐窗：有锁链形纹饰的窗子。④冉冉：渐渐地。蘅皋：长满香草的高地。

【赏析】

作者在苏州郊外闲游偶遇一位佳人，但却没有相识的缘分，故而写下词文寄

托情怀。

轻盈的脚步不曾移向自己所居住的横塘，作者只得无可奈何地目送她远去，他猜想着她的青春年华会与何人一起度过，他觉得她一定住在有小桥、有鲜花、有精致房屋的庭院里，并且，只有春天才知道那庭院在哪里。

不晓得痴立了多久，回过神来，只见飞云冉冉飘过，暮色已然苍茫。作者提起多情妙笔写下惆怅的词句，词中自问闲愁几许，还以比喻作答：如遍地春草弥望无际，如满城风絮铺天彻地，如绸缪浓密、挥散不尽的梅子黄时雨。

六州歌头　贺铸

少年侠气，交结五都雄[①]。肝胆洞[②]，毛发耸。立谈中，死生同，一诺千金重。推翘勇[③]，矜豪纵，轻盖拥，联飞鞚[④]，斗城东。轰饮酒垆，春色浮寒瓮，吸海垂虹。间呼鹰嗾犬[⑤]，白羽摘雕弓，狡穴俄空。乐匆匆！

似黄粱梦，辞丹凤[⑥]，明月共，漾孤篷。官冗从[⑦]，怀倥偬[⑧]，落尘笼，簿书丛[⑨]。鹖弁如云众[⑩]，供粗用，忽奇功。笳鼓动，渔阳弄，思悲翁。不请长缨，系取天骄种[⑪]，剑吼西风。恨登山临水，手寄七弦桐[⑫]，目送归鸿。

【注释】

①五都：唐代有上都长安、东都洛阳、西都凤翔、北都太原五大都城，此处泛指各大都市。②肝胆洞：真诚以待，肝胆相照。③翘勇：骁勇。④飞鞚（kòng）：马飞驰。马笼头，借指马。⑤嗾（sǒu）：发出声音来指示狗。⑥丹凤：指代京城。⑦冗从：散职侍从官。⑧倥偬：指奔波劳苦。⑨薄书丛：指堆积的官府文书。⑩鹖（hé）弁（biàn）：以羽为装饰的武士冠。⑪天骄种：指胡人。⑫七弦桐：指琴。

【赏析】

词人少年侠义，爱好结交各地的英雄。他们或在京城之东竞争骁勇，矜夸豪

纵，轻车相从，并马飞驰；或在酒垆鲸吸虹饮，谈笑喧嚣；或者呼鹰使犬，搭箭弯弓，将狡兽巢穴猎取一空。快乐转瞬即逝，好似黄粱一梦，如今身居散职，整日为尘俗事务束缚，陷入了繁杂的文书堆中。他感叹芸芸武将，都只做些无意工作，无法建功立业；他得知边烽已起，自悲报国无门，连身边的宝剑似乎也在为主人愤愤不平。无可奈何之下，作者登山临水，弹起瑶琴，寄出自己心中的感情。

石州引　贺铸

薄雨初寒，斜照弄晴，春意空阔。长亭柳色才黄，远客一枝先折。烟横水际，映带几点归鸦，东风消尽龙沙雪[①]。还记出关来，恰而今时节。

将发。画楼芳酒，红泪清歌，顿成轻别。已是经年，杳杳音尘多绝。欲知方寸[②]，共有几许清愁？芭蕉不展丁香结[③]。枉望断天涯，两厌厌风月。

【注释】

①龙沙：指塞外。②方寸：指心。③丁香结：丁香的花蕾。古人常以丁香结喻愁思凝结之状。

【赏析】

雨住寒收，夕阳晚晴，春意无边。长亭柳色初黄，不知何人马下折柳送别。放眼而望，烟横水漫，映带着几点归鸿；东风吹拂，塞外积雪已然融尽。作者忆起那年出得关来，正是这个季节。他回想起将要启程的时候，在画楼筵上，她泪水盈盈、清歌话别的样子，叹息离别容易，别后数年，伊人音信全无。几许清愁笼在心头，“我”如芭蕉不展，她则应如丁香含苞；这天涯两端同是憔悴与世事无关，都因别情所致。

思越人　贺铸

紫府东风放夜时[①]，步莲秾李伴人归[②]。五更钟动笙歌散，十里月明灯火稀。

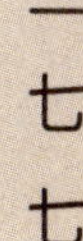

香苒苒，梦依依，天涯寒尽减春衣。凤凰城阙知何处，寥落星河一雁飞。

【注释】

①紫府：指京城。②步莲：莲步，形容女子步姿娇美。秾李：形容美人容貌如同秾艳的李花。

【赏析】

京城繁华热闹之景，莫过于元夜；而这夜的景象和人物，又给词人留下了最深刻美好的印象：佳节夜晚，京城解除了宵禁，花市赏灯之后，又有美人依伴，相携归来；然后是彻夜的歌舞欢乐，直到五更钟响，人们散去。明月朗照着十里长街，人声悄静，灯火稀疏。

从似梦般的回忆中醒来，面对的是流落天涯的现实。在这暮春时节的黎明，词人叹息京城迢递，难以回归；在晨星寥落、晨光熹微的天幕下，一只失群的大雁在孤单地飞翔。

南柯子 忆旧　　仲殊

十里青山远，潮平路带沙。数声啼鸟怨年华，又是凄凉时候在天涯。

白露收残月，清风散晓霞。绿杨堤畔问荷花：记得年时沽酒那人家？

【赏析】

远方是十里青山，绵亘不断，脚下是与潮水平齐的道路，路上满是退潮时遗留的泥沙。有鸟鸣传来，仿佛向人们诉说着年华易逝的伤感，词人满怀凄凉，又一次于凄凉时候漂泊在天涯。

晨露晶莹，残月随之被送走；晓风清爽，吹散了天边的朝霞。走到那似曾相识的绿杨堤畔，词人询问起塘中盛开的荷花：你还记得那年到此买酒喝的那个人吗？

诉衷情　　仲殊

清波门外拥轻衣，杨花相送飞。西湖又还春晚，水树乱莺啼。

闲院宇，小帘帏，晚初归。钟声已过，篆香才点，月到门时。

【赏析】

宝月山与西湖清波门相邻近，仲殊和尚将薄衫搭在手臂上，在飘飞杨花的相送下，由清波门而归宝月山；这西湖边的春晚，是长堤烟树，是燕语莺啼。

回来宝月山居所，庭院闲静，帘帏低垂，寺僧们都已安然就寝。这归来的时间，是寺院的钟声已经响过，是香炉吐出第一缕青烟，是月照轻悄地移入了门内。

摸鱼儿 东皋寓居　　晁补之

买陂塘，旋栽杨柳[①]，依稀淮岸湘浦。东皋嘉雨新痕涨[②]，沙嘴鹭来鸥聚。堪爱处。最好是，一川夜月光流渚。无人独舞。任翠幄张天，柔茵藉地[③]，酒尽未能去。

青绫被，莫忆金闺故步[④]，儒冠曾把身误。弓刀千骑成何事？荒了邵平瓜圃[⑤]。君试觑。满青镜，星星鬓影今如许。功名浪语。便似得班超，封侯万里，归计恐迟暮。

【注释】

①旋：随即。②东皋：指水边的向阳高地。③藉（jiè）地：铺地。④金闺：即金马门，汉代官员于金马门外候旨听宣。⑤邵平：秦人，秦亡后隐居在长安城东种瓜。

【赏析】

买池塘，栽杨柳，将斯地布置得仿佛淮水岸边。每逢好雨过后，池面涨起，沙洲上鸥鹭聚集，景色甚是喜人。作者最爱夜来明月流光，川渚生辉。他会在月下独舞，头上是遮天的树荫，脚下是绵软的草地，直叫人酒尽而不忍离去。

经历了宦海沉浮，如今欲要忘掉仕途故步，他认为读书做官无意义。面对镜中斑白的头发，作者感慨岁月蹉跎，功名尽是空话。他说，即便能像班超那样建功西域，也不过落得个迟暮之年才得以返归故里。

盐角儿 亳社观梅　　晁补之

开时似雪，谢时似雪，花中奇绝。香非在蕊，香非在萼[1]，骨中香彻。

占溪风，留溪月，堪羞损，山桃如血。直饶更[2]，疏疏淡淡，终有一般情别。

【注释】

①萼（è）：花萼。②直饶：即使，尽管如此。

【赏析】

词写白梅。作者赞白梅开似雪，落似雪，是花中奇绝，还赞它清香不从蕊中来，不从萼中来，而是香彻花骨。在作者看来，一株溪边迎风而立、身洒月光的白梅可令如血般鲜艳夺目的山桃黯然失色。而况它疏疏淡淡，别有一番风姿神韵。

秋蕊香　　张耒

帘幕疏疏风透，一线香飘金兽。朱栏倚遍黄昏后，廊上月华如昼。

别离滋味浓于酒，著人瘦。此情不及墙东柳，春色年年如旧。

【赏析】

风儿从稀疏的帘幕间微微透进来，屋里的铜香炉吐着一缕香烟。在黄昏后心怀愁绪地徘徊闲走，倚遍了庭院中的红色栏杆，不经意间注意到，明亮的月光已将屋廊照得如同白昼。深深叹息别离的滋味比酒更浓，让人日渐憔悴消瘦。与她的这一段感情尚不能比墙东垂柳，年年春天来临，柳色青青依旧。

临江仙　侯蒙

未遇行藏谁肯信，如今方表名踪。无端良匠画形容，当风轻借力，一举入高空。

才得吹嘘身渐稳，只疑远赴蟾宫。雨余时候夕阳红，几人平地上，看我碧霄中。

【赏析】

相传侯蒙久困于考场，三十一岁时才有了资格去考进士。考生们见他相貌奇丑，便纷纷取笑他，更有好事者在风筝上写了他的名字然后放飞，讥讽他妄想上天。侯蒙见了非但不生气，还说是好兆头。便作了这首词，词中便把自己当作风筝。后来他一举考中进士，历任要职。

从前深藏不露是因为无所遇合，如今刚刚显现了名声和踪迹。谁知优良的工匠为自己画上了容貌，“风筝”于是要乘着风力，一举飞入高空。它越飞越稳，越飞越高，仿佛用不了多时就可到达那让人神往的月宫。而当雨过天晴，夕阳盛美，世人要站在平地上，看“风筝”要高挂碧空中。

瑞龙吟　周邦彦

章台路，还见褪粉梅梢，试花桃树。愔愔坊陌人家，定巢燕子，归来旧处。

黯凝伫，因念个人痴小，乍窥门户。侵晨浅约宫黄[1]，障风映袖[2]，盈盈笑语。

前度刘郎重到，访邻寻里，同时歌舞。惟有旧家秋娘，声价如故。吟笺赋笔，犹记燕台句。知谁伴，名园露饮，东城闲步？事与孤鸿去，探春尽是，伤离意绪。官柳低金缕[3]，归骑晚，纤纤池塘飞雨。断肠院落，一帘风絮。

【注释】

①官黄：官中用的黄色眼影粉。②障风：披风。③低金缕：指柳枝低垂。

【赏析】

绍圣四年（1097年）春，周邦彦出任外官期满后，回到京师，旧地重游，追怀往事，思念并寻找当年眷恋过的一位歌妓，由此引发了无限感慨。

梅花残、桃花发的时节，走在烟花巷陌，寻访那熟悉的院落。院落寂静无人，唯见燕子飞来旧巢，作者痴立良久，黯然怀想着初见那个可爱的小人儿时的情景。那是一次偶然的相遇，他于清晨时分路过这里，被倚门而立的她所吸引，鹅黄色的眼影，眉目间盈盈的笑意，举袖挡风时的秀逸风姿……

如今访邻寻里，与她同时歌舞的歌妓，也只有一人还在这里维持着往日的声价。怅然中，作者轻吟着当初为她写的诗句，猜想着她此时正在某个地方陪伴着某个人，就像当初陪伴他一样，在名园露天饮宴，在城东漫步闲游，心里好不悲伤。傍晚下起了纤纤细雨，失意满怀的作者无可奈何地离去，剩下空空的院落，还有些许附着在帘栊之上的无根飞絮。

满庭芳 夏日溧水无想山作　　周邦彦

风老莺雏，雨肥梅子，午阴嘉树清圆。地卑山近，衣润费炉烟。人静乌鸢自乐，小桥外，新绿溅溅。凭阑久，黄芦苦竹，疑泛九江船。

年年，如社燕，飘流瀚海，来寄修椽。且莫思身外，长近尊前。憔悴江南倦客，不堪听，急管繁弦。歌筵畔，先安簟枕，容我醉时眠。

【赏析】

黄莺在夏风中逐渐变得成熟，梅子吸足了雨水，结得肥嫩而硕大。溧水地低而近山，此时又值黄梅季节，湿气浓重，要使衣服干爽一些少不得费去许多炉火。正午，窗外的树荫望之亭亭如盖，人儿闲静，鸟儿自得其乐，绿水流过小桥，奔泻得愈发欢快。虽有幽美的景物，但黄芦苦竹也是随处可见，结合流徙身世，悲愁随即汹涌而来，他开始叹息身如社燕，四处漂泊寄居。

杜甫诗云："莫思身外无穷事，且尽尊前有限杯。"作者决定如此散愁，但不料以酒消愁愁更愁，即使面前丝竹纷呈也无心欣赏，只能在筵旁先设枕簟，准备一醉了之。

苏幕遮　周邦彦

燎沉香，消溽暑。鸟雀呼晴，侵晓窥檐语。叶上初阳干宿雨。水面清圆，一一风荷举。

故乡遥，何日去？家住吴门，久作长安旅。五月渔郎相忆否？小楫轻舟，梦入芙蓉浦。

【赏析】

夏日晨起，燃起一支沉香，驱散闷热的湿气。这时屋檐上的鸟雀们叽叽喳喳地聒噪着，告着天晴的消息。阳光从空中直射下来，将荷上残留着的夜雨轻轻蒸干。池塘里，望去满是一顶顶挺直了腰身的绿色小伞，微风吹来，清香阵阵。作者由此想到家乡吴地的“十里荷花”，此时一定更加的嫣然可爱，他还思忖着家乡的友朋是否会想念自己，然后惆怅长久羁滞在外，不知何日才得回归。想着想着，他沉沉睡去，于梦中驾舟荡桨，前往那久违了的家乡荷塘。

少年游　周邦彦

并刀如水，吴盐胜雪，纤手破新橙。锦幄初温，兽烟不断，相对坐调笙。

低声问：向谁行宿？城上已三更。马滑霜浓，不如休去，直是少人行。

【赏析】

先是光洁如水的并刀，晶莹似雪的吴盐，而后是正在破开新橙的纤纤玉手，再后是织锦的床帷、香烟袅袅的金兽，最后才将相对而坐，男子调弄笙管，女子听音校准的情景呈现在读者眼前。上阕由细节到全景，着重突出词中人高雅舒适的生活。下阕直录女子话语，她低声问他：已经三更了，你还要到哪里去住啊？继而又自语道：外面霜气正浓，连个人影都没有，就是现在出去，马儿也会打滑呀——你不如就不要走了吧。短短几语，已将女子试探的神情、深深的关切、满心的期待表现出来，惟妙惟肖，呼之欲出。

夜游宫　周邦彦

叶下斜阳照水，卷轻浪，沉沉千里。桥上酸风射眸子。立多时，看黄昏，灯火市。

古屋寒窗底，听几片，井桐飞坠。不恋单衾再三起。有谁知，为萧娘，书一纸。

【赏析】

看过了夕阳西下时漫江的余晖，眺尽了轻浪点点的千里寒水，作者久立在凄风刺眼的小桥之上，直到暮色渐浓，灯火初上。归来古老驿站，他又独坐寒窗之前，静听梧桐落叶，在更深夜半时还情不自禁地“不恋单衾”，频频披衣而起。作者如此这般所为何事？词中写道：有谁知，为萧娘，书一纸——有谁知道，所为是心爱的她寄来的一封书信啊。

解语花　上元　　周邦彦

风消绛蜡，露浥烘炉[①]，花市光相射。桂华流瓦，纤云散，耿耿素娥欲下[②]。衣裳淡雅。看楚女，纤腰一把。箫鼓喧，人影参差，满路飘香麝。

因念都城放夜[③]。望千门如昼，嬉笑游冶。钿车罗帕。相逢处，自有暗尘随马。年光是也[④]，唯只见，旧情衰谢。清漏移[⑤]，飞盖归来，从舞休歌罢。

【注释】

①浥（yì）：湿。②耿耿：明亮、光洁。③放夜：宋时京城街道入夜后就禁止行走，正月十五时解除夜禁，称“放夜”。④是也：还是一样。⑤清漏移：意为夜深了。

【赏析】

作者写此词时远离京师，仕途上很不得意，从词中也可看出他郁塞不舒的心情。

元宵佳节，风动烛焰，露浸花灯，灯市彩光交相辉映，热闹非常。纤云散去，月儿半空低挂，大而明亮，仿佛嫦娥也将翩翩飞下人间。大街小巷，满是衣着素雅、身材曼妙的女子和比肩接踵的游人，街头箫鼓喧闹，空气中弥散着幽香。作者因为眼前的景象而忆起东京汴梁的元宵夜：千家万户灯火通明，男女老幼嬉笑游玩，钿车经过，车上佳人挥帕致意，人群跟随，扬起尘土。而今佳节依旧，但人事已改，旧日情怀无复，作者难免伤怀。夜深后，他无心再观赏灯月，于是驱车疾驰而归，任凭人间一夜歌舞狂欢。

兰陵王 柳　　周邦彦

柳阴直，烟里丝丝弄碧。隋堤上，曾见几番，拂水飘绵送行色。登临望故国，谁识京华倦客？长亭路，年去岁来，应折柔条过千尺[①]。

闲寻旧踪迹，又酒趁哀弦，灯照离席。梨花榆火催寒食[②]。愁一箭风快，半篙波暖，回头迢递便数驿[③]。望人在天北。

凄恻，恨堆积！渐别浦萦回[④]，津堠岑寂。斜阳冉冉春无极。念月榭携手，露桥闻笛。沉思前事，似梦里，泪暗滴。

【注释】

①柔条：柳枝。②榆火：唐制，清明取榆柳之火赐近臣。③迢递：遥远。④别浦：送别的水边。

【赏析】

词为作者离开汴京时所作。汴河隋堤两岸，杨柳成行，柳丝飘拂，柳绵乱飞。这里的柳色，作者因为送别而看过很多次，这一次，轮到了送自己。他站在高处远望故乡，心中满是客子的疲惫和惆怅。默默估算着，这堤岸因为送别而折下的柳枝，总也应该超过千尺了。

船儿启程，闲念旧时踪迹，思绪又回到了那令人难以忘怀的一夜——寒食节，在凄凄丝竹声中饮酒，在灯烛闪烁中与她告别。因为留恋着她，作者所以忧愁风顺

船疾，回头之间便过数驿，伊人从此远隔。渐行渐远，一路说不尽的迂回寂寞，举目所见，夕阳冉冉西下，春色一望无边。作者怀想着与伊人月下携手漫步，在满是露水的小桥上共赏悠扬的笛声，感到往事前情恍然如梦。想着想着，泪水已然不知不觉地流了下来。

六　丑　蔷薇谢后作　　周邦彦

正单衣试酒，怅客里，光阴虚掷。愿春暂留，春归如过翼[①]，一去无迹。为问家何在？夜来风雨，葬楚宫倾国。钗钿坠处遗香泽，乱点桃蹊，轻翻柳陌。多情为谁追惜？但蜂媒蝶使，时叩窗槅[②]。

东园岑寂[③]，渐蒙笼暗碧。静绕珍丛底[④]，成叹息。长条故惹行客，似牵衣待话，别情无极。残英小，强簪巾帻。终不似一朵，钗头颤袅，向人攲侧。漂流处，莫趁潮汐。恐断红，尚有相思字，何由见得。

【注释】

①过翼：过鸟。②窗槅（gé）：窗格子。③岑寂：高而清冷。④珍丛：指蔷薇花丛。

【赏析】

春暮，身穿薄衣，品尝新酒，词人惆怅客旅中把光阴虚度。他希望春天再暂作停留，春天却如过鸟，毫无留恋、无从追寻地飞走了。一夜风吹雨打，摧折了美丽的花儿，落花犹带香泽，遍洒桃蹊，飘飞在柳陌。他轻叹着有哪位多情之人为花儿惋惜，蜂蝶叩动作者的窗棂，带来花儿的心事。

不再有赏花之人，花园变得安静起来，深绿之色渐渐笼罩了花园。词人默然绕着昔日的花丛寻觅芳踪，它长长的枝条将牵住词人的衣襟，仿佛有话诉说。词人摘下残花一朵，欲要将花插上头巾，但残花瘦小，终不似盛开的花朵插在女儿钗头，摇曳多姿。他对花儿说：你今虽随水飘零，但莫为潮汐卷去，因为花瓣之上，也许还题写着有情人传递相思的斑斑墨迹。

西　河　金陵怀古　　周邦彦

佳丽地，南朝盛事谁记？山围故国绕清江，髻鬟对起[①]。怒涛寂

寞打孤城，风樯遥度天际。

断崖树，犹倒倚，莫愁艇子曾系。空余旧迹郁苍苍，雾沉半垒。夜深月过女墙来[2]，伤心东望淮水。

酒旗戏鼓甚处市？想依稀，王谢邻里。燕子不知何世，入寻常巷陌人家，相对如说兴亡，斜阳里。

【注释】

①髻鬟：环形发髻，此处比喻对起的山峦。②女墙：城上凹凸形的短墙。

【赏析】

佳美秀丽的金陵啊，有谁还能记得你曾经经历的南朝盛事？青山环抱着旧时的京都，奔腾的长江绕城而流，两岸峰峦宛如佳人髻鬟对起，汹涌江涛年复一年地拍打着孤城，风鼓船帆，片片点缀在遥远的天边。

江畔断崖老树犹在，当年莫愁姑娘曾系小艇于此，只是时移世变，物是人非，而今空留旧迹，一派烟雾迷茫。深夜，月儿越过城头短墙，伤心凝望东流的秦淮河水。

那酒旗招展、戏鼓喧闹的集市是何地方？概有豪门望族如王、谢者曾经居住，但往日奢华已风流云散，唯燕子不知人世变迁，仍旧向着已经变为寻常百姓居住的普通街巷飞去，它们在斜阳里相对呢喃，好像在诉说着朝代的兴亡和更替。

虞美人　周邦彦

疏篱曲径田家小，云树开清晓。天寒山色有无中，野外一声钟起，送孤篷。

添衣策马寻亭堠，愁抱惟宜酒。菰蒲睡鸭占陂塘，纵被行人惊散，又成双。

【赏析】

清晨行路，树木上方笼罩着轻烟薄雾，树林环抱着几间低小的农舍，篱笆稀疏，小路弯弯。抬头远望，寒气中山色若隐若现，晨钟一声，征人的孤帆随之启程。

加上一件衣服，然后策马扬鞭，寻向下一个

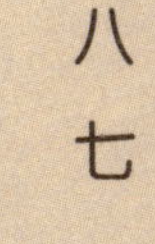

驿站，满怀的羁旅行役之愁，作者觉得只能以酒驱散。马儿从菰蒲丛生的池塘经过，惊起一群正在栖息的鸭儿，它们四散飞去，而后又成双成对地落下，引得作者愁眼一番痴看。

蝶恋花 早行　　周邦彦

月皎惊乌栖不定。更漏将残，轳辘牵金井。唤起两眸清炯炯，泪花落枕红棉冷。

执手霜风吹鬓影。去意徊徨，别语愁难听。楼上阑干横斗柄，露寒人远鸡相应。

【赏析】

明月太皎洁了，以至于乌鸦误以为天明而惊起聒噪；但长夜确将过去，因为更残漏断，因为井边已传来辘轳汲水的声音。他唤起睡在身边的她，出乎意料地发现她的一双眸子清亮亮的，头下的红棉枕又湿又冷，显然，这一夜她流了许多泪水。

收拾好行装，他便将踏上征程，她的深情相送，让他去意彷徨。此时此刻，他的心中为万千离愁别恨所充斥，听不下她的殷殷叮咛，不忍看她悲伤的面容。他最终还是远去了，夹霜带露的晨风中，只剩下女子在北斗横斜的楼头久久伫立，直到他不见了踪影，直到鸡鸣声此起彼伏，天光大亮。

玉楼春　　周邦彦

桃溪不作从容住，秋藕绝来无续处。当年相候赤阑桥，今日独寻黄叶路。

烟中列岫青无数[①]，雁背夕阳红欲暮。人如风后入江云，情似雨余粘地絮。

【注释】

①列岫：群山。

【赏析】

没有与她在美丽的桃溪多住些时候，如今不无后悔地慨叹秋藕断来无续处，作者于是走过当年等候她的朱栏小桥，走在黄叶堆积的小路上，苦苦追寻往日的痕迹。但举目所见，烟雾中群山成列，雁背上斜阳欲暮，仅此而已，更让人感到空旷寂寥。作者将她形容为风后入江之云，再也难觅影踪，他说自己此时的情感如同春雨过后粘在地上的柳絮，足见情思纠缠烦乱，无从解脱。

江城子　谢逸

杏花村馆酒旗风，水溶溶，飏残红。野渡舟横，杨柳绿阴浓。望断江南山色远，人不见，草连空。

夕阳楼外晚烟笼，粉香融，淡眉峰。记得年时，相见画屏中。只有关山今夜月，千里外，素光同。

【赏析】

词文上阕写景，多化用前人成句，江南暮春景色像一幅画卷一样地呈现于我们面前，“望断江南山色远，人不见，草连空”几句，初露怀人之情。下阕亦以景起，由景而兴起对佳人面容的回忆，对二人相见情景的回想；继而临月寄情，抒发了对相隔遥远之现实的无奈和希望超越时空求得永恒的情怀。

惜分飞　富阳僧舍代作别语　毛滂

泪湿阑干花着露，愁到眉峰碧聚。此恨平分取，更无言语，空相觑。

断雨残云无意绪，寂寞朝朝暮暮。今夜山深处，断魂分付，潮回去。

【赏析】

词文上阕追忆二人依依惜别的情景，以“花着露”形容女子泪垂粉面的样子，以“眉峰碧聚”形容她紧蹙黛眉的愁苦神情。又道出离恨并非女子一人所有，自

己也是一般无二，自然而然地引出两人黯然相对、无语凝咽的一幕，情真景真，让人有如在目前之感。下阕写羁旅之孤苦和对她无从逃躲的思念，“断魂分付，潮回去”一语不但反映出离开恋人后惝恍失落的心境，也表达对她魂牵梦萦、难以割舍却又无可奈何的忧伤，情笃思奇，让人赞叹。

水调歌头　叶梦得

秋色渐将晚，霜信报黄花。小窗低户深映，微路绕敧斜[①]。为问山翁何事[②]，坐看流年轻度，拼却鬓双华。徙倚望沧海[③]，天净水明霞。

念平昔，空飘荡，遍天涯。归来三径重扫[④]，松竹本吾家。却恨悲风时起，冉冉云间新雁，边马怨胡笳。谁似东山老，谈笑静胡沙。

【注释】

①敧：斜。②山翁：作者自谓。③徙倚：徘徊，流连不去。④三径：喻隐居生活。

【赏析】

叶梦得晚年隐居，却不能忘却抗金战事，此词即是他当时心情的写照。

上阕由晚秋景色写起，描绘隐居之所的幽静氛围，以自问自答的方式抒写因为流连太湖风光，任凭时光无声流走的心情。下阕追念平生蹉跎岁月，体会到自己的心性原本适于退隐山林。但词人看到北雁南飞，深恨胡兵又将乘时侵扰，故而忧问朝中可有人能如东晋谢安一般，谈笑间便扫平了来势汹汹的百万秦兵。

点绛唇　绍兴乙卯登绝顶小亭　叶梦得

缥缈危亭，笑谈独在千峰上。与谁同赏，万里横烟浪。

老去情怀，犹作天涯想。空惆怅。少年豪放，莫学衰翁样。

【赏析】

年且六旬、业已归田的叶梦得，犹可登临绝顶小亭，笑谈于千峰之上。每到饱览万里江山之时，他心中又总是豪情激荡、壮思不已。无奈任凭老骥志在千里，眼下却只堪伏枥。惆怅之余，他寄厚望于少年人，希望他们能有豪情壮志，致力于报效国家，而不要学习衰惫颓唐的老翁模样。

点绛唇　　汪藻

新月娟娟，夜寒江静山衔斗。起来搔首，梅影横窗瘦。

好个霜天，闲却传杯手。君知否？乱鸦啼后，归兴浓于酒。

【赏析】

新月升起，干净而明亮，清寒的夜色中，北斗静挂于远山之上，江水无声流淌。作者从闲睡中醒来，搔了搔自己的头发，目光停在了窗子上映着的几道清瘦梅影之上。好一个霜天，远离了官场的作者不再受到同僚宴集赏景的邀约，他却毫无遗憾。因为听过一阵乱鸦啼后，他心中的归隐兴味比酒更浓。

蓦山溪　梅　　曹组

洗妆真态，不假铅华御。竹外一枝斜，想佳人，天寒日暮。黄昏院落，无处着清香。风细细，雪垂垂，何况江头路。

月边疏影，梦到销魂处。结子欲黄时，又须作，廉纤细雨。孤芳一世，供断有情愁。消瘦损，东阳也，试问花知否？

【赏析】

作者先是将梅花比喻成一位甘于清苦、洁身自好的佳人，说它不着脂粉，素雅脱俗，也为它香清色淡而不易被人发现，以至于孤立院隅江头而感到惋惜。继而又以“梦到销魂处”来形容梅影给人的朦胧凄清的印象，以“结子欲黄时，

又须作，廉纤细雨”讲述梅花落去时的悄幽隐微、不留痕迹。结尾处作者自比因无所遇合而抑郁成疾、消瘦异常的南朝文士沈约。将沈约、梅花和自己联系在一起，寄托出自己“孤芳一世”的情怀。全词借梅抒怀，思致奇巧，笔法生动，堪称咏梅题材中的佳作。

三　台 清明应制　　万俟咏

见梨花初带夜月，海棠半含朝雨。内苑春，不禁过青门，御沟涨，潜通南浦。东风静，细柳垂金缕，望凤阙，非烟非雾。好时代，朝野多欢，遍九陌、太平箫鼓。

乍莺儿百啭断续，燕子飞来飞去。近绿水，台榭映秋千，斗草聚，双双游女。饧香更、酒冷踏青路[①]，会暗识，夭桃朱户。向晚骤[②]，宝马雕鞍，醉襟惹，乱花飞絮。

正轻寒轻暖漏永[③]，半阴半晴云暮。禁火天[④]，已是试新妆，岁华到，三分佳处。清明看，汉宫传蜡炬，散翠烟，飞入槐府[⑤]。敛兵卫，阊阖门开[⑥]，住传宣，又还休务。

【注释】

①饧(xíng)：麦芽糖。②骤：疾驰。③漏永：日长。④禁火天：指寒食节前后禁火三天。⑤槐府：公侯府第。⑥阊（chāng）阖（hé）：宫门的正门。

【赏析】

词以铺叙手法描绘清明节京都的春景和朝野欢庆的喜庆场面，详尽地摹写出当时宫廷、民间于清明节的种种风俗和活动，旨在颂扬当时天下承平、万民和乐的景象。

好事近 渔父词　　朱敦儒

摇首出红尘，醒醉更无时节。活计绿蓑青笠，惯披霜冲雪。

晚来风定钓丝闲，上下是新月。千里水天一色，看孤鸿明灭。

【赏析】

古人多有吟咏渔父之作，意在寄托胸怀、申述归隐之志，这首词即属此类题材。作者告别了喧嚣尘世，垂钓于江湖之上，披蓑戴笠，顶霜迎雪，或醒或醉，全凭心意，好不痛快！当晚来风定之时，他闲支钓竿，望着天上水中两轮新月互相映照，兴致盎然；又放眼千里一色的水天，看明灭隐约之鸿影，凡心尽洗，旋至忘情之境。

相见欢　朱敦儒

金陵城上西楼，倚清秋。万里夕阳垂地，大江流。

中原乱，簪缨散[①]，几时收？试倩悲风吹泪[②]，过扬州[③]。

【注释】

①簪缨散：金人侵入中原，俘徽、钦二帝，杀掠甚重，王公贵族非死于战乱即是四散逃走。簪缨：官员贵族的帽饰。②倩：托。③扬州：其时北宋王朝告终，南宋王朝开始，扬州已成为抗金的前沿阵地。

【赏析】

建炎元年（1127 年）五月，宋高宗继位南京应天府（今河南商丘），起用李纲为宰相，宗泽任东京（开封）留守。将相一心，抗战颇见成效。但宋高宗为个人私利，惧怕抗战功成，而采取投降路线，致使金兵推进到淮水，扬州、金陵危亡在即。

在一个秋日的傍晚，作者登上金陵城西门的城楼倚栏远眺，但见夕阳余晖铺洒万里，长江之水滚滚东流。中原已被金人占领，朝臣各自逃散，百姓水深火热，光复大计更是遥遥无期。作者的心情是沉痛而无奈的。他只有请求秋风吹送他的眼泪，越过扬州，给中原人民捎去自己深深的关切和由衷的祝愿。

鹧鸪天　西都作[①]　朱敦儒

我是清都山水郎[②]，天教分付与疏狂。曾批给雨支风券[③]，累上

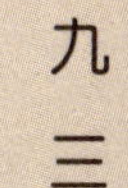

留云借月章。

诗万首，酒千觞。几曾着眼看侯王。玉楼金阙慵归去，且插梅花醉洛阳。

【注释】

①西都：北宋以洛阳为西都。②清都：传说中天帝的宫阙。山水郎：掌管山水胜景的官。③券：凭证。

【赏析】

词人自称是掌管山川胜景的郎官，他说是天帝赋予了他这般疏狂模样，他曾经拥有支风使雨的权力，也屡次递上流云借月的奏章。作得清诗万首，喝下美酒千觞，热爱自由的词人从不瞩目那些富贵显赫的侯王。他意兴慵懒地走过高大华丽的玉楼金阙，斜插梅花，无拘无束地醉在热闹繁华的洛阳。

减字木兰花 题雄州驿　　蒋兴祖女

朝云横度，辘辘车声如水去。白草黄沙，月照孤村三两家。

飞鸿过也，百结愁肠无昼夜。渐近燕山，回首乡关归路难。

【赏析】

清晨，继续被驱赶北行，天上阴云密布，车声辘辘如水流。白天，所见唯有遍地白草、无边黄沙；晚上，常看凄清的月光下，只有三两户人家的孤寂村庄。看着大雁南去，词人愁肠百结，忧愁不能断绝，无论昼夜。就快要到燕山了，她频频回首顾望家乡，深叹从此以后想要踏上归路便是难上加难。

南柯子　　王炎

山冥云阴重，天寒雨意浓。数枝幽艳湿啼红。莫为惜花惆怅，对东风。

蓑笠朝朝出，沟塍处处通。人间辛苦是三农。要得一犁水足，望年丰。

【赏析】

山色幽暗，阴云密布，细雨蒙蒙；深红的花儿上聚着晶莹的水珠，犹如几滴清泪挂在少女的面颊，煞是惹人怜爱。春光正好，景色令人陶醉，但作者却在此劝诫人们：不要面向东风伤春惜花，惆怅呻吟，你不见农人披蓑戴笠，日日清晨早出，足迹踏遍了沟渠和田埂。他们最为辛苦，而他们全力以赴地耕种灌溉，心中所盼望的就是一个丰收的好年成。

燕山亭 北行见杏花 赵佶

裁剪冰绡，打叠数重，淡着胭脂匀注。新样靓妆，艳溢香融，羞杀蕊珠宫女。易得凋零，更多少，无情风雨。愁苦。闲院落凄凉，几番春暮。

凭寄离恨重重，这双燕，何曾会人言语？天遥地远，万水千山，知他故宫何处？怎不思量，除梦里，有时曾去。无据。和梦也，新来不做。

【赏析】

宋徽宗赵佶荒淫失国，他于押解途中看到院落中盛放的杏花，不由得百感交集，写下了这首词。

花瓣似冰绡裁叠、色泽如胭脂淡染的杏花，娇嫩柔美，艳溢香融，胜似天宫仙女。但身为俘虏的徽宗观之，叹美丽花儿容易凋零，更叹无情风雨的横加摧残。他的内心充满愁苦，悲问凄凉院落，春暮已到何时。看到空中燕子，徽宗想要托付它们向故宫寄去满怀的离愁别恨，但燕子不识人语，何况故宫又在万水千山之外！肠回九转的思量是免不了的，只是故地重游、旧事重现全在梦中，但如今，就算这样的梦也越发难得了。

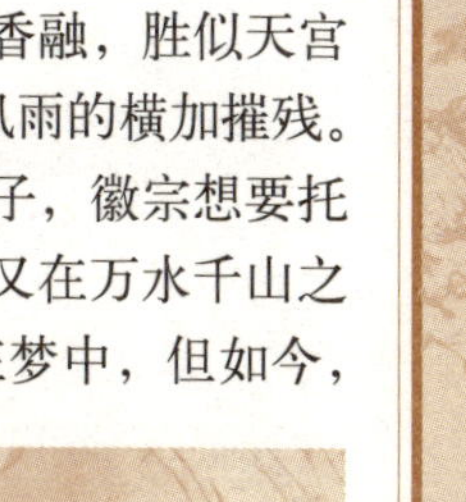

南歌子 李清照

天上星河转，人间帘幕垂。凉生枕簟泪痕滋，起解罗衣，聊问夜何其？

翠贴莲蓬小，金销藕叶稀。旧时天气旧时衣，只有情怀，不似旧家时！

【赏析】

天上星河移转，人间夜幕笼罩。秋凉从枕席间透出来，枕上褥边，点点斑斑是词人洒落的泪痕。她难耐这秋夜的清寂与清寒，起身更衣，向他人问起夜已几何。而当取出那件贴着翠色莲蓬、金色荷叶绣样的襦衣，睹物之情更将悲怀深深触动。旧时天气旧时衣，只有情怀，不似旧家时——同样的天气，同样的衣衫，只有历尽沧桑的心情，不再和从前一样。

一剪梅　　李清照

红藕香残玉簟秋。轻解罗裳，独上兰舟。云中谁寄锦书来？雁字回时，月满西楼。

花自飘零水自流。一种相思，两处闲愁。此情无计可消除，才下眉头，却上心头。

【赏析】

这是李清照为婚后不久便离家远行的丈夫赵明诚写的一首小令，讲述了丈夫离开后自己安静而孤独的生活，诉说出对他悠长的思念。

在那藕花香减、竹席渐凉的秋天，词人轻解罗衣，登上小舟，一个人在荷塘中徜徉。她看到天空中南归的雁群，猜想着它们是否带来了丈夫的书信，也意识到大雁南归，团圆节将至，月儿将圆满在西楼。然而月圆人不圆，花儿有凋落的时候，流水一去不回头，词人叹息年华在两地的相思与离愁中空自流走，叹息这相思与离愁，刚从眉间散开，便泛起在她的心头。

渔家傲　　李清照

天接云涛连晓雾，星河欲转千帆舞。仿佛梦魂归帝所。闻天语，

殷勤问我归何处?

我报路长嗟日暮，学诗谩有惊人句。九万里风鹏正举。风休住，蓬舟吹取三山去。

【赏析】

这也许是遥望海天时的遐想，也许是于缥缈梦境的游离。总之，那苍茫壮阔的云涛雾海，令人目眩的灿烂星河，还有随风舞荡的千叶白帆确乎是在同一时刻映入了李清照的眼帘，让她胸怀尽敞，飘飘乎如在回归天帝居处的路上。她也果真听到了似曾相识的声音从天空中清晰传来，亲切地问她将往何处。诗人率真作答，感叹求索之路漫长曲折，感伤满腹才华却不知有何用处；她不无激动地请求天帝让那举鹏高飞的九万里长风来辅助自己的小舟，将自己带到那理想的仙山琼阁。

如梦令　　李清照

常记溪亭日暮，沉醉不知归路。兴尽晚回舟，误入藕花深处。争渡，争渡，惊起一滩鸥鹭。

【赏析】

曾经独泛小舟于溪畔荷塘，又在酒酣兴尽后驾舟归来，只是恍惚迷离间已不辨归途，因而不知不觉地误入到藕花深处。天色渐晚，归心渐切，正因荷丛密密匝匝难于速出而略显焦急，却误打误撞惊起一群已经栖息了的鸥鹭，故而重新唤来意兴一片。

如梦令　　李清照

昨夜雨疏风骤，浓睡不消残酒。试问卷帘人，却道海棠依旧。知否？知否？应是绿肥红瘦。

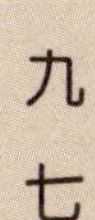

【赏析】

昨夜的雨疏风骤对于侍女而言不过是暮春时节极为普通的一幕，但女主人却因之愁烦不已，借了许多酒力才得入眠。若问她为何于晨起时忐忑问到落红几何而不亲自前去观看，若问她听到“海棠依旧”的率尔一答后为何耐心更正应是“绿肥红瘦”，正因她爱春之情至深而不忍看到春残花落，正因她已为叶茂花稀、春之将去而叹息良久。

凤凰台上忆吹箫　　李清照

香冷金猊[①]，被翻红浪，起来慵自梳头。任宝奁尘满[②]，日上帘钩。生怕离怀别苦，多少事，欲说还休。新来瘦，非干病酒[③]，不是悲秋。

休休。这回去也，千万遍阳关[④]，也则难留。念武陵人远，烟锁秦楼[⑤]。惟有楼前流水，应念我，终日凝眸。凝眸处，从今又添，一段新愁。

【注释】

①金猊（ní）：狮形香炉。②奁（lián）：女子梳妆用的镜匣。③非干：不关。④阳关：即《阳关三叠》。⑤秦楼：原是秦穆公之女弄玉与夫婿箫史的居所，此处作者用来比喻自己独居妆楼。

【赏析】

香炉已冷，锦被散乱堆叠，词人虽然起得床来，却懒得梳洗打扮。她的梳妆盒上落满了尘土，太阳，这时候已经高高在天。词人满怀心事，但每每欲说还休，她近来日渐消瘦，不是因为病酒，不是因为悲秋，是为离愁别恨所苦，她感叹丈夫执意出行，自己毫无办法将他挽留。爱人一去，词人思念非常，她的小楼从此为愁云笼罩，她日日倚楼凝望楼前流水，觉得流水也对自己的离怀别苦表示同情。终日凝望，今天，词人心头又添一段相思新愁。

清平乐　　李清照

年年雪里，常插梅花醉。挼尽梅花无好意，赢得满衣清泪。

今年海角天涯，萧萧两鬓生华。看取晚来风势，故应难看梅花。

【赏析】

此词是作者流徙南国后的感时伤事之作。上阕是作者少女时代无忧生活的剪影：每逢雪天，她常会独自饮酒赏梅，摘下梅花簪于头上，在一片寒香中醉去。虽然梅枝在手，却无好心情去赏玩，只是漫不经心地揉搓着。下阕转入对而今年华老去、天涯漂泊境况的描述，“看取晚来风势，故应难看梅花”两句语出双关，既写狂风过后梅花芳颜不再，隐喻战祸来势之迅猛，今昔情形之遽变；又写“乱世之梅”的凄悲命运，饱含往事不堪回首的沉痛之情。

蝶恋花　　李清照

暖雨晴风初破冻，柳眼梅腮，已觉春心动。酒意诗情谁与共？泪融残粉花钿重。

乍试夹衫金缕缝，山枕斜欹，枕损钗头凤。独抱浓愁无好梦，夜阑犹剪灯花弄。

【赏析】

此词是赵明诚在外为官，李清照独居青州时所作。

时值初春季节，融融春意触动了词人的春心。眼看美丽的春天姗姗而至，而自己却孤身一人，正所谓酒意诗情无人共，玉容妆罢无人赏，她如何能不心生怨意，清泪暗洒？无可奈何之下，她也试图以试穿新衣来寻求宽慰，转移心思，但之后却又堕入山枕斜欹的无聊中，这一次，竟连髻上的凤头宝钗都折损了。怀抱浓愁一日，到该安寝时依然不得解脱，她于是闲拨灯烛，一来为打发苦寂时光，二来人言灯花出现乃是吉兆，她这也算是求吉乞好、祝夫早归吧。

鹧鸪天　　李清照

寒日萧萧上琐窗，梧桐应恨夜来霜。酒阑更喜团茶苦，梦断偏宜瑞脑香。

秋已尽，日犹长，仲宣怀远更凄凉。不如随分尊前醉，莫负东篱菊蕊黄。

【赏析】

这首词是李清照南渡后的作品。秋尽冬来之际，透入琐窗的阳光清冷了许多，窗外，梧桐树的叶子因为每夜的寒霜而逐渐枯黄凋落。此时的词人，喜欢在酒意阑珊时泡上一杯浓浓的团茶，品味它苦苦的味道，喜欢在梦断时燃起一片瑞脑，细闻它沁心的幽香。背井离乡，流徙在外，词人的生活凄苦难耐，度日如年。她因此而常常想起从前漂泊辗转半生、满怀抑郁的东汉人物王粲，对于他的登楼怀乡、临风堕泪产生了深沉的共鸣。当忉怛惨恻之情郁塞胸中而无计可施时，词人便选择对菊一醉，以寻求短暂的解脱。

醉花阴　李清照

薄雾浓云愁永昼，瑞脑消金兽。佳节又重阳，玉枕纱橱，半夜凉初透。

东篱把酒黄昏后，有暗香盈袖。莫道不消魂，帘卷西风，人比黄花瘦。

【赏析】

此词意在抒发孤居独处的少妇情怀。

轻雾蒙蒙，浓云密布，整个白天正如词人之愁，阴郁、悠长。她点燃瑞脑香，看香烟从金炉中袅袅升起，寂寞、惆怅。又到重阳佳节，无奈独自闺中，夜半不眠时，词人但觉玉枕纱帐渐为凉意浸透。她也曾在菊丛中把酒消愁，一直到黄昏以后，归来时却只空惹菊香淡淡盈袖。她自语：谁说这一切不让人魂销神伤，帘幕被西风卷起，你会看到人儿比菊花还要清瘦。

武陵春　李清照

风住尘香花已尽[1]，日晚倦梳头。物是人非事事休，欲语泪先流。闻说双溪春尚好[2]，也拟泛轻舟。只恐双溪舴艋舟[3]，载不动，

许多愁。

【注释】

①尘香：尘土中的落花香。②双溪：在今浙江金东区，唐宋时已成为文人骚客游赏吟咏的胜地。③舴（zé）艋（měng）舟：小船。

【赏析】

此词是宋高宗绍兴五年（1135 年）作者避难于浙江时所作。此时的李清照已经五十三岁，深爱的丈夫已经死去多年，她自己漂泊异乡，无依无靠。

风住，花儿尽已零落成泥，所余痕迹，但有尘香。日晚，词人倦梳头发，举目所见，物是人非；不待张口倾吐，眼泪已流了下来。词人听说双溪春色尚好，也想到那里泛舟散忧，却担心小船，载不动自己这许多忧愁。

点绛唇　　李清照

蹴罢秋千，起来慵整纤纤手。露浓花瘦，薄汗轻衣透。

见有人来，袜刬金钗溜。和羞走。倚门回首，却把青梅嗅。

【赏析】

李清照生长于书香门第、仕宦人家，她少女时代的生活是无忧无虑、幸福美满的，这首小令就是那时生活的一个剪影。词一起头，一个天真活泼、娇态可掬的少女形象便跃出纸面。她荡罢秋千，起来懒懒地舒整一下纤细的小手，身上的薄衣被微微沁出的汗珠沾透。这样的一位少女站在花丛旁边，花人相映，更显人儿的精致可爱。词转下片，忽生出一起波澜：花园中有人走来，没有任何前兆地闯入了她的世界，惊羞之下，她夺路而逃，连鞋子都没顾上穿，金钗也在急走中滑落。等到行至门前，还要回眸觇窥，为了掩饰自己的失态，她假作嗅青梅，边嗅边看。

永遇乐　　李清照

落日熔金，暮云合璧，人在何处？染柳烟浓，吹梅笛怨，春意知几许？元宵佳节，融和天气，次第岂无风雨？来相召，香车宝马，

谢他酒朋诗侣。

中州盛日，闺门多暇，记得偏重三五[①]。铺翠冠儿，捻金雪柳[②]，簇带争济楚[③]。如今憔悴，风鬟雾鬓，怕见夜间出去。不如向，帘儿底下，听人笑语。

【注释】

①三五：指元宵节。②捻金雪柳：以金丝做点缀的绢花。③簇带：成簇的插戴。济楚：漂亮美好。

【赏析】

夕阳好像熔开了的金块，暮云托出玉璧般的新月。美好景色，不能消释词人孤身流落的愁怀，但看到柳色渐青，听到《梅花落》的笛声，她也恍然问起“春意几许”。变幻莫测的世事，让词人常怀着疑惧的心情。她婉言谢绝了酒朋诗友们的热情相召，独处中，黯然追忆起在汴京欢度元宵的繁华往事。如今憔悴，雾鬓风鬟，她不愿参加夜游庆典，今夜的她，只在帘儿底下，听人笑语。

声声慢　李清照

寻寻觅觅，冷冷清清，凄凄惨惨戚戚。乍暖还寒时候，最难将息[①]。三杯两盏淡酒，怎敌他，晚来风急。雁过也，正伤心，却是旧时相识。

满地黄花堆积，憔悴损，如今有谁堪摘？守着窗儿，独自怎生得黑？梧桐更兼细雨，到黄昏，点点滴滴。这次第[②]，怎一个愁字了得？

【注释】

①将息：将养休息。②次第：情形，景况。

【赏析】

首句连下七对叠字，创意新奇，笔力浑厚，展现出词人孤寂凄苦、怅然若失的心情神态。在这个冷暖不定的深秋，晚来渐紧的风势使词人的处境变得更为艰难。三杯两盏淡酒抵挡不住那透心彻骨的寒冷，而看到“旧时相识”的雁儿飞过，又勾起她对往事的心酸回忆。庭院里满是凋落的菊瓣，无人摘取，无人怜惜，正如词人身世。她独自坐在窗前，到黄昏，屋里已是难耐的漆黑。窗外，冷雨敲打桐叶，点滴作响，词人此时的心情，又远非一个“愁”字所能概括。

蝶恋花　范成大

春涨一篙添水面。芳草鹅儿，绿满微风岸。画舫夷犹湾百转，横塘塔近依前远。

江国多寒农事晚。村北村南，谷雨才耕遍。秀麦连冈桑叶贱，看看尝面收新茧。

【赏析】

这是一首吟咏农村田园春意的词。上阕写水乡春景：春水涨了有一篙深，两岸芳草茵茵，有鹅儿栖息其中。微风吹来，画舫在碧湾里百转不前，远远望去，横塘塔一如既往地岿然屹立。下阕写田园农事：水乡气温偏低，农事自然晚些，直到谷雨前后村南村北的田地才尽皆被耕种。现在秀麦一冈连着一冈，桑叶也多了起来，很快就可以尝新面和收新茧了，丰收已然在望。

采桑子　吕本中

恨君不似江楼月，南北东西。南北东西。只有相随无别离。

恨君却似江楼月，暂满还亏。暂满还亏。待得团圆是几时？

【赏析】

同一事物，引发出两种感叹。一者感叹恋人不似“江楼月”，不能照耀自己南北东西，只有相随，没有别离；一者感叹恋人却似“江楼月”，才满便亏，不能与自己长久团圆。词文明白如话，用喻巧妙自然，尽系真情流露而成，所以尤为难能可贵。

忆秦娥　向子諲

芳菲歇，故园目断伤心切。伤心切，无边烟水，无穷山色。

可堪更近乾龙节，眼中泪尽空啼血。空啼血，子规声外，晓风残月。

【赏析】

此词是靖康之难后，作者于乾龙节（宋钦宗的生日）写下的伤悼故国之作。

时逢暮春季节，四处残红零落，芳菲消歇。作者举首远望，见山长水阔，烟雾茫茫，想到故园渺远难归，不禁悲从中来。眼下又近钦宗生日，这个以往须举国同庆的日子而今却承载着太多的耻辱，一念及此，作者万分哀痛，故而以眼泪啼尽空啼血形容此时情态。词尾以“子规声外，晓风残月”的凄凉晨景作结，结合上片“无边烟水，无穷山色”的暮色来看，暗含词人日夜伤心痛切之意。

忆秦娥　房舜卿

与君别，相思一夜梅花发。梅花发。凄凉南浦，断桥斜月。

盈盈微步凌波袜。东风笑倚天涯阔。天涯阔，一声羌管，暮云愁绝。

【赏析】

一夜相思后，起身来到窗前，惊讶于窗前梅花尽已绽放。是上天怜念相思之苦，还是伊人担心我旅途寂寞？作者暗自思忖。梅花似人，那独立南浦断桥，月下清影暗投的梅花正如思绪悄然时的她；那盈盈含笑、倚风立于天涯的梅花正如乐观灵透的她。于是眼前株株怒放的梅花都变作了她的化身，安慰着这位刚刚踏上征程的旅人。正思索间，远处传来一声羌笛，将作者从畅想拉回到现实当中。天边已是暮云堆叠，正似行人离愁，变得愈加浓厚起来。

苍梧谣　蔡伸

天！休使圆蟾照客眠。人何在？桂影自婵娟。

【赏析】

前两句向天呼告：天啊，请不要让圆月照着我这在异乡作客的人。后两句一问一叹：我的心上人何在？明月桂影啊，可惜你白白呈现着圆满与美好！

忆王孙 春词　李重元

萋萋芳草忆王孙，柳外楼高空断魂，杜宇声声不忍闻。欲黄昏，雨打梨花深闭门。

【赏析】

面对萋萋芳草思念远出不归的行人，空自在窗前柳枝轻拂的高楼上眺望、惆怅，不忍听杜鹃凄厉的啼声。天向黄昏，晚风暮雨吹打梨花，少妇不忍看残花落地，于是深深地关闭了家门。

临江仙 夜登小阁忆洛中旧游　陈与义

忆昔午桥桥上饮，坐中多是豪英。长沟流月去无声。杏花疏影里，吹笛到天明。

二十余年如一梦，此身虽在堪惊。闲登小阁看新晴。古今多少事，渔唱起三更。

【赏析】

靖康之难后，金兵入侵中原，原本在朝中任闲职的作者开始了他的流亡生涯。他目睹了民众的悲惨境遇，深刻理解了国破家亡的含义。晚年引退后的他，自知无力改变大局，所以常以一种独善其身、从旁静观的态度面对国难时艰，情感上也从原来的满怀忧患变作了徒叹今昔巨变。

想起从前在午桥上宴饮的情景，在座的都是英雄豪杰，那一个个月光随溪水无声流走的夜

晚，作者一干人等在杏花疏淡影子的笼罩下，聆听笛奏，直到天明。转眼二十年过去，沧海桑田，恍若一梦；作者身虽健在，但回首一路经历，犹让人惊魂难定。他闲来登上小阁楼，仰望雨后晴朗的夜空，听古往今来多少人间事，都化入午夜悠扬的渔唱声中。

贺新郎 寄李伯纪丞相　　张元干

曳杖危楼去。斗垂天，沧波万顷，月流烟渚。扫尽浮云风不定，未放扁舟夜渡。宿雁落，寒芦深处。怅望关河空吊影，正人间鼻息鸣鼍鼓[①]。谁伴我，醉中舞？

十年一梦扬州路。倚高寒，愁生故国，气吞骄虏[②]。要斩楼兰三尺剑[③]，遗恨琵琶旧语。谩暗涩，铜华尘土[④]。唤取谪仙平章看[⑤]，过苕溪尚许垂纶否？风浩荡，欲飞举。

【注释】

①鼻息鸣鼍(tuó)鼓：鼻息有如鼍鼓般鸣响。鼍鼓：鼍皮制成的鼓。②骄虏：骄横的敌人。③斩楼兰：《汉书·傅介子传》载，傅介子出使西域，设计诛与匈奴狼狈的楼兰王归。此处以楼兰喻金人。④“谩暗”两句：意为空让宝剑锈蚀暗淡，沾惹尘土。⑤平章：评论。

【赏析】

作者独自拖着拐杖，登上高楼遥望。辽阔的夜空中，北斗高悬；月光倾泻，在波涛万顷的江面上，一方汀洲烟雾迷蒙。不久，起风了，变化不定的风吹散了浮云，也使得渡口无法开船。在那瑟瑟的芦丛深处，栖宿着一群大雁。人间都已安睡，只有作者怅望关河，形影相吊的他，却昂扬起舞，以此向李丞相寄出自己坚定的心志。

十年之间，吞灭胡虏。他希望朝廷重拾起杀敌三尺剑，不愿看到宝剑空积尘土，从此汉家妃子含泪入胡。他在此询问李丞相，山河破碎，虽然报国艰难，但是否就可撒手而去，归隐山林？此时长风浩荡，宛若欲送壮士再展宏图。

贺新郎 送胡邦衡待制赴新州　　张元干

梦绕神州路。怅秋风，连营画角，故宫离黍。底事昆仑倾砥柱，

九地黄流乱注？聚万落，千村狐兔[①]。天意从来高难问，况人情老易悲难诉。更南浦，送君去。

凉生岸柳催残暑。耿斜河，疏星淡月，断云微度。万里江山知何处？回首对床夜语。雁不到，书成谁与？目尽青天怀今古，肯儿曹恩怨相尔汝！举大白[②]，听金缕[③]。

【注释】

①“底事”四句：以昆仑砥柱之倾比喻宋朝的颠危，以黄河泛滥比喻金兵的猖獗，以狐兔聚村落形容中原的荒凉景象。②大白：酒盏名。③金缕：《贺新郎》曲之别名。

【赏析】

友人胡邦衡因反对和议，上书请斩秦桧而被贬新州，作者不顾个人安危，毅然为之送行，并写下了这首词抒发胸臆。

即便在梦中也不能忘记神州故土，但秋风中，唯是军营相望，号角相闻，故都的宫阙，该是一片荒凉吧。词人愤而问天，为何昆仑柱折，黄流滚滚，四处狐兔盘踞？但天意亦如朝廷旨意无法猜测，他伤叹人老易悲，有恨难诉。送君远去，正值夏末秋初，疏星淡月，银河斜转；与君离别，从此天各一方，鸿雁不到，空留下邻床夜语的美好回忆。但君与“我”都是展望天下、胸怀古今之人，词人劝勉莫作小儿女之悲，且举杯豪饮，听此一曲《贺新郎》。

柳梢青　　杨无咎

茅舍疏篱，半飘残雪[①]，斜卧低枝。可更相宜，烟笼修竹，月在寒溪。

宁宁伫立移时[②]，判瘦损[③]，无妨为伊[④]。谁赋才情，画成幽思，写入新诗？

【注释】

①残雪：指飘落的梅花瓣。②宁宁：静静地。③判：同“拼”。④伊：指梅花。

【赏析】

作者本人就是画梅

的丹青高手，高宗时，他因不愿依附奸臣秦桧，累征不仕，隐居而终。

在那围着稀疏篱笆的茅草屋旁，种着一株白色梅花，花瓣落下，犹如雪片飘飞；它枝干低压，好似悠闲斜卧。但观看白梅自有更好的时间：当轻烟笼罩了它身边的修竹，当月光遍洒在它身下的寒溪，词人静静伫立观赏梅花，不觉间时光流走。他爱梅之深，从“为了你，我愿拼却憔悴消瘦”的心语可以显见；他礼赞梅花的一片热忱，通过“谁与我才情，画出梅的幽思，将它写入新诗”的祈问得到表达。

饮马歌　　曹勋

此腔自虏中传至边，饮牛马即横笛吹之，不鼓不拍，声甚凄断。闻兀术每遇对阵之际，吹此则鏖战无还期也。

边头春未到，雪满交河道。暮沙明残照，塞烽云间小。断鸿悲，陇月低。泪湿征衣悄，岁华老。

【赏析】

《饮马歌》是胡地民歌，抒写的是连年征战的胡兵的悲愁哀怨。小令融情入景，不但将边塞荒凉寂寥的景象摹写得历历如绘，更以失群的鸿雁、低垂的陇月烘托士兵们心中的哀怨凄恻，结尾处对于他们悄声饮泣、泪湿征衣、空叹年华老去的叙写，能让人真切感到其伤悲之深，亦可见战争并非广大胡人士卒的意愿。

满江红　　岳飞

怒发冲冠，凭阑处，潇潇雨歇。抬望眼，仰天长啸，壮怀激烈。三十功名尘与土，八千里路云和月。莫等闲，白了少年头，空悲切。

靖康耻，犹未雪。臣子恨，何时灭？驾长车踏破，贺兰山缺。壮志饥餐胡虏肉，笑谈渴饮匈奴血。待从头，收拾旧山河，朝天阙。

【赏析】

宋高宗绍兴六年（1136 年），岳飞出师北伐，攻占了伊阳、洛阳、商州等地，继而围攻陈、蔡地区。但他很快发现自己是孤军深入，既无援兵，又无粮草，因

而不得不撤回鄂州。此次北伐，岳飞壮志未酬，于是写下了这首千古绝唱。

怒发冲冠，凭栏时，潇潇风雨方过。将军极目远眺，继而仰天长啸，只为胸中热血沸腾，豪情激烈。他慨叹三十年功名如尘土般微不足道，他回首八千里征战的艰苦岁月，他自诫莫轻易虚度了年少光阴，以至老大后徒然悲切。尚未洗雪的靖康之耻，长存心中的覆国之恨，将军欲驾长车踏破贺兰山口，饥则食虏肉，渴则饮虏血，重新收拾起旧日山河，然后向朝廷报捷，庆贺胜利。

小重山　　岳飞

昨夜寒蛩不住鸣，惊回千里梦，已三更。起来独自绕阶行，人悄悄，帘外月胧明。

白首为功名，旧山松竹老，阻归程。欲将心事付瑶琴，知音少，弦断有谁听。

【赏析】

昨夜为蟋蟀鸣寒的声音所惊醒，“我”的梦魂从很远的地方飞回。在那三更的深夜，“我”再不能入睡，于是起来，披衣在庭院徘徊。人们都悄然安睡，月光明亮而柔和。想起这一生白首为功名，故乡的青松翠竹也将老去吧，但“我”却身不由己，不能回到她的身边。“我”想要用琴声诉说“我”的心事，但知音稀少，就是弹断了琴弦，又有谁能明白？

鹧鸪天　　周紫芝

一点残红欲尽时，乍凉秋气满屏帏。梧桐叶上三更雨，叶叶声声是别离。

调宝瑟，拨金猊，那时同唱鹧鸪词。如今风雨西楼夜，不听清歌也泪垂。

【赏析】

此词为追忆故人之作。上阕着力于写景，

通过对“残红”“秋气”“夜雨”的描写，极力渲染秋的清冷肃杀，营造出一种凄凉愀怆的气氛，透露出作者难以自已的伤别之情。下阕追述与伊人共调宝瑟、同唱清词的美好时光，又对眼下自身境况加以描写，使得往昔的幸福快乐与如今的孤苦无依形成强烈对比，自然而然地引出“不听清歌也泪垂”的心境描述，情悲意苦，让人为之动容。

霜天晓角 题采石蛾眉亭　　韩元吉

倚天绝壁，直下江千尺。天际两蛾凝黛，愁与恨，几时极？

暮潮风正急，酒阑闻塞笛。试问谪仙何处？青山外，远烟碧。

【赏析】

蛾眉亭踞绝壁之上，俯览长江，垂直千尺有余，奇峻险要；登之四望，但见远山似蛾眉紧蹙，近处江潮汹涌，实具让人牵愁起恨之景象，作者亦深受感染。作者的愁恨，缘于家国零落，当风吹酒醒后，他依稀听得边防军（其时宋军已退至此处设防）苍凉悲怆的笛声，忧国伤时之情因此而萦绕胸中，挥之不去。然而他最终为自己找到的出路是效仿诗人李白，纵情山水，不与世事，这样的思想不能不说是南宋文人们面对困厄艰难所呈现出的通病吧。

眼儿媚　　朱淑真

迟迟春日弄轻柔，花径暗香流。清明过了，不堪回首，云锁朱楼。

午窗睡起莺声巧，何处唤春愁？绿杨影里，海棠亭畔，红杏梢头。

【赏析】

春风轻轻吹拂着花枝，小径暗暗流动着花香，在这样的春色里，应感舒心惬意才是，而词中之人心中却愁绪绵绵，这是为何呢？“清明过了，不堪回首，云锁朱楼。”原来她已经在想清明时花残春尽的景象了。想到春之终期将尽，面对眼前的鸟语花香，自然是别有一番滋味在心头的。于是，眼前这些令人赏心悦目的

春景，无一不染上了作者的春愁。

谒金门 春半　　朱淑真

春已半，触目此情无限。十二阑干闲倚遍，愁来天不管。

好是风和日暖，输与莺莺燕燕。满院落花帘不卷，断肠芳草远。

【赏析】

春已过半，目光所及景物让作者愁情无限。她闲倚遍各处栏杆，深叹春愁漫天彻地席卷而来时，无人安抚劝慰。让人感到舒适的是天气的风和日暖，但孤单的作者觉得这个春天里的自己远不及莺莺燕燕幸福。黄莺呼朋引伴，燕儿依偎呢喃，只有作者闭门独处，苦思远人，任凭春花落满了庭院。

蝶恋花 送春　　朱淑真

楼外垂杨千万缕，欲系青春，少住春还去。犹自风前飘柳絮，随春且看归何处。

绿满山川闻杜宇，便作无情，莫也愁人苦？把酒送春春不语，黄昏却下潇潇雨。

【赏析】

由楼外杨柳万千垂条的招展披拂而想到它们是在希望能将春天系住片刻，由柳絮的随风飘飞而想象它们是去探寻春的归处，情感细腻的词人对于春天有着深深的眷恋。当她看到满眼的山川已变得碧绿一片，听到杜鹃哀鸣，不由得发出了

"即便心中无情，这般景况也足以让人愁苦"的感叹。词人举起酒盏，打算就此为春送行，然而春天却缄口不语，飘然洒下蒙蒙细雨，似向词人挥泪告别。

踏莎行　张抡

秋入云山，物情潇洒。百般景物堪图画。丹枫万叶碧云边，黄花千点幽岩下。

已喜佳辰，更怜清夜。一轮明月林梢挂。松醪常与野人期[1]，忘形共说清闲话。

【注释】

①松醪：用松膏酿制的酒。野人：山野之人。

【赏析】

秋天走入白云掩映的山林，各色景物干净而明丽，正合用图画加以描绘。蓝天，白云，山崖上的万叶红枫，幽岩下的千点黄菊，美丽的秋日让人欣喜，清爽的秋夜更惹人怜爱。当一轮明月挂上树梢，词人便携带着自酿的松醪前去赴约，与山农野老在月光下无拘无束地闲话家常，谈天说地。

瑞鹤仙　袁去华

郊原初过雨。见败叶零乱，风定犹舞。斜阳挂深树。映浓愁浅黛，遥山眉妩。来时旧路，尚岩花，娇黄半吐。到而今，惟有溪边流水，见人如故。

无语。邮亭深静，下马还寻，旧曾题处。无聊倦旅。伤离恨，最愁苦。纵收香藏镜，他年重到，人面桃花在否？念沉沉，小阁幽窗，有时梦去。

【赏析】

秋雨方过，作者重游故地，风停了，但树叶仍然零落飘飞，夕阳西下，远山如黛眉含愁，妩媚动人。沿着从前走过的小径悄然寻去，那山岩下的娇美山菊已

然不见，唯有溪边流水潺潺依旧。掇拾起心中丝丝回忆，彷徨在曾经题写下心情的地方，叹息着自己浮梗飘萍般的身世，恍惚在人生的鸿爪雪泥之中，作者想，就算自己当时给她留下信物，也并不能保证重来之时就还会看到那张如桃花迎风般醉人的笑脸。思念沉沉，梦中，作者有时会回到伊人居住的幽静小楼。

钗头凤　　陆游

红酥手[1]，黄縢酒[2]，满城春色宫墙柳。东风恶，欢情薄。一怀愁绪，几年离索。错，错，错！

春如旧，人空瘦，旧痕红浥鲛绡透[3]。桃花落，闲池阁。山盟虽在，锦书难托。莫，莫，莫！

【注释】

①红酥手：红润白嫩的双手。②黄縢酒：黄纸封坛的美酒。③浥：浸湿。鲛（jiāo）绡：丝帕。

【赏析】

陆游娶唐琬为妻，夫妻感情甚好，但陆游的母亲却不满意这个儿媳妇，最终迫使陆游将唐琬休弃。陆游后来另娶妻王氏，唐琬则改嫁赵士程。绍兴二十五年（1155 年），三十一岁的陆游在沈园遇到和丈夫一起来游玩的唐琬，但却再无从互通情愫。他写下这首词，并题在了沈园的墙壁上。

见到唐琬，往日她酥手侑酒，与自己春日漫步在宫墙边、柳荫下的情景又浮现在眼前。无奈欢情短暂，一场“东风”的无情摧残让恩爱的情侣分离，作者怀着不散的愁绪，度过了别后的几年。他最深刻的感触是：这是一次由姻缘到人事彻彻底底的大错。

再见唐琬，春色依旧，但她比从前消瘦了很多。作者知道那是因为流过太多泪水，溶了胭脂，湿透了丝帕。美丽的桃花已然飘落，知音一去，空闲了池阁，

海誓山盟虽然还清晰在耳，但已不能写封书信将自己的情感和盘而托，作者沉痛而无奈地叹息：莫！莫！莫！

秋波媚 七月十六日晚登高兴亭望长安南山 陆游

秋到边城角声哀，烽火照高台。悲歌击筑[1]，凭高酹酒[2]，此兴悠哉。

多情谁似南山月，特地暮云开。灞桥烟柳[3]，曲江池馆[4]，应待人来。

【注释】

①筑：古击弦乐器，演奏时，以左手握持，右手以竹尺击弦发音。②酹（lèi）酒：将酒倒在地上，表示祭奠或立誓。③灞桥：在长安东面的灞水之上，为唐人送别之处。④曲江：曲江池，位于西安市南郊，曾是唐时极为富丽优美的园林。

【赏析】

作者于乾道八年（1172 年）到达南郑，其时南郑是抗金前线。他从二十岁起就抱着“上马击狂胡，下马草军书”的壮志，如今到了这里，也算是如愿以偿了。南郑城内有高兴亭，亭子遥对着长安城南的南山，而长安当时已沦为金人的军事重镇。此词是作者登高兴亭望南山时所写。

秋天里来到边城，耳畔回荡着阵阵悲凉的角声，作者一行等待平安烽火燃过后，登上了高兴亭。他们凭高酹酒，慷慨悲歌，豪情四溢。大家意气相投，河山收复有望，词人无比高兴。少顷，月出于南山之上，分开暮云，明亮非常。作者感叹月儿多情，使人能够遥见长安，让他们了解到，灞桥烟柳、曲江池馆，一切长安风物，都在深情盼望王师的到来。

卜算子 咏梅 陆游

驿外断桥边，寂寞开无主。已是黄昏独自愁，更着风和雨。

无意苦争春，一任群芳妒。零落成泥碾作尘，只有香如故。

【赏析】

宋孝宗淳熙二年（1175 年），范成大帅蜀，陆游被邀为参议。他时刻不忘抗金，作诗写文抒发胸臆，为朝中投降派所忌恨，故而以“不拘礼法，宴饮颓放”为罪名

对他进行攻击。陆游于次年被免职，仅被给予一个主管道观的名义领取一点俸禄。

风雨的黄昏，词人走过驿站，看到断残的小桥旁寂寞地开放着一株梅花。梅花独处黄昏已然愁苦，却还要忍受风吹雨淋。词人歌颂它无意争春，淡然对待群芳的忌恨，纵然飘落成泥，碾作灰尘，却依然是清香如故。

夜游宫 记梦寄师伯浑　　陆游

雪晓清笳乱起[①]，梦游处，不知何地。铁骑无声望似水[②]。想关河，雁门西[③]，青海际[④]。

睡觉寒灯里，漏声断[⑤]，月斜窗纸。自许封侯在万里。有谁知，鬓虽残，心未死！

【注释】

①清笳：凄凉的胡笳声。②“铁骑”句：意为铁骑含枚前行，远望有如一片波光。③雁门：雁门关。在山西代县北部，长城要口之一，北拒塞外高原。④青海：青海湖，为边防重地。⑤漏声断：漏壶里的水滴光了，指深夜。

【赏析】

这是陆游寄给朋友师伯浑的一首记梦词。类似的记梦词在陆游的作品当中有很多，其实此类诗词未必是真正记梦，很多只是托梦而诉出作者对于疆场杀敌的向往和对曾经有过的戎马生涯的怀念。听到清脆的胡笳声，看到无声的铁骑军容，作者恍惚而不知身在何处，于是暗自猜想：这是在雁门关西，还是在青海战地？醒来方知刚刚只是梦境，屋内灯光微弱，漏声已断，夜深人静，月光斜洒窗纸。作者一直自信能够在万里之遥建功封侯，念念不忘到前方抗敌，只是蹉跎半生，终不能如愿。不过即便如此，他仍难释心结，自云：鬓发虽已脱落，但报国壮心不死。

鹊桥仙　　陆游

华灯纵博，雕鞍驰射，谁记当年豪举？酒徒一一取封侯，独去作，江边渔父。

轻舟八尺，低篷三扇，占断蘋洲烟雨。镜湖元自属闲人[①]，又何必，君恩赐与。

【注释】

①镜湖：在今浙江绍兴南。天宝三载，贺知章因病而表请回乡为道士，玄宗许之。诏赐镜湖剡溪一曲，以给渔樵。

【赏析】

陆游少有大志，二十九岁应进士第，名列第一，但却因为坚持主张抗金而不为当权者所容，屡遭贬黜。此次罢官，他被闲置二十余载，既知已是报国无门，他也只好寄情江湖，渔樵度日，然而终是忧愤难平。

在明亮的灯光下博弈，跨上雕有精美图案的马鞍奔驰骑射，当年壮举虽然豪气干云，但又有谁似自己一般记忆犹新？贪酒好财之人一一加官晋爵，而自己却落得被迫归隐，独去做了江边渔父。撑起低矮的船篷三扇，荡起轻便的八尺小舟，往来在烟雨蒙蒙的沙渚蘋洲之间；在这里，作者可以无所顾虑地反诘抒愤：于山水间砍柴垂钓本就是闲隐之人原本的自由，又何必非要得到君王的首肯！

诉衷情　陆游

当年万里觅封侯，匹马戍梁州[①]。关河梦断何处？尘暗旧貂裘[②]。胡未灭，鬓先秋[③]，泪空流。此生谁料，心在天山[④]，身老沧洲[⑤]。

【注释】

①梁州：今陕西汉中一带。②尘暗旧貂裘：意为貂裘上积满了尘土，颜色也因日久而改变。③鬓先秋：意为鬓发却先白了。④天山：祁连山脉，此处指代边关。⑤沧洲：江湖归隐之地。

【赏析】

这首词也是作者晚年隐居山阴后所作。上阕回顾了当年的英雄气魄和戎马生涯，慨叹其后长年闲居废置、请缨无路的境遇。下阕更作悲凉语，表达出他如今仍旧心系国事，

但自知已是身老力乏、难以为用的凄哀心情，同时也抒发出对被迫退隐命运的痛心和对当权者去正存邪、压制爱国力量的强烈愤慨。

钗头凤　　唐琬

世情薄，人情恶，雨送黄昏花易落。晓风干，泪痕残，欲笺心事，独倚阑干。难，难，难！

人成个，今非昨，病魂常系秋千索。角声寒，夜阑珊，怕人寻问，咽泪装欢。瞒，瞒，瞒！

【赏析】

陆游于沈园遇到前妻唐琬，作《钗头凤》以诉衷肠，并将词题在沈园的墙壁之上。唐琬看见后，就和了这首词，并在不久之后郁郁逝去。

世情凉薄，人情险恶，黄昏暮雨中花儿最易凋落。晨风吹干泪水，泪痕残留脸上，本想写下心事，却终作倚栏自语，唐琬哀叹：难，难，难。

人已离散，今非昔比，如今的唐琬犹如秋千架上的绳索，摇摇荡荡，多病多忧。她每每长夜无眠，愁听清寒号角，直到夜色将尽。她有苦无处倾诉，因为怕人询问，还要咽泪装欢，她只能将一切深深地隐瞒，隐瞒。

卜算子　　程垓

独自上层楼，楼外青山远。望到斜阳欲尽时，不见西飞雁。

独自下层楼，楼下蛩声怨。待到黄昏月上时，依旧柔肠断。

【赏析】

独自登楼眺望，楼外青山隐隐，望到夕阳将尽时，仍不见传递音书的西飞之

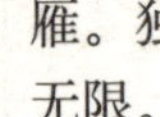

雁。独自走下层楼，楼下蟋蟀鸣声如怨，直到黄昏月上时，依旧柔肠寸断、愁思无限。

昭君怨 赋松上鸥　　杨万里

晚饮诚斋[1]，忽有一鸥来泊松上，已而复去，感而赋之。

偶听松梢扑鹿[2]，知是沙鸥来宿。稚子莫喧哗，恐惊他。

俄顷忽然飞去[3]，飞去不知何处。我已乞归休，报沙鸥。

【注释】

①诚斋：杨万里给自己的书房取名为“诚斋”。②扑鹿：象声词，鸟儿振翅的声音。③俄顷：不一会儿。

【赏析】

此词是作者在诚斋晚饮时见一沙鸥栖于松上而复去，因之有感而作。作者只是撷取了闲居生活中的一个片断，语句清明，一目了然；反复吟咏，愈觉其思致新颖，笔墨灵隽，寓意深远。杨万里为人正直敢言，因奸相专权而辞官居家终老，但其内心是颇为不平静的，心系国事却又无可奈何，只好以退隐思想来安慰自己，这首词就可以说是他当时心境的一个很好的反映。全词实际上有一个隐而未露的典故，即“鸥鹭忘机”典，惝恍失意的作者正是想忘掉世间的一切，与沙鸥相伴了此余生，这一层意思，是需要读者细心品味的。

好事近 七月十三日夜登万花川谷望月作　　杨万里

月未到诚斋，先到万花川谷。不是诚斋无月，隔一林修竹。

如今才是十三夜，月色已如玉。未是秋光奇绝，看十五十六。

【赏析】

月亮还没到诚斋，却先到了万花川谷，其实也不是诚斋没有月亮，因为被一林修竹隔断了月光。作者所以登临万花川谷望月，虽然如今才是十三夜，而“月色已如玉”。他转念想到：今夜并不是月色最奇最美的时候，如要欣赏绝好月色，还须等到“十五十六”。

卜算子　严蕊

不是爱风尘[①]，似被前缘误。花落花开自有时，总赖东君主[②]。

去也终须去，住也如何住。若得山花插满头，莫问奴归处。

【注释】

①风尘：指艺妓生涯。②东君：司春之神。主：做主。

【赏析】

严蕊因家道衰落而沦为天台营妓。周密《癸辛杂识》中称她“善琴弈、歌舞、丝竹、书画，色艺贯一时”。她的才艺为上官唐仲友所赏，道学家朱熹因弹劾唐仲友，并以“有伤风化”为名将严蕊下狱，让她承认与唐仲友有私情。她受尽鞭楚，却始终不肯诬人。后朱熹改官，岳霖继任，令她自诉，于是口占此调。岳霖看过后即日判严蕊出狱，脱籍从良。

并非是自愿堕入风尘，好似是前定因缘的耽误，花开花落自有其时，但终归还要依靠东君做主。脱离苦海只在早晚，但身处其中着实难挨，若得自由自在地满插山花在头，便毋庸追问奴家将身归何处。

六州歌头　张孝祥

长淮望断[①]，关塞莽然平。征尘暗，霜风劲，悄边声[②]。黯消凝。追想当年事，殆天数[③]，非人力。洙泗上[④]，弦歌地，亦膻腥。隔水毡乡[⑤]，落日牛羊下，区脱纵横[⑥]。看名王宵猎[⑦]，骑火一川明。笳鼓悲鸣，遣人惊。

念腰间箭，匣中剑，空埃蠹[⑧]，竟何成！时易失，心徒壮，岁将零，

渺神京[9]。干羽方怀远[10]，静烽燧，且休兵。冠盖使，纷驰骛[11]，若为情？闻道中原遗老，常南望，翠葆霓旌[12]。使行人到此，忠愤气填膺，有泪如倾。

【注释】

①长淮：其时宋金疆界东以淮水，西以大散关为界。②"征尘"三句：是说飞尘昏暗，寒风正紧，边地上一片寂静，暗指南宋王朝已然放弃了抵抗。③殆：实在是。④洙泗：指洙、泗二水，孔子曾经在这里讲学。⑤隔水毡乡：意为河的对岸已经成为毡包革帐之乡。⑥区（ōu）脱：泥堡土垒。⑦名王宵猎：指金贵族夜晚射猎。⑧空埃蠹（dù）：意为白白地落满尘埃，被虫蛀蚀。⑨渺神京：故都渺远，收复无期。⑩干羽方怀远：意为用礼乐来教化安抚远地的人。实指南宋朝廷对金媾和。干羽：两种舞具，盾和雉尾。怀远：安抚远地之人。⑪驰骛：奔走。⑫翠葆（bǎo）霓旌：皇帝的车驾，借指王师。

【赏析】

宋孝宗隆兴元年（1163年），北伐军在符离溃败后，主和派得势，与金通使议和。其时主战派大将张浚督领江淮军马，作者随他留守建康，此词则作于张浚的宴客席上。

虽然其时淮河地区已是抗金前线，然而作者在这里看到的却是关塞凋敝、边备空虚的景象。他抚今追昔，想到近年来朝廷所遭受的耻辱苦难，想到文化礼义之地竟然尽染胡虏膻腥之气，想到金人仍在中原恣行无忌、肆虐乡里，想到志士仁人满腔热血却报国无门，不禁心潮澎湃，感慨良深。当此危急存亡之际，南宋朝廷非但不整军经武，却连边防都不管不顾，在驿路上奔驰的净是进贡求和的使车，作者所以愤然直斥其岂不难为情？词末笔锋一转：听闻中原父老年复一年地苦等王师的到来，真使来到此地的人，义愤填膺，泪如雨下啊。

水调歌头 闻采石矶战胜　　张孝祥

雪洗虏尘静[1]，风约楚云留。何人为写悲壮？吹角古城楼。湖海平生豪气，关塞如今风景，剪烛看吴钩[2]。剩喜然犀处[3]，骇浪与天浮。

忆当年，周与谢[4]，富春秋。小乔初嫁，香囊未解[5]，勋业故优游[6]。赤壁矶头落照，肥水桥边衰草[7]，渺渺唤人愁。我欲乘风去，击楫誓中流。

【注释】

①虏尘：胡虏所扬起的战尘。②吴钩：古代吴地出产的一种弯刀，后泛指锋利的刀剑。③然犀处：东晋温峤率军平叛，经采石矶之时见水中多怪物，大军畏不能前，温峤遂命将犀牛角点燃，须臾见水族覆灭。然：同“燃”。④周与谢：三国时的周瑜和东晋谢玄。⑤香囊未解：谢玄少年时好佩香囊，此处指青春年少。⑥勋业故优游：意为从容不迫地建立了功业。⑦肥水：即淝水。

【赏析】

因为在楚地做官，没能参加“雪洗虏尘”的战役，词人于是要为将士们的悲壮事迹写下颂歌。

词人平生豪气纵横，今逢边事情形大变，不禁在灯下抚看宝刀，慨然遥想将士们江岸破敌的惊心动魄，继而联想当年周瑜、谢玄谈笑间建立不朽功勋的潇洒从容。贤相良将俱成过往，惹人伤感，但词人如今年富力强，他所以要仿效前人，乘风破浪，扫清中原，收复失地。

念奴娇 过洞庭　　张孝祥

洞庭青草[1]，近中秋、更无一点风色。玉鉴琼田三万顷[2]，著我扁舟一叶。素月分辉，明河共影[3]，表里俱澄澈。悠然心会，妙处难与君说。

应念岭表经年[4]，孤光自照，肝胆皆冰雪。短发萧骚襟袖冷[5]，稳泛沧溟空阔[6]。尽挹西江，细斟北斗，万象为宾客[7]。扣舷独啸，不知今夕何夕。

【注释】

①青草：青草湖，与洞庭湖相通，二者亦合称洞庭湖。②玉鉴琼田：形容湖水清亮有如玉镜琼田一样。③明河：天河。④岭表：指五岭以外，今两广一带。⑤萧骚：萧疏。⑥沧溟（míng）：苍茫浩瀚。⑦“尽挹（yì）”三句：意为汲尽西江的水以为酒，把北斗七星当作酒器慢慢斟酒来喝，邀请天上的星辰万象作为宾客。

【赏析】

此词是作者被免职后，从桂林北归过洞庭湖时所作。上阕写作者于月夜游洞庭的所见所感：时值仲秋，玉宇澄清，水波不兴，泛一叶小舟于万顷静湖之上，但见素月分辉，银河下影，水光接天。如此澄澈之景象，亦如作者此时的心境，空明干净，无怪乎他要说：悠然心会，妙处难与君说。下阕抒志，作者用“肝胆皆冰雪”来昭示自己的高洁忠贞，用“西江酌斗，宾客万象”的豪迈气概来回答小人龌龊的谗言构陷，尽显其豪放旷达、不与世俗同流合污的高尚品质。

西江月　张孝祥

问讯湖边春色，重来又是三年。东风吹我过湖船，杨柳丝丝拂面。
世路如今已惯，此心到处悠然。寒光亭下水如天，飞起沙鸥一片。

【赏析】

这是作者重访三塔寺寒光亭时题写在寺柱上的一首词。词人两度被朝中投降派弹劾落职，目睹了奸佞当道、朝政日非的腐败局面，但却无可奈何，难免产生超脱尘网、返归自然的想法。

作者再次来寻访三塔湖的春色，与前次来此已隔三年。东风习习，吹送他的小船驶过湖面；杨柳丝丝，轻轻拂过他的面颊。经历了世路的坎坷，饱览了世态的炎凉，作者如今已然淡看世事，一颗心四处悠然，随遇而安。他放开心怀悠然在寒光亭下碧广如天的湖面上，闲看汀洲上飞起沙鸥一片。

西江月　阻风三峰下　张孝祥

满载一船秋色，平铺十里湖光。波神留我看斜阳，放起鳞鳞细浪。
明日风回更好，今宵露宿何妨。水晶宫里奏霓裳，准拟岳阳楼上。

【赏析】

这首词是作者改官离开湖南道上所作。时值金秋，他乘舟行于江上，但见山光水色交相辉映，斜阳余晖遍洒船头。正心旷神怡间，忽遇江风吹来，掀起粼粼细浪，使作者的小舟徘徊不前。人常将“屋漏偏逢连夜雨，行船又遇顶头风”视为不幸之遭遇，然而作者行船遇风，却看不出半点沮丧。他将这解释为“波神留我看斜阳”，更作“明日风回更好，今宵露宿何妨”之想。连露宿都不觉其苦，可见此地美景对于人的吸引力，可见作者随遇而安的旷达情怀。

临江仙 暮春　　赵长卿

过尽征鸿来尽燕，故园消息茫然。一春憔悴有谁怜。怀家寒食夜，中酒落花天。

见说江头春浪渺，殷勤欲送归船。别来此处最萦牵。短篷南浦雨，疏柳断桥烟。

【赏析】

见春燕秋鸿而起归乡之思本是人之常情，而于其中加入家国之恨、身世之感，此情则益是凄怆。时值暮春之际，征鸿飞燕过尽而故园消息茫然，作者愁肠百结。孤独憔悴的他，在寒食之夜想家，在簌簌落花中醉酒。王国维《人间词话》中云：“以我观物，故物物皆染我之色彩。”由此推演，以思归之心观物，故物物皆有送归之意，因而作者见江头春浪而感其“殷勤欲送归船”。但归家之梦终难实现，家国零落，故园生活的美好只停留在记忆当中，那雨中泛舟南浦的惬意，断桥边稀疏柳枝上笼着的轻烟，便叫他怀思无限，魂系梦牵。

摸鱼儿　　辛弃疾

淳熙己亥，自湖北漕移湖南，同官王正之置酒小山亭，为赋。

更能消几番风雨，匆匆春又归去。惜春长怕花开早，何况落红无数。春且住！见说道，天涯芳草迷归路。怨春不语，算只有殷勤，画檐蛛网，尽日惹飞絮。

长门事，准拟佳期又误，蛾眉曾有人妒。千金纵买相如赋，脉脉此情谁诉？君莫舞！君不见，玉环飞燕皆尘土[①]。闲愁最苦。休去倚危阑，斜阳正在，烟柳断肠处。

【注释】

①“君莫舞”三句：意为善妒之人也不要得意忘形，你不见即便是像杨玉环、赵飞燕那样得宠的妃子终不是都化为尘土了吗？此处是以玉环飞燕都不得善终来警告那些嫉贤妒能之辈。

【赏析】

此时的作者由湖北转运副使调任湖南转运副使，他的主张始终没有得到南宋朝廷的重视，眼见局势日益危迫、国势日渐衰微，他难以抑制心中的悲愤伤感，写就了这首千古绝唱。

词上阕托物寄兴，通过描写春去时花木零落的景象，隐喻南宋江山之风雨飘摇，通过抒写自己怜春、惜春、留春之情寄寓出对朝廷的热爱和对时局的无奈。下阕用《离骚》“众女嫉余之蛾眉”、司马相如代作《长门赋》、杨妃赵后之不得善终诸事典寄予抱负难展的苦闷，以及对朝廷亲佞远贤的不满。

水龙吟　登建康赏心亭　　辛弃疾

楚天千里清秋，水随天去秋无际。遥岑远目[①]，献愁供恨，玉簪螺髻。落日楼头，断鸿声里，江南游子。把吴钩看了，阑干拍遍，无人会，登临意。

休说鲈鱼堪脍[②]，尽西风，季鹰归未？求田问舍，怕应羞见，刘郎才气[③]。可惜流年，忧愁风雨，树犹如此！倩何人，唤取红巾翠袖[④]，揾英雄泪[⑤]。

【注释】

①遥岑：远山。此指沦陷地区的群山。②脍：将鱼肉切成细丝。③“求田”三句：以东汉末时刘备责备许汜只知购置房产而全然不管国计民生之事来责备那些只为一己私利的人。④红巾翠袖：借指歌女。⑤揾（wèn）：擦拭。

【赏析】

词上阕写登高远望之所见：天无际，水随天，远山层层叠叠，如“玉簪螺髻”。

江山虽美，但在作者眼里竟为“献愁供恨”之物，因为他空握长剑而不能杀敌，满怀抱负却无处施展。下阕评古论今，表示自己不愿效仿张翰退隐，也不愿学许汜求田问舍，而是想报效朝廷，有所作为。继而又叹流年似水，光阴虚度。情到伤心，他不禁潸然洒泪。英雄末路之悲，让人嘘嗟不已。

菩萨蛮 书江西造口壁　　辛弃疾

郁孤台下清江水[①]，中间多少行人泪。西北望长安[②]，可怜无数山。

青山遮不住，毕竟东流去。江晚正愁余，山深闻鹧鸪[③]。

【注释】

①郁孤台：在今江西赣州市西南，唐宋时为游览胜地。②长安：指代北宋京师汴梁。③鹧鸪：其鸣声似“行不得也哥哥”。

【赏析】

郁孤台下的清江水，其中汇聚了多少流离逃亡之人的眼泪，举头向西北方向眺望长安，无数青山将视线遮拦。青山能遮断行人的望眼，却遮断不了江水的奔流，亦如胡虏虽猖，奸佞虽多，却挡不住仁人志士抗敌报国的热血豪情。

江天渐晚，词人愁情又浓，岁月在屡受排挤、报国无门的苦闷中空流。这个时候，深山中又传来鹧鸪的叫声：行不得也哥哥，行不得也哥哥……

青玉案 元夕　　辛弃疾

东风夜放花千树，更吹落，星如雨。宝马雕车香满路。凤箫声动，玉壶光转[①]，一夜鱼龙舞。

蛾儿雪柳黄金缕，笑语盈盈暗香去。众里寻他千百度；蓦然回首，那人却在，灯火阑珊处[②]。

【注释】

①玉壶：喻月亮。②阑珊：零落稀疏的样子。

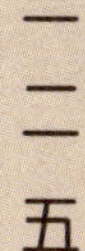

【赏析】

正月十五的灯市，灿烂灯火有如东风吹绽鲜花无数，又如满天星斗飘落人间，熙熙攘攘的车马人流，听不完的凤箫声乐。月亮移过天空，人间正在通宵达旦地鱼龙狂舞。经过群群笑语盈盈、盛装而行的游女，鼻息中回荡着她们留下的幽香，作者不曾停下寻觅的步伐，他在寻找自己的意中人，不辞辛苦。百寻不见，猛然回首的时候，却看到那人就在灯火零落的地方。

清平乐 村居　　辛弃疾

茅檐低小，溪上青青草。醉里吴音相媚好[①]，白发谁家翁媪[②]？

大儿锄豆溪东，中儿正织鸡笼。最喜小儿无赖[③]，溪头卧剥莲蓬。

【注释】

①吴音：吴地方言。②翁媪（ǎo）：老公公、老婆婆。③无赖：淘气调皮。

【赏析】

由于辛弃疾始终坚持抗金的政治主张，南归以后，他一直遭受当权投降派的排斥和打击。从四十三岁起，他被迫退隐，在此期间，他写下了一部分反映农村生活的作品，此词就是其中的代表作。

檐儿低低茅屋小，溪水两岸长满青青草。作者醉中听到亲切悦耳的吴音对话，那是一对白发皤皤的农家夫妇在茅屋前闲话家常。继而关注到他们的三个儿郎，竟是一律地忙碌：老大在溪东豆地锄草，老二在编织鸡笼，最年幼的小儿子也不甘清闲，淘气地趴在溪边剥着莲蓬。

清平乐 独宿博山王氏庵　　辛弃疾

绕床饥鼠，蝙蝠翻灯舞。屋上松风吹急雨，破纸窗间自语。

平生塞北江南，归来华发苍颜。布被秋宵梦觉，眼前万里江山。

【赏析】

作者被罢官闲居信州（今江西上饶市）后，在博山寺旁筑起了“稼轩书屋”，时常往来于博山到信州的路上，这首词就是其间路宿王氏庵时写下的。

饥饿的老鼠绕着床窜过来溜过去，蝙蝠肆无忌惮地围着灯飞舞，作者所居王氏庵的荒凉破败自不待言，而这一夜，又逢疾风骤雨，窗上破纸因风吹雨击而沙沙作响。环境恶劣得可怖，作者此时心情则是难以自已的凄恻孤愤。凄恻孤愤起于平生江南江北为抗金事业奔走，到头来却落得罢官而归，苍颜白发，壮志未酬。但即便失意若此，作者仍时刻不忘抗金的抱负，所以在这秋夜梦醒之时，他眼前浮现的便又是那久久怀念的万里江山。

水龙吟 过南剑双溪楼　　辛弃疾

举头西北浮云，倚天万里须长剑。人言此地，夜深常见，斗牛光焰①。我觉山高，潭空水冷，月明星淡。待燃犀下看②，凭栏却怕，风雷怒，鱼龙惨。

峡束苍江对起，过危楼，欲飞还敛。元龙老矣③，不妨高卧，冰壶凉簟。千古兴亡，百年悲笑，一时登览。问何人又卸，片帆沙岸，系斜阳缆？

【注释】

①斗牛光焰：王嘉《拾遗记》载，晋朝的张华夜见有紫气冲于牛斗之间，遂命雷焕为丰城令，掘地得宝剑一双。②燃犀：东晋温峤率军平叛，经采石矶之时见水中多怪物，大军畏不能前，温峤遂命将犀牛角点燃，须臾见水族覆灭。③元龙：东汉陈登，字元龙。人称其“湖海之士，豪气不除”。

【赏析】

登上高楼，远眺西北方遮蔽着中原的浮云，作者想要用倚天万里的长剑扫荡敌虏。剑溪传说，让他幻想取出溪下神剑；但山高潭冷，月明星淡，又使他犹豫踟蹰。或可点燃犀角下看，但又惧燃犀之光无奈何风雷震怒，鱼龙惨毒。眼前沧江受到两峡约束，作者的思绪欲飞还敛，正如他一边慨叹“千古兴亡”，心系国家前途，一边慨叹“元龙老矣”，思退田园。这彷徨忧虑间，有片帆驶来沙岸，舟人在斜阳脉脉中系好船缆……

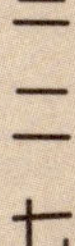

西江月　夜行黄沙道中　　辛弃疾

明月别枝惊鹊，清风半夜鸣蝉。稻花香里说丰年，听取蛙声一片。

七八个星天外，两三点雨山前。旧时茅店社林边，路转溪桥忽见。

【赏析】

清新的语言，轻快的情致，让我们的心充分舒展、放松；让我们如同身临那明月林梢挂、清风习习来的爽朗秋夜，闻到风中淡淡的稻花香，听着人们快乐地闲话着丰年，蛙儿们兴高采烈地对唱。你也可以坐在作者带来的情境里，仰望七八个星天外，静观两三点雨山前，或者，随他漫步村林，走过溪桥，感受他忽见到曾住过的茅店时的欣慰与悠然。

贺新郎　　辛弃疾

绿树听鹈鴂，更那堪，鹧鸪声住，杜鹃声切？啼到春归无啼处，苦恨芳菲都歇，算未抵，人间离别。马上琵琶关塞黑，更长门翠辇辞金阙。看燕燕[①]，送归妾。

将军百战声名裂[②]，向河梁[③]，回头万里，故人长绝。易水萧萧西风冷，满座衣冠似雪，正壮士，悲歌未彻[④]。啼鸟还知如许恨[⑤]，料不啼清泪长啼血。谁共我，醉明月？

【注释】

①燕燕：《诗经》篇名，卫庄姜送归妾之作。②将军百战声名裂：指汉将李陵与匈奴激战，因寡不敌众而降一事。③河梁：苏武羁滞匈奴数十载，终得回汉，李陵于河梁之上为其饯行。④“易水”四句：写荆轲出使秦国，太子丹及宾客皆穿孝服送他，荆轲慷慨悲歌而去的场面。⑤如许恨：如此多的离恨。

【赏析】

词写离愁别恨。开篇以三种啼声凄切的鸟儿齐鸣作引，言三鸟齐鸣伤春仍不能与人间别离相比，继而谈起历史上有名的伤别情景——昭君出塞；陈皇后辞别金阙，幽居别宫；春秋时卫国庄姜送戴妫；李陵战败降敌后与故乡亲人诀别；荆轲刺秦王临行时人们的孝服相送，英雄的慷慨悲歌。作者所处的时代正是一个将这许多悲别聚集在一起的时代。那被掳往北国的徽、钦二帝和数千嫔妃宫娥，那些沦为他国臣民的广大官吏百姓，那些弃家别友、与敌人拼杀于疆场之上的仁人义士，他们哪一个不是饱尝着离别的痛苦，哪一个不是忧恨满怀？作者说，要是啼鸟明白这些苦恨，它们就会“不啼清泪长啼血”。词尾设想弟走后独愁无侣的境况，点明“别弟”题面。

贺新郎　　辛弃疾

邑中园亭，仆皆为赋此词。一日，独坐停云，水声山色，竟来相娱。意溪山欲援例者，遂作数语，庶几仿佛渊明思亲友之意云。

甚矣吾衰矣，怅平生，交游零落，只今余几？白发空垂三千丈，一笑人间万事，问何物，能令公喜？我见青山多妩媚，料青山见我应如是。情与貌，略相似。

一尊搔首东窗里[①]，想渊明，停云诗就，此时风味。江左沉酣求名者[②]，岂识浊醪妙理？回首叫，云飞风起。不恨古人吾不见，恨古人不见吾狂耳。知我者，二三子[③]。

【注释】

①一尊搔首东窗里：陶渊明《停云》有“静寄东轩，春醪独抚。良朋悠邈，搔首延伫”。②江左：江东。③二三子：孔子用来称呼他的学生。这里指知音很少。

【赏析】

英雄伤老，怅然于平生交游零落，他自叹白发如许，苦笑世间无物能令自己一展愁怀。观青山妩媚，畅想青山也知情识意，愿与自己结为忘形之交，窗下手把杯酒，想要学陶潜不计得失、远去尘俗。他冷嘲江南追名逐利者不识诗酒意趣，自言胸中尚有云飞风起的壮志雄心，他遗憾古人不见自己的疏狂模样，悲慨于孤寂无友、知音稀少，所以黯然说道：知我者，二三子。

丑奴儿　书博山道中壁　　辛弃疾

少年不识愁滋味，爱上层楼。爱上层楼。为赋新词强说愁。

而今识尽愁滋味，欲说还休。欲说还休。却道天凉好个秋。

【赏析】

历尽沧桑，饱尝愁滋味之后，回想起少年时代爱上高楼，为了赋一首新词强要说愁的单纯幼稚，作者不禁哑然失笑。少年时是故作愁态，怕人不知自己有愁，而今愁满胸中，却不知从何说起。在数次的“欲说还休”之后，吐出“天凉好个秋”的不相干的话聊以应景；作者是无可奈何，只好回避不谈。

太常引　建康中秋为吕叔潜赋　　辛弃疾

一轮秋影转金波，飞镜又重磨。把酒问姮娥：被白发，欺人奈何？

乘风好去，长空万里，直下看山河。斫去桂婆娑，人道是，清光更多。

【赏析】

此词概为宋孝宗淳熙元年（1174 年），辛弃疾在建康任江东安抚司参议官时所作。其时南宋朝廷弥漫着屈辱苟安的空气。

又到中秋，面对一轮皓月当空，作者感慨良多。南归已久，昔日的青丝都已变成白发，然而收复中原的希望却日渐渺茫，愁苦无奈之际，作者不禁举酒问月如何承受。他希望自己有一天能于万里长空中乘风而行，俯瞰大好河山，并且直上月宫，砍去婆娑桂荫，让人间能得到更多清光。桂影之遮月，可以奸佞之遮蔽贤良、胡虏之妨害承平世界比之，作者的用意，自不待言。

破阵子　为陈同甫赋壮词以寄之　　辛弃疾

醉里挑灯看剑，梦回吹角连营。八百里分麾下炙[①]，五十弦翻塞外声[②]。沙场秋点兵。

马作的卢飞快[3]，弓如霹雳弦惊。了却君王天下事，赢得生前身后名。可怜白发生！

【注释】

①八百里分麾（huī）下炙：晋代有良牛名“八百里驳”，意为军营中士兵们在战旗下分吃着烤牛肉。②五十弦翻塞外声：意为各种乐器合奏出雄壮的军歌。③的卢：骏马名。

【赏析】

这是辛弃疾寄给陈亮的一首词。陈亮是一位坚持抗金主张的志士，是辛弃疾志同道合的朋友。此词借梦境回顾从前的军营生活，抒发收复中原的雄心壮志。

词由灯下醉看长剑写入梦境，极力烘绘抗金部队雄壮的军容，生动地刻画了将士们矫健威武、横戈跃马的身姿，直抒作者“了却君王天下事，赢得生前身后名”的心愿，豪情恣肆，气壮山河，交织着他忠君爱国的思想和强烈的个人功名观念。然而通篇的壮词竟以“可怜白发生”之悲语收尾，又反映出作者壮志难酬的悲愤心情。

鹧鸪天　辛弃疾

有客慨然谈功名，因追念少年时事，戏作。

壮岁旌旗拥万夫，锦襜突骑渡江初[1]。燕兵夜娖银胡鞣[2]，汉箭朝飞金仆姑[3]。

追往事，叹今吾，春风不染白髭须[4]。却将万字平戎策[5]，换得东家种树书[6]。

【注释】

①锦襜（chān）突骑：穿着锦衣的精锐骑兵。②燕兵：指北方抗金义军。娖（chuò）：整理。银胡鞣（lù）：镶银的箭袋。③金仆姑：箭名。④“春风”句：意为人老了便无法恢复青春。⑤平戎策：指作者归宋后屡次上呈朝廷的抗金方略。⑥“换得”句：感叹晚年失意，从事农业。

【赏析】

与客人闲谈功名，唤起作者对于一生经历的回忆。词文上阕追忆了年轻时

代自己率义军夜袭金营、捉回叛徒张安国，而后引兵南归诸事，豪情四溢、声形并茂，颇显出作者对这段经历的得意之情。下阕自叹年老，抒发有志报国却被投闲废置的牢骚，自嘲之中蕴含着深深失望。

西江月 遣兴　　辛弃疾

醉里且贪欢笑，要愁那得工夫。近来始觉古人书，信著全无是处。

昨夜松边醉倒，问松：我醉何如？只疑松动要来扶，以手推松曰：去！

【赏析】

此词题目为《遣兴》，看似抒发闲居生活的自在悠闲之情，但字里行间透露出作者对现实的不满和他倔强的生活态度。词中“近来始觉古人书，信著全无是处”两句，衍自孟子“尽信书，则不如无书”，实乃激愤之语，缘于作者对黑白颠倒、泾渭不分之世道的感慨。下阕中对松人互动情节的描写，尽显作者倔强自立之性情。

永遇乐 京口北固亭怀古　　辛弃疾

千古江山，英雄无觅，孙仲谋处。舞榭歌台，风流总被雨打风吹去[①]。斜阳草树，寻常巷陌，人道寄奴曾住[②]。想当年，金戈铁马，气吞万里如虎。

元嘉草草，封狼居胥，赢得仓皇北顾[③]。四十三年，望中犹记，烽火扬州路。可堪回首，佛狸祠下，一片神鸦社鼓。凭谁问，廉颇老矣，尚能饭否？

【注释】

①“风流”句：意为孙仲谋英雄事业的风流余韵已在历史的风吹雨打中远去。②寄奴：南朝宋武帝刘裕小字寄奴。③“元嘉”三句：是说宋文帝不能继承父亲刘裕的功业，草率派兵北伐，想要像当年汉将霍去病战胜匈奴，封狼居胥山一样荡平北方，到头来只落得仓皇北

望，后悔贸然北伐带来的惨败。

【赏析】

词上阕追忆孙权、刘裕二人事迹，表达作者对既能守成抗敌，又能进取破虏的君王的期盼。下阕引宋文帝仓促北伐而招致全败之事，提醒掌权者不可贪功冒进；通过写历史上佛狸祠的迎神赛会，表示了对江北各地沦陷已久，人民将安于他族统治的隐忧。最后得结论于欲图恢复大计，当重用老成练达之臣。

南乡子　登京口北固亭有怀　　辛弃疾

何处望神州？满眼风光北固楼。千古兴亡多少事，悠悠。不尽长江滚滚流。

年少万兜鍪①，坐断东南战未休②。天下英雄谁敌手？曹刘。生子当如孙仲谋。

【注释】

①兜鍪（móu）：古代打仗时戴的头盔。此处指代将士。②坐断：占据。

【赏析】

何处可以望到中原？站在北固楼上眺望，满眼是美好的风光，但是中原还是看不见。千古兴亡，往事悠悠，都随不尽的长江水，滚滚东流。当年轻的孙权成为三军统帅，他能够独霸东南，坚持抗战。天下的英雄有谁堪称是他的敌手，只有曹操和刘备而已，所以也就难怪曹操说：生子当如孙仲谋。

卜算子　　石孝友

见也如何暮，别也如何遽。别也应难见也难，后会难凭据。

去也如何去，住也如何住。住也应难去也难，此际难分付。

【赏析】

词文上阕既恨相见之晚，又恨相别之匆促，更恨后会之无凭。下阕写离别时的心情：留既不能，去又不忍，使人不知如何是好。

水调歌头 送章德茂大卿使虏　陈亮

不见南师久，谩说北群空[①]。当场只手，毕竟还我万夫雄。自笑堂堂汉使，得似洋洋河水，依旧只流东。且复穹庐拜[②]，会向藁街逢[③]。

尧之都，舜之壤，禹之封。于中应有，一个半个耻臣戎[④]。万里腥膻如许[⑤]，千古英灵安在？磅礴几时通？胡运何须问，赫日自当中。

【注释】

①北群空：唐韩愈《送温处事赴河阳军序》载，“伯乐一过冀北之野，而马群遂空。夫冀北马多天下，伯乐遂善知马，安能空其群耶？解之曰：吾所谓空，非无马也，无良马也”。此处是喻没有人才了。②穹庐：毡帐。③藁（gǎo）街：京都外国使臣居住的地方。④耻臣戎：意为耻于臣服金人。戎：中国古代对西方或北方少数民族的称呼。⑤膻（shān）：羊臊气。

【赏析】

本篇是作者为出使金朝贺金主完颜雍生辰的章德茂写的壮行词。词以“久不见南宋之师，就妄言我们已无人可用”的嘲讽语开篇，对金人的嚣张气焰给以当头棒喝。继而赞章德茂有独当一面的才能，寄希望于他能通过应变周旋维护朝廷尊严；同时慨叹堂堂汉使竟要如河水东流般前往金朝贡，但坚信这种局面只是暂时的，形势终究会逆转。下阕大声呼唤不屈不挠、英勇无畏的精神，慷慨放言胡运已颓、大宋国势正如日中天，气势磅礴，雄浑无比，读罢使人有拍案奋起、誓平胡虏之冲动。

水龙吟 春恨　陈亮

闹花深处层楼，画帘半卷东风软。春归翠陌，平莎茸嫩，垂杨金浅。迟日催花[①]，淡云阁雨，轻寒轻暖。恨芳菲世界，游人未赏，都付与，莺和燕。

寂寞凭高念远。向南楼，一声归雁。金钗斗草[2]，青丝勒马[3]，风流云散。罗绶分香[4]，翠绡封泪[5]，几多幽怨？正销魂，又是疏烟淡月，子规声断。

【注释】

①迟日催花：意为冬去春来，白天渐长了，催促着花儿赶快开放。②金钗斗草：古代女子玩的一种游戏。③青丝：青丝绳。④罗绶分香：意为解下自己的香罗带送给爱人。⑤绡：丝帕。

【赏析】

盛放的花丛深处有高楼，楼上画帘半卷，温柔的风轻轻吹入楼中。春天归来，平原上嫩草茸茸，垂柳枝上叶儿初生，淡青浅黄，颜色喜人。这个季节，白昼变长，云薄雨微，气候稍暖又寒。芳菲世界，词人无心赏览，将美景付与莺燕歌唱。他于寂寞中登高怀远，怅望南楼一行归雁，伤感那浪漫风流的过往已烟消云散。信物尚存，与伊人分别一幕的无限幽怨记忆犹新，所以惆怅、销魂。但这时，偏又逢疏烟淡月，鹃声凄绝。

唐多令　　刘过

安远楼小集，侑觞歌板之姬黄其姓者，乞词于龙洲道人，为赋此《唐多令》。同柳阜之、刘去非、石民瞻、周嘉仲、陈孟参、孟容，时八月五日也。

芦叶满汀洲，寒沙带浅流。二十年、重过南楼[1]。柳下系舟犹未稳，能几日，又中秋？

黄鹤断矶头[2]，故人今在否？旧江山浑是新愁。欲买桂花同载酒，终不似，少年游。

【注释】

①南楼：在武昌黄鹤山上，唐宋时为文人骚客游赏胜地。②黄鹤断矶头：黄鹤山西北有黄鹤矶，临长江，故云。

【赏析】

此词是作者重登南楼时于筵席上应歌女之求而作。二十年光阴荏苒，作者故地重游，不禁感慨系之。时近中秋，放眼四望，但见芦叶落满汀洲，澄浅的河水从清

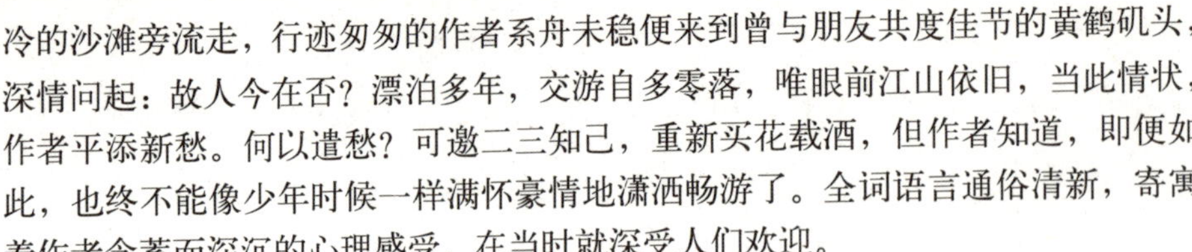
冷的沙滩旁流走，行迹匆匆的作者系舟未稳便来到曾与朋友共度佳节的黄鹤矶头，深情问起：故人今在否？漂泊多年，交游自多零落，唯眼前江山依旧，当此情状，作者平添新愁。何以遣愁？可邀二三知己，重新买花载酒，但作者知道，即便如此，也终不能像少年时候一样满怀豪情地潇洒畅游了。全词语言通俗清新，寄寓着作者含蓄而深沉的心理感受，在当时就深受人们欢迎。

西江月 贺词　　刘过

堂上谋臣尊俎[①]，边头将士干戈。天时地利与人和。燕可伐欤[②]？曰：可。

今日楼台鼎鼐[③]，明年带砺山河。大家齐唱大风歌[④]，不日四方来贺。

【注释】

①尊俎（zǔ）：宴飨时用的酒器、食器。②燕：此代金朝。③鼐（nài）：大鼎。④大风歌：刘邦还乡时曾于酒酣后自为歌曰：“大风起兮云飞扬，威加海内兮归故乡，安得猛士兮守四方！”

【赏析】

此词是作者为祝贺当朝宰相韩侂寿的生日而写的。韩侂寿定议伐金，此举在当时受到很多仁人志士的赞同，作者作此词是为了表示赞同鼓励之情。

词中极赞宰相运筹帷幄之中、决胜千里之外的才干，陈说如今伐金的条件已然成熟，恢复中原之大业不日可成，并大胆展望功成后宰相接受重赏厚封的煊赫场面。全词风格粗犷，意气昂扬，洋溢着极浓的乐观情绪，确是让人振作的好作品。

点绛唇 丁未冬，过吴松作　　姜夔

燕雁无心，太湖西畔随云去。数峰清苦[①]，商略黄昏雨[②]。第四桥边[③]，拟共天随住[④]。今何许？凭阑怀古。残柳参差舞。

【注释】

①清苦：形容山峰清寂荒凉。②商略：酝酿。③第四桥：指吴江城外甘泉桥。④天随：晚唐诗人陆龟蒙，号天随子。

【赏析】

初冬的黄昏，寥落、冷清的群峰之间正酝酿着一场暮雨。燕雁对美丽的太湖毫无眷恋之情，竟随云而去。作者来到第四桥边，心中便生无限追慕之情，期愿与陆龟蒙这样的高雅之士朝夕相伴。无奈斯人已逝，他凭栏怀古，眼前唯见长短不齐的残柳，被冷风吹得乱舞而已。

踏莎行 姜夔

自沔东来。丁未元日，至金陵江上，感梦而作。

燕燕轻盈，莺莺娇软。分明又向华胥见[①]。夜长争得薄情知[②]？春初早被相思染。

别后书辞，别时针线。离魂暗逐郎行远。淮南皓月冷千山，冥冥归去无人管。

【注释】

①华胥：指梦境。《列子·黄帝》中有“黄帝书寝而梦，游于华胥氏之国”。②争得：怎得。

【赏析】

词为梦中怀人之作。夜梦所见，伊人如莺燕般轻盈娇软，向他倾诉着别离后的幽怨与思念。她在埋怨薄情郎怎能想象她因为惦念而忍受长夜无眠之苦，告诉他春未至而相思之情已浓。梦醒后，作者翻出了别后她写来的书信，摩挲着别时她为自己缝制的衣衫；他因为伊人之精魂不远千里而来与自己梦中相会的痴情而感动，也为她于欢会之后孤身而返的伶仃无依而心疼。

鹧鸪天 姜夔

己酉之秋，苕溪记所见。

京洛风流绝代人，因何风絮落溪津。笼鞋浅出鸦头袜[①]，知是凌

波缥缈身。

红乍笑，绿长嚬[2]，与谁同度可怜春？鸳鸯独宿何曾惯，化作西楼一缕云。

【注释】

①鸦头袜：古代女子穿的分出足趾的袜子。 ②嚬：同“颦”，皱眉。

【赏析】

此词是作者路过苕溪时因有感于所见而作。他看到了一位芳华绝代的歌妓，从相貌气质上看，她应该来自京师，但因何而流落到此荒僻渡头却不得而知。作者注意到她精巧的足部、轻盈的步态和姣好的容颜，也注意到她时时蹙起的黛眉和鲜露笑意的樱桃口。他继而想到，这样的女子要是在京师少不得总有情人相伴；他着实地为她眼下的零落孤独而感到心中不忍。他推测，女子定有着一段曲折的经历，至今依然生活在对往昔朝朝暮暮的回忆中，心思亦常常迷失在寄寓着她青春与情感的“西楼”侧畔。

念奴娇　姜夔

闹红一舸[1]，记来时，尝与鸳鸯为侣。三十六陂人未到[2]，水佩风裳无数。翠叶吹凉，玉容销酒，更洒菰蒲雨[3]。嫣然摇动，冷香飞上诗句。

日暮，青盖亭亭[4]，情人不见，争忍凌波去？只恐舞衣寒易落，愁入西风南浦。高柳垂阴，老鱼吹浪，留我花间住。田田多少[5]，几回沙际归路。

【注释】

①闹红：指在荷花间游赏嬉戏。②三十六陂：极言水塘之多。③菰蒲：指杂乱的水生植物。④青盖：指荷叶。⑤田田：形容荷叶相连的样子。

【赏析】

与友人泛舟荷塘，有鸳鸯伴随，但见翠叶色冷，菰蒲带雨，水光荷影交相辉映；又有微风吹动荷花，荷香飘入鼻息，作者情思无限。日暮时分，本当离开，但在作者眼中，亭荷好似伫立不去、等待情人的痴心女子，常恐红颜老去，他心中怜之。更感到河畔的高柳、水中的老鱼也在向自己频频致意，殷殷劝导自己为花停留，所以几回行向归途却是欲走还休。

齐天乐　　姜夔

丙辰岁，与张功甫会饮张达可之堂，闻屋壁间蟋蟀有声。功甫约余同赋，以授歌者。功甫先成，辞甚美。予裴回茉莉花间，仰见秋月，顿起幽思，寻亦得此。蟋蟀，中都呼为促织，善斗。好事者或以三二十万钱致一枚，镂象齿为楼观以伫之。

庾郎先自吟愁赋[①]，凄凄更闻私语[②]。露湿铜铺[③]，苔侵石井，都是曾听伊处。哀音似诉，正思妇无眠，起寻机杼。曲曲屏山，夜凉独自甚情绪？

西窗又吹暗雨。为谁频断续，相和砧杵。候馆迎秋，离宫吊月，别有伤心无数。豳诗漫与[④]，笑篱落呼灯，世间儿女。写入琴丝，一声声更苦。

【注释】

①庾郎：庾信，南北朝时著名诗人，身为南人而因出使西魏被扣留北国，诗多以哀愁凄怆为主。②私语：指蟋蟀鸣声。③铜铺：旧时门上兽面铜环的底座。④豳（bīn）诗：《诗经·豳风·七月》有“七月在野，八月在宇，九月在户，十月蟋蟀入我床下”。

【赏析】

秋蛩之鸣，本已凄切，在愁绪满怀的羁客听来，就会更感到凄怆难耐。但从冷露浸湿的铜铺后，长满苔藓的井台下，总是传来秋蛩的鸣声。鸣声传入无眠思妇耳中，则会使她起身织布排解离愁；幽幽画屏，夜风暗雨，捣衣之声，混合着断续蛩鸣，叩打着她的心扉。抑或候馆征夫，抑或离宫中的亡国君主，人间无数的伤心人听到蛩鸣，便会别有一番滋味生心头。作者正自感怀，耳边却传来天真烂漫的孩子提灯捉蟋蟀的欢声笑语……末二句归到秋蛩悲吟，照应序中“以授歌者”。

扬州慢　　姜夔

淳熙丙申至日，予过维扬，夜雪初霁，荠麦弥望。入其城，则四顾萧条，寒水自碧。暮色渐起，戍角悲吟，予怀怆然，感慨今昔。因自度此曲，千岩老人以为有黍离之悲也。

淮左名都[①]，竹西佳处[②]，解鞍少驻初程。过春风十里[③]，尽荠麦青青。自胡马窥江去后，废池乔木[④]，犹厌言兵。渐黄昏，清角吹寒，都在空城。

杜郎俊赏[⑤]，算而今，重到须惊。纵豆蔻词工，青楼梦好，难赋深情。二十四桥仍在，波心荡，冷月无声。念桥边红药[⑥]，年年知为谁生。

【注释】

①淮左：扬州在宋代属淮南东路。古时以左指东，故云。　②竹西佳处：竹西亭，扬州名胜。③春风十里：指代扬州街市，杜牧《赠别》诗中有“春风十里扬州路，卷上珠帘总不如”。④废池乔木：荒废的池苑和高大的树木。⑤杜郎：唐代诗人杜牧。俊赏：卓越的鉴赏力。⑥红药：红芍药。

【赏析】

初次来到扬州，在它风光最佳

处稍作停留，但往日“春风十里”的繁华美景，此时已换作了满目的野麦青青；自金人劫掠过后，这里荒凉破败，人们至今提起战争，仍无不切齿痛恨。黄昏时，清寒的角声响起，长久地回荡在空城。杜郎俊赏，只是他如在今日来到这里，也会感到心惊吧。他纵然能写出豆蔻诗，写出感人的青楼梦，怕也难写出此时的心情。二十四桥还在，桥下月影荡动，冷而无声。不知桥边的红色芍药，年复一年为谁而生。

长亭怨慢　姜夔

予颇喜自制曲，初率意为长短句，然后协以律，故前后阕多不同。桓大司马云：“昔年种柳，依依汉南；今看摇落，凄怆江潭。树犹如此，人何以堪。”此语予深爱之。

渐吹尽枝头香絮，是处人家，绿深门户。远浦萦回①，暮帆零乱，向何许？阅人多矣，谁得似，长亭树。树若有情时，不会得，青青如此。

日暮，望高城不见，只见乱山无数。韦郎去也，怎忘得，玉环分付②。第一是早早归来，怕红萼③，无人为主。算空有并刀④，难剪离愁千缕。

【注释】

①远浦：远处的江水。②“韦郎”三句：《云溪友义》载，唐代韦皋与侍女玉箫相恋，别时相约七年后再会，临别时赠玉指环为信物。至第八年，韦不至，玉箫绝食而死。③红萼：红花，此为女子自比。④并刀：并州所产的剪刀。

【赏析】

作者年轻宦游，曾于合肥遇一红颜知己，彼此相知相恋，感情深挚；但由于他一生漂泊无定，这段恋情以离别告终。

作者由柳色依依可怜而起兴，柳下人家，江上远帆，勾起他的客怀离愁。愁绪又转为对杨柳的怨问：谁能如你一般饱看了人间别离？你若有情，便不会无动于衷地青翠如此！黄昏时分，暮色苍茫，望不到恋人所在的城郭，唯见乱山无数。作者自念：我虽然离你而去，但又怎会忘记你的吩咐？要我一定早早归来，不让你无依无靠。千丝万缕的柳条，好像都化作了作者心上的离愁，他觉得，就算是拿着世上最快的剪刀，也是剪不完剪不尽的。

暗香　姜夔

辛亥之冬，余载雪诣石湖。止既月，授简索句，且征新声。作此两曲。石湖把玩不已，使二妓肄习之。音节谐婉。乃名之曰《暗香》《疏影》。

旧时月色，算几番照我，梅边吹笛。唤起玉人，不管清寒与攀摘。何逊而今渐老[①]，都忘却，春风词笔。但怪得，竹外疏花，香冷入瑶席。

江国，正寂寂。叹寄与路遥，夜雪初积。翠尊易泣，红萼无言耿相忆[②]。长记曾携手处，千树压，西湖寒碧。又片片，吹尽也，几时见得？

【注释】

①何逊：南朝诗人，此处为作者自喻。②红萼：指红梅。耿相忆：心中挂怀，不能消解。

【赏析】

绍熙二年（1191年），姜夔从合肥归湖州，中途到苏州拜访范成大。适逢范家花园梅花盛开，范成大请姜夔作新曲，作者即作了《暗香》《疏影》两首自度曲。范成大见后把玩不已，颇为赞赏，离去时赠作者歌妓小红以慰寂寞。

词以回忆昔日与情人月下梅边吹笛、折花的风流韵事起首，而后感叹如今老来落寞情怀，又怪梅香入席，空惹惆怅。词人欲折梅寄远以慰相思，但无奈路遥夜雪。感伤之下，更觉杯中绿酒，室外红梅也似在深情怀念伊人，思绪又回到与她携手西湖岸、踏雪观梅的快乐时光。曲终遥想梅花渐落，复叹重聚难期。

疏 影　姜夔

苔枝缀玉，有翠禽小小，枝上同宿。客里相逢，篱角黄昏，无言自倚修竹[1]。昭君不惯胡沙远，但暗忆，江南江北。想佩环，月夜归来[2]，化作此花幽独。

犹记深宫旧事，那人正睡里，飞近蛾绿[3]。莫似春风，不管盈盈，早与安排金屋。还教一片随波去，又却怨，玉龙哀曲[4]。等恁时，重觅幽香，已入小窗横幅。

【注释】

①无言自倚修竹：用杜甫《佳人》中“天寒翠袖薄，日暮倚修竹”句意。②“想佩环”两句：化用杜甫《咏怀古迹》中“环佩空归月夜魂”句意。佩环：指代昭君。③“犹记”三句：相传宋武帝女寿阳公主日卧于含章殿檐下，梅花落于公主头上，留下了花瓣的印记，三天后才褪去。蛾绿：蛾眉。④玉龙哀曲：指笛曲《梅花落》。玉龙：笛名。

【赏析】

梅花像玉一样缀在长着苔藓的梅枝上，枝头栖息着小小翠鸟。在词人的眼中，白梅如同杜甫诗中的高洁佳人，无言独倚修竹；它又好似眷念故乡，月夜归来的昭君灵魂所化，美丽中透露出忧郁与孤独。词人还联想到那深宫旧事：寿阳公主小憩之时，梅花飘落在她的眉间，留下了五瓣梅花印。

词人劝说世人准备金屋珍藏美好清洁的梅花，莫学春风，让它随处飘零。待到梅花逐水漂走，词人要为它吹上一曲忧伤的《梅花落》。而当梅花落尽，再要寻觅它的踪迹，怕是只能到小窗上的图画中去欣赏了。

风入松　俞国宝

一春长费买花钱，日日醉湖边。玉骢惯识西湖路，骄嘶过，沽酒楼前。红杏香中箫鼓，绿杨影里秋千。

暖风十里丽人天，花压鬓云偏。画船载取春归去，余情付，湖

水湖烟。明日重扶残醉，来寻陌上花钿。

【赏析】

这一春，每每解囊买花，日日醉在西湖。所骑骏马也熟识了前往湖边的道路，路过沽酒楼前的时候，它总要振鬣嘶鸣几声。至于红杏花香中载歌载舞，绿杨荫影里嬉戏秋千，充目盈耳，比比皆是；这暖风十里的西湖路，丽人如云，她们靓妆美服，令人心驰神醉。而当日晚人归，景色逐渐黯淡下来，那柔曼迷蒙的湖水湖烟，依然让词人徘徊流连，赏玩不已。明日应是酒不能消，但词人预拟前来如旧，拾起湖边坠钗遗簪，心怀对西湖春景的无限眷恋。

柳梢青　　戴复古

袖剑飞吟。洞庭青草，秋水深深。万顷波光，岳阳楼上，一快披襟。不须携酒登临，问有酒何人共斟？变尽人间，君山一点，自古如今。

【赏析】

宋孝宗隆兴元年（1163 年），宋金符离一战，金因内部政变，无力南侵；南宋则习于偏安，也无心北伐，双方维持相对和平达几十年之久。这段时间，南宋官僚阶层苟且偷欢、浮靡淫逸之风日盛。

袖藏剑刃，在秋水深深的洞庭、青草湖畔，在累代胜迹的岳阳楼上，眼望万顷波光，作者一任衣襟迎风飘摆，他满怀豪情壮志，昂首高歌。按照常情，此时正宜有酒助兴，以足快意，但作者不须携酒，因为没有知己可以与之共斟。洞庭湖心有君山，在四周广阔湖水的衬托下，它渺小得像一个小点，可是这一点君山，却在风吹浪打中历尽沧桑，岿然不动，自古而今。

减字木兰花　　卢炳

莎衫筠笠①，正是村村农务急。绿水千畦②，惭愧秧针出得齐③。风斜雨细，麦欲黄时寒又至。馌妇耕夫④，画作今年稔岁图⑤。

【注释】

①莎衫筠（yún）笠：指蓑笠。②畦：田块。③惭愧：侥幸，难得。秧针：秧苗。④馌（yè）

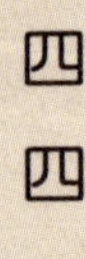

妇：往田头送饭的妇女。⑤稔（rěn）岁：禾谷丰收的年岁。

【赏析】

暮春，正是江南农村大忙的时节，农人们披着蓑衣，头戴竹笠，在田里耕作，他们看着行行列列长得十分整齐的秧苗，满心喜悦；去年种下的冬麦，不久也即将黄熟。又一阵斜风细雨，暮春的气候并不稳定，表现出的还总是这样的乍暖还寒；但这并不影响乡人们的劳动与心情，耕夫依旧辛勤劳作，农妇依旧按时送饭，大家都有所盼望，盼望这是一个太平无事的丰年。

双双燕 咏燕　　史达祖

过春社了[①]，度帘幕中间，去年尘冷。差池欲住[②]，试入旧巢相并。还相雕梁藻井[③]，又软语商量不定。飘然快拂花梢，翠尾分开红影[④]。芳径，芹泥雨润[⑤]。爱贴地争飞，竞夸轻俊。红楼归晚[⑥]，看足柳昏花暝。应自栖香正稳，便忘了，天涯芳信。愁损翠黛双蛾[⑦]，日日画阑独凭。

【注释】

①春社：古时祭祀土神的日子，一般在立春后第五个戊日。②差池：形容燕子摆动双翼和尾羽的样子。③相：打量。藻井：古时建筑天花板上一方一方的彩画。④红影：花影。⑤芹泥：长着芹草的泥地。⑥红楼归晚：意为燕子回巢已晚。红楼：富贵人家，燕子做巢的地方。⑦双蛾：双眉，代指思妇。

【赏析】

过了春社，燕子才飞进帘幕，旧巢已然覆盖了一层清冷尘灰。双燕抖动

翅膀，似要齐入巢中栖息，继而却重新相一相屋梁藻井，呢喃细语，商量不定。它们时而轻盈飞起，飘然掠过花梢，以翠尾分开花影；时而贴近被春雨润湿了的地面，你追我赶，竞争轻俊。直到饱览了柳弱花娇，直到天色已晚，才归来红楼。于是酣然睡去，浑然忘记了思妇托付它们带给爱人的书信。那一边，她忧愁憔悴，日日倚着画栏，等候远方爱人寄来的回信。

绮罗香 咏春雨　　史达祖

做冷欺花，将烟困柳[①]，千里偷催春暮[②]。尽日冥迷，愁里欲飞还住。惊粉重[③]，蝶宿西园，喜泥润，燕归南浦。最妨他，佳约风流，钿车不到杜陵路。

沉沉江上望极，还被春潮晚急，难寻官渡。隐约遥峰，和泪谢娘眉妩。临断岸，新绿生时，是落红，带愁流处。记当日，门掩梨花，剪灯深夜语。

【注释】

①将烟困柳：意为春雨又织成溟濛的雨雾，像是要把枝叶初发的杨柳困住。②偷催春暮：偷偷地将春天打发走。③粉重：蝴蝶翅上有粉，沾雨便会变得沉重。

【赏析】

用寒冷欺凌花儿，用烟雾困住杨柳，春雨绵延千里，偷偷催春天老去。那尽日阴暗迷蒙的空中，雨丝如愁，或飘洒，或粘连，让蝴蝶惊异于粉翅凝重，让燕子因泥土湿润而欢喜，还阻挡了仕女们往赴风流约会的去路。于春雨中临江远眺，但见景色沉沉；晚潮来时，难觅船儿摆渡。雨里遥山，好似情人含泪眉目，站在陡峭江岸，想到春草又绿时，这便是落红随水漂流之处。记得当初，也是春雨时节，门掩梨花，与你剪灯深夜语。

江城子　　卢祖皋

画楼帘幕卷新晴，掩银屏，晓寒轻。坠粉飘香，日日唤愁生。

暗数十年湖上路，能几度，着娉婷。

年华空自感飘零，拥春酲，对谁醒？天阔云闲，无处觅箫声。载酒买花年少事，浑不似，旧心情。

【赏析】

卷起帘幕，画楼外是一派春日新晴，但仍有侵晓的轻寒，词人所以略遮银屏。飘香坠粉，花开花落，在这个春天里，词人日日愁绪萦怀，他因为春天美好但却短暂而忧伤，进而忆起十年风流岁月，慨叹人生能有几度年少风华。岁月如流，身世飘零，虽然总是怀着春愁醉去，但又有何人可以让自己为之不醉呢？纵然天阔云闲，但旧情已逝，旧爱无踪，便更觉自己孤苦伶仃。从前买花载酒度春日，如今虽欲为此少年事，只是完全不似旧心情。

宴清都 初春　　卢祖皋

春讯飞琼管，风日薄[①]，度墙啼鸟声乱[②]。江城次第[③]，笙歌翠合，绮罗香暖。溶溶涧渌冰泮[④]，醉梦里，年华暗换。料黛眉重锁隋堤[⑤]，芳心还动梁苑[⑥]。

新来雁阔云音[⑦]，鸾分鉴影[⑧]，无计重见。啼春细雨，笼愁澹月，恁时庭院。离肠未语先断，算犹有，凭高望眼。更那堪，芳草连天，飞梅弄晚。

【注释】

①风日薄：风轻日淡。②度：越过。③次第：期间。④渌（lù）冰泮（pàn）：意为晶莹的冰雪溶释了。渌：清澈的。泮：冰雪融解。⑤黛眉：指家乡堤岸上初生的柳叶。隋堤：隋炀帝所开大运河，沿堤遍种杨柳，称隋堤。⑥芳心：指故园的花儿。梁苑：汉代梁孝王刘武所建的园林。⑦雁阔云音：云中听不到大雁的叫声，喻音书难递。⑧鸾分鉴影：指两地分离，各自形单影孤。

【赏析】

词写客中怀内心情。上阕写江城此时风清日淡，处处轻歌曼舞、绮罗香泽的旖旎风光，写人们沉浸在佳景美酒里，任凭年华流逝的忘情之态，而后遥想妻子此时的春愁闺思。下阕将离愁别恨全面拓展开来，直抒与妻子两地分离之苦，尽

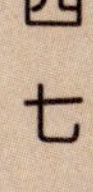

道音书难递之恨，悬测春风春月在伊人眼里当是如泣含愁，怜她凭高念远时却见芳草连天、飞梅弄晚。

浪淘沙　韩疁

莫上玉楼看，花雨斑斑。四垂罗幕护朝寒。燕子不知人去也，飞认阑干。

回首几关山，后会应难。相逢祇有梦魂间。可奈梦随春漏短，不到江南。

【赏析】

此词看似是一位女子抒发对远客江南的爱人的眷念与幽怨，实则寄托着身在北方的作者对南宋朝廷的感情。词中深情写道：请不要再到旧日的琼楼玉宇去看望吧，那里已是残花零落。我把帘幕落下，以抵挡清晨的寒冷；燕子不知故人已去，依旧飞来寻找它的旧巢。回头看看有多少关山啊，但与它们再会却是困难的，故人旧地，只能在梦中相逢。我也希望在梦中，到江南去找你，无奈梦境短浅，终是梦不到江南。

霜天晓角　仪真江上夜泊　黄机

寒江夜宿，长啸江之曲。水底鱼龙惊动，风卷地，浪翻屋。

诗情吟未足，酒兴断还续。草草兴亡休问，功名泪，欲盈掬。

【赏析】

黄机与岳飞后人岳珂友善，又曾与辛弃疾相唱和，是个有抱负的男儿，在南宋中期却无用武之地，胸中常有不平之气，此词即是他夜泊仪真江时所写的

抒怀之作。

夜泊于寒江之上，放声长啸，引得鱼龙惊动，风浪翻卷。作者胸中有诗情，百吟不尽，作者胸中有酒兴，断而复续。但诗情酒兴并非凭空而来，他说：休去问他盛衰更迭、兴亡反复，我欲建功扬名之心，只换得一捧清泪。

玉楼春 春思　　严仁

春风只在园西畔，荠菜花繁蝴蝶乱。冰池晴绿照还空，香径落红吹已断。

意长翻恨游丝短，尽日相思罗带缓。宝奁如月不欺人，明日归来君试看。

【赏析】

词文上阕写池苑中所见，从多方面烘绘暮春景色，寓意尽在伤春之上。下阕诉说相思之苦，言游丝之长尚不能及对远人情意之长，说自己因相思煎熬致使衣带渐宽。最后以镜不欺人，他日郎君归来便知憔悴与否收束，将一腔幽情委婉吐出，缠绵悱恻，耐人寻味。

沁园春 答九华叶贤良　　刘克庄

一卷阴符[①]，二石硬弓，百斤宝刀。更玉花骢喷，鸣鞭电抹，乌丝阑展[②]，醉墨龙跳[③]。牛角书生[④]，虬髯豪客[⑤]，谈笑皆堪折简招[⑥]。依稀记，曾请缨系粤，草檄征辽[⑦]。

当年目视云宵，谁信道凄凉今折腰[⑧]。怅燕然未勒，南归草草，长安不见，北望迢迢。老去胸中，有些垒块，歌罢犹须著酒浇。休休也，但帽边鬓改，镜里颜凋。

【注释】

①阴符：《阴符经》，兵家著作，相传为黄帝所作。②乌丝阑：书写用纸。古时纸笺画

黑色细线为格，故称。③龙跳：形容书法潇洒跳脱。④牛角书生：《新唐书·李密传》载，李密曾往投包恺，乘牛而行，牛角上系《汉书》，边走边读。后人以书横牛角比喻勤奋学习的人。⑤虬髯豪客：指隋唐侠士张仲坚。⑥折简招：意为寄书信以召来。⑦草檄征辽：作者于嘉定十一年入江制置使李珏幕府，被誉为"军书檄笔，一时无两"。⑧折腰：用陶渊明不为五斗米折腰典。此指功业未建。

【赏析】

此词为感伤身世之作。上阕追述少年时的豪情壮志、一腔抱负，体现出作者极大的报国热情，同时也是他对自己无论武艺文章皆堪重用的表白。下阕笔锋陡转，慨叹老来凄凉，未能建功于恢复大业，深为故国沦陷而哀伤。作者胸有块垒，长歌难以宣泄，还须借酒消愁。他想要忘怀一切而不能，但见镜中面容日益憔悴，帽边鬓发渐增霜华。

长相思 惜梅　　刘克庄

寒相催，暖相催，催了开时催谢时，丁宁花放迟。

角声吹，笛声吹，吹了南枝吹北枝，明朝成雪飞。

【赏析】

词写惜梅情怀。梅花在寒冷的初春开放，随着气候转暖而凋谢。词文上阕叹息寒催梅开，暖催梅落，花在枝头不能长久，所以就叮咛花儿，还是迟一点开放吧。下阕从惜梅引申到伤时，文中写笛声、角声吹落了南枝梅花便要吹落北枝梅花，隐喻危机已然降临于南宋朝廷。末句词意又是一转，仍然归结到惜梅，拟想明朝落花似雪飞的情景，让人不胜叹惋。

贺新郎 送陈真州子华　　刘克庄

北望神州路[①]，试平章[②]，这场公事，怎生分付？记得太行山百万，曾入宗爷驾驭[③]。今把作，握蛇骑虎。君去京东豪杰喜，想投戈，下拜真吾父[④]。谈笑里，定齐鲁。

两河萧瑟惟孤兔[⑤]。问当年，祖生去后[⑥]，有人来否？多少新亭挥泪客[⑦]，谁梦中原块土？算事业，须由人做。应笑书生心胆怯[⑧]，向车中，闭置如新妇。空目送，塞鸿去[⑨]。

【注释】

①神州路：指中原沦陷之地。②平章：评论。③“记得”两句：宗泽曾号召山东、河北各地地方武装一同抗金，聚兵于太行山。④真吾父：《宋史·岳飞传》载，张用在江西作乱，岳飞写信给他，张用读毕叹曰：“真吾父也。”遂降。⑤两河：黄河南北的中原失地。⑥祖生：东晋名将祖逖，曾统兵北伐，收复黄河以南地区。⑦新亭：在今江苏南京市南，东晋建立后，北方士大夫多于此宴集，遥望中原失地，挥泪叹息。⑧书生：作者自称。⑨塞鸿去：因陈子华北迁，故以飞往塞外的鸿雁喻之。

【赏析】

此词是作者为将要前往真州赴任的友人陈子华而作。作者在上阕中回忆了南宋初年北方民众同仇敌忾、英雄豪杰皆入老将宗泽麾下协力抗金的盛况，慨叹南宋朝廷对待民间抗金力量“握蛇骑虎”般既用又怕的龌龊态度；并且对友人寄予厚望，希望他能在任上广纳俊杰，联络四方抗金力量，为今后收复中原打下基础。下阕抒发了对于南宋君臣懦弱苟且、忘性极好的强烈愤慨，以及自己书生之百无一用，只能徒然目送老友慷慨北行的无奈之情，但仍有“算事业，须由人做”的劝勉之语，悲而能壮，是刘词当行本色。

贺新郎 九日　　刘克庄

湛湛长空黑[①]，更那堪，斜风细雨，乱愁如织。老眼平生空四海，赖有高楼百尺。看浩荡，千崖秋色。白发书生神州泪，尽凄凉，不

向牛山滴。追往事，去无迹。

少年自负凌云笔，到而今，春华落尽，满怀萧瑟。常恨世人新意少，爱说南朝狂客[2]。把破帽，年年拈出。若对黄花孤负酒[3]，怕黄花，也笑人岑寂。鸿北去，日西匿[4]。

【注释】

①湛湛：深切的样子。②南朝狂客：指孟嘉。《晋书·孟嘉传》载，“九月九日（桓）温宴龙山，僚佐众集。时佐吏并著戎服。有风至，吹嘉帽堕落，嘉不之觉。温使左右勿言，欲观其举止。嘉良久，如厕。温命取还之，命孙盛作文嘲嘉，著嘉坐处。嘉还，见即答之，其文甚美”。③孤负：辜负。④匿：此指西沉。

【赏析】

作者因写《落梅》讥讽时政而得罪权贵，被废置十年，但他并不畏怯，仍然坚持自己的主张。

九日登高，独倚危楼，斜风细雨，乌云密布。作者平生目空一切，好在可以登上百尺高楼，饱看壮丽秋色。他自叹垂垂老矣，面对故国山河的沦陷，不禁洒下伤时忧国的眼泪，发出壮志未酬、往事如烟的深沉感叹；又常恨文人们不顾国家多难，只知卖弄风流。重阳佳节，对菊花，无心饮酒，作者寂寞而惆怅。日暮时，他的思绪随飞鸿北去故国，夕阳西下，正似国家衰落的运势。

一剪梅 戏林推　　刘克庄

年年跃马长安市，客舍似家家似寄。青钱换酒日无何，红烛呼卢宵不寐[1]。

易挑锦妇机中字，难得玉人心下事。男儿西北有神州，莫滴水西桥畔泪。

【注释】

①呼卢：指赌博。

【赏析】

此词是作者为规劝林姓友人而作。上阕写友人生活的放荡：他跃马于京都街市之上，常年以客舍为家，而在家的日子倒像是寄宿一般短暂。他贪杯无度，常常于青楼妓馆彻夜赌博，生活可谓奢靡颓废。友人的这种生活状态让作者不无忧虑，他在下阕中对其进行了规劝。“易挑锦妇机中字，难得玉人心下事”两句警醒友人：家中妻子才是真正对自己情深意挚的人，青楼女子的三心二意、逢场作戏很难有什么真感情。末尾处作勉励之语，告诉友人好男儿志在四方，当以收复中原为己任，不可沉湎于偎红倚翠的生活当中。

卜算子　刘克庄

片片蝶衣轻，点点猩红小。道是天公不惜花，百种千般巧。

朝见树头繁，暮见枝头少。道是天公果惜花，雨洗风吹了。

【赏析】

此词为咏海棠之作。全词两问，问天公如果不爱花，为何将花儿打扮得如此娇艳美丽、巧媚动人，又问天公如果爱花，却为何又作风雨将花儿吹散打落。词文明白如话，轻灵跳动，似一时兴到之作。但从其对海棠盛衰的感叹，对“天公”是否惜花的揣摩猜度中，可想其中似乎别有深意。

一剪梅 舟过吴江　　蒋捷

一片春愁待酒浇，江上舟摇，楼上帘招。秋娘渡与泰娘桥，风又飘飘，雨又潇潇。

何日归家洗客袍？银字笙调，心字香烧。流光容易把人抛，红了樱桃，绿了芭蕉。

【赏析】

心头的一片春愁等待用酒来浇。船儿经过吴江，随波浪轻轻摇荡；江岸上酒楼的酒帘，迎风儿殷勤相招。过了秋娘渡，来到泰娘桥，斜风飘飘，细雨潇潇，斜风细雨牵起了词人想家的情思，他想着，何时才能回到家里，让妻为自己洗去长袍上的风尘，与她共调笙瑟，焚香闲话。时光依旧不停地流逝着，快得让人每每恍然惊叹，转眼间春去夏来，景物已换作红樱桃、绿芭蕉。

虞美人 听雨　　蒋捷

少年听雨歌楼上，红烛昏罗帐。壮年听雨客舟中，江阔云低，断雁叫西风。

而今听雨僧庐下，鬓已星星也。悲欢离合总无情，一任阶前，点滴到天明。

【赏析】

词人常常听雨，但听雨的情形却是不同的。青春时的听雨，是在妓家的歌楼上，红烛的光晕映得屋内一片红色的朦胧，罗帐下，伊人轻柔依偎。壮年的听雨，是在漂泊的客船上，江水广阔，云层低垂，失群的大雁在西风里孤飞哀鸣。

如今的听雨，是在清冷的僧舍里，鬓间的白发斑斑。雨落如旧，不理会人间的悲欢离合，仿佛词人现在的心境；它淅淅沥沥落在阶前，一直到天明。

满江红 送李御带珙　　吴潜

红玉阶前，问何事，翩然引去。湖海上，一汀鸥鹭，半帆烟雨。报国无门空自怨，济时有策从谁吐！过垂虹，亭下系扁舟，鲈堪煮。

拼一醉，留君住；歌一曲，送君路。遍江南江北，欲归何处？世事悠悠浑未了，年光冉冉今如许。试举头，一笑问青天，天无语。

【赏析】

御带是官名；李珙，生平不详，是作者的友人。这首词是作者为他辞官归隐而写的赠别之作。

问友人为何不愿再供职于装饰豪华的官府，而在烟雨中扬帆远去，从此归隐田园。继而想到他常因报国无门而怨愤自伤，空怀济时之策而无人倾吐。作者因而理解了友人此行的心情。叮嘱他停舟垂虹亭，品尝一下归隐之人津津乐道的鲈鱼，但又不愿他走得如此匆促，作者所以在“拼一醉，留君住；歌一曲，送君路”的徘徊往复中相与流连。他不知道，四方山河皆零落，友人能在哪里找到让自己了却世情的所在。世事众多，纷扰我心，年华在浑浑噩噩随波逐流中渐渐逝去，想到自己的境遇，作者不禁怅问青天何以如此。但天不解人意，只是沉默不语。

江城子 示表侄刘国华　　吴潜

家园十亩屋头边，正春妍，酿花天。杨柳多情，拂拂带轻烟。别馆闲亭随分有，时策杖，小盘旋。

采山钓水美而鲜，饮中仙，醉中禅。闲处光阴，赢得日高眠。

一品高官人道好，多少事，碎心田。

【赏析】

十亩田园，就在屋子旁边。春光正好，百花都酝酿竞放娇颜。多情的杨柳，随风披拂摇摆，笼着淡淡薄烟。信步而行，时而遇到幽馆闲亭，词人拄着手杖，会稍作流连徘徊。采山货，钓河鱼，味道既鲜而美，他在酒中飘然欲仙，醉罢悟道参禅，在闲居的岁月里，日头很高他还可以酣睡不起。他说道：人们都说做一品高官多好，但有多少事，却令高官心碎万千！

蓦山溪 自述 宋自逊

壶山居士，未老心先懒。爱学道人家，办竹儿，蒲团茗碗。青山可买，小结屋三间，开一径；俯清溪，修竹栽教满。

客来便请，随分家常饭。若肯小留连，更薄酒，三杯两盏；吟诗度曲，风月任招呼。身外事，不关心，自有天公管。

【赏析】

自号“壶山居士”的作者，厌倦了争名逐利的仕宦生涯，他于是退隐林泉，学着道家模样，置办了几只蒲团、一张竹子做的茶几，摆放上斟满香茗的茶碗。这里有属于自己的青山，自己搭建的茅屋，自己开辟的小径，作者还在清溪的上游栽满修竹。有客来访，便待以家常便饭，如果客人愿作小留，作者则会邀请他饮上三两杯淡酒，一起吟诗度曲，迎风赏月。除却享受闲居的乐趣，其他事情都是身外之事，作者不关心，所以把那一切都让天公来安排。

谒金门 李好古

花过雨，又是一番红素。燕子归来愁不语，旧巢无觅处。

谁在玉关劳苦？谁在玉楼歌舞？若使胡尘吹得去，东风侯万户。

【赏析】

这是一首托物寄情的词。上阕写每经一番雨洗，花儿的红白便随之变化一次，隐喻其时政坛变化的诡谲；写燕子归来难寻旧巢，暗示显贵府第时时易主，宦海沉浮凶险多变。下阕忽出率真两问，矛头直指纵情声色、骄奢淫逸的官僚阶层，表达出作者对其不思进取、荒淫误国行为的强烈愤慨。又谓若是东风能将胡尘吹去，那么东风也可封侯万户，深见作者对于抗敌无人、收复故土希望渺茫的失望无奈之情。

青玉案　　黄公绍

年年社日停针线，怎忍见，双飞燕。今日江城春已半，一身犹在，乱山深处，寂寞溪桥畔。

春衫著破谁针线？点点行行泪痕满。落日解鞍芳草岸，花无人戴，酒无人劝，醉也无人管。

【赏析】

社日是古时很重要的一个节日，妇女在这一天不动针线，故而词中有“年年社日停针线”语。这一日人们会举家而出，或聚餐于水边，或前往名胜游赏。

年年社日都要与妻携手出游，但今年不在一处，所以相信她和自己都会有离愁，不忍去看那双宿双飞的燕子。盘算着此时故乡小城的春天已经过了一半，作者因为自己犹在乱山深处、寂寞溪桥畔而感到非常凄凉，凄凉中看着已然破旧的春衫上妻子的细针密线，不由得泪洒衣衫。日暮时分，露宿在芳草岸边。他摘下鲜花，却意识到无人可以插戴，他要以酒遣愁，却叹息没有她在身边相陪，醉倒后，便沉沉睡去，但还伤心着得不到她的照管。

湘春夜月　黄孝迈

近清明，翠禽枝上消魂[1]。可惜一片清歌，都付与黄昏。欲共柳花低诉，怕柳花轻薄，不解伤春。念楚乡旅宿，柔情别绪，谁与温存。

空樽夜泣，青山不语，残照当门。翠玉楼前，惟是有，一陂湘水，摇荡湘云。天长梦短，问甚时，重见桃根[2]？这次第，算人间、没个并刀，剪断心上愁痕。

【注释】

①翠禽：翠鸟。②桃根：晋王献之有妾名桃叶，叶有妹名桃根，亦为献之妾。此处借指所爱恋的女子。

【赏析】

此词为羁旅抒怀之作。又近清明，黄昏时作者闻翠鸟幽怨地鸣于枝上，心中的离愁不禁被触动。他想将心事倾诉于风中的柳花，无奈柳花乱自飘飞，不解人愁。独在异乡，客子的孤单与落寞是让人肠回九转的。作者想念故乡，也想念故乡的爱人。长夜里，他饮下了一杯又一杯苦酒，而后紧握着空杯暗自抽泣；这时候，只有远方的青山和当门的残月默默地看着他，无可奈何。他也曾不由自主地登上小楼，遥望故乡，然而充入视野的却是异乡之水、异乡之云；他也曾想于梦中去探看久别的爱人，但天长梦短，梦魂终不得飞回到她的身边。他因而无助地仰天问道：何时才能再见到心爱的她啊？他继而叹息：这次第，算人间、没个并刀，剪断心上愁痕。

长相思　陈东甫

花深深，柳阴阴，度柳穿花觅信音。君心负妾心。

怨鸣琴，恨孤衾，钿誓钗盟何处寻？当初谁料今。

【赏析】

此词抒写一位失恋女子心中的怨恨。“花深深，柳阴阴”点明时令正当暮

春，女主人公度柳穿花去寻找情郎的音信，但一无所获，她悲极生怨，遂有“君心负妾心”之语。鸣琴、锦衾是女子与情郎往日爱情生活的见证，还有那二人对之海誓山盟的钗钿，这些东西都在，只是人已成单，誓言不再，她所以恨言：当初谁料今！

水调歌头 平山堂用东坡韵　　方岳

秋雨一何碧，山色倚晴空。江南江北愁思，分付酒螺红。芦叶蓬舟千里，菰菜莼羹一梦，无语寄归鸿。醉眼渺河洛[①]，遗恨夕阳中。蘋洲外，山欲暝，敛眉峰。人间俯仰陈迹，叹息两仙翁[②]。不见当时杨柳[③]，只是从前烟雨，磨灭几英雄。天地一孤啸，匹马又西风。

【注释】

①河洛：黄河与洛水，指中原沦陷之地。②两仙翁：指欧阳修和苏轼，两人都曾登平山堂并留有诗词。③当时杨柳：欧阳修建平山堂并曾亲手植柳一株。

【赏析】

一场秋雨过后，群山一洗如碧，在万里晴空的映衬下，显得格外秀丽多姿。但这令人开郁宣滞的景色却不能消解作者的忧愁，他手把红螺酒杯，将要以酒浇之。作者的忧愁在于平生游宦四方，漂泊无定，想要归去故乡却始终未能成行。作者的忧愁在于故国沦丧、山河破碎，这忧愁中加载着深深的憾恨。当愁眼再次抬起远望，方才还颇为明朗的景物此时已变得黯淡无光。在平山堂上，作者遥想先贤文采风范，叹息人世沧桑，其间逝去几多英雄；在孤独的人生旅途中，作者还将驻马西风，于天地间长啸悲鸣。

浣溪沙　　吴文英

门隔花深梦旧游，夕阳无语燕归愁。玉纤香动小帘钩。
落絮无声春堕泪，行云有影月含羞。东风临夜冷于秋。

【赏析】

于梦中故地重游，来到伊人居处，却因“门隔”而不得入，门内，花深庭寂。夕阳无语，归燕也似带着愁绪，梦境，在此时幻化为她的纤香玉手掀起帘儿，挂上银钩。四周忽而飘落无声飞絮，仿佛春在流泪；天边一缕行云遮住月儿，恰似月正含羞。春夜里的东风吹开作者追忆的心门，伤情流露，作者感到今夜凄冷于秋。

风入松　　吴文英

听风听雨过清明，愁草瘗花铭[①]。楼前绿暗分携路，一丝柳，一寸柔情。料峭春寒中酒，交加晓梦啼莺。

西园日日扫林亭，依旧赏新晴。黄蜂频扑秋千索，有当时，纤手香凝。惆怅双鸳不到[②]，幽阶一夜苔生。

【注释】

①瘗（yì）花铭：南北朝著名的文学家庾信曾作《瘗花铭》以悼落红。②双鸳：指恋人的鞋子。

【赏析】

听着风声和雨声过了清明，词人满怀春愁，草拟了伤悼落红的《瘗花铭》。他的目光又落在楼前当日与她分别的小路上，那里已是绿树成荫；丝丝垂柳，唤人思念她从前的寸寸柔情。回忆往事，词人不觉在春暮余寒中醉酒，破晓时，浅梦却被杂乱的莺啼打断。

还是一如既往地打扫西园林亭，还是依旧坐在亭子里欣赏雨后的新晴。看蜜蜂频频扑向秋千，词人想，那是因为秋千索上有当时她纤手香凝。他于是因为园中小路上再也见不到她的足迹而惆怅，他静默着，痴看一夜过后，幽阶上生出的苔藓青青。

莺啼序　吴文英

残寒正欺病酒[①]，掩沉香绣户。燕来晚，飞入西城，似说春事迟暮。画船载，清明过却，晴烟冉冉吴宫树[②]。念羁情，游荡随风，化为轻絮。

十载西湖，傍柳系马，趁娇尘软雾[③]。溯红渐，招入仙溪[④]，锦儿偷寄幽素[⑤]。倚银屏，春宽梦窄，断红湿，歌纨金缕[⑥]。暝堤空，轻把斜阳，总还鸥鹭。

幽兰旋老，杜若还生[⑦]，水乡尚寄旅。别后访，六桥无信，事往花委[⑧]，瘗玉埋香[⑨]，几番风雨。长波妒盼，遥山羞黛[⑩]，渔灯分影春江宿，记当时，短楫桃根渡[⑪]。青楼仿佛[⑫]，临分败壁题诗，泪墨惨淡尘土。

危亭望极，草色天涯，叹鬓侵半苎[⑬]。暗点检，离痕欢唾，尚染鲛绡，亸凤迷归[⑭]，破鸾慵舞。殷勤待写，书中长恨，蓝霞辽海沉过雁[⑮]，漫相思，弹入哀筝柱。伤心千里江南，怨曲重招，断魂在否？

【注释】

①病酒：因常醉酒而患病。②吴宫：在杭州的南宋宫苑，旧为吴越王行宫。③娇尘软雾：形容西湖杨柳如烟，暖风飘尘。④“溯红渐”两句：用刘晨，阮肇入天台山溪边遇仙女典。⑤锦儿：婢女代称。⑥“断红湿”两句：意为别泪打湿了歌扇和金线绣成的舞衣。⑦杜若：香草名。⑧委：通“萎”。⑨瘗：埋葬。⑩“长波妒盼”两句：意为水波妒忌她美丽的眼眸，青山也自惭秀色不能与其黛眉相比。⑪“短楫”句：用王献之送别爱妾典。⑫青楼仿佛：意为爱人曾经

梳妆的楼阁依然如故。⑬苎（zhù）：白色的苎麻。此喻白发。⑭亸（duǒ）凤：因悲伤而垂下双翅之凤。⑮蓝霞辽海沉过雁：意为海阔天远，音信杳杳。

【赏析】

作者客居杭州十年，曾恋一歌妓，后其人不幸身亡，此词即为悼亡之作。

全词共分四段，第一段写作者在暮春中病酒，傍晚燕子飞来，仿佛在向人诉说春天已经所剩无几。他设想清明过后西湖的景色，该是画船不见，只剩些晴烟绿树。羁旅之愁继而随着春愁飘散开来。第二段追忆以往的一段艳遇：在游赏美丽的西湖的时候，作者来到了一个“仙境”，一位婢女替“仙子”偷偷向作者传递情愫，后来便有了和恋人笑与泪交织的一段难忘时光。第三段叙述故地重游，才知道恋人已经逝去。作者站在湖堤上，回忆起往事与她迷人的面容，走过她从前居住过的地方，哀伤地怀想与她分别的一刻，心中自是惨淡无限。第四段写悼亡之情：草色连空，作者叹息鬓发已白，拿着沾有恋人香吻泪痕的手帕，憔悴而茫然。他想要书长恨，奏哀曲，却意识到恋人已逝，一切都是惘然。作此长调，所用唯在招魂。

满江红　王清惠

太液芙蓉，浑不似，旧时颜色。曾记得，春风雨露，玉楼金阙。名播兰馨妃后里，晕潮莲脸君王侧。忽一声，鼙鼓揭天来，繁华歇。

龙虎散，风云灭。千古恨，凭谁说？对山河百二，泪盈襟血。驿馆夜惊尘土梦，宫车晓辗关山月。问姮娥，于我肯从容，同圆缺。

【赏析】

元军攻陷临安后，尽掳南宋宫室

北去；途中，昭仪王惠清题此词于馆驿墙壁之上，一时间广为流传。到元都燕京后，她自请为女道士，道号冲华。

王清惠在词中回顾了自己从前在玉楼金阙之中承恩受宠、艳冠群芳的往昔，倾诉战火突起、祸从天降的惊心动魄，以及对家亡国破、君臣作鸟兽散之结局的深深怅恨。北行途中，风尘扰攘，宫车晓行，满腹凄凉。王清惠在词中明志：宁愿前往那清寒寥落的月宫去陪伴嫦娥，也要保全名节，免遭羞辱。全词情感深挚，笔调悲凉，尽显亡国之初一位宫妃身心所受的痛苦和对人世巨变的惊悸与怅恨。

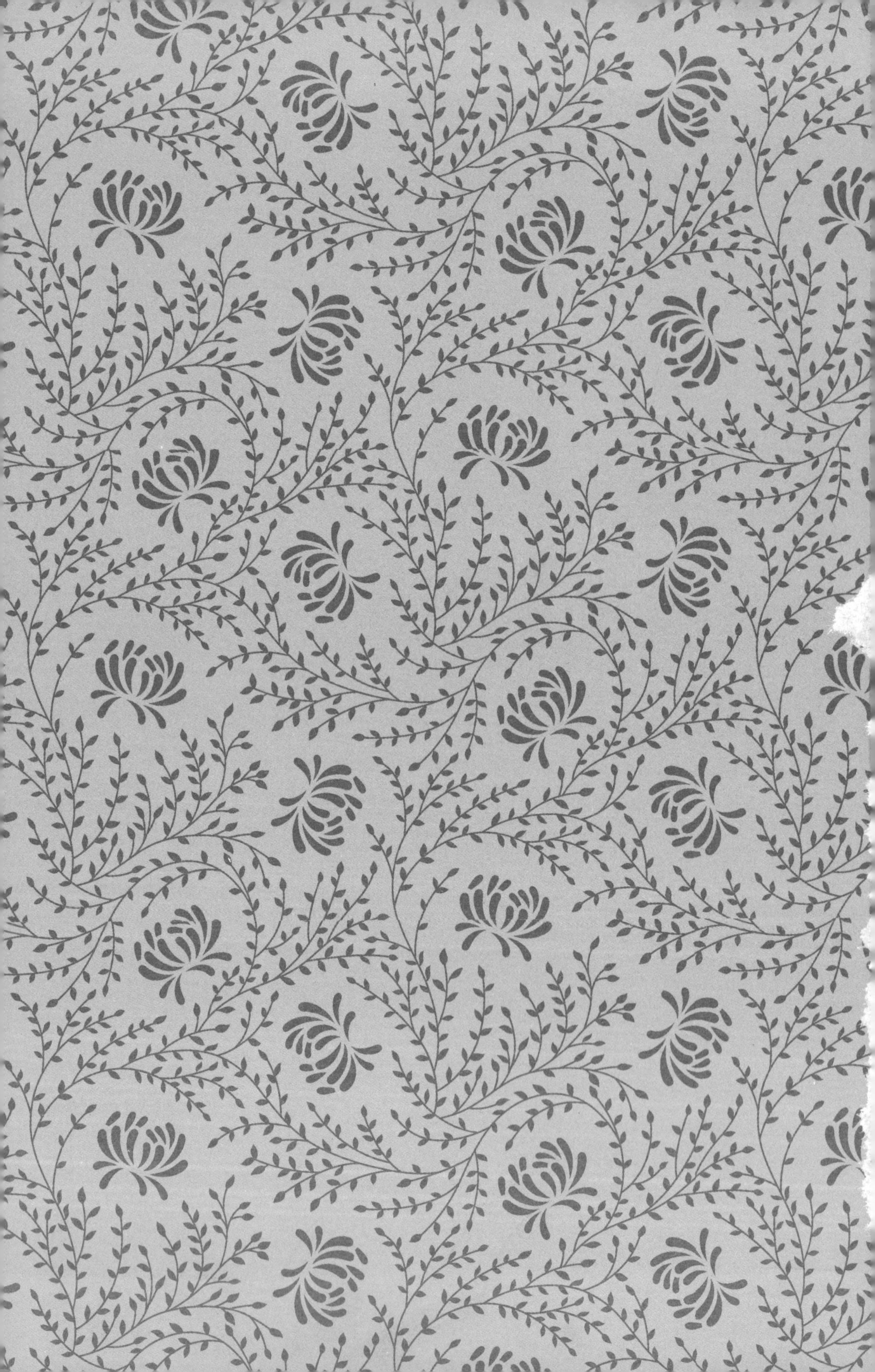